두 번째 대본집을 내게 되었습니다.
대본 쓰는 직업을 갖기 위해 노력만
하던 불과 몇년 전에 바라던
기적 같은 일입니다.
여러분께도 이런 기적이 꼭
일어나기를 바라겠습니다.
2018. 09. 이수연 드림.

라이프

1

이수연 대본집
라이프 1

초판 1쇄 인쇄 2018년 9월 13일
초판 1쇄 발행 2018년 9월 20일

지은이 | 이수연
펴낸이 | 金湞珉
펴낸곳 | 북로그컴퍼니
편집부 | 김옥자·서진영·김현영
디자인 | 김승은·송지애
마케팅 | 이예지·김은비
경영기획 | 김형곤
주소 | 서울시 마포구 월드컵북로1길 60(서교동), 5층
전화 | 02-738-0214
팩스 | 02-738-1030
등록 | 제2010-000174호

ISBN 979-11-89166-50-2 04810
ISBN 979-11-89166-49-6 04810(세트)

1

이수연 대본집

라이프
LIFE

북로그컴퍼니

벌써 2018년이 몇 달 안 남았습니다.

이 책이 여러분들 손에 들어갈 즈음에는 찬바람이 불고 있을지도 모르겠습니다.

저는 나름 좋은 시절을 보내고 있습니다.

작업의 결과물에 대해선 이러저러 좋은 점 아쉬운 점 다 있겠지만,

그래도 원하는 일 하면서 밥 먹고사는 인생이란 정말 다행이네요, 덕분입니다.

제가 대학교 1학년 때 여러분은 꾸미지 않아도 예쁘다, 라고 말씀하신

교양필수 선생님이 계셨습니다. 속으로 말도 안 돼, 삐죽 했습니다.

신입생이건 스무 살이건 예뻐야 예쁜 거지 무조건 다 예쁜가,

공부할 시간에 머리 화장 따위 신경 쓰지 말란 소리인가, 하면서

받아들이지 않았습니다.

그런데 그때로부터 아주 멀리 와 돌아보니,

이 글을 읽는 모든 분들은 지금 그리고 모든 순간에,

본인들이 살아서 예쁘다는 걸 아셨으면 좋겠다는 바람이 듭니다.

자, 당고모 같은 소린 그만 접고 라이프 대본집이니까 극에 대한 얘기를 좀 하자면,

제가 처음 병원을 배경으로 드라마를 쓰자, 생각했을 때

가장 고민이었던 것이 있습니다. 어떤 목표의식을 가지고 임해야

조금이라도 다른 것이 나올까, 이 부분입니다.

여기서 목표의식이란 나는 이런 것을 보여줄 테야,

이딴 센세이션을 일으킬 것이야, 하는 게 아니라

메디컬 드라마는 그동안 너무나 많이 있었기 때문에 뭘 다뤄야 할까,

어떤 방향성을 가져야 할까, 에 대한 고민이었습니다.

늘 보던 내용이라면 굳이 또 할 필요가 없으니까요. 그런 제 눈을 끈 것이

의료 민영화란 워딩으로 포장되고 있는 이익 추구의 사조였습니다.

민영화란 마치 공권력이 장악해온 분야를 민간에 돌려준다는 듯이 들릴 수도 있지만,
포장을 벗겨내면 실은 영리화, 사유화로 풀이되는 게 맞다고 합니다.
간단히 말하자면 - 병원 장사.
도서관에 가니 병원 장사에 대한 책이 전체 벽면 몇 개를 차지할 정도로 많았습니다.
이렇게 많이 연구되고 논의되는데 왜 저는 지나치며 살았을까요.

그러나 영리 추구 실태로 방향을 정하고 나서도 쉽게 와닿지 않았습니다.
병원에서 환자를 상대로 돈벌이에만 치중해선 안 돼,
여기까지는 어 그러면 안 되지, 가 금방 오는데
그래서 어떻다는 거야? 질문을 받는다면 어, 음.. 그게 말이지...

여기서 전작을 언급해도 되는지 모르겠지만
예를 들어 검찰로 치자면, 내가 잘못한 게 없고 주변에 검찰청 직원도 없다면
평생 드나들 일 없는 데가 그곳입니다.
그럼에도 검찰 조직 개혁의 필요성을 설명하겠다고 애써 침 튀길 필요가 없으며
또, 제가 만약 고구마 하나를 훔쳐서 잡혔는데 38년형을 때려 맞았다, 하면
너무 가혹한 구형이란 것도 압니다.
그런데 병원은, 감기에 걸린 제 엉덩이에 결핵 환자용 주사를 놔버려도 저는 모릅니다.
의료기관이 왜 바뀌어야 하는가를 말하려면 먼저 이 조직이 어디로 가고 있는가를
하나하나 풀어놔야 한다는 점도 앞에 예로 든 검찰 조직과 다른 점이었습니다.
병원이란 당장 내일 실려 갈지도 모를 곳이고,
어제도 갔다 온 사람이 분명히 있을 곳인데요.
검찰이나 병원이나 다 같이 어렵고 전문적인 조직인데,
그러면서도 병원은 당장 나의 일이 될 수 있는 곳인데, 왜일까요.

너무 전문분야인 데다 이해관계마저 얽히고설켜서 그런가 봅니다. 정답이 없어서요.
나쁜 놈들은 잡아 처넣어야 돼, 는 바로 이해되는데 병원은 그렇지가 않아서요.
병원도 사람들이 일하고 이를 기반으로 먹고사는 곳인데
병원에선 돈 벌 생각 말고 봉사만 해주시오, 할 수도 없고
그렇다고 병원 장사에 마냥 찬동할 수도 없었기 때문인가 봅니다.

그러던 중, 문장 하나를 봤습니다.
극 중에선 5회 말에 주경문 교수의 입을 통해 전해지는
의료원 폐쇄에 관한 글이었습니다. 지방의료원의 폐쇄 원인인 수십억 적자가
그해 해당 지역 전체 예산의 0.025%였다는 문장.
그리고 폐쇄 후 2년 내 60명이 넘는 환자가 사망했다는 문장도 함께요.

누군가는 이렇게 말할 수도 있겠죠.
원래 아픈 사람들이었다고, 골골하는 노인네들이었다고.
하지만요, 노인들만 사는 어느 시골 마을에서 2년 새 60명이 죽어 나갔다고 하면
역학조사 들어가야 하는 거 아닌가요.

이래선 안 된다고 느껴지기 시작했습니다. 이 문장을 본 후부터
단순히 뭔가 다른 게 없을까 해서 골랐던 드라마의 방향성이
제 안에서도 의미를 갖고 굴러가기 시작했습니다.
그리고 그 안에 들어 있는 사람들도 한 명 한 명 애정이 생기기 시작했습니다.

제가 이 대본을 시작할 때는 건강보험에서 커버해주는 진료 항목을 급여 항목이라 하고,
환자가 100% 의료비를 내야 하는 건 비급여라 불린다는 것조차 몰랐습니다.

급여라니, 월급 얘기인가? 했습니다.

전문가 중에 전문가인 의사들이 진료비를 청구하고

심사받는 제도가 있다는 것도 처음 알았습니다.

그래서 일일이 설명이 필요하기도 하고, 그렇다고 드라마에서 모조리

설명할 수도 없는 대본을 좋은 배우님들과 감독님께서 맡아주셨습니다.

그 결과 할 수 있는 한 최대로 자연스럽게 그려주셨습니다.

정말 사장인 듯, 정말 의료진인 듯, 정말 관계자인 듯,

그렇게요.

병원에 대해 하나도 모르는 저를 이끌어주신

건강보험심사평가원 기획상임이사 김선민 선생님,

심사평가원 보험심사 센터장 강지선 선생님,

심사평가원 홍보실장 송문홍 선생님,

인도주의실천의사협의회 대표 우석균 선생님,

서울대학병원 응급의학과 전문의 이선영 선생님,

보건사회연구원 부연구위원 김기태 선생님,

이외 의료 자문에 응해주신 많은 분들 감사드립니다.

그리고 이 대본이 나오는 데 가장 큰 역할을 해주신 우리 보조 작가님들,

황하정 작가님과 김상원 작가님, 두 분 공이 정말 컸습니다. 감사합니다.

이수연 드림

일러두기

1. 이 책의 편집은 이수연 작가의 드라마 대본 집필 형식을 최대한 따랐습니다.

2. 드라마 대사는 글말이 아닌 입말임을 감안하여, 한글맞춤법과 다른 부분이라 해도 그 표현을 살렸습니다.

3. 말줄임표는 두 개, 세 개, 네 개 등으로 다양하게 표현되어 있습니다. 이는 대사 시 호흡의 양을 다양하게 표현하고자 한 작가의 의도를 반영한 결과입니다.

4. 쉼표, 느낌표, 마침표 등과 같은 구두점도 작가의 의도를 따랐습니다. 마침표가 없는 것 역시 작가의 의도입니다.

5. 이 책은 작가의 최종 대본으로, 방송되지 않은 부분이 포함되어 있습니다.

차례

LIFE

사람 몸의 면역은 항원 항체 반응에 의해 획득됩니다.
같은 병에 두 번씩 시달리지 않도록 몸속에서 저항력을 기르는 면역 활동 중에
엄마 뱃속에서부터 선천적으로 얻어지는 것은 극히 일부, 대부분은 우리가 살면서
여러 질병균에 공격당하고 몸 안에 들어온 항원과 싸워서 길러내야 하는 내성이죠.

면역 활동의 최전선에 있어야 할 우리의 의료기관이 바이러스의 공격을 받고 있습니다.
만성적인 인력 부족, 그들만의 폐쇄적 문화가 낳은 병폐 그리고,
'돈'이라는 바이러스.

이 드라마의 주인공은 국내 최고 사립대학병원입니다.
34개의 진료 과목과 2,000개 규모의 병상을 갖춘 상국대학병원.
60년이 넘는 시간 동안 상국대병원은 돌과 쇠로 이뤄진 딱딱한 건축물을 넘어,
수많은 환자들과 의료진을 품은 유기체로 이 땅에서 숨 쉬고 있습니다.

이 안에는 의료기관의 마지막 기치를 지키려는 원장이 있고,
이익 추구는 거스를 수 없는 대세라며 반쯤 포기한 교수진도 있고,
매일매일 환자와의 씨름이 지극히 평범한 일상인 젊은 의사들도 있습니다.

어느 날 이곳에 항원(antigen: ag)이 침범합니다.
체내에 침입해 특이반응을 유발하는 물질, 항원은 사람의 얼굴을 하고 나타났습니다.
국내 최초로 의사가 아닌 재벌그룹 출신의 전문경영인이 병원 사장으로 온 것이죠.
환자와 의료진으로만 이뤄졌던 상국대병원의 새로운 지배자입니다.

여기에 한 청년의사가 반응합니다.
지금껏 조용히 제 일만 하던 그는 자리에서 일어나 병원 사장이 던진 돌을 집습니다.
그리고 힘껏 되던집니다.
마치 평소엔 혈액 속에 잠자고 있다가 저항력이 필요한 신체 부위로 달려가는
항체(antibody: ab)처럼.

이 둘의 격렬한 면역 반응은 하루 8,000명의 환자가 드나드는 거대 의료기관을
어디로 끌고 갈까요?

항원엔 두 가지 종류가 있습니다.
유기체를 파괴하고 병마에 시달리게 할 질병균과,
앞으로 닥칠 진짜 무서운 적에 대비해 미리 맞는 면역주사 속의 이물질.
항체 역시 저항력을 갖추기 위해선 먼저 항원과 결합해야 한다고 하네요....

예진우 _____ (36세. 남. 상국대학병원 응급의료센터 전문의)

이보훈 원장님께

'친구 좋아하네, 그러다 혹 치고 들어오려고? 꺼져!'
처음 그땐 이렇게 생각했습니다. 원장님께서 저한테, 난 네 아빠 될 생각이 없다,
그런데 친구가 되고 싶다, 친구 하자, 하셨을 때.
그때 제가 11살이었을 겁니다. 스무 살은 더 많은 어른이 4학년 초딩한테
친구가 돼달라니 요즘 같으면 변태 신고감입니다, 원장님.

실은 그때도 의심했습니다. 이 아저씨 변태 같다고. 흑심 품은 거 같다고.
저한테가 아니라 저희 어머니한테요.
알고 계셨지요, 이 이상한 의사 아저씨가 우리 엄마 좋아하는 거 아닐까,
갓 11살 된 소년이 도끼눈 뜨고 원장님 감시하고, 밀어내고, 싫어하는 걸.
변명드리자면 원장님뿐만 아니었습니다. 내 엄마 주변에 모든 어른 남자들이
저는 다 싫었습니다. 그 남자들이랑 얘기하고 밥 먹는 엄마는 더 싫었습니다.

1992년 3월 1일. 그해 스페인에서 열리는 올림픽 축구 열기가 어마어마했습니다.
3월 1일은 대표팀 평가전이 있던 날이었죠. 크라머 감독 기억나세요?
최초의 외국인 국대 감독이었죠,
그때 벌써 엄청난 대머리였던 게 아직도 기억납니다.
크라머 감독의 열혈 팬이자, 축구선수가 되겠다고 맨날 공부는 담 쌓고
뽈뽈대기만 했던 제 동생 선우는 평가전을 보러 가겠다고 몇 날 며칠 전부터
난리를 피웠는데, 문제는 저였습니다. 저도 너무너무 가고 싶었거든요.
그때 전 무슨 경시대회를 앞두고 있었는데 말이죠.
제 성적이 인생의 목표였던 엄마는 하늘이 두 쪽 나도 안 된다고 하셨고,

결국 울고불고하는 저를 두고 아빠가 선우만 데려가셨습니다.

... 그리고 선우만 돌아왔습니다.
반만, 돌아왔다고 해야 할까요. 하반신 마비로 돌아왔으니.
선우가 8살, 제가 10살 때였습니다.

지금 생각하면 이해 못할 것이 없습니다. 아니, 엄마를 더 일찍 놓아드리지 못한 게
후회됩니다. 겨우 삼십 대 중반에 차 사고로 남편을 잃고 과부가 되셨는데,
얼마나 힘들고 외로우셨을까요. 그렇다고 진짜 누굴 만나고 다니신 것도 아니고
돌아서면 배고프단 아들놈들이랑 먹고살기 위해, 장사하느라,
뭇 사내들한테 좀 웃어준 거뿐인데 저는 그게 왜 그렇게 징그러웠을까요.

원장님도 제 눈엔 그런 사내였습니다. 사고 후 몇 달 동안 말을 한 마디도 안 해서
다리 다친 거보다 더 엄마 애간장을 태우던 선우 자식, 그놈 상담한단 핑계로
정신과 의사입네 하면서 내 엄마한테 만나자 하고, 얘기 붙이고,
그런 사내로 보였습니다. 제가, 지켜야 한다고 생각했습니다.

제가 지켜야 했습니다. 평생 걸을 수 없다는 내 동생,
아직 예쁜데 혹이 둘이나 달렸단 소리 듣던 젊은 우리 엄마,
이젠 내가 가장이다, 내가 지킬 것이다, 다짐했습니다.
아빠처럼, 엄마도 어느 순간 갑자기 우리를 두고 떠나지 않을까, 두려웠습니다.
엄마가 힘들어하는 게 느껴질 때, 몸에 배지 않은 노동으로 누워서도 아파하실 때,
선우가 미웠습니다.

아빠가 안 계셔도 저놈만 아니면, 동생이란 게 제 발로 걸을 수만 있다면
엄마가 덜 힘들 것 같았습니다. 초등학교 2학년이 된 선우가 소풍을 안 가겠다고
고집 피울 때, 엄마가 김밥도 다 쌌으니 가서 친구들이랑 맛있게 먹자고 비는 게
너무 싫었습니다. 왜 엄마가 빌어야 합니까, 잘못한 것도 없는데.
선우가 다시 말을 하도록 고쳐주신 원장님까지 원망되더라고요, 그땐.

그래서 선우를 한 대 갈겼고, 엄마는 저를 갈겼고, 저는 도시락을 던져버리고
학교로 갔습니다. 계란김밥이었는데요..

예, 유치합니다. 변명하자면 이 소리가 또 나오는데, 그때 저도 11살이었습니다.
뭘 알았겠습니까, 지금도 잘 모르는데.

그날 하굣길에 선우를 봤습니다. 소풍 갔다 오는 애들 틈에 그 애가 있었어요.
멀쩡히 걸어오고 있었습니다. 저를 보고 뛰어왔습니다. 말도 시켰습니다.
그걸 진짜로 믿을 정도로 제가 미친놈은 아니었지만 진짜로 믿고 싶었습니다.

얼마 후에 다시 원장님을 뵙게 됐죠, 혼잣말을 중얼대기 시작한 절,
엄마가 당신이 아는 제일 용한(?) 의사한테 데려갔으니.
혼잣말이 아니라 선우랑 얘기하는 거라고,
그치만 그 애가 진짜가 아닌 건 나도 안다고,
근데 이쪽 선우는 다리가 멀쩡하다고. 제 얘기를 다 들어준 원장님이 말씀하셨죠.
좋은 친구다, 잘 사귀어라, 동생이 안 아팠으면 하는 네 소원이 만들어낸 친구이니
겉으로 말고 속으로만 얘기해도 마음속의 그 친구는 다 알아들을 거라고.

원장님은 어린 저에게 정신분열증의 멍에 대신 상상 속의 동생을 허해주셨습니다.
만약, 갑자기 닥친 일련의 불행과 중압감으로 제가 헛것을 보는 거라고 하셨다면
전 그대로 미친놈이 됐겠지요. 누구보다 제가 절 미쳤다고 받아들였을 겁니다.

잘 뛰고 잘 걷고 싸가지는 좀 없는 이쪽 선우는
처음 봤을 때로부터 25년이 지난 지금도 제 옆에 있습니다.
이 녀석을 현실과 헷갈리는 일은 없으니 안심하세요.
꼴통인 줄 알았더니 작심하고 공부해서 의사가 된
제 동생 선우도 옆에 잘 있습니다.
정형외과를 전공했는데 저를 닮아 훈남입니다.

... 원장님만 안 계시네요.

참 급하게도 떠나셨네요, 제 아버지처럼.

저에게 산더미 같은 후회만 남기시고.

그만큼 제가 원장님께 잘못한 게 많다는 거겠지요.

사람 못 믿고, 남에 진심 부담스럽다 하고, 내 속내 들키기는 더욱 싫어하는 저를,

원장님은 한 번도 평가하지 않으셨습니다. 저울질하지 않으셨습니다.

대신 크고 견고한 요새를 쌓은, 요새의 주인이라 하셨습니다.

다만, 아버지 돌아가시기 전에 잘 웃고 잘 뛰어다니던 제가

아직 요새 안에 있을 테니 언젠간 꺼내주라고, 그 당부만 하셨습니다.

그 말씀해주시던 원장님이 잊히지가 않습니다. 그걸 듣던 저의 심정도.

죄송합니다. 그런 분을 못 믿고, 원망하고, 가시는 마지막 날을 아프게 한 사람이

다름 아닌 저였다는 게 너무나 밉고 부끄럽습니다. 말할 수 없이 후회됩니다.

원장님, 두 번 다시 원장님 앞에 부끄럽지 않을 것입니다.

당신께서 평생을 바치신 우리 병원이 어긋나는 일 없도록,

탐욕스러운 손에 놀아나지 않도록, 제가 지키겠습니다.

상대가 만만치는 않으나 제가 더 강해지겠습니다.

아시잖습니까, 진짜 가장이셨던 제 어머니가 들으시면 코웃음 칠지 모르지만,

저 나름 소년가장 출신입니다, 지킬 수 있어요.

원장님 떠나신 뒤 우리 병원에 무슨 일이 있었는지 나중에 제가 다 일러바칠게요.

그러니 그때까지 아무 걱정 마세요.

송구하고 감사했습니다.

많이 뵙고 싶습니다, 이보훈 원장님.

예진우 올림.

구승효 ——— (39세. 남. 상국대학병원 총괄사장)

조남형 大 화정그룹 회장님

먼저, 새로운 발령과 임무에 감사드립니다.
병원 경영은 생각지도 못했던 게 사실입니다만, 새롭지 않으면 도전이 아니죠.
회장님께서 대학재단 인수를 결정하실 때만 해도
그게 제 인생과 관련될 줄은 몰랐던 저 구승효,
4년간 몸담았던 화정로지스를 떠나 이제 병원으로 향합니다.

현재까지 이곳은, 총체적 난국입니다.
상국대학병원은 서울 동북부에서 가장 큰 상급 종합병원이며,
주변 상주 인구뿐 아니라 전국에서 흡수되는 일일 방문자수가
8, 9천 명에 달하는 메가 마켓인 건 맞는데, 문제는 수익률입니다.
형편없습니다. 장사로 치면 팔수록 손해.

시스템도 체계가 없습니다. 어떻게 이런 식으로 지금껏 버텨왔나, 싶을 정도로.
일반 회사였다면 잘릴 인간, 없어질 부서 천지고요,
효율성은 나 몰라라, 여기 사람들은 그저 매일 병원 문만 열면 되나 봅니다.
개원 후 60년 동안 경영 상태를 한 번도 진단 평가한 적 없다니
상태가 짐작 가시죠? 병원은 공장이 아니라면서
공장 노조에서나 할 말들을 그대로 주장하기나 하고.

우리 회사원 중에 6시 정시 퇴근하는 사람 있습니까?
아무리 빨라도 7시 반, 8~9시 넘기는 건 보통이고 정히 일이 넘치면 밤도 새죠.
그러면서도 저는요 회장님, 입사해서 지금까지 단 한 번도 제 주변에서
나 늦게까지 일했으니 야간 수당 주시오, 터진 입이라고
그딴 소리 하는 걸 들어본 적이 없습니다.

그런 게 어딨습니까? 회사에서 그런 소리 했다간 잘리고 싶어 환장한 놈 소리 듣죠.
여기는 다릅니다. 환자 돌보다 보면 간호사들 퇴근 한두 시간 좀 늦어질 수도 있지,
그게 무슨 천부인권이나 되는 마냥 초과근무 수당을 당당히 들먹입니다.
자기들은 일반 직장인하곤 다르다는 게 그들 주장인데,
뭐가 그리 다르냐고 물으면 환자 목숨 다루는 직업이라 그렇답니다.
환자 목숨이 그렇게 귀하다면서 한두 시간 더 근무에
돈은 바득바득 받아내려는 건 대체 무슨 태도랍니까?

아직은 그럴 수 있죠, 제가 협상용 인간이 아니란 걸 그들은 아직 모르니까.

4년 전 선대 회장님께서 저를 처음 화정로지스 CEO에 임명하셨을 때,
강성으로 맹위 떨치던 화물노조에서 환영 나팔을 불었단 소리가
제 귀에 들렸습니다. 회장 비서 출신이라더라,
나이도 어린 게 뭘 알겠냐, 이제 우린 노 났다. 생각한 거죠.
노사협상은 협상이 아닙니다. 협상하겠단 자세로 나가면 그 자리에서 아작납니다.
협상은 내 의견 피력하고 남의 의견 듣고 서로 수용할 건 수용하는 것이지만,
제가 만약 그 마음으로 나섰다면 현장의 거친 업자들한테 판판이 나가 떨어졌겠지요.
전쟁이어야 합니다. 필요하다면 두 손으로 술도 따라 바치다가 결단의 순간엔
단칼에 갈라야 합니다. 무조건 내 건 관철시키고 남에 건 절단내버리겠단
의지로 임해야 그나마 일정 수준 이상의 성공을 거머쥘 수 있습니다.

남자는 자기를 알아봐주는 주군을 위해 목숨을 바친다는 말이 있던데요,
개소립니다. 저는 저를 위해 합니다.
출근하고 일하고 이뤄내고 뭔가 이 두 손에 움켜쥐고 그걸 보는 게 좋습니다,
재미있습니다. 돌이켜봐도 전 어릴 때부터 이랬던 거 같아요,
원래 이렇게 생긴 놈이든, 아니면 그렇게 만들어져서 단련된 것이든.
스스로 해내지 않으면 어디서 떡 하나 안 떨어졌으니 뭐, 방법이 없기도 했겠죠.

저희 집은 항상 돈이 말랐던 거 같습니다. 왤까요, 식구마다 진짜 바쁘게 살았는데.

화정재단에 대학 장학금이 생겼단 얘길 듣자마자 동아줄 잡는 심정으로
신청했는데, 다행히 1기 수혜자로 뽑혔고, 덕분에 선대 회장이신
故 조영기 회장님도 뵐 수 있었고, 그때 절 좋게 봐주신 덕에
사회생활의 첫걸음도 회장 비서실에서 시작했네요.
그때부터 6년을 故 조회장님만 모셨습니다. 그땐 진짜 코피 터지게 일했어요.
누군 절 일개미라고 하지만 지금은 회장 비서실 시절에 비하면
말년 병장 수준입니다.

故 조회장님의 배려로 해외영업팀으로 옮긴 지 5년 만에
로지스 사장에 등극했을 때 말도 안 되는 헛소리들이 돌았죠.
제가 화정그룹의 숨겨놓은 아들이라는 둥.
신경 전혀 안 썼습니다. 실적이 말해줄 거였으니까.

이번도 그렇습니다. 실적과 성과로 보여드리겠습니다.
만년 적자에 허덕이는 대형병원을 완전히 뒤집고 넘어설 것입니다.
사람 살리는 데라고 돈 벌지 말란 법 있습니까?
그보다 솔직히 대형병원들이 정말 그들 주장대로 적자만 본다면
어떻게 새 건물들 짓고 그 비싼 기기들 들여올까요?
의료도 사업입니다. 기업인이 손대면 어떤 일이 벌어지는지 세상이 알게 할 겁니다.
모든 공은 회장님께 돌리되, 그 중심엔 제가 있을 것입니다.
… 보고서엔 이 말은 빼는 게 좋겠네요. 위에 몇 가지도.
정식 보고는 다시 써서 올리죠.

서울 성북구 상국대학병원 집무실에서,
구승효 배상.

주경문 ———— (40대 후반. 남. 상국대학병원 흉부외과센터장)

구승효 총괄사장님께

어제 새벽 2시쯤인가요, 사장실에 아직 불이 훤한 걸 보았습니다.
기업 사장도 참 어지간한 자리로구나, 그런 생각이 들더군요, 불빛을 보고 있자니.
그만한 노력이 있었기에 최연소 사장이 되셨겠지요.
이전 커리어가 의료와는 완전히 무관한 분이 저희 병원에 총괄로 오신다기에
저도 사장님에 대해 좀 찾아봤습니다. 로지스란 회사를 오랫동안 이끄셨더군요,
로지스가 물류회사를 뜻한다는 것도 덕분에 처음 알았습니다.

그룹 최초로 서른 몇 살 나이에 계열사 사장이 된 분이란 기사 다음으로
많이 뜬 게, 노조와의 대립에 관한 것이었습니다. 직장 폐쇄도 불사하셨다고요.
그 수법을 저희 병원으로 고스란히 가져오시고야 말았군요.

이곳 의국은 매우 폐쇄적인 곳입니다. 비단 상국대뿐 아니라
같은 대학 출신이라도 어디서 수련의를 했느냐까지 따지고 갈리는 게
의사 집단입니다. 그런 면에서 저도 사장님처럼
상국대학병원이란 섬에서 이방인이라 할 수 있죠.
저는 김해에서 나고 자라고 대학까지 다닌 토박이입니다.
그런 제가 서울로 온 건 돌아가신 이보훈 원장님과의 인연도 있었지만,
좀 편하게 일해보자는 이기심이 아주 없었다곤 할 수 없겠죠.

제가 떠날 당시 김해대학병원은 관상동맥우회 수술을 못하는 지경이었습니다.
사람이 없어서요. 우회술 경우에 적어도 2명 이상의 인원이 필요하거든요.
의사가 없어서 혼수상태의 환자를 부산으로 보내고서 전 제 모교를 떠났습니다.

서울이라고 다를 게 없네요. 일이 바빠 요즘은 집에 3일에 한 번 정도 가는데,

중학생이던 제 딸아이가 고등학교를 다니고 있더군요.

고향의 제 어머니께선 이제 명절에 제가 나타나면 놀랍니다. 니가 여길 웬일이냐고.

흉부외과에 인력이 부족한 이유를 사람들은 쉽게 말합니다.

요즘 젊은 사람들이 돈 되고 쉬운 데로만 몰리고 힘든 일 기피해서라고.

저도 아주 반박은 안 하겠습니다.

41명 정원이었던 저희 과 전기 모집에 지원자가 전국에 24명뿐이었으니까요.

하지만 구사장님, 우리 젊은 후배들 전부가 이렇진 않습니다.

목숨 구하는 데 평생을 바치겠다, 다짐한 친구들입니다. 이기적이지 않아요.

어렵고 힘들어도 저희 쪽 지원자, 끊이지 않습니다.

그런데 왜 한 해에 나오는 흉부 전문의가 전국에 20명도 안 될까요?

정작 저희 과를 기피하는 건 젊은 인력이 아니라 병원입니다.

적자 수술이 많은 흉부에 투자를 않기 때문입니다.

월급 의사라도 데려다 놔야 하는데 김해나 여기나 전혀 노력을 안 해요.

환자는 넘치는데 수익률이 낮으니 병원에서 채용을 안 해섭니다, 일할 데가 없어요!

이 간극을 몸으로 메워온 게 선배님들 그리고 저희 세대입니다. 여기까지예요.

언젠가 저희 세대도 끝나겠죠. 그 다음은요?

사장께선 병원도 돈을 벌어야 한다 했습니다.

병원 전체야 손해가 나건 말건 저희 의료진이 인건비는 엄청 챙겨 간다고도 했죠.

작년 말에 생긴 전공의 법을 아세요?

전공의 근무시간을 주당 88시간으로 제한한 법입니다.

88시간이면 주 5일 근무 직장인들은 하루 18시간을

회사에 붙어 있어야 하는 수칩니다. 그나마 제한해서 이 정도지

그 전엔 100시간, 120시간도 했어요.

제한법이 생긴 지금은 어떤데요? 88시간에 맞춰선 도저히

업무를 다 감당할 수가 없어서 정부에는 규정대로 일한다고 거짓말하고

실제론 전과 똑같이 뛰고 있습니다.
저희가 정말 인건비를 악착같이 챙겨 간다면
지금보다 최소 150%는 요구해야 돼요.

병원도 수익을 내야 유지되는 거지 망해서 없어지면
환자들한테 더 큰 피해란 사장님 말씀, 동감합니다.
문제는 그 수익이 어디로 가느냐인데, 저는 이제 확신합니다.
사장님은 절대 재투자할 사람이 아닙니다.
구승효란 사람에게 대학병원은 본인의 실적을 치장하고,
그 뒤에 버티고 있는 이미 몇 조의 재산을 가진 화정그룹 오너 주머니를
1cm 더 불려줄 수단에 불과합니다.

의료기관은 절대 회사가 아닙니다.
우리가 무얼 다루는지 단 1초만이라도 멈춰서 생각해보세요.
회사는 물건이지만 우리는 생명입니다.

사장님을 내 손으로 고발하겠습니다.
상국대학병원의 이름을 쓰고 저지르신 위법행위를 증명할 겁니다.
안타깝지만 최선을 다할 겁니다.
각자 택한 험로에서 서로가 너무 많이 다치지 않기만을 바랍니다, 구승효 사장님.

2018년 늦은 봄.
주경문 씀.

김태상 ———— (50대 초반. 남. 상국대학병원 부원장/정형외과센터장)

인공관절치환술이라는 수술이 있어.
이게 절대 쉬운 수술이 아닌데도 보험수가가 얼만지 알아?
아 보험수가가 뭐냐면, 건강보험공단에서 진료 행위마다 병원에 내주는 돈이야.
예를 들어 감기 환자다, 하면 진료받은 환자는 병원에 기본 3,800원 정도를 내.
환자를 진료한 병원에선 보험공단에 따로 청구를 하지,
나 환자 치료했으니까 돈 주쇼 하고. 그럼 공단에선 감기의 경우엔
10,000원 정도를 나중에 병원에 내줘.
국민한테서 건강보험금을 거둬놨다가 거기서 내주는 돈 만 원이 보험수가인 거지.

인공관절치환술은 환자가 내는 수술비 + 나라에서 주는 보험수가를 합쳐도
수술 원가에 못 미쳐. 수지타산 맞추려면 어떻게 해야 되냐,
하루에 10번은 해야 돼, 이 짓을.
그러면 겨우 원가에 들어맞아. 절대 불가능한 얘기지.
치환술이란 게 한 번 수술방 들어가면 보통 3~4시간이거든.
내가 제일 많이 해본 게 하루 4번이야. 이것도 남들이 놀라. 4번 했다고 하면.

그런 말 들어봤을 거야. 의사는 의사 본인만 빼고 주변 가족은 다 행복하다고,
난 말이야, 어느 닥터나 그렇겠지만 중학교부터 전문의 딸 때까지 장장 18년을
정말 죽어라 공부했어. 그래서 지금은? 밥 한 끼 맘대로 못 먹어.
하루 종일 약 냄새 맡아가며 병원에서 아픈 사람들만 대하는데
점심 먹을 시간이 없어. 환자가 하도 몰려서.

의사 사회가 의외로 폭행도 많고 성희롱도 하고 막 폭언 퍼붓고 하잖아.
왜 이런 일들이 끊이지 않는지 알아? 힘들어서야. 일이 고돼서.
자기 시간 많고 스트레스 없으면 남 안 괴롭혀.
그렇다고 보통사람들 생각하듯 돈을 막 억수로 버느냐, 그렇지도 않아요.

옛날이야 면허 따고 3년 안에 건물 못 올리면 바보 소리 들었지,
더군다나 우리처럼 대학에 남은 사람들은 그냥 월급쟁이야.

의사는 머리랑 몸을 다 쓰는 흔치 않은 직종이야. 둘이 다 중요해.
그래서 머리만 쓰는 직업군하고, 몸만 쓰는 직업군 특징이 다 있어.
때리기도 하고 여자 동료가 있건 말건 음담패설 늘어놓고 갈구고,
이렇게들 푸는 거야. 그렇다고 마냥 상명하복이냐,
그렇지도 않아. 수술이나 진단이 잘못됐다 싶으면 왜 그렇게 하셨나,
잘못하신 거 아니냐, 대놓고 물어봐. 좀 머리 굵었다 하는 애들은.
그럼 우리 같은 관리자들은 또 스트레스 받지.
그럼 나중에 딴 걸로 걸어서 갈구고.
안 그랬으면 참 좋겠지만 이게 현실이야.

내가 말이야, 한 10년을 부원장 소릴 듣고 살았어.
우리 대학병원에 고인 물이 있었거든. 국립대 같으면 원장도 정해진 임기가 있는데
우린 사립이라 연임이 가능해서 내 앞에 먼저 원장이 된 이보훈이란 인간이
4번을 해먹는 거야. 야, 4번째까지 원장 선거에 나오는데
욕이 진짜 목구멍 끝까지 나오더라.

그러면서 방송으로 뺑이 돌리는 건 꼭 날 시켜요.
뭐 지가 좋아서 TV 나오는 인간들도 있겠지.
나도 요즘은 한 20년 분칠하다 보니 좀 익숙해졌지만
처음에 나더러 방송 나가라고 할 때는 정말,
아니 그렇게 잘나서 원장을 십 년씩 해먹은 인간이 왜 지는 직접 안 해?
지는 고귀하시단 거야 뭐야?
그때만 해도 TV 기웃대는 의사들, 동료끼리 좋게 안 봤다고.
그리고 방송 한 번 나가지? 환자는 또 얼마나 몰리는데.
저기 몇 시간씩 걸리는 시골에서도 막 찾아와요. 게다가 난 정형이잖아.
거의가 할머니 할아버지들이야. 다리가 거의 O자가 돼선 지팡이들 짚고 오시는 거야.

그럼 난 또 어떡해, 수술시켜드려야지.

나더러 안 해도 되는 수술 한다고 과잉 진료네 뭐네 뺄소리 하는 것들,
칼에 베인 것도 아니고 열이 펄펄 끓는 것도 아닌데 눈에 뵈지도 않는
뼛속이 얼마나 쑤시고 아프면 병원을 다 오겠어?
수술 안 해주고 약 안 주면 사람들이 아이고 참된 의사 만났네, 그럴 거 같니?
늙어서 그런 거 어쩌겠어요, 그냥 참으세요, 그리고 보내? 그게 잘하는 짓이야?
세상에 안 해도 될 수술은 없어.

… 이보훈이가 죽었어.
미우니 고우니 30년이야, 나랑 그 인간.
젊었을 땐 밀거니 끌거니 등산도 같이 다녔다고. 어떻게 아무렇지 않아,
그 인간도 정신과에 틀어박혀서 맨날 남에 짜는 소리나 들어주다가
손주 한 번 못 안아보고 간 걸 내가 제일 잘 아는데.
나는 그렇게 안 살 거야. 30년을 대학에 있었음 오래 있었어.
대한민국 최고 사립대학 원장 타이틀 마지막으로 한 번 빡! 달고
내 병원 차릴 거야.
개인병원 수술은 뺀해. 상급 병원하곤 또 다르지.
봉직의들 몇 갖다 놓고 돌리면 돼.

말년은 좀 남태평양 해변에서 울긋불긋 칵테일도 빨고
콜 걱정 없이 내 맘대로 뒹굴고 그러고 살려고. 애들 있는 미국에도 가고.
전에는 그래도 방학 땐 들어오더니 인젠 이것들이 그것도 건너뛰려고 하네.
애 엄마도 똑같애. 나도 지쳤어.

내 노후 계획 완벽하지. 다 왔어, 코앞이야. 원장 달고 개원만 하면 돼.
근데, 막판에 미친놈 하나가 고춧가루를 확 끼얹었어.. 예진우 자식..
그렇다고 내가 그냥 무너질 거 같니? 천만에. 끝에 가서 누가 웃는지 보자고.

예선우 _____ (34세. 남. 건강보험심사평가원 심사실 위원/정형 전문의)

사랑하는 나의 엄마에게

엄마, 얼마 전에 유럽 가서 보내주신 사진 잘 봤어요. 형한테도 보여줬어요.
남편분이랑 사이좋게 여행도 가시고 맛집도 잘 찾아다니는 거 같아서
제 마음이 참 좋습니다. 엄마 아껴주는 분이랑 같이 웃고 사시는 게
정말 감사하고 좋아요.

더 빨리 그렇게 사셨어야 했는데,
아들놈들이라고 둘 다 시커멓기만 해서 몰랐어요.

생각해보면 아버지 돌아가셨을 때 엄마는 지금 제 나이셨어요.
도대체 그 심정이 어땠을지, 얼마나 무섭고 사방이 깜깜했을지,
그저 막막히 헤아려볼 뿐입니다.

다 커버린 저를, 남들은 자식이 엄마 업고 다닐 나이에,
무거운 제 휠체어를 이고 지고 밀고 끌면서 공부시키시느라
의대 건물 언덕을 수없이 오르시던 나의 어머니.
수업 끝나고 나오면 차가운 복도 앉을 의자도 없는 데서
늘 절 기다리고 있던 엄마가 부쩍 생각납니다.
같이 교실에 앉아 있자 제가 끌었어야 했는데 저는 왜 그때 그러지 않았을까요,
왜 엄마가 괜찮다니까 진짜 괜찮을 거라고 쉽게 넘겼을까요.
지금 생각하면 어쩜 그렇게 미련 맞고 철없는 자식새끼였을까요.

너무 오래 앉아 있어서 터질 거처럼 부어오른 제 발을
밤새 문질러주신 나의 어머니,
죄송했습니다. 엄마 손이 더 부었었는데, 엄마 발이 더 아팠었는데.

말 안 듣고 속 썩여서 죄송했습니다.
저만 아픈 줄 알고 밖에선 아무 소리 못하고
엄마한테만 소리 지르는 너무나 못난 아들이었습니다.
혼자 되신 엄마가 실은 한창 고운 나이였단 걸 다 지난 후에야 알아서 죄송합니다.
세상에 누가 저에게 엄마처럼 다시없을 사랑을 품어줄까요.

저는 좋은 부모님 만나 받을 사랑 다 받았습니다.
그러니 제 옆에 다른 사람이 없다 하여 슬퍼하지 마세요.
저는 괜찮습니다. 그리고 절 놔두고 갔다고 제발 생각하지 마세요.

혼자 사는 연습을 하려 합니다.
형한테도 언제까지나 제 다리가 돼달라 할 순 없고요.
형한테든 누구한테든 그래선 안 되죠.
그러니까 엄마도 노을이 누나를 모른 척해주세요.
누나한테까지 짐이 될 순 없어요. 제가 싫어요.

아들 다 소용없죠? 엄마한텐 잘만 업혀 다니더니
지가 좋아하는 여자는 힘들게 안 하겠다 하고.
하지만 저는 그냥 이대로가 좋습니다.
형이랑 이렇게 살다가 따로도 살고 그러다 형 장가가면 계속 따로 살고,
노을이 누나랑도 선후배 사이로, 이게 좋아요.
엄마랑도 따로 만나서 밥도 먹고 그러면 되죠.

엄마, 실은 오늘 엄마께 꼭 드려야 하는 말씀이 있습니다.
보훈이 아저씨한테 들으셨는지 모르겠지만, 아마 그분은 안 하셨을 거예요.
제가 상담 중에 한 고백을 아무리 엄마한테라도 쉽게 흘리실 분이 아니니.
차라리 보훈이 아저씨가 대신 말씀해주셨길 바랐어요.
하지만 아저씨도 이젠 못 그러시니까, 영원히 못 그러실 곳으로 떠나셨으니까.
엄마, 말씀 안 드린 게 있어요. 지금껏 말씀 못 드렸어요.

처음에 안 하니까 그 다음엔 도저히 입을 뗄 수가 없었어요. 형도, 몰라요.

사고, 저 때문이에요.
아버지가 그날 축구장에서 공을 사주셨어요.
시합 전에 선수들 사인회가 있어서, 사인 받으라고
축구공을 사주셨어요, 아버지가.
거기다 사인을 잔뜩 받고 집에 오면서 차 안에서 제가 공을 계속 던졌어요.
운전 방해된다고 아빠가 하지 말라고 했는데 제가,

제 다리는, 벌받은 거예요.

어머니, 다른 가정을 꾸리셨다고 해서 저 볼 때마다 미안해하시면 안 돼요.
어머니를 그렇게 만든 건 접니다.
제가 어머니한테서 남편을, 형한테서 아버지를 지워버린 놈입니다.

나중에 다시 얘기해요. 오늘은 그만할게요.

선우 올림.

엄마 죄송해요.

이노을 ———— (35세. 여. 소아청소년과 전문의)

예진우와 의대 동기 동창. 아이들을 좋아해서 소아과를 택했지만
일이 너무 바빠 그녀 자신은 결혼도 못했다.
사실 결혼엔 큰 관심 없고 대신 아이는 있으면 좋겠다.

학교 2년 후배인 예선우가 자기를 좋아하는 걸 전혀 모른다.
선우는 그녀에게 처음 봤을 때부터 2년 어린 후배였던 데다,
그녀는 잘 의식하지 못하지만 다리 불편한 선우를
노을은 도움이 필요한 환자로 인식하는 면이 있다.
선우도 그걸 가끔 느끼는데, 그건 노을이 선우를 동정해서가 아니라
그녀는 남의 아픔이 정말 자기 고통처럼 느껴지는
정신적 통점이 매우 큰 사람이기 때문이다.

진우와는 성별 구분 없는 막역한 사이.
하지만 진우가 워낙 속 얘기를 안 해서 진우네 집안 얘기며,
어릴 때 진우 아버지 돌아가신 얘기, 그리고 의대 6년 동안 지극정성으로 선우를 돌본
선우 형제 어머니가 몇 년 전 새 남편을 만난 것 등은 전부 선우를 통해 듣는다.
그렇게 들어서 아는 얘기도 진우가 먼저 말하기 전까지 먼저 꺼내지 않는다.

의사들뿐 아니라 여러 스탭들과도 잘 어울리는데
정작 그녀 마음이 기우는 쪽은 처음엔 그녀가 생각조차 못했던 존재,
믿을 수 있는 존재인지도 분간이 안 갔던 신임사장 구승효다.

승효가 만년 적자란 이유로 소아과를 처버리는 건 물론 옳지 않지만,
지방의료 인력 부족 문제에 대해선 그녀 자신이 오래전부터 고민해왔다.

정말 지방으로 가서 일손을 보탤까, 생각도 했었던 노을.

그래서인지 그녀는 승효를 냉혈인간으로 보는 동료들과 달리 그가 병원을 잘 몰라서,
소아과에 아픈 아이들을 직접 못 봐서 그럴 거라는 일말의 희망을 갖는다.
승효도 환자들을 직접 겪으면 달라질 거라며 그에게 병원 곳곳을 보여주려 애쓴다.
하지만 승효를 대하면 대할수록 너무 다른 사람이란 것이 절감된다.
문제는 병원과 승효가 계속 이런 식으로 엇갈리면 언젠간
승효를 못 보게 될 순간이 올 것이란 게 보이는데, 그것이 점점 신경 쓰이게 된다.

오세화 ———— (40대 중반. 여. 신경외과센터장)

여성 신경외과 전공자 자체가 드물던 20년 전부터 이 분야에서 두각을 나타낸
테크니션. 그중에서도 가장 까다로운 뇌신경계가 주 전공이다.
상국대학병원에서 여성이 신경외과센터장이 된 건 세화가 처음.

양친 부모가 모두 본교 의대 교수다. 어머니는 방사선학과, 아버지는 가정의학과.
바쁘고 잘난 부모 밑에서 존재감을 입증하려는 의욕이 어려서부터 매우 강했는데,
그 의욕보다 더 강한 것이 수술에 대한 열정이다.
새로운 수술법이 나오면 사탕가게 들어간 어린아이보다 더 눈을 반짝인다.
저건 뭘까, 어떻게 하는 걸까, 나도 해보고 싶다는 생각에 하루 종일 사로잡힌다.
수술에 대한 세화의 열정은 누구든 인정 안 할 수가 없다.
다만 좀 쌀쌀맞은 성격 때문에 환자를 직접 대하는 건 별로 좋아하지 않는다.

원래 성격이 다정하지도 않지만 의사 직업에 대한 프라이드가 워낙 강해서
굳이 친절해야 할 이유를 모르겠다. 그녀가 가장 싫어하는 말이 바로
의료행위가 서비스업이란 말이다. 바로 이 프라이드 때문에
사장 구승효가 병원을 돈벌이 수단으로 취급할 때 가장 강하게 반발한다.

현재 의국을 이끄는 부원장 김태상이 과잉 진료행위로 일격을 당하자
태상을 제치고 원장 선거에 뛰어든 세화는
상국대학병원 최초의 여성 병원장으로 우뚝 서는데.

하지만 세화 역시 현실의 벽에 부딪히긴 마찬가지.
원장이 고용사장이라면 병원 오너는 사장이다.
게다가 구승효 뒤에는 화정그룹이 버티고 있다.
승효가 사라져도 화정에선 계속 자기네 사람을 사장 자리에 앉힐 것이요,
그 말은 한 번 화정그룹에 찍히면 아주 골치 아파진다는 뜻.
명예욕이 있어서 계속 학교에 남고 싶은 세화로서는
재단에 계속 반기를 드는 게 어리석은 일이기도 하다.

그녀 프라이드에 개인병원에 월급 의사로 옮기기는 싫고,
그렇다고 개원하기도 적당치 않다. 개인병원에선 지금 대학에서 하는 것처럼
고난도의 수술을 하는 일이 드물어서 성취해가는 기쁨도 없을 것이기 때문.

자기 분야에서 1인자가 되겠다는 세화의 야망이 승효와 부합되는 면이 있어
의외로 둘이 시너지 효과를 내기도 하지만 그로 인해 비극이 발생한다.

선우창 _____ (30대 중반. 남. 장기이식 코디네이터)

차림새도 머리도 언제나 깔끔하게 유지한다. 멋에 관심이 많아서가 아니라
장기기증을 결정하는 뇌사자 보호자들에게 좋은 인상을 줘야 하기 때문.
유능하고 머리와 손 모두 빠르지만 심장은 좀 굳은 상태.

원래는 의사가 되고 싶었는데 집안이 넉넉지 않아 간호대를 택했다.
장학금 받아가며 공부해서 간호사가 됐는데 일은 너무 힘들고
의사 꼬붕으로 인식되는 것도 싫고 해서 일반 간호사에서 이식 코디네이터로 옮겼다.

그렇다고 지금 일이 편한 것도 절대 아니다.

뇌사는 대부분이 사고로 인한 급작스런 죽음이라 유족 대하기가 참 쉽지 않다.
그 극한 상황에 장기 떼어달란 소리 하는 건 거기서 또 극한이다.
장기 떼어줬으니 보상해달라, 돈을 달라는 사람 없을 것 같지만 많다.
장기기증 후엔 유족이 섭섭하지 않도록 새벽이건 밤이건 장례식장까지 동행한다.

물론 눈 안 보이던 사람이 그의 코디 후에 눈이 보이고,
숨 못 쉬던 아이가 건강하게 퇴원하는 걸 보는 건 큰 보람이지만
감사 인사받고 은인 소리 듣는 건 수술해준 의사 몫이다.
경험 많은 창은 이제 이게 서운하진 않다. 그냥 그렇다는 것뿐.

병원에서 보는 의사들 행태나, 동료 간호사들이 서로를 괴롭히는 행태나,
양측에 모두 창은 염증을 느낀다. 한 마디로 지쳐가는 중이다.
원래부터 냉소적인 면이 있었는데 이게 세상에 대한 경멸로 굳어가는 중이다.

관심 있는 건 딱 2가지인데, 맛있는 음식과 응급센터 간호사 은하다.
일에서 받는 스트레스는 혼자 맛있는 거 찾아다니는 식도락으로 풀고,
이성적 관심은 그나마 은하한테 좀 쏟고 있는데 은하는 그에게 별 관심이 없어 뵌다.

로맨틱하지도 않고 늘 데면데면 사람을 대하는 창은
은하에 대한 관심도 그답게 아주 조금씩 흘리고 다닌다.
하지만 딱 그 정도일 뿐 적극적인 움직임은 없다.
남에 연애사는 오해를 잘해서 노을과 진우가 여남 사이라고 제멋대로 오해 중.

병원에서 창과 제일 가까운 사람은 실은 노을이나 은하가 아닌 구승효 사장이다.
승효는 사장실에 틀어박혀서도 병원 일을 소상히 파악하는데,
이게 가능한 이유가 바로 선우창이 있기 때문이다.
창은 동료들 몰래 병원 내부에서 누가 뭘 하는지,

누가 제일 사장에게 반발하고 뒤에서 어떤 일들을 벌이는지,
승효에게 낱낱이 일러주는 정보원 같은 존재다.

승효와 창은 모두 화정그룹재단에서 출연한 장학금의 1기 수혜자 출신.
당시 화정재단은 홍보를 위해 1기 수혜자들을 여러 행사에 동원했는데,
이 모임에서 만난 두 사람은 처음부터 기질이 묘하게 맞았다.
만만치 않은 세상과 맞서 싸우며 길러진 승효의 전투적 성격과,
비슷한 환경에서 반대로 매사 심드렁하고 나른해져버린
창의 성격이 + - 합을 이룬 것.
1기 수혜자 중에 10여 년이 지난 지금까지 연락을 주고받는 건 딱 둘뿐이다.

그렇다고 병원 사장으로 온 승효에게 창이 따로 뒷돈을 받거나
잘 보여 출세하고 싶은 마음에 내부 소식을 물어다준 게 아니다.
창은 뭐랄까, 일상의 답답함, 무료함을 깰 무언가를 원했다.
늘 반복되고 스트레스만 쌓이는 생활과는 색다른 뭔가를.

승효에게 병원 소식을 알려주면서도 동료들을 배신한다는 생각은 별로 안 들었다.
솔직히 창은 그닥 내 동료라고 느끼는 사람도 없다.
왜 동료들을 팔아넘기는 짓을 했냐고 묻는 은하에게 창이 한 대답은, '엿 같아서.'
뭣 같은 세상 엿 먹으라고 했다는 창의 경멸적인 대답.

결국 스스로 병원을 떠나는 창, 그는 반성도 후회도 없지만 홀가분한 느낌조차 없다.
삶에 지친 그는 꿈도 귀찮고 의욕도 성가신, 눈 뜨면 하루를 사는 인간으로 남는다.

강경아 ———— (40대 중반. 여. 화정그룹 직원)

승효가 화정그룹 회장 비서직을 떠나 일반직으로 갔을 때부터
손발을 맞춰온 사이. 화정로지스 사장이 된 승효가

그녀를 로지스로 특채해 갔을 만큼 서로 척 하면 척이다.
대체로 뚱하고 리액션이 크지 않은, 넉넉한 아줌마 인상이지만
인상과 달리 기민하고 상황 판단도 빠르다.
이번에도 승효를 따라서 병원으로 직종을 옮기는데,
승효와 의사들의 갈등과 충돌을 가장 가까이서 보면서 상당히 마음 불편하다.
하지만 일은 일, 병원 일에 온정적인 것 같으면서도 결정적일 땐 승효 편이다.

김은하 ———— (33세. 여. 응급의학센터 간호사)

빠른 판단과 행동으로 열 몫은 해내는 베테랑 간호사.

십 년 이상 이쪽에 몸담다 보니 일부러 알려고 안 해도 알게 되는 이야기들이 있다.
예를 들면 예진우 선생의 동생 예선우 이야기가 그렇다.
선우가 일하는 심평원 직원들이 거의 간호사 출신이라
은하의 친구들도 심평원에 다수 포진해 있기에
진우한테 다리가 좀 불편한 동생이 있다는 걸 알음알음 들어 알고 있다.

그래서, 동료들이 진우를 건방지다거나 속을 모르겠다거나 할 때
어쩌면 그런 성격이 진우한테는 자신을 보호하기 위한
최소한의 방어기제일지도 모른다는 생각도 한다.
진우를 동료로서 존경하고 그의 뜻에 동조하며
때론 진우의 생각을 이끌기도 한다.

같은 센터 방선생과 장기이식센터 선우창의 은근한 관심을 받고 있는데
일에는 빠른 그녀지만 자기를 좋아하는 남자가 둘이나 주변에 있는데
별로 개의치 않는다. 어쩌면 일이 너무 에너지를 많이 필요로 해서일지도.
화장기 없이 늘 머리 질끈 묶고 종횡무진 뛰어다닌다.

이소정 ——— (30세. 여. 응급센터 레지던트 4년 차)

응급센터 레지던트 중 가장 고참, 의국장(치프)이다.
똘똘하고 기민하고 실수가 적어서 진우가 의국에서 가장 믿고 일을 맡기는 후배.
눈코 뜰 새 없는 레지던트다 보니 집보다 병원에서 보내는 시간이 월등히 많다.
의국장이라 해도 실질적 체계에선 아직은 말단에 불과하지만
응급의로서의 신념은 누구보다 확고하다.

박재혁 ——— (28세. 남. 응급센터 레지던트 1년 차)

레지던트 1년 차. 동기들 모두 피부과다 성형외과다 선택할 때
패기를 갖고 응급의학과를 선택했다.
예상을 뛰어넘은 하드코어 응급학과 생활이 힘들긴 하지만,
이제 조금 예진우 선생의 잔소리에 익숙해지고 있다.
아직 업무 파악이 완벽하진 않지만
그래도 익숙해질 만하니 응급의학과는 지방으로 내려가라는 승효의 명령.
여기에 물론 반감을 갖지만, 반감이 딱히 행동으로 옮겨지진 않는다.

방선생 ——— (31세. 남. 응급센터 간호사)

응급의료센터의 수문장. 큰 키에 넉넉한 풍채로
하루에도 수십 번씩 일어나는 응급실 소란을 제압한다.
동료 간호사인 은하에게 이성으로서 호감을 갖고 있다.
하지만 직장 상사이다 보니 눈치만 보고 있는 중.

이상엽 ——— (50대 초반. 남. 암센터장)

암센터장. 상국대학병원의 핵심이라 할 수 있는 암센터를 대표하는 데다,
나이도 제일 많아 기세등등하다. 미국에서 오랜 기간 살다 들어와 집단보단 개인,
겸손함보단 자신감 있는 표현을 강조하며 성과주의를 지향한다.
3과의 파견이 발표되자 처음엔 승효 반대편에 서지만
암센터에서 쉬쉬해온 의료사고를 승효가 밝혀낸 뒤론 발언권이 많이 약해진다.

하지만 의료사고 때문에 암센터에 쏠렸던 이목이
부원장 김태상으로 옮겨가는 사건이 발생하자 이때가 기회다 싶어
더 커다란 도약을 꿈꾸지만 위기를 모면코자 내뱉은 말 한 마디에 발목 잡힌다.

이동수 ——— (40대 후반. 남. 응급의학센터장)

기분파. 자주 욱하지만 금방 풀린다.
감정이 격해질 때면 사투리가 더욱 짙어지는 충정도 당진 출신.
승효가 응급과를 지방의료원으로 보내버리려 했을 때 동수가 가장 먼저 한 일은
다른 병원 응급센터 자리를 알아본 일이다.
하지만 상급 병원 이상에만 있는 응급의료센터의 과장 자리를 찾기란 쉽지 않고,
이 나이에 누구 밑에 들어가기도 애매한 상황이다.
과 특성상 개원도 어려우니 이젠 어떻게든 상국대학병원에 남으려 안간힘 쓴다.
자기 진료실에 자리 잡고 주로 회진 도는 다른 센터장들과는 달리,
늘 응급 현장에서 뛰어야 하는 과 특성상 권위적이지 않고 수수하다.

김정희 _____ (40대 초반. 여. 산부인과 과장)

몸집은 호리호리하나 대장부 스타일. 추진력이 있고 호기도 있다.
3과 파견이 발표되자, 당장 쫓겨나게 생긴 상황에 흥분해 들고 일어난다.
그러면서도 한편으론 여성 전문 클리닉 개원을 고민하며 모든 경우의 수를 고려한다.
의료사고로 걸려서 유족과 트러블이 난 적이 있는데 딱히 그녀의 잘못이라기보다는
애매한 부분이 있다. 주위에서도 아무도 대놓고 그 의료사고를 언급하진 않는다.
다른 동료들도 떳떳지 않기 때문.

서지용 _____ (40대 중반. 남. 안과 과장)

지용이 이끄는 안과는 상국대학병원 내에서도 수익성이 매우 좋은 데다,
당장 병원을 나와 개원해도 수익은 보장되니 병원 내 정치 싸움에
목맬 필요성을 못 느끼고 있다. 정작 관심은 예쁜 여자 환자, 간호사다.
친절과 희롱을 구분하지 못하고 치근덕거려서
간호사들 사이에서는 피하고 싶은 인물로 통한다.
정작 본인은 간호사들이 자길 어려워한다고 생각한다.
희롱을 해도 농담이라고 생각하지 크게 잘못됐다고는 생각지 않는데,
20대 때부터 그 문화에 젖어 살아왔기 때문.
언제든지 학교 관두고 개인병원 차릴 수 있는 분야라
병원 내 파벌 싸움이나 승진에 크게 목숨 걸지 않지만
여기저기 돌아가는 일엔 관심이 많다.

장민기 _____ (40대 중반. 남. 이식센터장)

이식센터장. 소심하고 조용해서 존재감이 크진 않다.
권위의식이 없고 개방적이라 타 과와 교류가 많은 이식센터장으로 제격이다.

너무 튀려고도 안 하고 그렇다고 뒤처지는 것도 싫은, 가늘고 길게 가는 타입이다.
하여, 책임져야 하는 일이 생기면 어느샌가 자연스럽게 뒤로 빠져 있다.

고영재 _____ (40대 후반. 남. 소아청소년과 과장)

노을의 상사. 날고 기는 과장들 사이에서 튀는 법 없이 덤덤하니 제자리를 지켜왔다.
그런데, 지방의료원 파견 명령이 떨어지자 처음으로 그의 목소리가 커진다.
본인이야 개원의가 돼도 되지만 이런 식으로 쫓겨나는 것도 싫고,
또 솔직히는 요즘 소아과가 별로 돈벌이가 못 되는 것도 걱정이다.
소아과는 필수진료과라는 명분으로 지방에 안 가려 애쓴다.

양윤모 _____ (40대. 남. 성형외과 과장)

시중의 개인 성형외과에선 못하거나, 돈 안 돼서 안 받아주는
미용 외 수술 환자를 많이 받는다. 그 바람에 수익을 많이 내지는 못하지만
대학병원 성형외과의 존재 의의는 돈보다 더 큰 것이란 스스로의 믿음이 있다.
대학병원의 근본 취지에 어긋나는 사장 구승효와 원장 오세화의 행보에
반감을 갖고 있어 심정적으론 주경문의 노선을 조금 더 지지한다.

이보훈 _____ (58세. 남. 상국대학병원 前 원장/정신과)

의사로서의 윤리의식과 신념, 그리고 온화한 성품까지 지닌 이상적인 의사.
친절하고 배려 깊은 진료로 환자뿐만 아니라 의사들이 존경하는 의사다.
병원 내에서도 긍정적인 평가로 병원장을 연임해왔다.
하지만 자신을 챙기는 데에는 인색했던지라 술과 담배를 멀리하지 못했고,
끝내 심근경색이 악화되어 58세의 일기로 작고한다.

마지막까지 그가 놓지 않았던 건 몇 달 전 재단이 바뀌면서 불어 닥친
병원 영리화의 기세다. 승효가 병원을 기업화시키는 걸 저지하려고
혼자 고군분투하지만 보훈의 죽음 이후 영리화는 급속도로 진행된다.
의사가 환자만 보면 되던 시대의 마지막 인물. 하여 필요하고 이상적인 존재지만
도태되어 사라질 수밖에 없는 구세대의 표상이다.

병원 밖 사람들

최서현 ──────── (29세. 여. 새글21 기자)

공중파 방송사에서 메인 뉴스를 맡았던 앵커.
방송국 파업 기간 중 퇴직하고 현재는 퇴직 기자와 아나운서들이 뭉쳐서 만든
신생 미디어 업체 '새글21'에서 기자로 뛰고 있다.

승효의 영리화 추진을 반대하며 상국대학병원 의사들이
파업을 선포했을 때 취재 왔다가 진우를 만나게 된다.
이름 있는 방송사와의 인터뷰는 센터장들이 맡고,
서현의 회사는 규모도 작지만 좀 골치 아픈 곳이라 진우가 떠맡게 된 것.
부정부패와 비리 추적 르포가 전문인 새글21에서 낸 기사 중에는,
화정그룹 후계자들이 죄다 요상한 이유로 군 면제됐다는 기획기사도 있었는데,
군 면제 의혹 대상 중엔 승효의 직속상사인 現 화정그룹 회장도 물론 포함돼서
한동안 화제가 되기도 했었다.
응급환자 발생으로 서현과 약속한 인터뷰에 근 한 시간을 늦은 진우가
뒤늦게 달려가 사과하는데, 서현은 진우에게 케익을 내민다.
이런 게 필요할 거라면서.
한 시간이나 감감무소식인 응급의를 가만 앉아서 기다렸을 리 없는 서현이

응급실로 돌진했을 때 피를 뒤집어쓰고 환자를 살리려 정신없는
진우를 보았기 때문.

참 밝게 활짝 퍼지는 미소를 가진 서현과 마주 앉았던 진우는,
그녀가 취재를 끝내고 돌아간 뒤 괜히 전화를 체크하게 된다.
근무가 끝나면 늘 곧장 동생 선우가 있는 집으로 향했던 진우는
난생처음으로 약 냄새나 환자하곤 아무 상관 없는 사람하고
몇 분만 같이 있었으면.. 생각하게 된다.
그날 낮 서현을 만나기 이전까진 단 한 번도 없었던 증상이다.

하지만 서현의 등장으로 인해 진우 동생 선우는 마음이 불안해진다.
하반신 마비의 남동생이 진우에게 있다는 걸 알고
서현이 행여 진우를 멀리할까 봐.
하지만 선우의 이런 걱정은 기우.
서현은 매우 씩씩하고 생각이 곧은 젊은이다.

조남형 ——— (40대 초반. 남. 화정그룹 회장)

타계한 前 회장의 둘째 아들로 비교적 젊은 나이에 회장직에 올랐다.
선대 회장이자 창업주인 아버지가 총애한 승효를 인간적으론 좋아하지 않는다.
하지만 승효의 능력은 100% 인정, 노사관계가 복잡한 물류회사를 다잡으며
리더십을 발휘한 승효를 병원 총괄사장직에 앉힌다.
인수한 지 얼마 안 돼 그룹 내에서 아직 자리 못 잡은 대학병원을
확실히 복속시킬 인물은 승효임을 잘 알기 때문.

일반 서비스업을 뛰어넘은 제4의 혁명을 주도해야만 거대 기업이
살아남는다는 것을 아는 조회장은 '의대-병원-제도-상품'으로 연결되는
의료산업 4박자에 초석을 다지는 중이다.

천상 비즈니스맨인 승효와 이 점에서 아주 뜻이 잘 맞지만,
끝을 모르는 조회장의 욕심은 결국 승효와의 사이를 갈라지게 만든다.

이현균 _____ (30대 후반. 남. 화정그룹 구조조정실 실장)

원래는 화정 본사 소속으로 현재는 상국대학병원에 파견 나온 상태.
겉보기에는 개인 의견 없이 구조조정실 업무에만 충실하며
승효의 지시를 효율적으로 이행하는 듯 보이지만 승효가 하는 일,
그리고 병원에서 일어나는 모든 일을 조남형 회장에게
시시콜콜 보고하는 업무를 제일 중요시 여긴다.
승효도 이를 알고 있지만 구조실장을 자르진 않는다.
구조실장이 조회장의 직접 명령하에 움직이는 것을 알고 있기에.
잘라봤자 회장은 실장을 다시 임명하거나
다른 사람을 또 보낼 것을 알고 있기 때문이다.

그룹 내에서 승효의 입지가 점점 좁아지자 회장의 위세를 업고
점점 목에 힘을 주는 호가호위의 면모를 드러낸다.

고나연 _____ (40대 후반. 여. 심사평가원 심사실 위원)

보건복지부 산하 심사평가원은 병·의원 등에서
건강보험 가입자(환자)를 진료하고 청구한 진료비를 심사·평가하는 기관이다.
의사들이 혹시 허위로 청구하진 않았는지,
돈을 더 벌려고 불필요한 과잉 진료를 하진 않았는지 심사하는 기관인데,
그중에서도 고실장은 의사들이 주축인 심사실 상근 위원이다.

예선우의 상사로 직원들과 격의 없이 지내고 선우와도 사이가 좋다.

하필 구승효가 임명돼 온 후로 각종 사건사고가 끊이지 않는
상국대학병원 심사를 올해부터 맡은 바람에 일복이 터진다.

정지영 _____ (30대 초반. 여. 심사평가원 심사실 위원)

출산휴가와 육아휴직을 마치고 돌아온 지 채 한 달도 되지 않았다.
정위원의 바로 옆자리가 선우 자리라,
선우가 불편해하지 않는 한도 내에서 잘 도와준다.

그 외 환자들, 간호사 선생들, 의사들.

용어정리

#S   장면(Scene)을 표시하는 것으로, S 뒤에 장면 번호를 적어 표기한다.

E   대사와 음악을 제외한 효과음(Effect)을 뜻하며, 보통 등장인물은 보이지 않고 소리만 나는 경우에 사용한다.

F   필터(Filter)의 약자로 전화기 너머의(필터를 거쳐 들려오는) 목소리나 마음속으로 하는 얘기 등을 표현할 때 쓴다.

C.U   클로즈업(Close Up). 배경이나 인물의 일부를 화면에 크게 나타내는 것.

cut to.   가까운 공간 안에서의 각도 전환.

Insert   화면의 특정 동작이나 상황을 강조하기 위해 삽입한 화면. 인서트 화면이 없어도 장면을 이해하는 데에는 별다른 지장이 없으나 인서트를 삽입함으로써 상황이 명확해지는 한편 스토리가 강조된다. 인서트 화면으로는 대개 클로즈업을 사용한다.

O.L   오버랩(Overlap). 현재의 화면이 사라지면서 뒤의 화면으로 바뀌는 기법이다. 대사에서 O. L은 앞 사람의 말을 끊고 틈 없이 말을 할 때 쓰인다.

N   내레이션을 지칭하는 용어로, 장면 밖에서 들려오는 목소리를 나타낸다.

F.O   페이드아웃(Fade-Out). 화면이 점차 어두워지면서 장면이 바뀌는 것을 말한다.

F.I   페이드인(Fade-In). 어두웠던 화면이 점차 선명하게 나타나는 장면 전환 기법.

Flashcut   화면과 화면 사이에 들어가는 순간적인 장면. 극적인 인상이나 충격 효과를 주기 위해 삽입되는 매우 짧은 화면을 지칭한다.

Flashback   회상을 나타내는 장면. 지금 일어나고 있는 사건의 인과를 설명할 때 쓰이기도 하고, 인물의 성격을 설명하기 위해 쓰이기도 한다.

1

라이프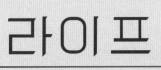

LIFE

S#1. 찻길 - 밤

차량 가득한 도로. 뒤에서부터 다급한 사이렌이 울린다. 점점 다가오는 소리.
차들, 조금씩 움직여 길 터주면 마침내 화면 안으로 빨려들듯 들어오는 응급차,
전속력으로 내달린다.

S#2. 상국대학병원/복도 - 밤

입술 꽉 깨문 오세화 선생, 거의 뛰다시피 간다. 수술실 안으로 들어간다.

S#3. 동/수술실 청결홀 - 밤

수술복 갖춰 입고 손 박박 씻는 경문, 동요하지 않으려 어금니 꽉 깨물었다.

S#4. 동/응급실 - 밤

예진우 선생을 비롯한 응급실팀, 빈 침상과 바이탈 기기 등 만반의 준비한다.
약제와 수혈팩, 피를 담을 suction bottle도 미리 갖다 놓고.
여기저기 다른 환자들 살피는 의료진도 진우 쪽 보는 얼굴에 전부 당혹감이 어렸다.
간호사 김은하 선생이 문가에 급히 나타난다.

은하   정문 다 왔대요! (말 끝나기도 전에 몸은 이미 정문 쪽으로 향하는)

진우, 지체 없이 침상 밀며 간다. 응급팀, 따르는데,

재혁   예선생님! (뛰어와서 합류한다) C로젯 1번 수술장 열었습니다.
진우   (긴장으로 팽팽해진 턱. 눈에선 불안이 읽힌다) 누구야.
재혁   주경문 교수님이랑, NS(*신경외과)에선 오세화 교수님이요.

진우, 조용히 그러나 깊게 숨 들이쉰다. 응급실 문을 치고 어두운 밖으로 나선다.

S#5. 찻길 - 밤

응급차, 〈상국대학교〉와 〈상국대학병원〉이 함께 써진 표지판 밑에서 좌회전한다.

S#6. 대학병원/응급실 출입구 앞 - 밤

병원 밖에 나와 기다리는 응급팀. 멀지 않은 곳에서 사이렌 들린다.
누군가 '온다!' 하는. 그 전에 이미 모두 소리 나는 곳에 집중하는데,
돌연 뚝 끊기는 사이렌 소리. 진우, 설마?! 싶은데,
드디어 시야에 들어오는 응급차. 그런데 속도가 뚝 떨어졌다. 천천히 들어온다.
응급팀, 아무도 입은 안 열지만 좋지 않은 예감이 퍼지고.. 그 앞에 서는 응급차.
진우, 당장 응급차 문부터 열면 눈에 들어오는 상황은,
문 바로 앞의 부원장 태상, 심장충격기 잡은 피 묻은 두 손 늘어뜨리고 망연자실...
태상 너머 안쪽에 웅크린 응급대원도 기색만 살필 뿐 말이 없다.

진우의 시선, 곧장 응급침상으로 돌려지는데,
이미 환자 머리끝까지 덮어진 담요.

진우　　　(순간 숨이 멈춰지지만 그래도 침상 끌어내리는)

진우 따르는 응급팀, 얼른 와서 응급침상을 함께 내린다.
진우, 담요 걷으면 원장 이보훈이 눈을 감고 있다.
진우, 동공부터 살피지만 반응 없다.
그제야 눈에 들어오는 보훈 머리에 괴어놓은 시트. 붉게 물들었고.
심장충격기 때문에 앞섶은 완전히 풀어헤쳐져 초로의 몸이 드러났다.
진우, 몸을 가려주듯 앞섶 움켜쥐고 침상에 옮기려 하자 응급팀도 나서는데,

태상　　　(응급차 안에 망연자실 앉은 채로) 사망 시간,
진우　　　(알면서도 애원하듯) 부원장님.
태상　　　지금, 시간이..
응급대원　11시 48분이요.
태상　　　.. 사망 시간, 11시 47분.
진우　　　!... .. ..

아무도 움직이지 않는다. 우뚝 선 그들 사이로 화면 점점 올라가 위에서 비추면,
거대한 병원 건물. 그 위에 커다란 '상국대학병원' 글자가 자랑스럽게 빛난다.
그 옆으로는 나무 울창한 너른 대학 캠퍼스가 이어지고.
캠퍼스 밖 대로엔 한 사람의 생사와 관계없이 이어지는 빨간 불빛 차량의 행렬...

S#7. 동/장기이식센터 - 밤

모두 퇴근한 밤. 불투명 유리문 밖의 불빛만 희미하게 비치는데,
돌연 문 열리며 장기이식 코디네이터 선우창이 성큼 들어선다.
퇴근했다가 급히 다시 왔지만 단정한 머리 가르마, 단정한 차림새,
불 켜고 윗도리 벗어던지고 노트북 켜는 동작이 거의 동시에 이뤄진다.

노트북이 커지는 동안 필요한 3~4개의 파일을 모두 꺼내서 쌓는 창,
맨 위에 놓인 서류철에 붙은 제목은 〈장기이식 동의서(직원용)〉다.
의자에 앉은 창, 〈각막 대기자 등록 서식〉 파일을 모니터에 띄운다.
(*각막 대기자 등록 서식 마지막 장에 첨부했습니다. 〈첨부1〉)

파일에 체크 표시된 각 환자의 의학적 상태와 진단명만 딱딱 체크하고,
다음 장, 그 다음 장으로 넘기다가 3번째 환자 파일에서 멈추더니...
책상에 깔아 놓은 조직도에서 안과 리스트를 찾아 맨 위 번호로 전화한다.
연결 벨 울리는 사이에도 왔다 갔다, 다른 파일 가져오는 창의 손은 쉬지 않는다.

창   아 교수님, 쉬시는데 죄송합니다만, 원장님께서 돌아가셨습니다.
        .. 방금 전에 사고로요. 근데 지금 다른 분들 다 오신다는데
        서교수님도 계셔야 할 것 같아서..
        (말은 공손하지만 전화에 집중하지 않고 서류 챙겨서 자리 뜨는)

S#8. 동/수술장 – 밤

수술대에 올려진 보훈의 시신.
그 옆에 말없이 내려앉은 경문.
세화(수술복 차림)는 눈코가 빨갛지만 그런 얼굴 보이기 싫어 앙다물고 있다.
노크소리. 이어 선우창이 마스크로 입 가리고 들어온다.

창   (단정한 인사) 지금 가야 검사한테 장기 적출 승인을 받을 수
        있어서요. (누구에게랄 것 없이 일단 서류를 내미는데)

세화와 경문, 둘 다 서류를 받을 생각이 없다, 외면.

창   (펜도 꺼내 서류 위에 놓으며) 어느 분이 담당이신지..

역시 대답 없는 경문과 세화. 그래도 끈기 있게 서류 내밀고 선 창.

세화 (쏘아보지만 달리 어쩔 수 없는) 유족은.

창 동의하셨습니다.

경문 (창은 보지 않고) 부검부터.

창 부검에 영향 없게 하겠습니다. 아시겠지만 각막만요.

세화 안과에 지금 사람 없어.

창 서교수님 오십니다.

세화와 경문, 더 이상 할 말이 없다.

창 원장님, (시체 향하는 눈길) 기다리고 계실 겁니다.
    (다시 펜 내미는) 너무 시간이 지나면 각막도 놓치게 돼서요..

세화 .. (서류를 낚아채 사인하고 두 번도 안 보고 줘버리는)

창 감사합니다. 다시 오겠습니다. (서류 받아서 나가면)

이 상황이 속상한 세화, 나가버린다. 경문, 혼자 남는...

S#9. 동/수술장 밖 – 밤

수술장에서 나와서는 세화, 표정이 좀 변한다. 의혹이 스치는 듯. 서둘러 자리 뜨는.
세화 간 뒤로 미동 없이 앉은 경문 뒷모습이 수술장 쪽창으로 보인다.

S#10. 동/복도 – 낮(경문의 회상. 불과 몇 개월 전)

보훈, 경문을 대충 끌고 구석으로 간다.

경문 왜요? 뭐요?

보훈 (지갑 꺼내는)

경문 뭘 또 이런 걸? (지갑째 가져가려는데)

보훈	(그 손 피하고 주민증 내밀어 보이는)
경문	(보면, 장기기증 각막기증 스티커 2개가 붙어 있다) 에이 난 또. 기어코 하셨어?
보훈	때 되면, (싱긋 웃는) 니가 예쁘게 해줘.
경문	왜 나한테 그래요? (손사래. 자리 뜨는) 이식팀은 됐다 뭐하려고.
보훈	(슬쩍슬쩍 잡으며) 때 되면. 나 배가 자꾸 나와서 딴 사람은 싫어.
경문	내가 해주면 원장님 나한테 뭐 해줄 건데요?
보훈	야 다 죽은 마당에 뭘 해주냐?
경문	다 죽은 마당에 이거(배 꾹!) 튀어나온 건 뭔 상관이래요?

보훈과 경문, 서로 계속 싫다, 말 들어라, 퉁박 주면서 앞서거니 뒤서거니 함께 간다.

S#11. 동/수술장 - 밤(현재)

경문... 보훈 본다.
보훈, 뒷머리는 피가 엉겨 붙었고 이제 안색이랄 것도 없지만 어딘가 웃는 듯,
시체인데도 평화로이 잠든 인상이 풍긴다.

경문	.. 천국의 자리로 돌아간 제 형제에게 영원한 빛과 평화를 내려주시고 남아 있는 이들에게 위로와.. 용기를 주소서..

보훈을 보여주는 화면이 흐려진다. 보훈을 바라보는 경문의 눈에 눈물이 어린 것이다.
그 위로 들리는 소리.

진우E	떨어지셨어, 골반뼈까지 완전히 부서졌어.

S#12. 동/응급실 밖 - 밤

진우, 응급실 안내판이 보이는 근처 화단에 다리를 아무렇게나 하고 앉아 전화 중이다.

진우	옮기는데 허리가 종이처럼 접히더라.
선우F	형, 됐어.
진우	.. 미안.
선우F	.. 형 혹시, 원장님한테 그 얘기 했어?
진우	..
선우F	원장님이 그거 듣고 (말 급히 바꾸는 투) 알고 돌아가셨냐고.

S#13. 진우의 집/안방 - 밤

방바닥에 다리 쭉 펴고 앉은 선우, 운동 중이었는지 옆에 큰 아령이 뒹군다.

선우	(훌쩍이는 소리 내지 않으려 코를 잡고, 닦기도 하는) 말했어?
진우F	음.
선우	(아...)
진우F	그 얘기, (목소리 끝이 갈라져버린다)
선우	(기다리는..)
진우F	(진정된 목소리) 안 퍼지게 해봐.
선우	벌써 보고 끝났어. 곧 다 알게 될 거야.
진우F	그러니까, 어떻게든.
선우	.. 해볼게. 그렇게 되셨다는데 우리도 막무가내로 어쩌진 않겠지.
진우F	그래.
선우	형 괜찮아?
진우F	.. 모르겠어. (전화 뚝 끊기는)
선우	... (이런 게 다 무슨 소용인가, 아령을 밀어버린다)

S#14. 대학병원/응급실 밖 - 밤

진우, 잠시 그대로 앉은.. 땅을 보며 일어나 두어 발 내딛는데, 난데없는 자동차 경적.

소리에 물러나는 진우 앞을 유유히 스치는 검은 차.

틴팅도 매우 진한 데다 먼지 하나 없이 반짝여서 바로 앞을 지나는데도

차 안에 사람은 흔적도 안 보이고 내려다보는 진우만 반사된다.

묘하게 일그러진 반사 이미지.

자기 모습을 낯선 이처럼 지켜보는 진우, 차는 그를 스쳐 1층 중앙 출입구로 가 서고.

진우, 묵묵히 응급실로 간다. 그의 뒤로 관리인이 달려와 검은 차 문 여는 게 보인다.

차에서 내리며 모습을 드러내는 구승효 사장.

응급실로 막 들어서던 진우가 돌아보면, 진우 시점에서 승효 옆모습이 보이는데,

수트 갖춰 입었고 옆선도 지적인데, 지금 쩨푸려서인가? 승효, 꽤 호전적인 인상이다.

진우, 시선 거두고 응급실로 가고. 그와 거의 동시에 건물 안으로 사라지는 승효.

S#15. 동/응급실 - 밤

복잡한 한밤의 응급실. 아픈 신음도 들리고 취한 환자의 주정도 이어지고.

진료 끝난 시간이라 외래로 가야 하는 환자까지 들어와 침상이 많이 찼다.

모니터 앞에 선 진우, 모니터 C.U 하면 사망진단서 입력 중이다.

진우, 환자 성명에 - 이보훈, 직업란엔 - 의사 입력.

몇 칸 아래 사망 장소에는 '기타'에 체크하는데,

사망의 종류 칸에서 잠시 방황하는 커서, 깜빡깜빡.

〈병사〉〈외인사〉 칸을 지나쳐 〈타살〉을 지나치고는..

〈자살〉 칸 근처에서 멈춘다. 진우, 모니터를 바라보는데,

(*사망진단서 서식 마지막 장에 첨부했습니다. 〈첨부2〉)

소아청소년과 의사 이노을, 병원 내부와 연결된 문에서 응급실로 들어온다.

노을, 바로 소아 처치실로 향하는데,

침상은 비어 있고 남자 간호사 방선생이 바삐 준비 중이다.

방선생 거의 다 왔대요, 6살이고 칼에 다섯 군데 정도 찔렸대요.

노을   누가 애를, 무슨 일이래요? 멘탈은?

방선생 뭔 일인진 모르겠고 멘탈은 있대요.

노을   (컴퓨터 앞의 진우 보더니) 지혈되면 바로 CT 갈게요.

방선생　네.

노을, 진우 옆에 있는 컴퓨터로 온다.
자살 칸 옆에 있던 커서를 치워버리는 진우,
〈사망의 종류〉는 건너뛰고 그 아래 칸 〈직접사인〉 칸에 추락사라고 입력하는데.

노을　(자기 컴퓨터만 보지만) 원장님, 어디서 그렇게 되셨는지 들었어?
진우　(한 귀로 흘리는) 음.
노을　왜 하필 부원장님 댁이었을까..?
진우　음.
노을　.. 이상하지 않아?
진우　음. (역시 한 귀로 흘리다) .„ 응? (그제야 노을 보는데)

노을, 모니터 향한 옆모습이 이상하다. 당황한 듯도 하고 고민하는 것 같기도 하고.
진우가 쳐다보는데도 모니터 위를 헤매는 노을의 눈이 멍하다.

진우　.. 왜 그래?
노을　(진우 보지만 바로 시선 피하는)
진우　이노을 선생,
응급대원1E　소아 CPR이요! 연락드린 스텝운드입니다!

노을과 진우, 자동반사로 보면 응급대원들이 침상 밀고 들어온다.

방선생　이쪽이요! (소아 처치실 가리키며 앞장선다)
노을　(쫓아가며) 멘탈 있다면서요?
응급대원1　들어오기 직전에 어레스트 났어요, (처치실로 들어가는)

간호사들과 응급대원, 여자아이를 신속히 침상에 옮긴다.
진우도 합류한다.

노을　펄스 체크, 리듬 확인.

방선생   펄스 없습니다.

노을   컴프레션, 인튜베이션 준비. 에피네프린 투여하고 CPR 유지. (상처 보는)

응급대원1 옆구리, 배, 팔, 다리 찔렸고요, 배는 2군데요.

진우   보호자 어딨어요?

응급대원1 저기요. (뒤를 보는)

그 말에 돌아보면, 다른 응급침상에 실려 오는 아이 아빠,

역시 피 흘리지만 신음한다. 의식이 있다.

은하, 서둘러 그를 침상으로 이끌고,

레지던트 재혁도 아이 아빠에게 달려온다.

노을과 여자아이 쳐다보지만 서둘러 아이 아빠에게 가는 진우,

장갑 끼는 동시에 아이 아빠 배에 난 상처를 벌려보다 손가락 넣어 살피면서

눈으론 또 다른 상처가 있는지 급히 훑는다.

은하, 아이 아빠에게 수액 연결하고 바이탈 사인 체크하며 계속 말 시킨다.

여기 어딘지 아느냐, 이름 뭐냐, 등등 침착하게 말 걸어 의식 붙잡아두는 은하.

진우   (재혁에게) 산소 투여하고 CT, (응급대원에게) 다른 상천요?

응급대원2 여기만요, 애 아빠 한 군데요.

진우   어떻게 하다

노을E   DC기!

진우, 처치실 보면 상황이 좋지 않아 보인다.

심장충격기 준비하는 방선생,

수혈팩을 안고 처치실로 뛰어가는 안선생,

진우는 정맥관 카트 가져오라 하고 재혁은 뛰어가고.

침상에 있던 다른 아기는 놀라 울고, 부모들은 자기 아기를 달래면서도 굳었고,

양쪽에서 벌어지는 급박한 사태. 생과 사가 오가는 일촉즉발의 순간이다.

S#16. 동/원장실 앞 복도 - 밤

세화, 복도 따라 오는데 원장실과 부원장실이 함께 있는 유리문에서 나오는 경찰 둘. 젊은 순경은 정복, 형사는 사복 입었다.

세화　　(경찰 둘이 옆을 스치는 순간 고개를 자연스레 반대쪽으로 돌리는데)
형사　　실례합니다.
세화　　! (.. 흔들림 없이 돌아보는) 네.
형사　　여기 응급실이 어느 쪽이죠?
세화　　1층 가서서 건물 밖으로 나가세요. 그럼 바로 보여요.
형사　　예 감사합니다. (가는)
세화　　(경찰들 멀어지는 것 보며 원장실 유리문으로 들어간다)

S#17. 동/원장 비서실 - 밤

유리문으로 들어서면 가운데에는 비서 책상, 한쪽은 원장실, 반대쪽은 부원장실이다. 원장실을 잠깐 쳐다본 세화, 부원장실로 노크하고 들어간다.

S#18. 동/부원장실 - 밤

태상　　(혼자 소파에 앉았다. 눈은 떴지만 아무것도 안 보고 있는)
세화　　경찰이 여기까지 왔다 갔네요?
　　　　(소파 등에 비스듬히 기대고 팔짱도 끼는. 굳이 깍듯해 뵈진 않는다)
태상　　사고사니까.
세화　　그것보단 앰뷸런스가 부원장님 댁에서 출발한 걸로 떠서겠죠.
태상　　우리 집에서 그렇게 됐으니까.
세화　　뭐가 그렇게요?
태상　　뭐가 그렇게겠어?
세화　　질문에 질문으로 응하시네요?
태상　　(꽤씸하지만) 이원장, 내 집에 왔을 때부터 벌써 술이 많이 올랐었어.
세화　　(이 말에 약간 치켜지는 눈썹)

태상	그놈에 담배 그걸 못 끊어서, 내가, 집주인이 싫다는데 그걸 꼭
	남에 집에서 피워야 돼? 옥상 가 피우라고 했어!
세화	...
태상	뭐 쿵 하는 소리가 나서 올라가봤더니..
	(그때 생각이 다시 떠올라 괴로운) 아래는 쳐다볼 생각도 못했는데 난..
세화	(자세 똑바로 하는) 심근경색, 이번엔 못 피하신 거네요, 원장님.
태상	.. 그래.
세화	(뭔가 말하려다 관두는 기색. 문으로 가려는데)
태상	(전화 울리자 발신자 확인하는데 얼핏 찌푸리는. 받는다)
	예 사장님. 예..
세화	(전화 저편의 소리를 들을 기세로 쳐다보는)
태상	(일어나는) 지금 가겠습니다.
	(끊고는 가운 입고 머리도 넘기고 서랍에 뒀던 넥타이 꺼내 두른다)
세화	구사장 도로 왔나 보네, 아까 퇴근하는 거 같더니.
태상	당연히 와야지, 지가 맡은 지 얼마 됐다고 책임자가 죽어 나갔는데.
세화	(문으로 가며) 너무 멀쩡해 보이지 마세요. 벌써 말들 많아요.
태상	무슨 말!
세화	어쨌든 원장님 마지막을 본 장본인이시잖아요? (나간다)

태상, 거울에 비친 제 모습 보는. 퀭한 눈, 지친 얼굴..
넥타이 잡아당겨 처지게 하고 머리도 좀 흩뜨리고는 방을 나간다.

S#19. 동/중앙 로비 - 밤

에스컬레이터가 1~3층을 오르내리는 최신식 병원 로비. 높은 천장과 뻥 뚫린 중정.
3층 통로에 태상이 나타난다. 승강기 타고 올라간다.
카메라, 태상이 탄 승강기보다 빠르게 위로 훑으며 올라가면,
맨 꼭대기 층, 병원을 한눈에 조망하는 위치에 넓은 유리창 보인다.

cut to. 넓은 유리창을 카메라가 창밖에서 잡은 모습인데, 창가에 사람이 있다.

방 안은 어둡고, 밖의 밝은 불빛이 유리에 반사돼 뚜렷하지 않으나 승효다.
창가에 선 승효가 병원을 내려다보며 검은 실루엣을 드러내고 있다.

S#20. 동/응급실 - 밤

노을, 한 눈으로 컴퓨터로 차트 기입하고 다른 한 눈으론 아이 아빠 침상 살핀다.
진우, 상처 봉합 중이고 아이 아빠, 지혈도 됐고 처음보다 훨씬 안정된 양상이다.
노을, 뒤로 흰 천에 싸인 작은 시신이 옮겨지자 잠시 돌아본다.
소아 처치실에선 벌써 새 시트가 깔리고 다음 환자를 위한 소독이 이뤄진다.
부원장실에서 나왔던 경찰들, 들어오다 작은 시신 보는.

순경   (노을에게) 실례합니다, 성북경찰서에서 나왔는데요,
        혹시 아빠랑 같이 실려 온.. (시체 쪽 보며 가리키는)
노을   예. 보호잔 여기요. (앞을 가리킨다)
형사   (아이 아빠 쪽 일별하지만) 쯧쯧, (멀어지는 시체 돌아보는)
        어린 게 고 잠깐 새 죽었네, 여기부터 들를걸.
진우   (그 말에 짧게 눈만 들어 형사 본다)
은하   어떻게 된 거예요? 강돈가요? 아빠 보는 데서 애를 찌른 거예요?
순경   자살 기돈데요, 동반자살.
진우   (봉합하던 손이 저도 모르게 멈춰진다)
은하   애 아빠가 자기 딸을 그랬다고요?

다른 의료진들도 잠시 뜨악하지만 진우를 비롯해 곧 다시 치료에 전념한다.
옅은 한숨 쉬는 노을, 응급실 나간다.

재혁   (중얼) 근데 애는 다섯 방이고 아빠는 겨우
진우   (장갑 벗는) 입원시켜.
재혁   예.
형사   어떨 거 같으세요?
진우   (노을이 문밖으로 사라지는 것 보며) 자기 딸 따라가진 않겠네요.

형사   (입맛이 쓴데)

응급실 직원들, 아이 아빠 침상을 이동시킨다.
순경, 침상 따라가고 형사도 몸 돌리는데,

진우   어디 다른 데 먼저 들렀다 오셨나 봐요?
형사   에?.. 아, 여 부원장실이요. 왜요?
진우   예. (자리 뜨며) 실례합니다.
형사   왜냐는데 예는.. (침상 따라간다)
진우   (노을이 나간 문으로 나가는)

S#21. 동/사장실 앞 복도 - 밤

침묵의 복도. '총괄사장실' 명패 붙은 묵직한 나무문 열리며 부원장 태상이 나온다.
태상, 무거운 발걸음으로 간다.

S#22. 동/1층 중앙 로비 - 밤

중앙 출입구에서 들어오는 시각장애인 남편과 아내.
눈 감은 남편도 아내도 허둥대고 서두르지만 둘 다 희망에 차서 얼굴이 아주 환하다.
아내가 남편에게 '일단 검사만 받는 거니까 너무 혼 빼지 마라' 하는 소리 들리는데,
이들과 스치는 진우, 자기 생각에 빠져 주변 안 본다.

Insert1〉- 동/원장실 - 오늘 낮
원장 보훈이 '진우야' 하면서 팔을 잡으려는데 피하는 진우.
진우, 너무나 실망한 눈으로 보훈을 보고, 그 실망이 오롯이 느껴져 상처받는 보훈.

Insert2〉- 동/원장실 앞 - 오늘 낮
Insert1 직후의 상황. 뒤도 돌아보지 않고 나와버리는 진우.

문이 다 닫힐 때까지 진우를 바라보는 보훈의 서글픈 눈.

진우, 기억이 쫓아오지 못하도록 더 빠르게 간다.

S#23. 동/소아청소년과 노을의 진료실 – 밤

노을, 진료 침상에 커튼 치고 누워 겨우 눈 붙였는데,
문 열리는 소리. 노을, 눈 뜨는데,
커튼 젖히고 침상에 털썩 걸터앉는 진우.
그러는 진우나 그걸 그냥 보는 노을이나, 매우 익숙하고 자연스런 동작이다.

진우	… (어딘가 아래를 보다 불쑥) 그럴 수도 있지, 둘이 술 마실 수도 있지.
노을	술? (일어나 앉는)
진우	부원장이랑 원장님, 두 분 다 술 냄새가 많이 났어.
노을	서로 니 집 내 집 찾아다니며 술친구 하는 사이였다고 두 분이?
진우	그럼 넌 왜 찾아갔다고 생각하는데.
노을	그건 몰라. (침상 내려가 책상으로 가는)
진우	모르는구나, 그건. 뭐는 아는데. 뭐가 이상한데.
노을	(대답 않고 책상에 펼쳐진 신문 위를 헤매는 눈길.
	'소아과 전전하다 사망' '응급 소아 진료 거부하는 지방병원'의 제목
	선명하다. 신문 덮어버린다)
진우	그래, 두 분 사이 안 좋았던 거 여기들 다 알아, 그래도 아무도 안 나서.
노을	나섰다간 사람 죽은 일에 부원장 의심하는 꼴이 되니까.
진우	내가 너 곤란하게 하고 있는 거야?
노을	… …. 두 분이 싸웠어. 싸우는 걸 들었어, 내가 직접은 아니지만.
진우	언제? 누가 들었는데?
노을	저녁에, 7시쯤. 누가가 뭐가 중요해?

S#24. 동/원장 비서실 + 복도 – 저녁(회상)

유리문 열고 들어오는 누군가의 시선 그대로 잡힌 화면. 들어서는 발소리도 들린다.
비서 책상에 비서는 없고 화면, 좌우에 위치한 원장실 부원장실 문을 번갈아 본다.
시선을 돌릴 때, 손에 들린 결재 파일 모서리가 어렴풋 보인다.

태상E   어디서 개수작이야? 누구 인생 망치려고! 내가 너 가만 안 둬!

화면, 부원장실로 휙 돌려지더니 바로 아예 유리문을 향해 돌아간다.
고함소리에 부원장실을 쳐다봤던 시선의 주인공이 비서실을 나가고 있는 것이다.

노을E   부원장이 또 누구 잡는 거 같아서 불똥 튀기 전에 피하려고 했다는데

유리문 열고 복도로 나가는 누군가의 시선.
문 거의 다 닫히고 이제 화면도 유리문 끄트머리에서 벗어나려는 찰나,
부원장실 문 열리고 보훈이 나오는 모습이 화면 끝에 걸린다.

진우E   개수작...

분노한 얼굴로 부원장실 노려보는 보훈, 화난 걸음으로 원장실로 간다.
이를 지켜보는 화면.

**노을E   아무리 부원장이라도 너무 대놓고 막말이라 상대가 펠로우급도
         아니겠다 싶었다는데, 원장님이셨어.**

S#25. 동/노을의 진료실 - 밤(현재)

노을   원장님한테 한 소리였어. 그리고 그날 밤에 그렇게 되신 거야.
       가만 안 두겠단 사람 집에서, 본 사람도 그 사람뿐이고.
진우   (혼란스러운)
노을   .. 진짜로 그러진 않잖아, 동료끼리 싸웠다고 정말로 어떻게 해버리고,

우리가 진짜 그러진 않잖아, 사는 게 영화 아닌데, 그치 진우야?

진우 (뭐라 말해야 할지 모르겠는)

노을 경찰한테, 말해?

두 사람, 말 대신 서로 쳐다보는데.. 갑자기 진우 전화 진동 울린다.
진동인데도 너무 크게 느껴져서 두 사람, 깜짝 놀란다.
진우, 보면 발신자 '박재혁'이다. 받는.

S#26. 동/응급실 - 밤

침상에 누운 아이 아빠 환자를 옆에 두고 전화하는 재혁, 진우가 받자 말하려는데,

진우F 왜!!

재혁 (움찔!..) 예선생님, 아까 자살 환자요, 외과에서 입원 안 된다는데요.
자살이라고 입원 거부당했어요.

S#27. 동/노을의 진료실 - 밤

진우 (여러 가지가 섞여서 나오는 한숨. 진료실 나간다)

노을 (잡지 않는)

S#28. 동/응급실 - 밤

재혁 (전화) 주교수님 계시면 받아주실 텐데 원장님 장기 적출 땜에 지금

진우F (O.L) 뭐 땜에?!

재혁 .. 원장님 각막기증이요.. 그거 지켜보신다고 안 계셔서..
(대답 없자 괜히) 죄송합니다. (전화인데도 눈치 보며 대답 기다리면)

진우F 내 이름으로 입원시켜. 지금 가.

재혁   네! (얼른 끊는다. 부루퉁)

S#29. 동/복도 - 밤

신경질적으로 전화 끊는 진우, 빨리 가는데 맞은편에서 선우창이 잰걸음으로 온다.
가볍게 목례만 하고 스치는 두 사람.
그러다 진우, 문득 멈춘다. .. 돌아보면,
창의 손엔 들린, 이식용 장기가 든 파란 상자.
가지 못하고 그 상자를 길게 보는 진우, 저 안에 설마...

진우N   2018년 4월 5일, DOA(*도착 시 사망).. 오늘 밤은 현재 2명입니다.

S#30. 동/응급실 - 밤

아이 아빠 환자 바이탈 등을 기계적으로 체크하는 진우.

진우N   한 명은 믿었던 아빠의 칼에 찔려서 사망.
             한 명은 믿었던 후배의 말에 찔린 뒤, 사망.

진우 뒤로, 한 발 한 발 다가오는 남자(선우)의 구두.

은하   (진우에게 PDA 주며) TA(*교통사고) 환자 검사 결과요
진우N   (PDA 보는 위로) 한 명은 지상에서 겨우 6년을 살다.. 머물다 갔네요,
             거의 그 열 배를 사신 분의 삶도 제겐 이토록 순간처럼 느껴지는데.

진우, PDA 은하에게 넘기고 돌아서는데 *눈앞에 선우가 섰다.*
웃어 보이는 선우, 진우 봤다가 은하도 보는데,
진우는 잠깐 <u>선우</u>를 보지만 은하는 <u>선우</u>가 앞에 있어도 반응 없다.

진우   (TA 환자에게, 무미건조하게) 댁에 가셔도 됩니다.

기뻐하는 아들 환자와 할머니 보호자.
진우 뒤로, 아이 아빠 환자를 물끄러미 내려다보는 선우가 보인다.

진우N   몹시도 고된 하루였겠죠, 두 사람에게.
        .. 2018년 4월 5일, 내가 모진 말을 퍼부은, 당신의 마지막 날.

진우, 진통제 드릴 테니 지하 1층 약국에서 받아 가라고 하자,
걱정으로 가슴 졸이던 할머니 보호자가 진우에게 자꾸 고맙다고 하는데,
진우, 갑자기 울컥한다. 억지로 누르며 고생하셨다, 다행이다, 말한다.
다른 사람은 모르는 눈물 누르며 묵묵히 일하는 진우.
그걸 저 뒤에 선우가 가만히 바라보고 있다.

S#31. 음식점 – 밤

24시간 영업 표시가 붙은 밤의 창가에 홀로 앉은 선우창.
소주 한 병 놓고 호로록호로록, 김이 올라오는 음식을 아주 맛나게 먹고 있다.
국물 맛을 음미하기도 하고. 그러다 소주잔 채워 앞을 보는데,
맞은편 빈자리에 따라 놓은 소주 한 잔이 놓였다.
창, 빈자리의 사람과 건배하듯 소주잔을 들어 보인다.
입에 짝 붙게 한 잔 들이켜고 다시 그릇에 고개 박고 먹는 창.
그를 바라보듯 오롯이 놓인 주인 없는 술잔..

S#32. 성북경찰서/복도 – 아침

커피 들고 오는 형사, 복도에서 스치는 동료들과 대충 아침인사 나누며 온다.
늘어지게 하품하며 강력팀으로 오는데,
복도 의자에 새우잠 자며 웅크렸던 사람, 피곤한 눈 비비며 일어선다. 진우다.

형사	(어? 보면)
진우	(인사) 예진우라고 합니다, 어제 뵀었죠.
형사	(진우 꼴을 아래위로 보더니 제가 들고 온 커피 뚝 내민다)

cut to. 복도 끝 창가에 선 두 사람. 밖의 환한 햇살에 두 사람 실루엣이 부각된다.
형사, 커피 후루룩 마시며 무심히 보는 것 같지만 진우를 살피고 있다.
이를 알고 되도록 평온함을 가장하는 진우, 가만 섰다.

형사	엄청 궁금하셨나 보네? 당직 폴리자마자 여기로 오시게.
진우	제가 사망진단서를 써야 하는데 아는 게 없어서요. 어떻게 된 건가요?
형사	부원장한테 물으시죠? 그짝이 제일 잘 알지. 코앞에서 봤는데.
진우	형사님도 다이렉트로 서장님한테 뭘 묻긴 좀 그렇지 않으실까요?
형사	... 마지막으로 원장님 뵌 때가 언제세요?
진우	어제 낮이요.
형사	어제 낮이면..

S#33. 대학병원 / 응급센터 의국 - 낮(진우의 회상)

한쪽엔 라커, 한쪽엔 간이침대, 여기저기 수건 걸리고 빵과 컵라면도 쌓였다.
대체로 지저분한 의국. 중앙에 회의 탁자도 너저분하다.
옷도 갈아입고 쪽잠도 자는 의사들 중에 진우, 모두를 등지고 전화받는 중이다.

선우F	우리도 그땐 일괄 지급해서 몰랐는데 방금 전에 발각됐어.
	형네 병원 평가 지원금이 들어간 계좌가 원장님 개인 통장이래.
형사E	**원장님 마지막 뵀을 때 평소하고 뭐 다른 점 없었습니까?**
선우F	원장님이 병원 지원금 3억 6천을 자기 개인 통장으로 받았어.
	우리 쪽도 문제가 될까 봐 몰래 회수를 시도했던 모양인데
	원장님이 벌써 돈을 옮겼나 봐.
진우	개소리하고 자빠졌네, 어디서 말도 안 되는 소릴 주워듣고 이게.

(빠른 걸음으로 의국을 나간다)

S#34. 동/복도 - 낮(진우의 회상)

선우F   형 병원에선 아무도 몰랐어?
진우   누가 그딴 소릴 해? 밥 먹고 할 짓 없으면 우리 진료비나 내놔!
         (끊는) 지금 누구한테 씨! (하지만 무척이나 당황한 얼굴이다)

진우, 빠르게 가는 위로 들리는 대화.

형사E   **뭐 이상한 점 없었냐니까요?**
진우E   **없었습니다.**
형사E   **무슨 얘기했는데요, 마지막으로 원장님이랑?**

S#35. 동/원장실 - 낮(진우의 회상)

당황한 보훈과 그 앞에 대치하듯 선 진우.

진우   원장님 대체 무슨 생각을 하신 거예요? 언제까지 숨기려고 했어요?
보훈   (눈에 보일 정도로 당황하는) 누, 누가 그래?

진우도 못지않게 그 반응에 이럴 수가!.. 하는 얼굴이 된다.

진우E   **늘 하는 얘기요, 업무 얘기.**
형사E   **어떤 분이셨습니까? 원장님.**
진우E   **좋은 분이셨습니다.**

S#36. 성북경찰서/복도 - 아침(현재)

진우	저희 모두의 존경을 받았습니다.
형사	음.. 뭐 우리도 딱히 의심할 것도 없고 목격자 진술하고도 일치하고,
진우	목격자가 있습니까?
형사	옆집 사람이요.
진우	혼자 나온 걸 옆집 사람이 확실히 봤다고 했나요? 원장님 혼자?
형사	둘이 나왔으면요?
진우	..
형사	혼자였답니다, 확실히, 남자 혼자.
진우	.. 예.
형사	원래 심근경색이었다면요, 원장님이. 거기다 술 자시고 담배까지, (심장 부여잡는 시늉) 이 상태로 떨어지신 거 같은데?
진우	.. 그렇겠죠.
형사	사인, 사망 시각, 그런 거만 알면 되잖습니까? 사망진단서는.
진우	(보는)
형사	여기 온 진짜 이유가 뭡니까?
진우	..
선우	*(진우 뒤쪽, 복도 중간에 서서, 형사에게) 친구가 죽었으니까요. (진우 옆으로 와) 아버지였고. 그치?*
진우	*(선우* 안 보고, 형사 본 채) 놀고 있네.
형사	(반응 없는)
선우	*(픽 웃는) 빼액! 하긴. (형사 보는) 어떻게 된 겁니까?*
진우	(형사에게) 어떻게 된 겁니까?

S#37. 태상의 집/대문 앞 골목 – 아침

고급 타운하우스가 연이어 있는 골목을 위에서 본 모습. 여기로 차 한 대가 들어온다.
옥상마다 잔디가 깔려 있고 테이블이나 의자를 설치해 꾸며놨는데,
진우, 차에서 내린다. 집들 보면, 일단 담이 높고 그 담에 딱 붙은 집 외벽도
극도로 작은 창문만 내서 집 안이 전혀 안 보인다.

진우   (옆집 보는) 목격자... (그러다 태상 집으로 고개 돌리는)

진우, 옥상 올려다보며 다가오다 일순 발이 굳는다.
태상 집 담벼락 밑에 아직 남은 검붉은 흔적. 어젯밤 떨어진 보훈의 흔적이다.
피는 많이 봤지만 이 순간엔 고개가 돌려지는 진우, 그러다 그 앞에 내려앉는...

S#38. 동/현관 + 거실 - 어젯밤(진우의 상상)

태상이 현관 열어주면 벌써 불콰한 얼굴로 들어오는 보훈, 기분 좋아 보인다.
술 사온 것 들어 보이며 한잔하자는 보훈, 핀잔주는 것 같지만 반기는 태상.
두 사람, 집 안으로 들어선다.

형사E   **원장님이 딴 데서 1차를 하고 벌써 좀 취해갖고는 자기 집엘**
            왔다고 했어요.

cut to. 거실에 편히 앉아 술판 벌인 두 사람, 분위기 좋고 친해 뵌다.
태상이 부엌에서 손수 안주거리를 가져 나오기도 한다.
그때 얼핏 거실 시계가 보이는데, 11시 10분경이다.

형사E   **꽤 늦은 시간인데 다른 식구는 하나도 없었냐고 했더니 학기 중인데**
            우리나라에 있는 엄마나 아이가 얼마나 되겠냐고 하더라고요.
            첨엔 뭔 소린가 하다 유학 보냈단 소릴 참 당연하게도 한다, 그랬죠.

보훈, 담배 꺼낸다. 안 된다고 성화하는 태상, 올라가라는 손짓.
보훈, 알려주지 않아도 좀 비틀대며 계단으로 알아서 간다. 집 구조에 익숙해 보인다.

형사E   **전에도 종종 있는 일이었대요. 근데 소리가 나서,**

태상, 혼자 술 마시고 하품도 하는데 쿵! 하는 소리.

뭐지? 하는. 별로 심각하게 생각하지 않다가 문득 위를 본다.

S#39. 동/옥상 – 어젯밤(진우의 상상)

태상, 옥상에 어슬렁 올라왔는데 아무도 없다. 아직 심각하지 않게 '원장님?' 하는데,

소리E〉 (옆집에서 울리는 남자 목소리) 저! 저! 사람!

설마 하는 태상, 뭐에 이끌리듯 옥상 끝으로 가서 아래를 보고는 기겁하는 뒷모습.
어쩔 줄 몰라 하다가 엎어질 듯 자빠질 듯 집 안으로 달려간다.
그를 비추던 카메라, 태상이 섰던 옥상 끝으로 간다,
각도를 확 꺾어 아래를 보여주는 순간,

S#40. 동/대문 앞 골목 – 아침(현재)

검붉은 흔적 앞에 내려앉은 진우, 일어선다. 옥상 다시 한 번 보며 옆집으로 간다.

형사E 옆집 사람도 그 시간에 옥상에 나와 있다가 어떤 남자가 혼자
옥상으로 나오는 걸 봤대요. 그러더니 거의 바로 쿵! 소리가 났다고.

진우, 옆집 벨 누르지만 대답 없다. 다시 눌러도 마찬가지.
이 집도 태상 집이랑 똑같이 생겨서 아무리 넘겨다봐도 집 안이 하나도 안 보인다.
골목을 좀 더 서성이지만 더는 할 게 없는 진우, 차에 오르는데,
태상의 집 차고가 열린다. 차를 몰고 나오는 태상.
그를 복잡한 심경으로 지켜보던 진우, 태상을 먼저 보내고 뒤이어 출발한다.

S#41. 찻길 – 아침

앞서가는 태상의 차. 뒤에 오는 진우 차. 딱히 미행의 긴장감보단 출근길이 같을 뿐.

진우   (차 유리창 건너건너 보이는 흐릿한 태상 보는...)

S#42. 대학병원 / 회의실 - 낮(진우의 회상. 몇 주 전)

모두 앞에 선 보훈, 진노했다. 서류를 불끈 쥔 손.

보훈   환자가 돈줄로 보이기 시작하면 그 의사는 더 갈 데가 없어.
             배우러 온 학생한테 돈 뜯어낼 생각뿐인 선생을 선생이라 할 수 있나?
             학생은 선생이 푼 문제 답이 잘못됐단 거나 알지, 우리가 하는 수술,
             우리가 내리는 처방, 일반인들은 죽었다 깨나도 몰라.
             그래서 의술이 무서운 거고 그래서 더욱 우리가 독하게 깨어 있어야
             하는 이유야. 근데 이딴 걸, 지침이라고 내려보내?

각 센터장들과 고참급 전문의들만 참석한 회의다. 그 앞에 선 보훈.
세화나 경문을 비롯한 센터장들과 진우, 노을 등 모두 줄줄이 쥐 죽은 듯 앉았는데,
그들 앞에 일일이 놓인 서류는, 〈성과급제 확대 시행 지침서〉다.

보훈   아무리 사기업이 대학재단을 통째로 먹었어도 이건 아냐.
             이래선 안 돼.
태상   위에선 이 성과급이 효율성하고 직결된다고 믿는 모양인데요..
보훈   효율? 더 비싼 약품, 더 고가 시술 처방하는 의사한테 돈 많이
             주겠단 게 효율이야? 어느 환자든 위급하면 누구든 달려가야지,
             남에 환자 볼 시간에 내 환자 잘못돼서 성과 떨어질까 몸 사리면
             그 성과는 어떻게 따질 건데? 무슨 일 나면 제일 먼저 뛰어가는 게
             간호사 선생들인데 그건 어떻게 수치화할 건데!
태상   (동조의 의미로 고개 끄덕이며 자연스레 아래 보는데)

지침서 넘겨보다 치워버리는 진우, 고개 들다 멈춘다.

진우의 시선 끝에, 고개 숙인 태상이 실은 보훈을 향해 눈 치켜뜬 게 걸려든다.
하지만 그건 찰나일 뿐, 다시 고개 끄덕이는 태상.

진우	(내가 본 게 뭐지? 싶은데)
경문	어떡하시려고요? 사장이 새로 오자마자 내놓은 겁니다.
	이거부터 짰단 뜻이에요, 절대 안 물러설 겁니다.
보훈	.. (쓰레기통에 서류 버린다) 누가 물러설지 보자고. (나간다)

다른 이들도 일어난다. 지침서를 그대로 두고 나가거나 쓰레기통에 버리기도 하는데,
진우, 태상 보지만 서둘러 나간다.

S#43. 동/복도 - 낮(진우의 회상. 몇 주 전)

회의실에서 나오는 보훈, 혼자서 다른 의사들과 반대 방향으로 간다.

진우	(다른 이들 좀 없어지자 뒤에서 다가오는) 바로 가시게요, 사장실?
보훈	(아직 마음이 가라앉지 않은) 음.
진우	슷.. 새로 온 사장 눈에 승깔이 든 게 아주 일당백으로 생겼던데,
	한 번밖에 못 봤지만.
보훈	여러 번 봐도 그래.
진우	일당백을 왜 혼자 막으러 가세요. 원장님 군사가 뒤에 수백인데.
보훈	수백이 다 싸우면 전쟁이야, 장수끼리 목 치는 게 빨라.
진우	(멈추는) 장수가 쓰러지면 그 판 끝납니다.
보훈	(멈춰서 본다)
진우	성과급제 찬성하는 사람 없어요, 원장님 개인 대 사장이 아니라,
	의국 총합 대 사장의 구도로 바꾸세요.
보훈	...
진우	대기업에서 꽂은 인간이에요, 구사장. 꽂힌 덴 이유가 있을 겁니다.
	근데 부원장은 왜
태상E	원장님! (어느새 다가와 합류한다) 저랑 같이 올라가시죠,

진우	(태상이 오자 보훈에게서 슬쩍 떨어지는. 그냥 뒤로 지나가던 척한다)
태상	저도 같이 가서 이게 우리 의견이다, 밝히겠습니다.
보훈	의견이 아니라 결론이에요.
태상	예. (먼저 가시란 예우의 손길로 자연스레 내보이는) 그럼요.
보훈	(가며, 태상 뒤로 진우에게 괜찮다는 작은 손짓, 안심시키는 미소)
진우	(함께 가는 두 사람 지켜보다 태상에게 옮겨지는 시선, 좋지 않은데)

S#44. 길 – 아침(현재)

이제 상국대학/상국대학병원 표지판이 보이는 길.
태상 차를 따라오던 진우, 옆 레인으로 가더니 태상을 꼬나보고 앞질러서 간다.
뭔가 고민 있어 뵈는 태상, 신경도 못 쓰고 운전한다.

S#45. 대학병원 / 복도 – 아침

진우, 서둘러 가운 걸치며 간다. 앞에 응급센터장 이동수 과장이 서둘러 가고 있다.

진우	과장님.
동수	이? 니 어제 당직 아녔나? 왜 또 겨나왔어?
진우	제 입원 환자가 있어서요.
동수	거 나 혼자 한갓지게 갈랐두만. (하지만 진우 끌고 왼쪽으로 꺾는다)
진우	(끌려가지만 반대쪽 가리키며) 의국 회의 안 가세요?
동수	이짝부터.
진우	무슨 일인데요?
동수	뭔 일이겠냐, 쯧, 사람이 떴잖어.

S#46. 동/소회의실 – 낮

가운데 테이블이 작아 센터장들 앉고, 두엇씩 따라온 전문의들은 전부 뒤에 선다.
동수와 진우도 들어와 자리 잡고, 마지막으로 노을과 소아과장이 들어오는데,
버릇처럼 비워둔 상석 두 자리 빼곤 이젠 의자가 없자 소아과장이 망설이면,

동수　　(2번째 상석 의자를 소아과장에게 쓱 민다) 2 빼기 1이여.
　　　　뭐더러 둘씩이나 비워논다냐.

소아과장, 그 자리에 좀 뜨뜻미지근하게 앉는다.
동수, 말은 그렇게 해도 속상하다. 다른 이들도 밝을 수가 없다.

서교수　　(이식센터장에게) 그래서 원장님 눈은 누구 줬어요?
이식센터장　　지금 하는 중이에요. 거의 끝났겠네.
서교수　　근데 이식센터에 어제 그, 나한테 전화한 걔는 누구예요?
　　　　장례 땜에 오라는 줄 알았더니 오자마자 씨, 딴 사람도 아니고
　　　　원장님 각막을 떼라고, 씨. 자기네 센턴 사람 없나?
이식센터장　　(딴청) 그랬어요? (다른 사람에게) 영안실은 갔다들 오셨나?
세화　　아침에 부검 끝나서 이제 입관하셨는데 인제 시작이죠.
성형외과장　　부검 결과는 뭐랍니까?
경문　　보고선 아직인데
태상　　(들어온다)
경문　　(잠깐 태상 보지만) 심근경색 맞답니다.
진우　　....

태상, 심각한 얼굴로 제일 상석에 앉는데 그가 들어왔다고 일동 조용해지진 않는다.
그 양반 술이 웬수다, 장례식 언제 갈 거냐, 원장님 막내가 장가갔드냐? 등등 떠든다.

태상　　(기다리다 설핏 찡그리고) 내 오늘 방금 출근 전에
일동　　(그제야 쳐다들 보는)
태상　　보건복지부를 갔다 왔는데, 호출이 와서.
진우　　(뭐?)
태상　　지방의료원에 필수 클리닉들이 없어서 지역 주민들 고생이 이만저만

아니라고, 산부는 애 낳을 데가 없고 소아과는 씨가 말라가고.

동수   아침 댓바람부터 사람 불러다 복지부서 참으로 뜻 깊은 소릴 혔네,
          맨날 허는 염불 잊어 묵을깨비 재방송 틀어줬대요?

태상   (고개 든다. 이제 전체를 똑바로 본다) 지방의료원과 공공의료기관
          간에 연계체계를 구축할 기관으로 우리 병원이 선정됐어요.

산부인과장   뭐.. 자매결연 맺읍니까?

태상   의사 인력 파견 사업에 동참해달랍니다.

일동   (잠시 헤아리느라 조용하다가)

성형외과장   무슨 파견, 어디 파견이요?

태상   낙산의료원.

일동   (이게 무슨..)

소아과장   (예감 안 좋다) 대상은요.

태상   산부인과,

산부인과장과 전문의들, 놀라고 동요되고,

태상   소아청소년과.

노을을 비롯한 소아 사람들, 놀라고 동요되고,
진우, 즉각 노을 쳐다보는데,

동수   규모는 얼마나

태상   (O.L) 응급의료센터. 이상 3개과.

동수   !!

진우   (이게 무슨?!)

세화   전체를 다요? 언제까지요?

산부인과장   여기는 누가 남고요? 얼마나 남고요?!

소아과장   아니 필수진료과목을 없애는 법이 어딨습니까?

태상   파견이라고 파견, 누가 없앤대?

경문   분원입니까, 완전 이전입니까.

태상   인건비는 지원해주겠다니까 뭐.

경문	돈 줄 테니 법에 안 걸릴 정도만 남기고 다 옮기라 이거예요?
세화	국립대에서 할 일을 우리한테 떠넘기는 게 말이 돼요?
태상	우리도 거점 병원이야, 우리가 우수하니까 보내란 거지.
동수	두 번만 우수했다간 달나라도 보내겠네! 그래서 진짜 다 가라고요?
	여긴 어쩌고요! 서울 사람은 애 안 놓요? 차에 안 치요?
태상	우리 말고도 여긴 많아요. 지방은 응급인력이 없어서 응급실 폐쇄고.
경문	옮기겠다고, 따르겠다고 확답하고 오셨군요?
태상	(벌떡 일어서는) 어떡해 그럼! 그 앞에서 내가 무슨 수로 싫다고!
	그렇게 불만이면 직접 가서들 항의해봐! 씨나 먹히나!
동수	왜 모뎌요? 원장님이었어봐, 백번도 더 안 된다 혔을 것을!

태상, 핵 쳐다보는데 눈이 사람 잡아먹게 생겼다.
놀라는 동수, 나머지도 입 다물고. 분위기 살벌해지는데 그 침묵 뚫고 나오는 질문.

진우	오늘 아침 출근 전에 다녀오셨다고요, 복지부를?
태상	(뭐야?.. 무시하는 투) 뭐 들었어? (하다 새삼 진우 본다)
진우	(거짓말이다...)
태상	(그 뜻 알 리 없지만 저 눈빛은 뭐지? 싶은. 그러다 자리 박찬다)
산부인과장	그냥 가심 어떡해요!
태상	(싸늘한) 그냥 안 가면 어쩔 건데. (... 나간다)

태상이 나가고 무거운 침묵. 그런데 지목된 3과 외에 다른 이들이 하나둘, 일어난다.
서로 쳐다보지도 않고 말도 않고 되도록 조용히 나가는 타 과 사람들.
많이 열받아 뵈는 세화도 맨 마지막이긴 하지만 나간다.
결국 파견 대상 3과와 경문만 남는다. 하지만 이들 사이에도 침묵이 흐른다.

경문	.. (시계 보는. 바쁜) 일단 알릴 건 알려야 하니까 의국에들 전하시고
	각 센터별로 중지를 모으는 게 어떨까요.

모두, 대답이 없다. 아직 그럴 정신이 아니다.

경문	행동책을 정해야죠. 시간을 정해서 전체 회의를 가집시다. (나가는데)
동수	말이 파견이지, 이거 뭐 퇴출 아녀..
경문	(그 말에 잠시 남은 사람들 돌아보는. 유난히 암담한 얼굴로 나간다)

경문, 나가면 이제 정말 퇴출 3과만 남았다.

노을	어떻게 하루아침에, 이런 식으로..

다들 망연자실. 무거운 공기...

S#47. 동/복도 - 낮

터덜터덜 오는 동수와 진우.

동수	(마냥 가다가 돌연 가위 내민다)
진우	... (보를 내는데)
동수	(방향 틀어 가버리며) 이긴 사람이 애들, 진 사람이 간호쌤들.
진우	과장님 그런 게!..
동수	(고개 절레절레하며 얼른 가버린다)
진우	(이런.. 돌아서서 가는)

S#48. 지하 1층 게이트 - 낮

사복 차림에 가방 둘러멘 은하, 화장기 없는 얼굴에 머리 질끈 묶었다.
긴 나이트 근무 끝에 피곤한 사지 이끌고 지하철역으로 통한 게이트에서 나오는데,

은하	(전화 울려서 받는) 왜?... (바로 방향 틀어 병원으로 들어간다)

S#49. 대학병원/응급실 내 보급실 - 낮

약, 환자복 등이 있는 쌓여 있는 창고 겸 보급실.
이미 심각한 분위기. 간호사와 인턴들 앞에 선 진우.

안선생　　너무해요, (속상해서 나는 눈물. 그 눈물 닦으며 꿋꿋이 말한다)
　　　　　매일 백 명을 넘게 봤어요, 술 취한 환자들한테 맞고 희롱당하고,
진우　　　(담담한 듯 섰지만 제 잘못처럼, 똑바로 볼 수 없다)

그의 뒤로 숨 몰아쉬며 들어오는 은하, 소리에 돌아보는 진우.
눈 마주치는 두 사람. 은하, 동료들을 본다. 말하지 않아도 분위기 알겠다.

안선생　　다리는 끊어질 거 같고 왜 기다리게 하냐고 싸우고,
　　　　　그래도 매달렸어요, 근데 이거예요? 네 선생님?

모두 진우를 보지만, 진우, 묵묵히 있을 뿐.

방선생　　(역시 사복 차림) 선생님 말씀 좀 해보세요, 아니 국립대에서 지방에
　　　　　교수들 파견한단 얘긴 들어봤어도 갑자기 무슨, 솔직히 전요,
　　　　　그래 힘들어 죽겠는데 니들이 뺨 쳐주는구나, 싶어요, 어차피 우린 병원
　　　　　소속이니까 딴 과 가거나 관두면 돼요, 갈 데 많아요, 그치만

그때, 탁자에 올려놓은 누군가의 무전기가 삐릭, 울린다.
그와 거의 동시에 응급실 전체에 울리는 방송.

방송E　　**소생실 환자 입실합니다.**

의료진, 원래부터 대기하던 사람들처럼 모두 신속히 나간다.

S#50. 동/응급실 + 소생실 - 낮

응급실 지키던 어린 응급 간호사2, 보급실에서 나오는 진우와 은하에게 온다.
다른 의료진은 소생실로 가 준비한다.

응급간호사2 월요일에 외래 진료했던 HCC(*간암) 환자래요.
　　　　　　HCV(*C형 간염)도 있는데 의식은 왔다 갔다 하고 통증에 반응 있고요.
진우 (바로 손 소독하며, 은하에게) 진료기록이요.
은하 네. (바로 컴퓨터에서 기록 찾는)

말 끝나기 무섭게 응급대원이 의식 없는 간암 환자를 이송해 온다.
환자를 바로 소생실로 옮기면 안선생, 환자에게 바이탈 기계 연결하고 수치 확인한다.

안선생 100/60. 레이트 100, 새츄레이션 95요.
진우 산소 2리터 주세요. 환자분, 눈 떠보세요.

힘겹게 눈을 살짝 떴다 다시 감는 환자.
방선생, 호스 줄을 환자 귀에 걸치고 코에 끼워 산소 공급한다.
진우, 라이트로 환자 동공 체크하고, 환자 가슴 정중앙을 주먹으로 세게 누르다가
불룩한 환자 배를 보더니 셔츠를 걷으면, 환자 배가 물이 차 터질 듯하다.

진우 복수부터 뺍시다. (장갑 끼는)

안선생이 가위로 환자 상의를 가슴 부위부터 가르고,
은하도 재킷 벗고 마스크 낀 후, 손 소독하며 다시 근무 태세 갖춘다.
모두 달라붙어 각종 장비 가져오고 환자 몸에 연결하고 물 빼내고, 급박한데,

<u>선우</u> <u>형은 여기 아니어도 갈 데 있구나? 이쪽(방선생)도?</u>
진우 (은하의 처치 뒤에 본격적으로 물 빼낸다. 선우 소리에 반응 않는다)
<u>선우</u> <u>(어느새 진우 뒤에 나타나 응급실 환자들 보는) 이 사람들은?</u>
　　　　<u>하루 수백 명인데, 어디 가서 누워?</u>
진우 (처치에만 집중하는)

<u>선우   *어디서든 받아주겠지, 길바닥에 뒹굴기야 하겠어?*</u>

간암 환자에 매달려 있는 사이, 또 다른 환자가 신음하면서 실려 들어온다.
의료진 몇은 그쪽으로 가고.

재혁E   그럼 저희는 어떻게 되는 건데요?

S#51. 동/응급센터 의국 – 낮

재혁   다른 학교 가서 빌붙으라고요? 수련의들 전부 다?
           아니 대학병원이 왜 대학병원인데요? 지방의료 활성화도 좋고 다
           좋은데요, 대학병원에 응급실 하나 없단 게 말이 돼요, 과장님?
동수   없애는 게 아니고 (하다) 에이 씨!
치프   우리가 왜 대학에 남았는데요?
           이러면 인턴 중에 누가 응급의를 지원하고요?
재혁   파업이라도 해야 되는 거 아녜요?
치프   파업이라도가 아니라 파업해야지. 더한 것도 해야지.
           위에 사람들 전부 미친 거 아녜요? 어떻게 이런 결정을 내려요?

동수, 격앙된 젊은 의사들과 달리 암담한... 화는 나는데 또 자포자기한 기색이다.

S#52. 진우의 집/아파트 주차장 – 밤

주차장에 차 세우고 집으로 들어가는 진우. 몸이 천근만근이다.

S#53. 동/현관 – 밤

진우, 문 여는데 열자마자 보이는 선우. 그도 막 들어온 직후다.

선우   (월체어에 앉은 채 몸을 한껏 구부려 구두 벗으며) 며칠 만이네.

진우   그러네.

검은 양복 검은 넥타이 맨 선우, 전동 월체어를 움직여 거실로 오른다.

현관과 거실 사이의 턱엔 월체어가 오를 수 있게 받침대를 괴어놨고,

거실 입구엔 매트를 깔아 밖에서 탄 월체어 바퀴가 거실 바닥을 안 더럽히게 해놨다.

매트 끝, 현관 바로 앞엔 집에서 쓰는 수동 월체어가 세워져 있다.

전동 월체어에서 수동 월체어로 옮겨 타는 선우.

선우 신발을 나중에 선우가 다시 신기 편하게 낮은 신발장에 올려놓는 진우,

월체어 뒤로 천천히 집에 들어와 선우가 월체어 바꿔 앉는 걸 도와준다.

워낙 오랫동안 해온 일이라 서로 말이 오갈 필요도 없다.

선우는 월체어 밀며 안방으로 가고 진우는 작은방으로 간다.

문 열린 안방엔 선우 침대가 거실에서 반쯤 보이는데,

양팔 힘으로만 몸을 지탱해 침대에 몸 걸치는 선우,

침대맡에 걸쳐놓은 평상복으로 갈아입느라 계속 꿈지럭댄다.

S#54. 동/안방 - 밤

동선을 최소화하도록 필요한 모든 게 갖춰진 방, 월체어가 다닐 길은 말끔히 터놨다.

장롱 앞엔 옷집에서 높은 데 걸린 옷을 꺼낼 때 쓰는, 끝에 고리 달린 막대도 있다.

선우, 바지 갈아입는데, 먼저 트레이닝복을 옆에 놓고,

양복바지 지퍼를 끌러놓은 상태에서 팔꿈치 힘으로 하체를 조금씩 들면서

손으론 바지를 내리느라 몸을 틀고, 누웠다 일어났다 한다.

겨우 벗고서 이제 이 동작을 반대로 반복해 트레이닝복을 입어야 하는데,

벌써 편한 옷으로 갈아입은 진우가 들어온다.

동생 다리에 바지를 꿰서 어느 정도 올려주고 선우 뒤로 가는 진우,

선우를 뒤에서 조금 들어주면 그사이 바지 올리는 선우.

진우E   개 혼자서도 잘해. 나 필요 없어.

진우, 뒤에서 잠깐이지만 그래도 성인 남자를 드는 거라 힘이 안 들어갈 수 없다.

Insert〉- 대학병원/통로 - 낮(진우의 회상)

노을   **알아, 잘하는 거. 그치만 그게 온전히 혼자여도 된단 소린 아니잖아,**
                    정말 선우만 두고 너 혼자 강원도로 가야 되면 어떡해?
진우   **(딴 데 보는) 뭐가 어떡해야, 각자 잘 먹고 잘 사는 거지.**

바지 입느라 낑낑대는 선우, 도와주느라 힘쓰는 진우.
선우를 놓는 진우, 아무렇게나 침대에 앉는다.
선우, 이제 윗옷을 갈아입는데 그가 벗어놓은 검은 넥타이, 검은 양복 보는 진우.

진우   야 예선우, 너 원장님 장례식 왔었냐?
선우   응.
진우   우리 병원 왔었다고? 말을 하지?
선우   됐어.
진우   왜에?
선우   됐어.
진우   칫, 잘났다 시키야. (일어나는데)
선우   노을이 누나는 봤어. 장례식장 내려왔더라.
진우   .. 아아, 그래서 갑자기 네 얘길
선우   내 얘기? 뭐?
진우   됐어! (동생 양말을 휙 잡아당겨 벗겨주고 툭툭 나간다)
선우   누나가 무슨 얘길 했는데! (... 대답 없자 침대에 그대로 상체 누이는)

S#55. 동/거실 - 밤

안방 불빛만 비치는 거실 소파에 털썩 앉는 진우,
마른세수하는가 싶더니 양손에 얼굴 묻은 그대로 멈추는데,

선우E	내가 잘못 안 걸까?
진우	(안방 보면 침대 가에 힘없이 걸쳐진 선우 다리만 보인다)
선우E	원장님이 그러실 리 없잖아, 횡령하고 공금 빼가고.. 그럴 리가.
진우	...
선우E	내가 형한테 쓸데없는 소리 해서 원장님을,
	(침 꿀꺽 삼키는 희미한 소리) 그렇게 가시게 한 걸까.
진우	(가뜩이나 걸리는데 저놈 자식이) 우리가 뭘.
선우	형 말고 나. 심근경색이 왜 하필 그때 왔을까..
진우	쓸데없는 소리 아냐. 어떻게 알았냐고 누구한테 들었냐고,
	그게 원장님 첫마디였어. 내가 물었을 때.
선우E	(차분한) 형이 뭐라고 물었는데.
진우	.. (혼잣말 같은) 언제까지 숨기려고 했냐고,
	진짜 아무도 모를 줄 알았냐고.
선우	...
진우	무슨 소리냐고 하셨어야지, 갑자기 처들어와선 어른한테 버릇없이
	무슨 짓이냐고 나한테 호통을 쳤어야지, 근데,

S#56. 대학병원/원장실 - 낮(진우의 회상. S#35와 동일한 상황)

보훈	(미소 싹 사라지며 눈에 띄게 당황한다) 어떻게, 누구한테 들었어?!
진우	(어깨에서 힘이 쭉 빠진다. 그래도 설마설마했는데 믿을 수 없다)
보훈	(그 반응이 보여서) 얘 진우야 그게 아니라, 내가 혼자서 숨기고
	그런 게 아니라,

보훈, 진우 잡으려 하는데 진우, 팔 뺀다. 온 얼굴에 퍼지는 실망.
표정만으로도 보훈에게 십분 전해지는 이 실망은, 경멸이 아니라 슬픔의 얼굴이다.

S#57. 진우의 집/거실 - 밤(현재)

진우	(선우에겐 들리지 않는) 평생을 믿고 따랐는데..
선우E	그래서?
진우	그래선 뭐가 그래서야, 퍼붓고 나와버렸어. 더 실망하기 전에.
선우	(팔로 몸을 지탱해 얼굴 방향 돌리는. 이젠 얼굴이 보인다)
	원장님한테 그렇게 말했어? 실망했다고.
진우	...
선우	다시 알아봐야겠어, 아무리 생각해도 그럴 분이 아냐.
진우	본인이 인정했는데 뭘 더 알아봐!
	쓸데없는 데 힘 빼지 말고 니 일이나 잘해.
선우	(퉁명스러워지는 말투) 나 일 잘해, 걱정 마.
진우	(안방 보면)
선우	(침대 가에 걸친 다리를 팔로 잡아 하나씩 침대 위로 끌어올린다)
진우	문 닫아줘?
선우	내가 해!

진우, 에이! 방으로 들어가버린다.
리모컨으로 방에 불 끄는 선우, 쿵 눕는 소리. 문 사이로 보이던 얼굴 사라진다.

S#58. 동/작은방 - 밤

선우 방보다 훨씬 작고 단촐한데, 방금 전 벗어놓은 옷이 침대에 마구 놓였다.
아주 급히 갈아입은 흔적이다. 옷 챙기는 진우, 옷장 여는데,
유독 한 벌만 드라이클리닝 비닐에 싸여 있다. 뭐지? 해서 젖혀보면,
검은 양복과 잘 다려진 셔츠, 검은 넥타이까지 한 벌로 갖춰졌다.
선우 방 쪽을 보게 되는 진우, 그러다 검은 상복을 바라보는데,
또다시 밀려드는 상실감...

S#59. 동/거실 - 밤

어두운 거실. 문 닫힌 작은방, 어두운 안방. 실내, 어둠만큼 고요하다.

S#60. 대학병원 / 장례식장 부근 - 낮

검은 양복 차림의 진우가 온다. 저 뒤로 화강암 외벽의 장례식장 건물이 우뚝 섰다.
장례식장 안내 표지판 옆을 지날 무렵, 앞에서 오는 태상을 본다.
스치는 두 사람, 진우는 인사하고 태상은 인사받는.

태상   (장례식장 쪽 턱짓하며) 사람 많나?
진우   아직 오전이라서요.
태상   음. (무심히 지나치는데)
진우   ... 낙산의료원, 상태가 어떻답니까?
태상   무슨 상태?
진우   재정 상태, 운영 실태, 뭐든요.
태상   웬 뜬금포야? 내가 어떻게 알아?
진우   이게 왜 뜬금포입니까? 의국을 한꺼번에 3개나 옮기라 해놓고
         복지부에서 그만한 브리핑도 안 해줬다고요?
         무려 원장 대행을 아침부터 불러다 놓곤?
태상   .. (무시하고 가려는데)
진우   어제 아침에 부원장님, 곧장 출근하셨어요, 댁에서 여기로.
         중간에 들르신 곳 없습니다.
태상   (돌아보는데 눈초리에 가득한 패씸함, 그보다 큰 경계심..)
진우   왜 거짓말하셨습니까?
태상   (모르쇠로 떠보는) 얻다 대고 쉰 소리야? 누구 앞이라고 넘겨짚어?
진우   계속 이러시면 저도 경찰한테 갈 수밖에 없습니다.
태상   경찰? 뭘 계속 이러면? 내가 곧바로 출근했소, 그걸 경찰한테
         말하겠다고? 그럼 걔들이 뭐랄 거 같은데? 어쩌라고!!
진우   댁에서 사람 죽었잖습니까.
태상   !

진우	두 분 싸우셨어요, 근데 그날 밤으로 바로 원장님이 기분이 좋아서 술까지 사들고 댁을 찾아온 걸로 돼 있으니,
	경찰이 이걸 들어도 과연 어쩌라고, 일까요?
태상	(표정은 분명 이 새끼 뭐야인데, 눈빛이 흔들린다) 안 싸웠어.
진우	본 사람이 있습
태상	(O.L) 안 싸웠어. 싸운 게 아니라 내가 원장한테 참교육 좀 시켜줬어. 야 예진우, 너 내 말 똑똑히 들어. 경찰, 가려면 가,
	근데 그걸 가려면 원장이 뭔 수작을 부렸는지도 밝혀야 돼.
진우	...
태상	난 깔 수 있어, 근데 우리 성인군자 원장님, 상당히 쪽팔려질 거야, 그것만 알아둬. 난 망자의 명예를 위해서 어렵게 입 다물어주고 있는 사람이야.

태상, 말은 자신만만하지만 여전히 뭔가 불안한 눈빛이다.
진우 반응을 쉴 새 없이 살피는데 진우가 입을 못 떼자,

태상	(얼핏 스치는 비웃음) 그래, 모르는 게 약이다. (발길 돌리는데)
진우	망자의 명예를 그렇게 위하셔서 원장님이 그 애를 써서 지켜온 의국을 돌아가시자마자 당장 쪽박 내요?
태상	야 이 새꺄, 누가 할 소릴 해? 진짜 쪽박은 누가 냈는데? 니들 허구헌 날 마이너슨 거 여태 누가 메꿔줬는데!
진우	(뭐?)
태상	응급실이야 아무 환자나 받으면 끝이지만 니들이 마구잡이로 넘기는 환자 때문에 딴 과에 손해가 얼만데?
진우	그걸 손해로 치십니까?
태상	내가 왜 하루 종일 팔 빠지게 수술해서 니들 구멍 메꿔줘야 되는데! 필수과만 아니었음 벌써 없어졌을 것들이!
진우	압니다. 부원장님 수술 많이 하시는 거. 잘나가시는 거.
태상	(순식간에 표정 굳는) 무슨 뜻이야.
진우	왜요, 정형 과장님께서 수술 많이 하신다는 말이 뭐 잘못됐습니까?
태상	(눈에서 불이 번쩍! 한다. 진우 먹살을 콱 잡는데)

진우   (열 살은 더 젊은 힘으로 바로 뿌리친다. 전혀 개의치 않고 쏘아보는)

두 사람, 잡아먹을 듯 을러 보는데 누구 것이 먼저랄 것도 없이 전화 진동 울린다.
진우와 태상, 처음엔 꿈쩍도 않지만 계속 울려대자 태상이 먼저 받는다.

태상   (발신자 '오과장'이다) 왜!... (진우 노려보고 오던 길로 도로 가는)
진우   (그제야 받는) ... ... (태상과 같은 방향으로 가는)

S#61. 동/강당 앞 - 낮

강당으로 들어가는 사람들.
활짝 열린 문 안으로 이미 강당에 사람이 많이 들어찬 게 보인다.
태상, 이리로 온다. 사람들 모두, 태상에게 가벼운 정도의 목례한다.
강당으로 들어가는 태상.

S#62. 동/강당 - 낮

무대를 중심으로 너른 부채꼴 모양으로 퍼진 극장식 강당에 이미 직원들이 빼곡하다.
계속 들어와 자리 메우는 사람들. 앞줄은 주로 센터장들 차지다.
좌석 줄에 들어와서도 착석 않고 서서 얘기하는 사람들이 군데군데 많아 어수선하다.
은하와 방선생 등, 응급실 간호사들도 좀 뒷줄에 자리 잡는데,
선우창이 그 줄로 들어온다. 창에게 길 터주느라 다리 치우는 방선생 등.
창, 중간에 앉은 은하 옆자리에 앉는다. 은하와 창, 목례한다.
그걸 흘낏 보는 방선생.

1층 문으로 들어온 태상은 느릿느릿 무대 위 단상으로 가고,
2층 문으로 들어온 진우, 사방 훑으면 좀 아래 건너편에 노을도 보이고,
박재혁 등 응급센터 사람들은 진우보다 몇 줄 앞에 무더기로 섰는데.
이들에게 안 가고 거의 맨 뒷줄로 간 진우는 서서 웅성대는 사람들 뒷자리에

굳이 앉는다.

의자 깊숙이 앉은 진우, 앞에서 보면 서 있는 사람 뒤에 완전히 가려졌다.

자리가 거의 차가자 마이크 잡는 태상.

태상　　바쁠 텐데 모이느라 수고들 하셨고, 무슨 일 때문인진 다들 아시니
　　　　생략하고, 먼저 이번 사태를 어떻게 매끄럽게 매듭 짓느냐인데..

동수　　매끄러운 걸 찾으시면 안 되죠, 대구릴 잡고 싸워도 모자랄 판에.
　　　　이게 다 학교 재단이 대기업한테 팔리니까 이런 거 아녀요, 이것이 다.

서교수　　이제 와 그 얘긴 해서 뭐해요? 재단 바뀔 때 나서서 반대를 하는가,
　　　　쯧, 어차피 보건복지부 명령을 어쩌라고.

얘기 도중 수술복 차림으로 급히 들어오는 경문, 머리도 흐트러지고
방금 수술 끝낸 모습이다.

센터장들 앉은 첫줄 중앙이 아닌 출입문 바로 옆 둘째 줄 끝에 앉는다.

옆에 앉은 젊은 선생이 앞으로 가시라 손짓하지만 경문, 고개만 젓고 얘기에 집중.

성형외과장　　공무원이란 것들이 책상머리 앉아서 의사들 쥐어짜는 거 말곤
　　　　할 줄 아는 게 없으니.

암센터장　　(일어난다) 공무원 문제가 아닙니다, 이거. (뒤에 좌중을 향해 서는)
　　　　우리 컨트롤타워 문제예요. 이사장실 없애고 난데없이 총괄사장이니
　　　　뭐니 할 때부터 내 알아봤어, 뭐 원래 무슨 화물회사 사장 하던
　　　　사람이라메요? 지가 아무리 대기업에서 사장을 했어도 병원을 알아?
　　　　의사도 아닌 게? 당연히 위에서 뭔 결정이 떨어져도 모르지,
　　　　이쪽 비즈니스를 아는 게 있나, 관련 부처에 인맥이 있나,
　　　　보건복지부도 그니까 안 거야, 야 상국대병원 사장이라고 눈 뜬 장님
　　　　왔다더라, 지방에 얘네 보내자, 얼마나 만만해?

이식센터장　　낙산에선 뭐랍니까?

카메라, 진우 잡으면 앞에 서 있는 사람들 때문에 말하는 사람들 안 보인다.

볼 생각도 없이 소리에만 귀 기울인다.

태상E	그쪽이야 우리한테 절을 해도 모자라지.
경문E	제가 들은 거하곤 다른데요?
진우	(안 보여도 그쪽으로 고개 돌리는)

모두의 시선, 경문에게 쏠린다.

경문	낙산의료원에선 우리 가는 거에 대해서 얘기만 들었지 거의 모르고 있던데요.
태상	.. 역시 우리 주과장님, 지방에 대해 잘 아시네.
경문	!

다른 이들도 그 말의 속뜻을 알아듣는다. 하지만 곧 못 알아들은 척들...

산부인과장	지금 그게 중요합니까! 암센터장님 말이 맞아요, 병원 사장에 의대 출신도 아니고 전문 무슨 CEO가 들어앉았을 때부터 우리가 나섰어야 했어요, CEO를 앉혔단 건 이 회사가 우릴 무슨 사업부서쯤으로 여긴단 겁니다. 여러분, 우리 병원이 회삽니까?
태상	(끄덕이며 제법 심각한 척 듣지만 실은 니들은 짖어라, 하고 있다)
세화	이게 다 보험수가 때문이에요.

누군가 저 뒤쪽에서 '여기서 보험수가 얘기가 왜 나옵니까?' 하자,

세화	(일어나 그쪽을 향해) 수가만 높았어봐요, 산부인과든 소아과든 지방에서도 잘만 돌아갔지 없어졌겠어요? 우리가 여기서 암만 이래봤자 사장이 꿈쩍이나 할 거 같아요? 장사하는 기업이 이 나라 교육시장에 무슨 대단히 큰 뜻이 있어서 대학을 인수했겠습니까? 이건 시작에 불과합니다, 여러분.

태상, 얘는 또 왜 이래? 하듯 세화를 찍 보지만 다시 고개 끄덕.
모두, 세화 말에 그렇겠지, 하는 분위기지만,

창	(혼자 소 닭 보듯 무덤덤.. 막대사탕 꺼내더니 은하에게) 먹을래요?
은하	(집중해서 듣다가) ?.. 아뇨. (다시 앞을 보는)
창	(주섬주섬 도로 넣는. 혼잣말) 해외 직구한 건데.
경문	보험수가 문젠 우리 다 공감하는 거지만 그건 나라 정책 문제고 지금은

경문, 말하다 갑자기 멈추고 1층 출입문 본다.

경문뿐 아니다. 모두 웅성대던 말을 멈추고 문을 본다.

서 있는 사람들 뒤에 앉은 진우, 앞은 안 보이지만 분위기가 갑자기 바뀐 건 느껴진다.

그리고 사람들 사이를 뚫고 들리는 정확한 구두소리.

진우.... 일어난다. 앞을 보면,

사장 구승효가 무대로 올라오고 있다.

딱 떨어지는 정장, 정확한 구두소리, 잰 듯이 무대를 가로지른다.

승효, 태상이 있는 단상까지 오자,

태상, 자연스레라고 할지 밀려서라고 해야 할지, 비켜나게 되고.

앞을 향해 선 승효, 좌중을 끝에서 끝까지 쫙 훑는다.

웅성대던 사람, 눈치 보다 하나둘 자리에 앉는다.

승효, 모두 착석할 때까지 양손 벌려 단상 딱 잡고 미동 없다.

이제 모두 착석하고 옷깃 스치는 소리 하나 없이 조용해진 강당.

그러자 승효, 정중히 자세 하고 약 30도의 인사.

얼결에 같이 인사하는 사람들도 많은데.

승효	(입을 떼는 순간 의외로 씩 웃는다) 많이들 오셨네요. 환자들은 누가?
서교수	.. 필수 인원은 남겨뒀습니다.
승효	예에. 말씀하시죠.
모두	....
승효	(정말 몰라서 묻는 투로) 수술 얘기하자고 전부 모이신 것 아닙니까?
모두	?
태상	무슨 수술 말씀이십니까, 사장님?
승효	대한민국 아픈 곳 살리는 수술 말입니다? 인종, 종교, 사회적 지위를 떠나 오직 환자에 대한 의무를 지키겠노라 선서하신 여러 의사들께서 이제 우리 땅 소외된 곳을 몸소 가서 돕겠다, 모이셨잖아요?

모두　!

승효　시작하시죠?

본인에겐 말할 의무가 없는 듯 앞에 앉은 사람들을 보는 태상.

고양이 같은 눈을 치떠 승효 보지만 아까의 도전적 분위기와는 좀 달라진 세화.

승효를 바라보는 경문.

일당백의 기를 뿜고 선 승효와,

맨 뒷줄에서 조용히 승효를 바라보는 진우에서,

엔딩.

〈첨부1. 각막 대기자 등록 서식〉

| KONOS ID : _____ | 각막 대기자 등록서식 | 등록기관명 : _____
작성자성명 : _____ |

대기자 정보

등록일 : ___ 년 ___ 월 ___ 일

성 명 : _____

생년월일 : ___ 년 ___ 월 ___ 일

성 별 : □ 남 □ 여   실제생년 : _____ 년

주 소 : _____

집전화 : _____   회사전화 : _____

HP : _____

장기정보

□ 각막

신상명세

보 험 : □ 보험   □ 1종보호

　　　　□ 2종보호   □ 비보험

과거이식여부   □ 아니오   □ 예

　　　　　　　　장기명   년월일

　　　1차 _____   _____

　　　2차 _____   _____

　　　3차 _____   _____

과거기증여부   □ 아니오   □ 예

　　　　　　　　장기명   년월일

　　　1차 _____   _____

　　　2차 _____   _____

　　　3차 _____   _____

이식희망병원 : _____

수술전관리 관리일자 : ___ 년 ___ 월 ___ 일

담당병원명 : _____

담당의사명 : _____

코디네이터명 : _____

의학적 상태

□ 각막천공이나 천공임박으로 실명위험

□ 양안 실명자

□ 한쪽 눈 실명·반대쪽 눈 각막이식술 필요

□ 기타

진단명

□ 원추각막

□ 각막이영양증 (○ 과립상 ○ 반상 ○ 격자상)

□ 각막변성증

□ 수포성 각막증 (○ 위수정체 ○ 우수정체)

□ 각막염 (○ 간질 ○ 잠복상태 단순포진)

□ 급성 각막염 (○ 세균성 ○ 진균성 ○ 단순포진)

□ 각막혼탁

　　(○ 외상성 ○ 경한 화상 ○ 감염성 각막염)

　　　○ 증등도 안구건조증   ○ 선천성 녹내장

　　　○ 심한 안구건조증   ○ 방사선 노출)

□ 안 천포창

□ 신경성 각막궤양

□ 스티븐슨-존슨씨병

□ 전신질환 동반

□ 재 각막이식술

□ 기타

사망진단서

진료과 :
작성자 :
일 자 : 20   년   월   일

병록번호 :

연 번 호 :

환자의 성명		성별		주민등록번호	
실제생년월일				직업	
주소					
발병일시	20 년 월 일		사망일시		

사망장소	주소				
	장소	☐ 자가	☐ 의원	☐ 기타의 기관(2~5의 명칭)	
		☐ 병원	☐ 산원	☐ 기타	

사망의 종류	☐ 병사 ☐ 외인사 (☐ 기타의 재해사 ☐ 타살 ☐ 기타 및 불상 ☐ 불려의 중독 ☐ 자살) ☐ 기타 및 불상

사망의 원인	I	(가)직접사인		발병부터 사망까지의 기간	○○일
		(나)중간선행사인			
		(다)선행사인			
	II	I과 관계없는 기타외 신체상황			
	수술의 주요소견			수술년월일	
	해부의 주요소견				

외인사의 추가사항	사고발생시		20 년 월 일 ○○시 ○○분	
	사고종류			
	사고발생 장소 및 상황	주소		
		장소		
		상황		

위와 같이 진단함.

20   년   월   일

병의원 주소 :

병의원명 :   전화번호 :

면허번호 :   담당의사 :   (인)

※ 주의 : 사망신고는 1월 이내에 관할 구청·시청·읍·면·동사무소에 신고하여야 합니다.

2

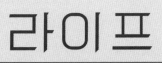

LIFE

S#1. 화정로지스/화물청사 외경 - 낮

본관 건물 둘러싼 탑차들이 런웨이를 가득 채운 커다란 레고 블록처럼 끝없다.
탑차가 뿜는 묵직한 배기음, 지게차 기계음, 탑차 운전사들 간에 오가는 고성까지.
신호봉 흔들며 대형 탑차들의 후진 주차에 오라이! 를 외치거나 자리 선점 때문에
시비도 붙었는데, 하나같이 강한 인상의 사내들이다.
사방에 화정로지스 로고가 눈에 띈다. (인천공항 화물청사 같은 분위기)

S#2. 동/본관 사장실 - 낮

넓은 공간을 왔다 갔다 하면서 전화하는 승효. 창밖에 보이는 S#1의 풍경.

승효　　이야 원장님 대단하십니다? 내 살다 살다 이런 매출표는 첨 봐요?
　　　　뭐가 이렇게 다 빨개?

승효, 책상으로 가 허리 굽혀서 보는 모니터 C.U 하면,
〈상국대학병원 센터별 매출 총액 및 이익률〉 막대그래프인데,
매출은 거의 다 위로 솟은 파란색이지만 이익률은 상당수가 아래로 내려간 빨간색이다.

승효   (그중에서도 빨간 막대가 제일 긴 곳 확대하는) 여긴 뭐야, 이거?
     응급, 소아청소년, 산부인과? 이 3개가 다 깎아먹네요,
     그나마 딴 과에서 벌어들인 거? (상대 얘기 듣는)

한쪽에 있는 자기 책상에 자리한 강팀장은 바빠 컴퓨터 작업 중.

승효   알죠, 필수과. (다시 걸으며) 내과, 외과, 소아, 산부인과, 마취과,
     (강팀장에게 빠르게 손짓)
강팀장 (작게) 정신의학, 치과.
승효   정신의학, 치과 등을 포함한 9개 이상의 진료과목과 전속 전문의를
     상급 종합병원은 갖춰야 한다, (다시 강팀장 보는)
강팀장 (양손에 손가락 3개씩 들어 보이는).
승효   의료법 3조 3항. 근데 필수과라고 적자도 필수일 필은 없잖아요?
     차트가 계속 이렇게 나오면 직무 유깁니다, 이보훈 원장님? (듣는)
     구조 자체가 수익이 안 나면 구조를 바꿔야죠, 원래 그렇단 말이
     어딨어요! 됐고, 나 2주 후에 그쪽 갑니다. 내 취임식 땐 청사진
     받읍시다. (듣다가) 뭐라고요? (풋, 웃는) 해보세요, 우리 회장님을
     쫓아가든가. (웃음기 없는 목소리) 각 과별로 이익률 올릴 방안,
     내 취임식 날 가져오세요. (끊는) 헛! 병원은 원래 적자라고 나더러
     자꾸 돈 얘기하면 이사회에 재고 요청하겠다는데요?
     나 사장으로 오는 거 막아달라고?
강팀장 (반응 뚱한) 에에. 병원 직원 프로필 파일 지금 올렸어요.
승효   (핸드폰 돌리며 책상으로 가 강팀장이 보낸 파일 연다)
     가자마자 내가 메스부터 들어야겠네.
     (파일 열더니) 이 파일 방금 병원 원장이 보낸 겁까?
강팀장 원장 거에 친구분께서 따로 보내신 내용까지 합친 건데요.
승효   (마우스 스크롤 계속 내리는. 직원 프로필 획획 넘기고 있다)
     우리 회의에 이런 숫자 들고 왔음 벌써 재떨이 날아왔어.
강팀장 (노트북에 시선 고정하고) 의사들이 숫자를 뭘 알겠어요.
승효   알게 해야지. (계속 파일 보는) 상국대, 상국대, 죄다 상국대 출신이네.

　　　　　(문자 온다. 보면 '원유가 하락, 브랜트유는 서부 텍사스..'의 내용.

　　　　　클릭해서 문자 내용 빠르게 훑으며) 우리 계열사 쭉 불러봐요,

강팀장　화정물산, 화정전자, 화정생명

승효　　화정생명. (핸드폰 잠깐 내리고 다시 모니터 프로필 파일 보는) 또,

강팀장　화정디스플레이, 화정생활화학,

승효　　화학. 개네 이번에 광고 수십억 처바르고 망한 거 뭐죠?

강팀장　항노화제 세마든. .. 다이어트 약도요, 망했어요. (안타까이 제 배 만지는)

승효　　(모니터 보며 끄덕이다 어?) 김해대학? 상국대 아닌 사람도 있긴 있네?

강팀장　계열사 계속 할까요?

승효　　(손 들어서 막는. 모니터 가까이 보는)

모니터 C.U. 경문의 프로필이 떴는데,

(*주경문 프로필 하단 첨부했습니다. 〈첨부1〉)

〈주경문 흉부외과 센터장. 김해대학교 의예과〉 등의 기본 내용.

승효, 맨 아래 특이사항에 눈이 간다. 특이사항 C.U 하면 여러 문장 보이는데,

그중 '김해의료원 파견 경력'을 유심히 보는 승효.

승효　　파견? (바로 전화하면서 프로필 인쇄도 누르는) 어, 난데 요즘 (하다)

　　　　어 오랜만이다, (일어나 걸으며) 근데 요즘 대학병원은 파견도 가니?

프린터에 인쇄돼 나오는 경문 프로필. 그 위로 들리는 승효 목소리.

승효E　의사들이 가라면 가? 너네 병원은?...

S#3. 고급 호텔/중식당 홀 – 밤

고급 중식당. 홀을 지나 안쪽에 마련된 룸으로 쭉 훑으면,

S#4. 동/중식당 – 밤

보건복지부 차관과 승효의 만남 자리.

승효   (숭글숭글 술도 잘 따르는) 잘 좀 가르쳐주십시오, 차관님.

차관   별말씀을요, 화정그룹 같은 대기업에 계셨던 분인데 병원 사업은
        또 얼마나 잘하시겠습니까.

승효   저 지금도 거기 계십니다?

차관   아 그럼요, 그럼요, 지금도 화정그룹 사장님이시죠, 제 말씀은 이제,
        기업하고 병원은 아무래도 좀 다르니까..

승효   그렇죠, 저도 미리 자료를 좀 받아봤는데 이야, 어렵더라고,
        우리나라 병원 사정.

차관   상국대학병원은 그래도 빅5 중에 하난데 훨씬 낫죠,
        저 지방 가보면 요즘 완전 말도 아닌 데 많습니다.

승효   그렇습니까?

차관   그럼요, 의사나 환자나 다 서울로 몰리긴 마찬가지고,
        저희로선 지역불균형을 해소하려고 파견 제도도 해보고 하는데, 참..

승효   파견이요? 그런 것도 있습니까?

차관   그니까 참 이게, 일반인은 들어본 적도 없을 정도로 홍보가 참,
        지역병원에 의사들 파견 사업이 시행되고 있긴 한데 병원들이
        적극적으로 참여를 안 해요.

승효   파견을 해도 월급은 원래 병원에서 주니까 그런 거 아닐까요?

차관   왜요? 전문의야 따로 협상을 해야겠지만 파견받은 데서 지급하죠,
        우리 보건복지부에서 인건비도 지원하고요.

승효   (마치 처음 듣는 양) 아 그러세요? (술 따라주는) 그렇게 좋은 취지로
        애쓰시는데, 병원들이 적극적으로 참여도 하고 그래야 되는데.

차관   (기분 좋아 술 받고 따르고) 그래서 저희도 열심히 찾고 있습니다.

승효   예에.. (받아 마시는 술잔 위로 차관 보는 눈 묘하다)

S#5. 승효의 차 안(병원 인근 길 + 캠퍼스 원내) - 밤

밤의 차창 밖으로 거리의 모습이 흐른다. 자정이 넘은 시간이라 이젠 스산한데.
뒷좌석에서 창턱에 팔을 괴고 이를 물끄러미 보는 승효도 거리만큼 심란해 뵌다.
풀어지듯 놓인 다른 손엔 핸드폰이 걸쳐 있긴 하지만 쥐고 있진 않다.

강팀장E   사장님, 이보훈 원장이 사망했습니다. 방금 전에 부원장 집에서요.

Insert〉– 대학병원/사장실 – 낮
책상에 기대선 승효, 소파에 앉은 보훈과 태상.

보훈   (얼굴이 다 뻘게져 열변 중인) 사장님 기계에 손 껴본 적 있으세요?
        일하다 배달 오토바이에 깔려본 적 있으세요? 없죠! 부자들도 사고는
        나지만 없는 사람들처럼 당하진 않으니까! 응급실 가보세요,
        90%가 이런 사람들이에요, 이런 사람들 상대로 무슨 돈을 법니까?
        애 낳는 데 피는 또 얼마나 쏟아지는데요?

소리E〉   (갑작스런 자동차 경적소리)

생각에 잠겼던 승효, 큰 경적소리와 함께 차가 급정거하자 몸이 앞으로 쏠린다.

기사   죄송합니다! 갑자기 나타나서..

승효, 그 말에 창밖으로 눈 치뜨면 어느새 상국대학병원 원내인데,
승효의 차를 못 보고 다가오다 급히 멈춘 진우가 차창 밖 바로 옆에 보인다.
(1회 S#14와 같은 상황. 진우 시점에서 승효 시점으로 바뀜)
목례로 사과한 기사, 다시 출발한다. 창밖엔 스쳐가는 차를 쳐다보는 진우.
진우에겐 차 안이 안 보이지만 마치 승효를 쳐다보는 듯.
눈 끝으로 이를 끝까지 치떠 보는 승효. 차는 곧 로비 출입구 앞에 선다.
달려온 관리인이 90도 인사하고 문 열면,

S#6. 대학병원/1층 중앙 출입구 앞 – 밤

내려서는 승효, 잠깐 서서 윗옷 펴는 그의 뒤엔 응급실에서 이쪽 보는 진우가 있다.
하지만 진우 곧 응급실 문 안으로 사라지고 승효도 건물 안으로 향한다.

S#7. 동/사장실 – 밤(1회 S#19 이후의 상황)

어두운 사장실. 센서등 켜지며 승효가 들어선다.
넓은 유리창 앞 책상으로 오는 그의 실루엣을 창밖에서 들어오는 빛이 드러낸다.
앉으려 의자에 손 뻗지만.. 그대로 서서 창문 밖을 보는 승효.
발아래 펼쳐진 병원 중정은 늦은 시간에도 여기저기 불이 환한데,

Insert〉 – 대학병원/사장실 – 낮(2회 S#5. Insert에서 이어지는 상황)

보훈   애 낳는 데 피는 또 얼마나 쏟아지는데요? 출산이란 게 원래 극도로
         위험한 건데 요즘 세상에 누가 애 낳다 잘못되냐고 전부 병원만 걸고
         넘어져요. 그 위험 다 무릅쓰고 어떻게든 안고 가는 게 필수진료랍니다,
         구조상 수익이 날 수가 없다고요!
승효   (팔짱 끼고 듣는. 표정만으론 도대체 동감하는지 아닌지 알 수 없다.
         눈길만 돌려 태상 본다)
태상   (그 시선 느끼고) 무슨 공장 스크랩하듯 뜯어낸다면.. 확실히 문제는
         되겠죠. (고개 틀어 승효 쪽 보는데 눈길이 닿자 스윽 딴 데 보는)
승효   (보훈과 다른 부류라는 느낌이 오는데)
보훈   이사회에 호소하든, 언론사나 시민단체에 자료를 뿌리든, 할 수 있는 건
         다 하겠습니다. 사장님이 병원을 돈줄로만 본다고!
승효   ....

노크소리.
승효, 책상에 가지런히 놓인 리모컨 끌어당겨 손만 뒤로 들어서 누른다. 불 켜진다.

승효   네.

태상	(들어온다. 인사)
승효	(앉으란 손짓. 막상 자긴 안 앉는다. 리모컨 켠 채 느리게 서성이며) 그래, 병원 직원들은 뭐랍니까?
태상	뭐랄 게 뭐 있습니까? 심장마비 때문에 실족사인 거 다 아는데.
승효	... 장례 말입니다? 원장이 그렇게 됐는데 장례 절차 논의 안 했어요?
태상	(순간 당황해 입이 옴싹이지만) 저희도 이번 같은 죽음은 처음이라.
승효	(계속 왔다 갔다) 이번 같은 죽음...
태상	(고개 좀 쳐들고) 유족은 조촐하게 가족장을 원하고 있습니다.
승효	아 진짜 친하셨나 보네 원장 부원장이. 유족하고는 벌써 얘기 끝내고.
태상	알고 지낸 세월이 몇 년인데요.
승효	(멈추는) 평가 지원금은. 그것도 얘기 끝냈어요?
태상	아 예. 당사자가 돌아가신 마당에 서로 시끄러워질 필요 있냐, 지원금은 우리가 무사 회수했으니까 이걸로 덮자, 얘기해뒀습니다.
승효	심평원에선 바로 물었고?
태상	그럼요, 구설수 피하게 해주겠다는데요.
승효	(소파 짚고 태상 빤히 보는. 갸우뚱) 업무 중 사망이려나요, 이것도?
태상	사장님께서 처리하시기 나름이지만 퇴근 후 음주에 지병도 있었는데요, 이원장.
승효	그죠? 마지막이 좀 야릇하긴 한데 그래도 업무 재해에 인한 사망은, (고개 젓는) 오바죠?
태상	마지막이 뭐가 야릇합니까?
승효	(정말 모르겠단 얼굴로 빤히 보는) 그니까. 같이 보낸 세월이 얼만데.
태상	(만만치 않게 빤히 보는. 이제 당황한 기색 같은 건 찾을 수 없다)
승효	(짚었던 소파를 밀듯이 놓으며) 수고하셨습니다.
태상	(바로 일어난다. 보일 듯 말 듯 목례. 문으로 가 막 열려는데)
승효	지원금 문제, 이 건물에선 지금 여기 두 사람만 아는 거 확실하죠?
태상	예, 여기 둘만, 입니다. (나간다)

S#8. 동/사장실 앞 복도 - 밤

태상, 천천히 나온다. 표정 안 좋은, 무거운 얼굴로 간다.

S#9. 동/사장실 - 밤

홀로 남은 승효도 방금 태상이 나간 문을 뚫어져라 보며 섰다.
리모컨으로 다른 쪽 손바닥을 톡톡 치던 승효, 주머니에서 명함 꺼내서 보는데.
성북경찰서장 명함이다. 명함을 명함집에 넣는 승효, 불 끈다. F.O.

S#10. 화정그룹 본사/외경 - 아침

빌딩 숲에서도 눈에 띄는 초고층 첨단 빌딩. 맨 위에는 헬기장.
상층부 전면에는 화정 CI가 크다. 그중 거의 최상층 유리창을 훑듯이 비추면,

S#11. 동/대회의실 - 아침

서울 시내가 통유리 아래 펼쳐진 재벌그룹 최상층 회의실.
벽면 하나를 다 차지한 커다란 모니터에 어느 환자의 건강정보 카드가 떴다.

승효 (모니터 앞을 왔다 갔다 하며) 어느 병에 걸렸었나, 질병 이력,
　　　어느 병에 걸릴 확률이 있나, 잠재 위험군 분류,
　　　심지어 복용 약, 가족들 유전 병력, 다 나와 있어요.

승효 앞에 자리한 긴 테이블 비추면,
상석의 조회장만 승효 또래이고, 나머진 전부 아버지뻘은 됨 직한 사장단이다.
계열사 사장들이 쫘르르 앉은 어마어마한 자리인데,

승효 우리 대학병원 누적 방문자 2460만 명분입니다. 2천, 4백, 6십만.
　　　남사장님, 화정보험이 아무리 국내 최대 생보사여도 사장님이 저희

	아니면 어딜 가서 환자 정보를 이만큼이나 구하실까요?
생보사장	병원 사장 자릴 너무 즐기시네, 우리 구사장께서.
	같은 계열사끼리 너무 돈돈 하는 거 아니신가?
승효	같은 계열사니까 돈돈 하죠. 다른 회사였으면 벌써 셔터 내렸어요.
	(능글 웃는) 표본 데이터 세트 한 건당 백. 딱 떨어지게 가시죠?
생보사장	아니 2천만 명이 넘는다며 한 세트당 백만 원을 부르면 어쩌라고,
	어차피 구사장도 그냥 병원에 깔려 있는 거 공짜로 얻은 거 아뇨?
승효	남사장님, 환자 정보를 제가 단순히 생보사 영업하시기 쉬우라고
	넘겨드려요? 계약자 질병을 미리 알면 나중에 지불 거부할 수 있고,
	지불 가능성 높은 상품은 아예 가입 못하게 할 수도 있고!
	계약서에다 미리 지불 거부 약관 집어넣으면 깨알 같은 약관 누가 다
	읽습니까? 귓구멍에다 설명해줘도 못 알아듣는 계약자가 태반인데.
	(모니터 가리키는) 순익하고 직결된다는 거, 보이시잖아요?
생보사장	(탐은 나는데 너무 비싸, 중재 요청하듯 상석에 조회장 보지만)
조회장	(완전 구경꾼 모드. 재미있다)
상사사장	구사장, (생보사장 바로 옆에 앉아 도와준답시고 하는 말이)
	우리끼리 얘기지만 솔직히 이거 불법인데, 서로 감안 좀 해줍시다?
승효	(웃음기 싹 사라지는) 개인 건강정보, 영리 목적으로 사용 불가.
상사사장	그니까
승효	불가 조항 2016년 8월, 삭제. 업데이트 좀 하시죠? (눈으로 욕하는)
	아니 접으세요. 됐습니다. (자리 가서 앉는)
생보사장	(이런...)
승효	아, (다시 빙긋. 화학사장 쪽으로 의자 트는) 건강보조제 유통은
	영업사원 보내주십쇼. 우리 병원에서 뭘 팔지는 제가 먼저 알아야죠.
화학사장	물론이죠, 구사장. 그럽시다.

의자 위 다리 옆에 무음으로 엎어놓은 승효 전화에 문자 뜬다. 제목 - 〈주간 이코노미〉
승효, 얘기하면서도 액정에 뜬 문자 제목을 눈으로는 체크한다.

조회장	구승효 사장, 병원에 보내길 잘했네,
	역시 우리 그룹이 근로 장학생 하난 잘 뽑았어.

사장단   (승효를 곁눈질하거나 어떤 인간은 대놓고 빵 터진다)

승효   (.. 씩 웃는) 그럼요, 선대 회장님께서 하신 일인데요.

조회장   (속뜻을 알아서 쳐다보다가) 이것도 해내려나?

승효   ? (조회장 보는)

S#12. 동/1층 로비 - 낮

임원용 승강기 앞에 대기 중인 각 사장들 비서진.
그중에 강팀장, 입 가리고 전화받는 중. 위를 올려다보는 폼이 여유가 없어 보인다.

S#13. 동/대회의실 - 아침

조회장   (명함 꺼내 자기 바로 앞에 놓는다)

승효   (일어나 조회장 자리로 가서 명함 집는다) 서산 농장이요?

조회장   농장이야 전원생활이고, 송탄에서 제일 땅부자. 3만 평 좀 넘어요.

승효   예.

조회장   병원도 돈 되는 시설은 따로 있다며? 새로 증축하겠다고 한 데가,

승효   암센터, 건강검진센터, 장례식장이요.
      (하다) 송탄에 지으란 말씀이십니까?
      (명함 보는) 농장 주인 땅에 저희 병원 센터요?

조회장   아들이 김석현이야, 환경부 장관.

승효   (.. 알 만하다) 지금 본교에서 너무 멉니다.

조회장   시세로 따지면 500억 정도. 580억에 매입해요. 듣기도 좋잖아?
      국내 굴지의 대학병원, 경기도 남부 송탄에 투자, 지역 발전 도모.

승효   매입금액은 어디서 나옵니까?

조회장   병원 시설 짓는 건데 병원에서 나와야지?

승효   시세에서 80억이나 더 쳐주는데 저한테 따로 맡기시는 이유는요?

조회장   아들하고 부모가 의견이 좀 갈려요?
      뭐 어느 집은 안 그렇겠냐만. (순간 크게 티는 안 내도 아차, 하는)

승효	(모르는 척)
조회장	(명함 가리키는) 안 팔려고 할 거야.
	오를 만큼 올랐는데도 노친네들이 아주 꽉 틀어쥐고 안 놔.
승효	매입하겠습니다. 700억만 더 쒀주시죠, 회장님.
조회장	그깟 땅쪼가리 700억을 더 얹어주면 누가 못해? 내가 직접 해.
승효	센터 증축 말입니다. 병원 생돈을 500억 넘게 쓰게 생겼는데 본사에서
	증축비를 지원해주셨다고 하면 얼마나 고마워들 하겠습니까?
	검진센터나 장례식장은 완전히 캐쉬가 끊임없이 들어오는 캐시카우인
	데다가요, 회장님, 병원 시설이 전부 회장님 거 아닙니까?
	700억 절대 후회 안 하세요. 제가 자신 있습니다.
조회장	.. (사장단에게) 어떡할까요? 자신 있다는데.
사장단	(대충 웃기도 하고 중얼대기도 하고)
승효	부탁드립니다, 회장님! (깍듯한 인사)
조회장	그거 메이드부터 시키고.
승효	예!

S#14. 동/1층 로비 - 낮

회의 끝났다는 통보 받은 사장단 비서진, 각 잡고 대기한다.
임원용 승강기 두 대가 동시에 서면, 한꺼번에 내리는 사장단.
비서들, 인사하면서 각자 사장 찾아가기 바쁘다.
사장들, 로비 가로질러 나가면 오가던 직원들, 인사가 파도처럼 번진다.
승효는 벌써 핸드폰 쥐고 수신 자료 넘겨보며 가는데,

상사사장	살이 더 올랐네, 강팀장? 병원 밥이 아주 그냥 달아?
강팀장	(그냥 뚱하니 인사하는데)
승효	(상사사장 배 보더니) 사장님은 몇 살부터 밥이 그렇게 다셨어요?
상사사장	(재수 없는) 덕분에 많이 들어갔어. (먼저 가버린다)
강팀장	저기 사장님, (주변에 사장들 좀 멀어지자 목소리 좀 낮춰)
	저희 강당에 지금 의사들 다 모였대요. 그 문제 때문에요.

승효   .. (문자 보내며 걸음 빨라지는. 동시에 저 앞에 가는 생보사 사장 보며)
　　　　생보사 남사장 연락 오면 세트당 150 불러요.
　　　　자존심 땜에 나한텐 직접 안 할 거야.
강팀장   150, 예.

S#15. 동/1층 정문 앞 – 낮

한꺼번에 나온 사장들이 차에 타느라 대형차들로 혼잡하다.
다른 사장들은 모두 차가 자기 앞까지 오길 기다리는데,
시간 낭비 싫은 승효, 아직 저 뒤에 있는 자기 차까지 성큼 간다.

승효   환경부 장관 가까운 친척 중에 취직 못한 조카나 백수 있는지 알아봐요.
강팀장   네?
승효   선물 준비하라고. 병원 파견 문젠 복지부랑 다시 한 번 말 맞추시고.
강팀장   네.

승효 오는 것 보고 기사 얼른 나와서 뒷문 열고 승효 타면, 바로 출발하는 차.
강팀장, 승효 보내고 통통통 주차장으로 간다.

S#16. 차 안 – 낮

명함 꺼내는 승효, '서산 농장 대표 김병수'라고 적혔다.
번호 눌러 전화하는데, 길게 이어지는 통화 연결음.
지루한 손에 명함 끼우고 이리저리 돌리는 승효.

장관父F (마침내) 예에.
승효   (하도 한참 만에 받아 진짜로 반가운) 안녕하세요 김병수 선생님!
　　　　전 상국대학병원 구승효라고 합니다, 처음 인사드리죠?
장관父F 병원요? (수화기 너머로) 여보 병원이라는데? 당신 검사 나왔나 봐?

승효　　　아니요 선생님! 건강 문제차 전화드린 게 아니라 송탄에 부동산

장관父F　(말 끊고, 단호하게) 땅 문제로 하셨소? 안 팔아요.

승효　　　선생님, 제가 인사 먼저 여쭈려고요.

장관父F　사고팔고 할 땅이 아니라니까 글쎄 참! (끊는)

승효　　　(바로 다시 하지만 받을 리 만무) .... (핸드폰 돌리는)

암센터장E　원래 무슨 화물회사 사장 하던 사람이라메요?

지가 아무리 대기업에서 사장을 했어도 병원을 알아?

S#17. 대학병원 / 복도 – 낮

승강기 열린다. 거침없이 내리는 승효, 복도 따라 간다.

산부인과장E　CEO를 앉혔단 건 이 회사가 우릴 무슨 사업부서쯤으로 여긴단

겁니다. 여러분, 우리 병원이 회삽니까?

S#18. 동 / 강당 – 낮

이식센터장　낙산에선 뭐랍니까?

태상　　　그쪽이야 우리한테 절을 해도 모자라지.

경문　　　제가 들은 거하곤 다른데요?

S#19. 동 / 복도 – 낮

승효, 모퉁이를 꺾으면 강당 문이 보인다. 빠른 걸음만큼 점점 가까워지는 강당 문.

세화E　우리가 여기서 암만 이래봤자 사장이 꿈쩍이나 할 거 같아요?

승효, 문 손잡이로 손 뻗는다. 잡아 여는 순간,

세화   이건 시작에 불과합니다, 여러분.

안쪽 자리에서 일어나 있는 세화를 비롯해,
강당에 가득한 의료진이 승효 눈에 한눈에 들어온다.
세화를 바라보는 의료진은 아직 승효를 알아차리지 못했다.
승효, 들어간다.
일거에 강당 안 모두의 고개가 승효 쪽으로 돌려지는 게 보인다.
닫히는 문.

S#20. 동/강당 - 낮

여유로운 웃음 띠고 단상에 선 승효, 좌중을 쭉 본다.
누구 하나 쉽게 입 열지 않는다. 산발적인 기침소리만.

승효   수술 얘기하자고 전부 모이신 것 아닙니까?
태상   … 무슨 수술 말씀이십니까, 사장님?
승효   대한민국 아픈 곳 살리는 수술 말입니다? 인종, 종교, 사회적 지위를
          떠나 오직 환자에 대한 의무를 지키겠노라 선서하신 여러 의사들께서
          이제 우리 땅 소외된 곳을 몸소 가서 돕겠다, 모이셨잖아요?
모두   !
승효   시작하시죠?

모두, 침묵.
승효, 태상 봤다가 앞을 보지만 태상도 다른 이도 침묵.

승효   저 여러분 얘기 들으러 왔다니까요?
진우   (맨 뒷줄에 앉아 앞에 많은 의료진을 바라보는) ….
세화   (자존심 상한다. 이래선 안 되겠다 싶은)

먼저, 청을 따로 드리지도 않았는데 이렇게 직접 와주셔서
감사합니다. (바로 이어 말하려는데)

승효 신경외과장께선 여기 따로 청을 받고 오셨어요?

세화 .. (고개 쳐드는) 아뇨?

승효 (계속하란 손짓)

세화 저희 의료진은 사실 이번 사태가 참 당혹스럽습니다.
지방의료원 활성화도 좋지만 갑자기 딱 지목해선 너너너 짐 싸서 가,
저희한텐 사실 이거 아닙니까?

승효 아, 여긴 병원도 캠퍼스라고 부르죠?
이 캠퍼스에 있던 검진센터를 작년에 강남으로 옮긴 걸로 아는데,
그때도 이런 반응이었나요?

소아과장 아니 그때는..

승효 예? 그땐 뭐요?

산부인과장 그거하고 어떻게 같습니까?
만약에 사장님더러 갑자기 지방엘 가라면 가시겠어요?

승효 산부인과장이시죠? 잘됐네요. 제가 궁금한 게 또 있는데,
최근에 읽은 기사 중에 내 눈을 믿을 수 없는 게 있어서요.
강원도에서 아일 낳으면 중국에서보다 산모가 더 많이 죽는단 기사,
사실입니까? 아니죠?

노을 (산부인과장 뒷줄에 앉은. 누가 직접 뭐란 것도 아닌데 눈길 내린다)

산부인과장 .. 통계상으론

승효 잘 안 들리네요? 틀렸다고요?

산부인과장 .. 사실입니다. 그 점은 저희도 매우 안타까워하고 있습니다.

승효 으음, 안타까워하시는군요, 거기 앉아서.

산부인과장 이 세상 모든 의료 문제를 우리 손으로 풀 순 없는 거 아닙니까?
사장님은 지금 이 자리의 본질을 호도하고 있어요.

승효 날 지방엘 가라 하면 가냐고요? 대답드리죠, 내가 먼저 갑니다,
남이 뭐라기 전에 내가 먼저.
존경하는 상국대학 의료진 여러분. 그동안 정말 아무렇지 않았어요?
서울 사람에 2배가 넘는 엄마들이 수도권이 아니란 이유로 죽어가고
있는데, 여러분 의사잖아요? 간호사잖아요?

여러분이 가면 그 사람들이 안 죽는 거잖아요?

산부인과 자리 쪽뿐 아니라 다른 의사들도 대꾸 못하는.

승효   여기가 회사였다면 말이죠 여러분, 회사에서 일부 사업팀을 지방으로
         이전하기로 했다면, 직원들이 단체로 모여서 서울팀은 없어지냐,
         왜 우리가 가야 되나, 그럴까요? (천만에, 고개 젓는)
         벌써 지방 현지에 가서 자기들 살 집 구하고 있습니다.
암센터장 우리가 일반 회사원하고 같습니까?
승효   (말 끝나기 무섭게) 뭐가 그렇게 다를까요?
진우   (의료진이 승효 하나 상대 못하는 게 보인다. 외면하고 싶은)
경문   상급 병원은 공공재입니다. (일어난다) 의국 옮기는 게 문제가 아녜요.
진우   (고개가 경문에게 돌려지고)
승효   (역시 경문 보는)
경문   응급 소아 산부 이 3과에 하루 내원 환자만 얼만지 아세요?
         평균 500명입니다. 한 달이면 만 5천 명의 사람들이 여기서 병을
         고치고 상처를 꿰매고 있어요.
         예, 저희 말고도 서울에 종합병원 많습니다. 하지만 저도 여쭙죠,
         이 많은 사람을, 만 5천 명의 사람을 맘대로 해체시키고 더 멀리
         분산시킬 권리는 어디서 나오는 겁니까?
승효   ...

진우, 승효가 처음으로 바로 반박하지 않자 대체 어떻게 답할까,
경문과 승효, 양쪽으로 시선을 옮기게 되는데.

승효   (웃으며 툭, 던지듯) 보건복지부 가서 물어보시죠?
동수   지금 사장님이 되셔갖고 난 모른다 내 책임 아니다, 그 말씀이세요?
승효   복지부에서도 똑같은 소릴 들었다고 말씀드리는 겁니다.
         병원은 공공재다, 이 땅의 모든 국민에게 평등하게 제공돼야 한다.
         흉부외과 주경문 과장님, 내가 공공재의 개념을 잘못 알았습니까?

잠시 서로 보는 경문과 승효. 하지만 다른 때와 달리 승효가 먼저 고개 돌린다.

승효	또요? 또 있습니까.
은하	(손 드는 동시에 일어난다) 저희는 노조원이라서
승효	(O.L) 어디 소속 누구시죠?
은하	(갑작스럽게 끼어들자 일순 말 막힌) 어, 응급의료센터 김은하입니다. 저희 간호사들은 노조에 가입돼 있어서 단체교섭을 통해서 움직이게 돼 있는데요,
승효	네, 그리하죠.
은하	(뭐...)
동수	지방 클리닉 지원 자체를 반대하는 게 아니고요, 꼭 파견이 아니라도 방법은 많잖아요? 비용을 대준다든가
승효	그 비용 응급센터에서 대시게요? 그쪽 누적 적자가 얼만지나 아세요?
진우	(묵묵히 듣다가 어? 하는. 승효 옆에서 강 건너 불구경인 태상 본다)
승효	응급과 지금 다른 과 덕분에 겨우 먹고살아요, 그런 말씀이 나와요?
진우	(저도 모르게 중얼..) 적자.. 마이너스..

Insert〉- 1회 S#60. 대학병원 / 장례식장 부근 - 낮

태상	**니들 허구헌 날 마이너슨 거 여태 누가 메꿔줬는데!** **필수과만 아니었음 벌써 없어졌을 것들이!**
동수	(얼굴이 화끈대고 기가 막히는) 아니 어떻게, 돈으로 우릴, (하는데 저 맨 뒤에서 들리는 소리)
진우E	흑자가 나는 과는 그럼

동수와 승효는 물론 모두, 고개가 한꺼번에 소리 나는 쪽으로 돌아간다.

진우	(자리에서 몸 일으키며) 파견 대신 돈으로 된다는 뜻인가요? (승효가 못 끼어들게 곧바로 덧붙이는) 응급의학과 예진우입니다. 그래도 됩니까?

승효	지방병원 의사들 월급이 거기 원장보다 더 많단 거 모르세요?
	그 사람들이 돈이 없어서가 아닙니다.
진우	(일부러 딴지 거는) 아니 그 사람들 돈 있고 없고 얘기가 아니고요,
	자꾸 딴 길로 새시는데 그러지 마시고요.
승효	(불쾌한)
진우	그니까 지원금을 낼 수 있으면 안 가도 된단 겁니까?
승효	.. 내가 그렇다고 하면 진짜 돈으로 때울 기세신데,
	재원은 어떻게 마련하려고요? 응급학과시라며?
진우	아아, 재원.. 그쵸 못 마련하죠...
승효	(뭐하자는 거야?)

진우, 맨 뒷줄에 서서 승효를 내려다보는데,
아직 자리에 우뚝 서 있는 경문도 보인다.
약간의 의문을 품은 경문의 시선도 진우를 향해 있다. 서로 보는 두 사람,
단상의 승효도 두 사람에게 차례로 시선 준다.
그러다 경문이 승효에게 시선 돌리면,
무대 밖의 경문과 진우가 승효를 보고,
무대 위 승효가 이들을 바라보는 삼각구도인데.

진우	(경문과 달리 스르르 앉는다. 그러곤 무심히 턱을 괴고 아래만 보는)
승효	...
방선생	(진우 보는, 중얼) 웬일로 질문을 다 하지, 절대 안 나서는 사람이.
은하	(진우 돌아보는데)
승효	달라질 건 이 중 몇몇의 근무지뿐입니다. 그렇죠 여러분?

철벽을 마주한 느낌의 경문, 답답하다. 자리에 앉아버린다.
그러나 해당 과가 아닌 개중엔 분위기 살피면서도 끄덕이는 쪽도 간간이 있다.

S#21. 동/복도 - 낮

강당 문 열린다.

가장 먼저 나오는 승효, 습관처럼 핸드폰 체크. 기분 별로 안 좋다.

그 뒤로 나와 서는 태상. 센터장들 몇몇도 태상에게 모여든다.

뒤를 이어 직원들도 나와 삼삼오오 갈라지는데,

산부인과장　얘길 들으러 온 게 아니라 선고하러 온 거잖아요?

소아과장　부원장님, 이러다 저희 진짜 가는 거 아닙니까?

태상　　　최선을 다해봅시다. 젊은 사장이 의욕이 너무 넘치네.

　　　　　(승효 가는 것을 지그시 보다가 자리 뜨는)

그 옆을 스치는 진우, 목례만 하고 획 간다.

태상, 잠시 진우 꼬나보지만 다른 길로 가고, 뒤도 안 보는 진우는 발걸음 재촉하는데,

경문E　어떻게 생각해? (진우 뒤에서 성큼 나타나 함께 걷는다)

진우　　(의례적 목례. 무심한 양) 무슨 생각이요?

경문　　시키는 대로 가겠다고?

진우　　절이 싫으면 중이 나가야죠. 원하는 것도 그걸 텐데.

경문　　그렇게 쉬워?

진우　　누가 쉽답니까? 출가해서 (순간 화가 치밀지만 표 내는 게 더 싫다)
　　　　이 절 구석 하나에 온 청춘을 바쳤는데 발이 쉽게 떨어지겠어요?

경문　　예선생 발만 안 떨어지겠어? 환자들은?

진우　　응급실 없어지면 환자도 없습니다. 과장님은 저희가 보내는 노숙자,
　　　　마이너스 환자, 더 안 받으셔도 되고요.

경문　　(멈추는) 마이너스 환자라니?

진우　　콜이 밀려서요.

경문　　(단호한) 예진우 선생, 아까 질문 무슨 뜻이야.

진우　　(경문 보지만... 동수 혼자 투덜투덜 가는 게 경문 어깨 너머로 보인다)
　　　　실례합니다. (동수에게 빨리 가는) 과장님!

경문　　... ... (문자 알림음. 확인하며 진우 돌아보지만 발걸음 빨리한다)

아직도 모욕감에 얼굴이 뻘건 동수, 옆에 진우가 와도 흥분을 못 가라앉는다.

진우, 잠깐 돌아보면 경문은 벌써 저만큼 가고 있다. 서두르는 뒷모습.

S#22. 동/1층 로비 - 낮

여전히 화가 난 동수와 진우, 에스컬레이터 타고 내려오는데,
안선생이 로비를 가로질러 응급실 쪽으로 뛰는 게 보인다.
동수와 진우, 누가 먼저랄 것도 없이 에스컬레이터를 뛰어내린다.

동수　　안선생 왜!
안선생　대동맥박리 환자요! 대전에서 수술받았는데 또 쓰러졌대요.

세 사람, 응급실로 뛰는데, 안선생 손에 들린 포일에서 그만 김밥이 날리듯 떨어진다.
안선생, 어머! 하지만 주울 수도 없고. 그대로 두고 뛴다.
응급실 복도 꺾어 사라진 세 사람 뒤로 남겨진 김밥만 덩그러니.

진우N　가장 먼저 변하는 게 위장이라고 하셨죠,
　　　　　보채는 일 없이 목구멍에 넣을 수 있을 때 받아들이는 순간이
　　　　　온다고. 위장이 인내심을 획득하셨습니다,
　　　　　배 속에서 안내서를 받아야 응급실에 발 들일 자격이 생긴다고.

S#23. 동/응급실 - 낮

급히 장갑 끼는 진우. 동수는 이미 안선생과 함께 의식 없는 환자 보고 있고.
진우, 악을 쓰며 비명 지르는 환자에게 간다.
이제 막 바이탈 기기 등을 부착하는데, 심박지수가 급격히 떨어진다.
진우, 심폐소생술 실시하고 방간호사는 심장제세동기 준비하고 은하, 혈액팩 교체한다.
그 뒤에선 제발 살려달라고 외치는 보호자, 소생술에 집중하게 보호자 내보내는 은하.

진우N　힘들어 죽겠지 않냐는 질문을 가장 많이 받아요.

사람이 죽는 건 심정지와 혈액 손실 때문이지 힘들어서 죽진 않죠.

왜 이 길을 택했냔 질문이 그 다음이더군요.

다행히 기기 사용 없이 심폐소생술만으로 곧 심박지수는 정상으로 돌아온다.

진우, 출혈성 쇼크였다고, 우선 큰 고비는 넘겼지만 아직 경과를 더 지켜봐야 한다고

보호자에게 당부하면,

보호자, 가슴 부여잡으며 진우 제치고 환자에게 간다.

진우, 수혈 끝나는 대로 검사하라고 지시하고 돌아서면 눈에 들어오는 광경은,

고통에 신음하는 환자들과, 그들 사이를 분주히 오가는 동료들로 가득한 응급실...

진우N   공부한 게 아까워서, 사람 살리는 방법을 죽도록 공부했으니까.

            그리고, 용기가 없어서.

재혁   (옆 침상에서) 예선생님, 복막염 의심 환자요.

진우, 침상 보면 아이가 배를 움켜쥔 채 누워 있다.

극심한 고통에 하도 울어대서 눈가는 퉁퉁 붓고, 더 이상 짜낼 눈물도 없는 상태.

진우가 안심시키려 말 걸어보지만, 아이, 반응할 기운도 없는.

진우N   내 눈앞에서 사라지는 생명을 외면할 용기가 없어서.

진우   왜 이렇게 오래 깔아뒀어?

재혁   소아과에 자리가 없어서

진우   기다리면 생겨? 없으면 만들어. 지금 데리고 가,

재혁   네. (뛰어가서 휠체어 가져온다. 아이 옮길 준비)

진우, 아이가 옮겨지는 걸 보는데, 아이 사라진다. 이어 응급실 사람들이 사라진다.

복잡했던 응급실이 텅 비고 멈춰버린 기계, 닫힌 문. 낡은 침상만 남은.

진우, 사방을 먹먹히 보다가.. 몸을 돌려 나간다.

진우N   저는 앞으로도 계속 용기가 없을 건가 봅니다, 원장님.

진우가 나가면 그 뒤에서 원래대로 돌아오는 응급실. 붐비고 정신없고...

S#24. 동/사장실 - 낮

승효, 곧장 책상으로 가 노트북 켠다. 부팅되는 잠깐을 못 참아 손가락 튕기는데,
문자 알림음. 핸드폰 액정에 뜬 제목 – 〈화정그룹 1분기 투자보고서 첨부〉
승효, 첨부 다운만 누르고 바로 노트북에서 프로필 파일 연다.
'찾을 내용'에 '예진우' 입력하는 승효, 엔터 키 치자마자 습관처럼 핸드폰에 손 얹는다.
진우의 프로필 뜨는데, (*예진우 프로필 하단 첨부했습니다. 〈첨부2〉)
이름, 출신학교 등의 기본은 건너뛰고 바로 특이사항 체크하는데, 아무 내용 없다.
승효, 공란을 쳐다보며 손가락으로 책상 튕기다 인쇄 누른다.
인쇄 나오는 대로 낚아채 빨간 펜으로 특이사항에 동그라미 치고,
화정로지스 때처럼 사장실 한쪽에 마련된 강팀장 책상으로 가서 여봐라, 올려놓는다.

승효	(프로필에 진우 사진 흘끗) 재수 없어. (돌아서는)
경문E	**이 많은 사람을 맘대로 분산시킬 권리는 어디서 나오는 겁니까?**
승효	너도 재수 없어. (바로 핸드폰 체크. 다운받은 보고서 여는)

강팀장 들어온다. 무거운 서류 끼고 숨 몰아쉬는 게 급히 온 기색인데,

승효	(핸드폰 보느라 제대로 보지도 않으면서) 어딨었어요?
강팀장	(서류 몇 개 펴서 테이블에 놓는, 뚱하니) 진단표 보자고 하셨잖아요.
승효	(소파로 가지만 앉진 않고 서류 들어 올려서 선 채로 살핀다)
강팀장	(자리에 앉는. 휴우 숨 고르며 필기 준비. 노트북보단 수첩과 펜이다)
승효	효율성이라곤 눈곱만큼도 없네. 전부 주먹구구야, 엘리트란 인간들이.
강팀장	네에.
승효	일반 기업에서 이렇게 일했으면 벌써 다 잘렸어.
강팀장	네에.
승효	(살짝 째리는) ... 두 가지 먼저 합시다. 업무 프로세스 개편, 그리고 수술실 가동률 85%, (하다) 90% 이상.
강팀장	(받아 적는)

승효	(강팀장이 펼쳐놓은 다른 서류 집어 들면)
강팀장	환자 평균 대기 시간표인데요, 각 병동별로, 이전 재단에서는 이런 데 관심이 없었는지 수치를 뽑아 놓은 게 없더라고요? 일단 무인 접수처에 등록한 환자 경우에 실제 문진이 입력된 시간차로 계산했어요.
승효	의사당 환자 수랑, 아 1억 원 넘는 의료기기당 환자 수도 봅시다.
강팀장	(받아 적지만 일복이 터진)
승효	장사의 기본이 뭐야. 회전율이잖아, 비싼 기계 사 놓으면 뭐해, 기본적인 시스템 자체가 느려 터졌는데. 수술실도 마찬가지예요. 정규 운영시간 10시간 중에 가동되는 건 6시간뿐이라니. 비싼 트럭 사다 놓고 차고에 처박아두는 거랑 뭐가 달라? (서류에서 눈 떼고 그제야 강팀장 보는데)
강팀장	(뚱..)
승효	왜요? (앉는) 뭐요?
강팀장	사장님이야 수술실 가동률 올려라 하면 끝이시지만, 저는 어떡해요? 저도 병원 일은 첨인데.
승효	(찍 쳐다보지만 그래도 생각..) 빅5 병원 중에 가동률 90% 이상인 병원들 있죠? 그쪽 데이터 좀 봅시다.
강팀장	네!
승효	(문자음에 확인, 액정에 뜬 제목 - 〈내과 기초 강의〉. 핸드폰 보며 일어나며 강팀장 책상 가리킨다) 저것도. 채워놔요.
강팀장	? (책상 가서 보더니 진우 프로필 집는) 어머나 의사야, 조각이야?...
승효	(문자 읽다가 강팀장 쳐다보는. 더 이상 뜨악할 수 없다)
강팀장	(승효가 보건 말건 진우 사진 보며 엄마 미소 흐뭇) 만찢남이네..

S#25. 동/소아과 병동 복도 - 낮

백색의 다른 병동과 다르게 따뜻한 컬러에 아기자기 캐릭터가 그려진 소아과 병동.
빠르게 가는 노을과 그 옆에 따라가는 진우.

노을   가뜩이나 골치 아픈데 왜 남에 과 수익은 물어? 우리 사정 몰라?

진우   사정 아니까 묻지. 너네도 따로 자료 뽑을 거 아냐?

노을   내가 뽑아? 애들이 뽑지. (잠깐 주변 의식하더니)

        그래 우리 이번 달에 역대 최저 찍었다. 적자 1위.

        꼭 그렇게 아픈 델 찔러야겠니?

진우   (주머니에서 음료수 한 병 꺼내 쥐어주며) 약 발라라. (바로 자리 뜨는)

노을   야 뭔데?!...

S#26. 동/산부인과 복도 - 낮

산부인과 표시판 아래를 한 산부인과 레지던트1이 차트 보면서 가는데,

진우   어이! (뒤에서 와 툭 치는) 과장님 컨디션 좀 브리핑 해봐.

산부레지던트1   저희 과장님 컨디션이요?

진우   오늘 당직 GS(* 일반외과)에서 바꿔달라는데 너네로 돌리겠다고

        말씀드리면 내 뚝배기 깨지겠냐 안 깨지겠냐?

산부레지던트1   (큰 팁 알려주듯) 아까 회의 갔다 오서서 내내 (걸지게 욕하는 입 흉내)

진우   아 씨, 그럴 줄 알았어...

산부레지던트1   회의에 저기, 사장도 왔다면서요? 어때요 새 사장?

진우   (엄지손가락 아래로) 산부인과 적자 많이 나냐? 엄청 갈구게 생겼더라.

        하긴 레지던트 나부랭이가 지네 과에서 적자가 나는지 뭔지 알겠냐.

산부레지던트1   왜 몰라요, 제가 밭갈이 담당인데, 우리 과 자료 제가 다 만든다고요,

        그나저나 아, 우리 지지난달부턴가 끝에서 탑 찍었는데, 적자루다가.

진우   (산부 레지던트1 가운 주머니에 음료수 쏙 넣어주고) 욕봐라. (간다)

산부 레지던트1, 귀찮게 됐네 하는 얼굴로 가고, 승강기로 가는 진우, 뭔가 생각하는데,

선우   *재도 앞길이 훤하다. 툭 건드리니까 술술, 떠보는 티 줄줄 나더만.*

진우   (가뜩이나 기분 안 좋은데) 닥쳐.

선우   *어째? 심증은 있는데 확증이 없네?*

승강기 문 열린다. 다른 사람들도 많이 탔다.
승강기에 혼자 타는 진우. 문 닫힌다.

S#27. 동/승강기 안 - 낮

진우　　(마음의 소리) 어디로 가야 되나..
선우　　*(바로 뒤에 선) 회계팀은 갖고 있지 않으려나?*
진우　　회계팀... (승강기 서자 혼자 내린다)
선우　　*(쫓아 내리는) 여기 회계팀 아닌데? 어디 가는 거야?*

S#28. 동/복도 - 낮

진우, 먼저 승강기 내리고 *선우가 쫓아오는데* 돌연 두 사람 사이를 획 지나가는 카트.

선우　　*(카트에 다리 부분을 부딪친) 엇!*
진우　　(놀라 돌아보는. 한달음에 *선우*에게 온다)

카트는 유유히 가는데, 일순간에 새파랗게 질린 진우, *선우* 다리를 본다.
말짱한 선우, 카트 돌아보다 진우 보면, 진우 시선이 선우 다리에 꽂힌 게 느껴진다.

선우　　*(일부러 밝게) 뭘 그러서, 새삼스럽게?*
진우　　(*선우* 보는 눈이 당장 한 대 칠 것 같기도 하고, 울 것 같기도 하다)
선우　　*.. .. 형.*

진우, 돌아서 간다. *그의 뒤로, 더는 따라오지 않고 물끄러미 바라보는 선우...*

S#29. 심평원 건물/외관 - 낮

S#30. 동/심사위원회 운영실 - 낮

파티션으로 구분된 책상 등 여타의 사무실과 비슷한 구조인데 크지는 않다.
노트북으로 일하던 선우, 손 더듬으며 곽 티슈 뽑으려는데, 동났다.
저 앞에 비품 캐비닛 보면, 좀 멀다. 가지러 갈까? 휠체어 잡다가 에이, 관두는데,
옆자리 정위원, 자연스럽게 선우의 빈 곽 티슈 들고 일어선다.

선우   (익숙해도 미안해서) 너무 나만 보고 있지 마요.
정위원   치. (쓰레기통에 빈 곽 티슈 버리고 새것 꺼내려 가는)

선우, 잠시 목 문지르며 보면, 30대 후반 이상의 동료들 10명 미만이 구성원이다.

고위원   (한껏 기지개 켠다) 아우 점심 너무 많이 먹었나,
                    종일 앉아 있었더니 당최 내려가질 않네.
선우   외근 나가시죠?
고위원   (기겁하며 손 내리는. 째린다) 왜 날 보내려고 그래? 사람이 쯧!
정위원   (곽 티슈 건네는) 오다 주웠어요.
선우   (선하게 웃는) 감사합니다.
정위원   (앉으며) 진짜 외근 싫어하는 부서는 우리밖에 없을 거야.
고위원   그래도 자긴 개인병원이잖아. 거리도 가깝고.
정위원   아휴 개인이 더해요, 얼마나 우는소리들을 하는데요.
고위원   종합병원 의사들 불평불만에 귀에서 피가 나봐야 저런 소리 안 하지.
                    가뜩이나 이번에 지방 가는 거 땜에 잔뜩 열받았을 건데 하필. (한숨)
선우   .. 고위원님 이번에 상국대학병원 담당 아니세요?
고위원   왜 아냐?
선우   근데 거기가 지방엘 가요? 왜요?
정위원   (같이 쳐다보는) 나도 첨 듣는 소리네? 누가 가는데요?
고위원   (잠시 선우 보는) 소아청소년이랑 산부인과랑, 응급.
                    병원에서 발령 냈다던데 못 들었어 집에서?
선우   ... .

정위원   (못 들었나 봐요, 하듯 선우 시선 피해 고위원 향해 고개 흔들고)
고위원   (어머.. 일감으로 피신한다)

선우, 핸드폰 집는. 저장번호 '형'까지 가는데.. 안 걸고 놔버린다. 어떻게 된 거지...

S#31. 대학병원 / 외경 - 밤

짙푸른 하늘, 불타는 노을을 배경으로 우뚝 선 병원 건물.

S#32. 동 / 응급실 - 밤

환자   (버둥버둥) 아퍼요, 아프다고, 고만하라고!
동수   (검사하는데 움직여서 어려운) 방선생!
방선생   (진통제 들고 커다란 덩치로 달려와 환자 못 움직이게 잡는다)
환자   아악! 의사가 사람 죽이네! 나 죽어!!
동수   안적 안 죽었네? 말허시네? (적당히 대꾸, 빨리 검사하고 물러나면)
방선생   (주사 줄에 진통제 주입한다)
환자   (소리가 차츰 잦아드는..)
동수   예선생은 어디 가 박힌 거야, 아까참부터?
방선생   그러게요, 김쌤도 안 보이고 (하다 마침 은하 들어오는 것 보고)
            김쌤! 아까부터 교육생들 기다리는데.
은하   어 알았어. (도로 나가는)
동수   예선생 어딨대요?
은하   네?! 제가 어떻게 알아요! (빨리 가는)
동수   뭐여?.. (전화 온다. 발신자 보더니 얼른 자리 뜨며 받는)

S#33. 동 / 중앙 로비 - 밤

진우가 에스컬레이터를 빠르게 내려간다. 그에 손에서 흔들리는 파일 C.U.

Insert〉 - 동/비상계단 - 밤(방금 전)

계단참에 서서 파일 펼친 진우. 파일 C.U 하면 두드러지는 커다란 제목은,

〈상국대학병원 각 과별 매출 평가액〉 (*평가액 표 아래와 같습니다)

상국대학병원 각 과별 매출 평가액 (2018년 2월 기준)

전년도 매출	₩ 1,478,034,560,998
2018년도 매출	₩ 238,902,341,020

구분	월 평균 진료비 매출		일 평균 외래 환자수	
	매출 (단위:백만원)	매출 대비 수익률 (단위:%)	외래 환자수 (단위:명)	증감률 (단위:%)
정형외과	51,078	18.4	653	2.6
암센터	53,450	16.3	928	6.7
피부과	22,456	13.9	266	5.7
신경내과	33,402	13.6	492	-1.2
안과	20,679	13.4	218	3.3
가정의학과	14,450	12.3	236	-2.7
간담췌외과	16,235	11.9	498	1.9
신경외과	35,043	11.6	447	2.3
내분비외과	22,785	10.6	533	2.7
영상의학과	24,349	10.3	441	7.1
정신건강의학과	20,521	8.5	284	10.2
병리과	10,025	5.7	86	-1.2
내분비내과	10,425	4.3	526	2.3
소화기내과	28,045	-1.2	481	1.6
대장항문외과	20,567	-2.3	458	6.4
마취통증의학과	34,025	-3.4	62	8.7
재활의학과	13,202	-8.3	188	3.4
흉부외과	49,304	-9.3	421	3.5
혈관외과	24,568	-9.6	439	2.3
응급의학과	29,345	-20.4	345	10.3
소아청소년과	12,003	-23.7	273	-5.6
산부인과	14,023	-26.3	167	-6.7
계	₩ 559,980		8,442	

<작성자 : 회계팀 황하정>

나란히 1, 2위를 찍은 정형외과, 암센터의 매출 대비 수익률을 짚는 진우의 손가락.
순위대로 적힌 수익률을 쭉 훑어 빠르게 아랫줄까지 가면,
마지막에 -9%대에서 갑자기 -20%대로 뛰는 적자 수익률.
진우의 손가락, -20%의 수익률을 기록한 줄을 따라 쭉 왼쪽으로 옮기면,
보란 듯 연이어 자리한 응급, 소아과, 산부인과. 전 의국에서 월등히 처진다.

진우   (에스컬레이터에서 로비로 내려선다)
태상E   **산부인과, 소아과, 응급의료센터 이상 3개과.**

Flashback1〉- 2회 S#20. 강당 - 낮

승효   **존경하는 상국대학 의료진 여러분 그동안 정말 아무렇지 않았어요?**
          여러분 의사잖아요? 여러분이 가면 그 사람들이 안 죽는 거잖아요?

Flashback2〉- 방금 전에 본 평가액 표 맨 아래, 빨간색 표시 선명한 3과.

S#34. 동/사장실 - 낮(진우의 상상)

평가액 표, 소파 탁자에 툭 놓여진다. 표 내려놓은 이, 승효다.

승효   **적자 부서를 오래 끌어안고 있었네, 다들 인내심 대단해요?**
          난 아닌데.. 정리합시다.
태상   (진우의 상상 속이라 실제보다 더 굽실대는) 예에.

S#35. 동/로비 - 밤(현재)

이건 아냐, 고개 젓는 진우, 배신감도 크지만 무엇보다 어찌할지 결정해야 한다.

cut to. 로비 일각.

퇴근 차림의 선우창과 노을, 얘기하며 입구로 가다 마주 오는 은하 발견한다.

창   은하씨!
은하   (깜짝 놀라) 네?!
노을   왜 그래요? 무슨 일 있어요?
은하   아뇨. (침착함 되찾고) 퇴근하세요?
노을   그쪽은 어때요? 뭐 얘기 나온 거 있어요?
은하   글쎄요, 옮기는 거야 다들 반대지만 그런다고 이게 없던 일이 될 것
        같지도 않고. (창에게) 혹시 아세요, 다른 과는 어떤지?
노을   (내뱉듯) 벌써 계산들 들어갔대요.
은하   ? (창 보는)
창   다 같이 나서서 반대할 거냐, 나라 명령인데 뭔 수로 뒤집냐,
        좀 분분하더라고요, 그렇죠 뭐.
은하   뭐가 그래요? 아무리 자기들 발등에 난 불 아니래도 그렇지!
        (하다가, 노을 뒤를 순간적으로 보더니 얼른 인사하고 간다)
창   (좀 머쓱해하고)

노을, 그런 창을 곁눈질하는데, 뒤로 쑥! 지나가는 진우.
노을, 진우 부르려는데 진우가 너무 뒤도 안 돌아보고 간다.

노을   (부르는 것 관두고 큰누나처럼 창을 다독여 데려가는)
        가요, 맛있는 거 사줄게.
창   (시무룩해하면서 가는)

S#36. 동/응급실 - 밤

진우   (응급실 들어서자마자 재혁에게) 과장님?
재혁   저기요. (보급실 가리키는)
진우   (보급실로 곧장 가 문 벌컥 여는데)

컴퓨터 앞에 동수, 놀라 모니터를 몸통으로 가리며 돌아본다. 왜? 하듯 진우 보는.
진우... 목례만 하고 조용히 문 닫는다.
잠시 보급실 문 앞에 그대로 선 진우.

Flashback〉- 동수가 급히 가린 모니터에 분명 다른 병원 응급센터가 떴다.

진우, 손에 든 파일 보는... 다시 간다.

S#37. 동/흉부외과 스테이션 - 밤

파일 든 진우, 흉부외과 스테이션으로 온다. 안에서 약 챙겨 나오던 간호사 박선생,
진우한테 인사하는데,

진우   주교수님 진료실 계시나요?
박선생   수술 중이세요.
진우   언제 끝나요?

스테이션에 있던 다른 흉부 간호사1, 진우를 흘끗 본다. 별로 반기는 표정 아니다.

박선생   끝나긴요. 이제 막 들어가셨어요.
         오늘 벌써 세 번째라 자정 넘어서나 올라오실 거예요.
진우   (그냥 갈까 하다) 지금은 무슨 수술인데요?
박선생   오피캡(＊OPCAB：무인공심폐관산동맥우회술)이요,
         고령인 데다 까다로운 케이스라서, 뭐 주과장님 수술 중에
         안 까다로운 게 어디 있겠어요, 암튼 (강조) 오래 걸려요.
진우   나오시면 콜 부탁해요. (목례하고 가는)
박선생   (말을 할까 말까, 하다 쫓아간다)
진우   (스테이션에서 멀어져 가는데)
박선생   저기요, 예선생님.
진우   (보면)

박선생　　저희 과장님, 환자 거절 못하시는 거 아시죠? 그러니까..
　　　　　여기로 좀 보내지 말아주세요. 오늘만도 다른 병원서 쓰러진 사람을,
　　　　　그러다 여기서 잘못되면 저희만 독박 쓴다고요.
　　　　　그리고 제발 노숙자 좀 그만 보내세요.
진우　　　저희 쪽에서도 한 번에 3명 이상은 안 된다고
박선생　　(안다는 듯 듣지 않고) 그럼 저희요, 저희도 난처해요 정말.
　　　　　수납은 돼야 되잖아요. 이러시면 우리만 혼나고 죽어나요.

스테이션에 울리는 호출소리. 흉부 간호사1, 병동으로 급히 달려가는 게 보인다.

박선생　　(그걸 보니 말은 해야 하는데 맘은 급하고)
　　　　　저야 우리 과장님 이해하지만 아직 어린 간호사들은요.
　　　　　그 원망 다 듣는 건 결국 과장님이에요. 선생님 믿고 가요, 저!
　　　　　(서둘러 간호사1이 간 곳으로 달려간다)
진우　　　.... (파일 옆구리에 끼는. 자리 뜬다)

S#38. 동/수술장 – 밤

수술장 벽면의 전자시계는 현재 시각 〈21:36〉, 수술 경과시간 〈04:29〉을 지나고 있다.
흉부 전문의1, 봉합과 드레싱 마무리 중이고 경문, 옆에서 지켜본다.

흉부전문의1　끝났습니다.
경문　　　(환자의 환부와 상태, 모니터 확인하고) ICU로. 30분마다 체크하고.
흉부전문의1　예.

수술 참여한 의사들과 간호사들이 모두 경문에게 '수고하셨습니다' 인사한다.
경문, 입을 뗄 기운도 없어 보인다. 고개 끄덕이는 걸로 답을 대신한다.
오랜 시간 서 있던 다리가 이제야 저려오는지 수술장 벽에 기대듯 주저앉는다.
간호사들, 늘 있는 일인 듯 주저앉은 경문 근처를 익숙하게 오가며 뒷정리한다.
사용한 거즈, 천을 의학폐기물 상자에 버리고,

라인들과 메스 같은 의료장비도 정리한다.
밖에서 들어오는 박선생, 물 한 컵 가져와서 건네면 경문, 받아서 벌컥벌컥 마신다.

경문 밖에 별일 없었나?
박선생 뒤숭숭은 한데 별 얘긴 없네요. 참, ER 예선생님이 왔었어요.
경문 예선생이?
박선생 과장님 언제 끝나시나 묻더라고요. 연락할까요?
경문 (겨우 고개 *끄덕이고*)

박선생, 가는 길에 걸리적거리는 것들 치우면서 수술장 내 수화기에 다다른다.
수화기 들면서 무심코 경문 보는데 경문, 그새 고개 떨구고 잠들었다.
박선생.... 에이, 그래도 전화한다.

S#39. 진우의 집/거실 - 밤

선우, 수동 월체어 끌며 무선 청소기로 구석구석 청소 중이다.
소파 위에 어질러진 의학 잡지도 챙기는데 띠릭 소리. 현관문 열린다.
청소기 *끄고* 마중 나가는 선우.

선우 왔어? 피곤하지?
진우 (무덤덤. 제대로 보지도 않고) 응. (신발 벗고 들어온다)

거실로 들어온 진우, 식탁에 놓인 회 한 접시 보고는,
(4인용 식탁 한쪽에만 나란히 의자 2개 있고, 월체어가 드나드는 공간 넓은 쪽엔
의자 없었다)

진우 (정돈된 소파와 청소기도 발견) 누구 오냐?
선우 이 시간에 무슨. (냉장고에서 소주 꺼내 온다)

진우. 일단 겉옷을 의자에 걸쳐두고 수납장에서 잔 하나 꺼내는데 전화 온다.

진우	(발신자 '박재혁'이다. 받으며, 잔 갖다 놓는) 왜. .. 흉부에서?
선우	(통화 방해 안 하려 작게) 내 것도.
진우	지금 끝나셨대? (잔 하나 더 꺼내서 놓는) 알았어. (끊는)

Flashback〉- 2회 S#37. 대학병원 / 흉부외과 복도

박선생	**저희 과장님, 환자 거절 못하시는 거 아시죠?** **그 원망 다 듣는 건 결국 과장님이에요.**

진우	(어떡할까.. 하지만) 나 전화 한 통만 하고. (방으로 가려는데 뒤에서 소주 마개 비틀어 따는 소리. 돌아보면)
선우	(혼자 소주병 따서 자작하더니 원샷한다) ....
진우	... (앞에 와 앉으며 잔 채워준다) 공무원 모시고 살기 힘드네.
선우	(보는)
진우	심평원에서 들었냐? 나 팔려 간다고?
선우	왜 말 안 했어.
진우	지금 할라고. 내가 들어오자마자 할 거였는데 왜 니가 선수 쳐? (소주 넘기는)
선우	참.. 뭘 얼마나 찍혔길래 병원에서 먼저 자진해서 내려보내겠대?
진우	!.. (별 의미 없는 척, 슬쩍) 우리 쪽에서 먼저 자진했대?
선우	복지부에선 지원금을 내렸는데 병원에서 아예 발령 낸 모양이던데?
진우	야 지구는 둥근데 어딜 내려가고 올라가냐? 하여튼 서울 놈들은 지들이 세상에 중심인 줄 알아.
선우	좀 3분만 진지합시다!
진우	안 가, 안 가. 걱정 마.
선우	형이 무슨 용빼는 재주가 있다고 혼자 안 가?
진우	(한 젓가락에 회를 몇 개씩 쓸어 먹는다. 우물우물) 그까짓 게 뭐라고 용까지 빼. (소주 달게 마시고)
선우	(보다가 자기도 먹는. 그러면서도 긴가민가 진우 살핀다)

형제, 말없이 먹기만. 소주잔도 부딪치지만 말은 더 이상 없다.

S#40. 대학병원/사장실 - 밤

책상에는 노트북, 한쪽 벽의 빔 프로젝터 스크린에는 노트북에서 옮겨진
상국대학병원 annual report가 투영됐다.
(*annual report 마지막 장에 첨부했습니다. 〈첨부3〉)
그 옆 벽면 시계는 이미 자정을 넘긴 시각인데.
승효, 소매는 둘둘 말아 올리고 넥타이도 손목시계도 풀어서 던져놨다.
왔다 갔다 하면서 리포트 내용을 숙지한다.
리포트 내용 다 익히고, 리모컨으로 슬라이드 다음 장 넘기면,
이제 빔 프로젝터 스크린에는 빽빽한 의학용어들, 수술도구와 사진이 쫙 뜬다.
용어 익히는데 헷갈리자 짜증내는. 그래도 계속 소리 내서 입에 붙게 한다.

승효   메젠바움시저스, 뭐야 그냥 이발소 가윈데, 메이요시저스, 봉합사 절단용,
         봉합사? 실인가? (하다 멈추는) 가위만 몇 개야..

중간중간 투덜대면서도 가위 종류를 익혀가던 승효, 멈춰 서서 스크린 바라본다.
이렇겐 안 되겠다. 승효, 빔 프로젝터 향해 총 쏘듯 리모컨 누르면 프로젝터 꺼지고.
소음 없이 부드럽게 올라가는 스크린 뒤로하고 넥타이 낚아챈 승효, 사장실 나간다.

S#41. 동/복도 - 밤

넥타이 대충 매면서 가는 승효, 소매는 내려져 있다.

S#42. 동/수술실 - 밤

밤이라 모두 떠나고 조용한 수술실, 승효가 들어온다.

아직 익숙지 않은 주변 둘러보면, 수술장이 여러 개 포진해 있다.
그중 너무 어둡진 않고 조명 하나 정도 켜진 빛이 새어나오는 방으로 들어간다.

S#43. 동/수술장 - 밤

승효, 들어와 도구함 앞에 선다. 과연 방금 전 본 것들이 몇 개 있긴 하다.

승효　　이게... (외운 것 떠올리는) 오스.. 오스테오톰. 뼈 깎을 때.
　　　　　(그 다음 도구) 타올클램프? 뭐야 씨, 스폰지포셉인가?

승효, 꺼내서 만져볼까? 하다가 자기 맨손 보는. 장갑 찾아 주변 둘러보는데
어 깜짝이야!.. 수술대 뒤 구석에 삐쭉 나와 있는 사람 발.
놀랐던 승효, 스윽 넘겨보면, 쓰러지다시피 잠든 경문.

승효　　(앤 또 뭔가 싶은) 별.. (누구야? 얼굴 보는데)
경문　　(시트 하나 깐 차가운 바닥이 천국인 양 잠든)
승효　　... 주경문이..

Flashback〉- 2회 S#2. 화정로지스 사장실 - 낮
승효가 보던 경문의 프로필 특이사항 문구 C.U.
'따돌림이 심했으며... 거의 모든 콜을 받는 걸로 알려져 있다'

승효　　(별 감흥 없이 보는)

cut to. 고요한 수술장. 새근새근하는 경문 숨소리만 들리는데,
경문, 갑자기 누가 깨운 것처럼 번쩍 눈 뜬다.
멍한.. 정신 차리는데 머리에 뭔가 씌워져 있다.
끌어내려서 보면, 수술 마스크 정도로 무성의하게 덮어놓은 머리.
경문 일어나는데, 가운데 구멍 뚫린 얼굴만 내놓는 수술 커버로 몸도 대충 덮어놨다.
경문, 커버 치운다. 커버가 문제가 아니라 몹시 피곤하다.

S#44. 동/1층 중앙 출입구 앞 - 밤

경문, 구겨진 수술복 그대로 나와서 바깥 밤공기 쐰다.
크게 심호흡하다가 높다란 건물 올려다본다.
힘들기도 하고 애증이 교차하는 복잡한 심경.
어두운 하늘을 뚫을 듯 압도적인 건물을 생명체처럼 바라보는 경문.

S#45. 진우의 집/작은방 - 밤

노트북 앞에 앉은 진우, 뭔가 작성한다. 그 옆에 펼쳐진 평가액 표.
표를 집어 올리는 손, 선우다. 옆에 서서 표를 봤다가 진우 본다.
잠깐 *선우* 올려다보고는 진우, 작성한 문서를 클라우드에 저장.
이를 걱정 반, 기대 반으로 지켜보는 선우.

S#46. 승효 차 안 - 아침

승효, 샌드위치 씹으며 노트북 보는 중. 파일 제목 - 〈화정그룹 1분기 배당금 결산〉

승효　　(전화 온다. 발신자 '강팀장' 입안에 가득한 빵 꿀꺽 삼키고 받는)
　　　　　왜요. .. 아니 나 오늘 서산 갔다 온다고 했잖아요. 넘어가는 중인데
　　　　　왜요?.. 뭐가 올라왔는데... 보내요. (끊는)

곧바로 도착하는 강팀장의 문자 메시지. C.U.
'오늘 아침 06:54에 원내 게시판에 올라온 글입니다'란 텍스트와 함께,
첨부된 게시글 캡처 사진.
평가액 표를 제목은 남기고 중간은 잘라 응급, 소아, 산부인과 위주로 확대해서 올리고,
'파견 3과 = 적자 3과. 인도적 지원 아닌 자본 논리에 의한 퇴출'의 딱 한 줄만.

내용 읽어 내려가는 승효 미간에 잡히는 주름. 분노보다는 번거로움, 가득한 귀찮음.

승효   (핸드폰 내리고 숨 한 번 크게 내쉬더니) 병원.
기사   네?
승효   한성동. 병원으로.
기사   지, 지금요? (밖에 보면 고속도론데??)
승효   (다시 핸드폰만 들여다보는. 문자 보내는데)

선택하는 수신자 '먹깨비'다. 뭔가 문자 보내는 승효.

S#47. 고속도로 – 아침

고속도로 인터체인지 빠져나가는 승효의 차.

S#48. 대학병원/수술실 청결홀 – 아침

나란히 붙은 2개 방이 지금 수술 중인데,
한쪽 방에서 수술하던 중간에 나오는 태상, 바로 옆방으로 간다.

태상   (두 손 들어 옆방 문 몸으로 밀어서 열고는 안에다 대고)
       야 리덕션 아직도냐? 내년에 할래?! (몸 돌리는) 느려 터진 새끼들,
       바빠 죽겠는데. (방금 전에 나온 방으로 들어가는데)

정형 간호사4가 청결홀로 들어온다. 마스크로 입 가리고 태상 방으로 들어간다.
태상에게 말을 전하고, 그대로 듣는 태상 뒷모습이 수술장 유리 너머 보인다.

S#49. 동/경문 연구실 – 아침

경문, 이제 막 샤워를 마쳤는지 수건으로 머리 턴다.

서적과 논문 자료들에 파묻힌 책상과 곳곳에 허물처럼 벗어놓은 양말과 옷가지들.

덕분에 연구실보단 고시원이 아닐까 싶은 경문의 방.

경문, 컴퓨터 앞에 허리 구부리고 모니터 들여다본다. 게시글 읽는.

경문, 스크롤을 위로 올려 게시글 올린 이름 보는데, '작성자: 이보훈'이다.

보훈의 이름을 골똘히 보는 경문, 의자에 걸린 티셔츠를 입는데,

생각에 몰두한 나머지 티셔츠를 뒤집어 입는 것도 모른다.

그나마 가운을 걸쳐 목 뒤에 뒤집혀서 나온 상표가 가려진다.

S#50. 동/세화 진료실 - 아침

여기 모니터에도 뜬 게시글. 이를 등지고 책상에 걸쳐 기댄 세화의 뒷모습.

그러다 모니터 돌아보는데 눈빛이 무섭다.

S#51. 동/1층 중앙 출입구 앞 - 낮

승효의 차가 서고, 대기하던 강팀장이 문 열어준다.

승효 (바로 내려서 안으로 들어가며) 올린 놈은.

강팀장 아직입니다.

S#52. 동/1층 로비 - 낮

로비 가로지르는 승효와 강팀장. 얼굴 알아보는 직원들은 자연스레 인사하는데,

두 사람이 지나가고 난 다음에 뒤에서 보는 눈빛들이 안 좋다.

강팀장 (사람들 반응이 신경 쓰여서 좀 작게) 글을 올린 시각은 오늘 아침
06시 54분, 위치는 별관 307호에 있는 데스크탑 IP로 나왔습니다.

근데 307호는 전공의 숙소라서요, 그 안엔 CCTV가 없대요.
복도 CCTV를 대신 찾아냈습니다.

승효	작성자 ID는요.
강팀장	그게 올린 사람이, 이보훈이요. 죽은 원장.
승효	(잠깐 멈춰서 보지만 금방 다시 가는. 승강기 올라탄다)

S#53. 동/승강기 안 – 낮

문 닫히자마자 손 내미는 승효, 강팀장이 알아서 건네주는 것,
평가액 표 올린 게시글을 크게 프린트해서 뽑은 것이다.

승효	이걸 어떻게 손에 넣었지?
	이놈에 병원에선 전체 이익률을 아무나 볼 수 있나요?
강팀장	아뇨, 센터장들은 월말 결산을 받습니다만 자기 센터 한정이고,
	이전 재단에선 매출 총액을 원장하고 이사장만 받아봤답니다.
승효	근데 왜 하필 2월달 자룐데? 왜 두 달이나 지난 걸 올렸을까?
강팀장	혹시..
승효	(보면)
강팀장	죽은 원장이 내부 누군가한테 자료를 주고 간 거 아닐까요?
승효	자기 아이디랑 비번도 주면서 나 죽은 다음에 올리라고요?
강팀장	(생각해보니 아니다, 스스로 고개 젓는)
	회계팀은 조사 중입니다. 매출 자료를 모아서 수치화하는 데는
	거기니까 거기서 빼냈을 공산이 크니까요.
승효	전산실도. (승강기 문 열리자 바로 내린다)

S#54. 동/사장실 복도 – 낮

승효	회계팀에서 숫자를 만져도 출력하는 건 결국 전산실이요.
	종이 장부를 빼내기론 거기가 최고지. (다시 갸우뚱) 왜 2개월 전 걸까?

강팀장	.. 큰 의민 없지 않을까요? 어차피 파견 대상 3과는 내내 빨간색이었고 올린 사람이 마침 가진 게 뭐 2개월 전 거였나 보죠.
승효	(그런가?...) 이보훈 원장하고 각별한 친분이 있던 사람 중에, (생각)
강팀장	(다음 말 기다리다가) 회계실이나 전산실에 최근에 자료를 요청한 사람이 있는지도 찾아볼게요.
승효	파견 3과 직원 중심으로 봅시다. 그중에, 몇 시요, 글 올린 게?
강팀장	6시 54분이요, 오늘 아침.
승효	그때 앞뒤로 307호를 출입한 사람.
강팀장	복도 CCTV 바로 보실 수 있게 해놨습니다, 근데, 숙소란 게 워낙 출입이 자유자재라 시간이 좀 걸리게 생겼네요?

S#55. 동/구내식당 앞 복도 – 낮

진우, 식당으로 가는데, 뒤에서 성큼성큼 오는 경문.

진우	(인사하는데)
경문	원장님이 많이 그리웠나 봐. 예선생.
진우	! (계속 앞만 보며 가지만 목울대가 꿀꺽)
경문	와. (먼저 앞으로 가서는 비상계단 문 열고 바로 들어간다)
진우	.. (경문 따라서 들어가는)

S#56. 동/사장실– 낮

빔 프로젝터에 흐르는 CCTV 영상.
양쪽에 라커와 숙소 문들이 이어진 좁다랗고 긴 복도를 입구에서 잡은 화면.
여러 사람 오가고 화질도 안 좋아 구분키 힘들다. (시간 06:54:00부터 흐르는)

승효	(대충 보며 왔다 갔다) 구조실 불러요.
강팀장	본사 구조실이요?

승효   밀월관계 끝났어. 지들이 자초한 거야.
강팀장   알겠습니다. (나가는)

승효, 문자 온다. 발신자 '먹깨비'
문자 C.U. - 발신자 먹깨비. 내용은 '유포자 아직 다들 모름. 반응은 제각각'
승효, 다시 문자 보내는데, 그의 뒤로 흐르는 빔 프로젝터에 CCTV 영상.
긴 복도 안쪽에서 나와 CCTV 카메라 쪽으로 점점 다가오는 영상 속 남자,
이젠 카메라 바로 앞으로 와 승효 뒤에 커다랗게 뜬 얼굴,
식별 가능해진 그 얼굴, 진우다.
문자 다 보낸 승효가 핸드폰 내리며 돌아보는 순간, 화면에서 빠져나가는 진우.
승효, 영상 본다. 영상 속에 진우는 없다.

S#57. 동/비상계단 - 낮

경문과 마주 선 진우.

경문   글 올린 거, 너지.
진우   …

의문을 품고 영상 돌아보는 승효,
진우를 바라보는 경문 그리고,
경문에게 대치하듯 선 진우에서 엔딩.

Resume

KYUNGMOON JOO, M.D., Ph.D.
SangKook Univ. Hospital

PERSONAL DATA

성명	주경문 / Kyung Moon. Joo	소속	흉부외과 센터장
주민번호	710428 - 1******		
주소	서울시 성북구 정릉동 1092 정릉아파트 108동 1507호		
자택전화	02.3845.2998		
휴대전화	010.5000.0093		
E-mail	kmjoo@skmc.or.kr		

EDUCATION

2007. 03 - 2010. 02	김해대학교 의학 박사 취득
1999. 03 - 2001. 02	김해대학교 의학 석사 취득
1990. 03 - 1996. 02	김해대학교 의예과 졸업

POST GRADUATE TRAINING

2013. 11 -	상국대학병원 흉부외과 과장
2010. 04 -	김해대학병원 흉부외과 교수
2001. 03	흉부외과 전문의 자격 취득
1997. 02 - 2001. 02	김해대학병원 흉부외과 전공의 과정 수료
1996. 02 - 1997. 02	김해대학병원 인턴 과정 수료

EXPERIENCE

2009 .09 - 2011 .08	New York Presbyterian Hospital, Columbia University; Lung Transplant 연수
2006. 06 - 2007. 07	미국 Univ. of Pennsylvania Hospital Visiting Doctor
2011. 05	<Primary Ewing's Sarcoma of the Lung> 논문 발표
2006. 08	<Infections after lung transplantation: time of occurrence, sites, and microbiologic etiologies> 논문 발표

MILITARY

2001.03 - 2004.03	육군 대위 만기제대

FAMILY RELATION

관계	성명	연령	직업	직위	동거
妻	김예나	1975. 03	전업주부		유
女	주겨레	2002. 11	학생		유

특이사항 : 이보훈 원장이 김해대학병원에서 스카웃.
김해의료원 파견 경력.
센터장 중 유일한 타 대학 출신.
현재 실력과 인성에 이의가 없으나 스카웃 직후엔 따돌림이 심했으며
흉부외과의 부족한 인력을 36시간 연속 근무로 메우는 중.
거의 모든 콜을 받는 걸로 알려져 있음.

Resume

JINWOO YE, M.D.
SangKook Univ. Hospital

PERSONAL DATA

성명	예진우 / Jin Woo Ye
주민번호	830901 - 1******
주소	서울시 서초구 재영동 미주아파트 413동 105호
자택전화	02.491.5567
휴대전화	010.2275.0283
E-mail	okjinwoo83@skmc.or.kr

EDUCATION

2008. 02	상국대학 의과대학 졸업

POST GRADUATE TRAINING

2016. 02	응급의학과 전문의 자격 취득
2012.03 - 2015.12	상국대학병원 응급의학과 레지던트
2011.05 - 2012.02	상국대학병원 인턴 과정 수료

EXPERIENCE

2012 .03 - 2014 .05	대한응급의학회 정회원
2013. 04 - 현재	AEMSC(Asian Emergency Medical Service Council) 정회원
2014. 07 - 현재	NAEMSP(National Association of Emergency Physician) 국제회원
2016. 02	Mesenteric mimicking acute abdomen in emergency department: a case series 연구발표

MILITARY

2008.04 - 2011.04	광양시 전월면 보건지소 공중보건의 복무

FAMILY RELATION

관계	성명	연령	직업	직위	동거
弟	예선우	34	건강보험심사평가원 심사위원회 운영실	위원	유

특이사항 :

1. 연도별 환자 통계

구분	2013년	2014년	2015년	2016년	2017년
외래	1,857,059(7,221)	1,917,396(7,527)	1,990,002(7,906)	1,926,976(7,625)	1,942,403(7,498)
입원	74,447(203)	84,654(231)	86,225(236)	84,413(231)	89,456(245)

※ ( )안은 일평균 환자수

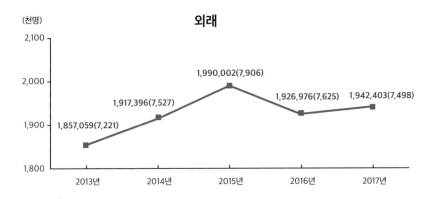

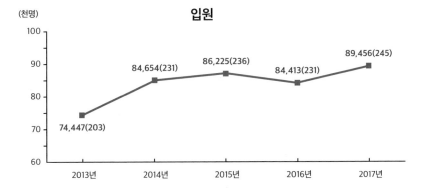

2. 병상별 병상이용률

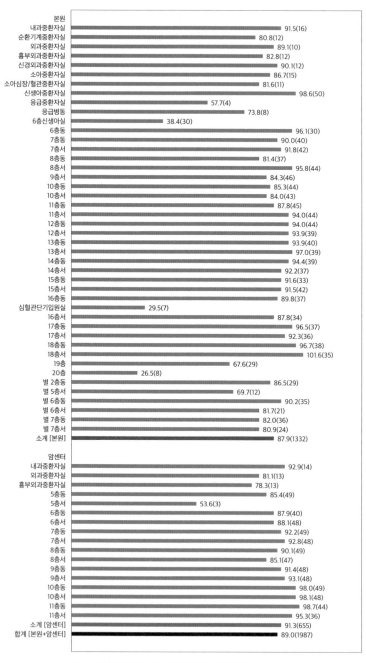

※ 2017년 총가동병상(1,987)의 병상이용률은(89.0%)
※ ( )안은 병상수

3

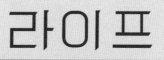
라이프
LIFE

S#1. 상국대학병원/구내식당 앞 복도 - 낮

식당으로 들고 나는 사람들이 스치는 복도.
그 한켠에 사람들이 무심히 스치는, 굳건히 닫힌 비상구 문을 줌인 하면,

S#2. 동/비상계단 - 낮

비상구 문 안 계단 통로에 대치하듯 마주 선 경문과 진우.

진우	...
경문	용케 비밀번혼 알아냈어?
진우	...
경문	...
진우	(드디어 입 여는) 타이핑이 느리셨습니다, 원장님.
경문	(그러셨지)
진우	제가 가끔 글을 대신 올려드리곤 했습니다.
경문	.. 심정이야 알지만 방법에 대한 고민은 없었나.
	본인은 철저히 뒤에 숨고, 돌아가신 분 앞세운 선정적인 폭로 말고.

진우	(반박 않지만 동의하지 않는 눈빛)
경문	이슈 몰이나 주목받는 것만 목적이라면 뭐 그것도 괜찮아.
	하지만 예선생은 우리한테 무기를 던져준 거야.
	우리가 들고 일어날 근거. 거기엔 어떤 꼼수도 있어선 안 돼.
진우	(이제 반항의 빛이 서리는. 그러나 역시 말하지 않는다)
경문	꼼수는 결국 빌미를 주는 거야. 상대한테 치고 들어올 빌미를.
	사소한 걸로 책잡히고 무너지는 걸 한두 번 봤어?
진우	정당한 (하다, 입 다무는. 잠깐 딴 데 보는데)

말 삼키느라 목젖이 꿈틀대는 진우. 그걸 모두 지켜보는 경문.
진우, 아예 시선 깔고 그냥 의국 과장한테서 오더받는 후배 의사처럼 선다.
댁이 뭐라든 난 말할 생각이 없소, 온몸으로 말하고 있다.

경문	(그런 태도, 표정, 보는) .... .. (진우를 지나쳐서 계단을 나간다)
진우	....

S#3. 동/구내식당 앞 복도 – 낮

비상구에서 나온 경문, 원래 가려던 식당으로 가는데,
그 뒤에 나온 진우, 반대 방향으로 간다.

경문	밥은 먹어.
진우	..
경문	(식당 쪽으로 고갯짓) 오던 길 아니었나. 먹을 수 있을 때 먹어.
진우	생각 없습니다. (목례하고 가버리는)
경문	.. (작은 한숨. 식당으로 들어간다)

S#4. 동/구내식당 – 낮

식사를 마친 선우창과 산부인과장, 퇴식구에 식판 반납한다.

산부인과장   (괘씸한) 우릴 돈 먹는 하마 취급했다는 거 아냐.
창   (냅킨 건넨다)
산부인과장   (입 닦으며) 그래놓고 우리 앞에선 어디보다 산모가 더 죽니 마니
              그딴 소릴, 암만 기름밥 먹다 온 놈이어도 그렇지,
              윤리의식이라곤 쥐뿔도 없는 자식이 어디서, (냅킨 버리고 나가는데)

들어오는 경문. 열받은 산부인과장, 경문과 스치면서 목례 정도나 하는데,

경문   어떻습니까, 그쪽은. 어떻게 하실 거예요?
산부인과장   뭘 어떻게 해요, 쯧.
경문   그냥 있게요? 위험 무릅쓰고 폭로해준 사람 수고는 물거품 되라고요?
산부인과장   그렇다고 뭐 또 뭐냐, 지난번처럼 모여봤자 저기 구사장 들이닥쳐서
              지 할 말만 와다다 해댈 텐데 그 멍석을 왜 또 우리가 깔아줘요?
경문   구사장이 왜 또 옵니까? 좀 있다 저희 (시계 체크) 외과 전체 의국 회의에요.
              4시에.
산부인과장   그때 하자고요? 기습적으로 우리만?
경문   기습이 아니죠, 의국 회의는 원래 우리 의사들 건데.
산부인과장   (손가락 튕기는) 병동엔 내가 얘기할게요. (얼른 가며) 이따 봐요!
경문   (인사해 보이고 배식구로 가는)
산부인과장   (나가며) 사람이 참 됐어, 주교수.
창   (나가는 산부인과장 슬쩍 보는 눈빛이 좋지 않다)
              ... 왕따시킬 땐 언제고. (잠깐 경문 돌아보는. 나간다)

S#5. 동/병실 복도 - 낮

진우   (입 꾹 다물고 복도 가는데)
재혁E   예선생님!
진우   왜!!

재혁　(6인 병실에서 몸 내밀다 깜짝!) 경찰이 저분 데려가도 되냐고요..

재혁 너머에, 딸과 동반자살하려고 했던 아이 아빠가 침상에 파리하게 앉은 게 보이고,
옆에 1회 S#20에 응급실로 왔던 정복 순경이 와 있다.

재혁　동반자살이든 어쨌든 살인죄니까.. 어쩌죠?
진우　뭐가 문제야?
재혁　치료 끝나지만 정신과 소견이 좀.. 직접 문진해보시면 어떨까 해서...
진우　보내. (바로 가버린다)
재혁　(진우 뒤에다 대고) 네! (병실로 들어가며) 데려가시래요.

S#6. 동/구내식당 - 낮

경문　(국에 만 밥을 후루룩 마시다시피 넘기며 동시에 전화 중이다)
　　　양선생 오후에 시간 돼? 3시 수술 좀 바꾸게.
　　　(듣고) 간단한 거야, 하지정맥. (듣고) 그럼 내가 맡거나?
　　　나 지정한 거 아니고 응급실에서 올라온 거니까 양선생 들어가도 돼.
　　　(듣고) 어 고마워. (끊고 시간이 없어 반찬을 입에 쓸어 넣는다)

S#7. 동/성형외과 스테이션 - 낮

카메라 워킹, 누군가의 시선과 동일하게 움직인다.
성형외과장, 모니터와 차트 비교하느라 번갈아 보고 있는데,

성형외과장　이제 갓 돌 지난 앤데 3도 화상이이에요. 것도, (얼굴 전면부에 손짓)
　　　　　　좀만 늦었음 스킨그래프트(*피부이식)도 힘들 뻔했어.

카메라와 함께 움직이는 시선, 모니터 속 아픈 화상 자국 본다.

성형외과장 (카메라 보고) 소아고 응급이고 다 나가면, 이런(모니터) 케이슨
　　　　　　　다 죽으라고? 하긴 내 코가 석 자지, 누굴 걱정하겠어요.
　　　　　　　하는 꼴 보니까 여기도 좀 있음 돈 되는 수술만 하랄 거 같은데.
　　　　　　　나중에 봐요, 인제 우리도 죄다 코 올리고 쌍꺼풀 찢고 있는다?
　　　　　　　(차트 가지고 자리 뜨며) 4시에 봅시다.

S#8. 동/수술실 청결홀 - 낮

수술 마치고 나온 암센터장, 피곤한 얼굴이다.
S#7처럼 누군가 그를 보고 있는 시선.
시선의 주인, 암센터장에게 서류 내밀고 있어서 화면 끝에 서류가 반쯤 보인다.
암센터장, 두건 벗으며 카메라 쪽으로 몸 돌려 서류 받아들고 사인하면,
서류 도로 받아가는 시선의 주인, 슬쩍 보이는 손.

암센터장 (손 씻는) 응급실은 다른 데로 트랜스퍼 할 인력 정도만 남긴다고?
　　　　　　그럼 다른 데서 오는 것도 없어지 (하다 힐끗 카메라 보더니)
　　　　　　끝났으면 가, 뭘 턱 받치고 있어? (저리 가라, 물 묻은 손 한 번 저으면)

화면에 튀는 물방울. 암센터장 손짓 따라 카메라, 시선의 주인에게 돌아가면, 창이다.
창, 얼굴에 튄 물방울 닦는다.

S#9. 동/이식센터 - 낮

이식센터장, 창가 끝 사람 없는 쪽에 섰다. 그 옆에 선 창.

창 (방금 암센터장한테 사인받은 서류 주며) 우리 응급실엔 응급 환자가
　　　　와도 다른 병원으로 트랜스퍼 시킬 인력만 남긴단 얘기 듣고 이교수님,
　　　　그 말씀만 하셨어요, 다른 데서 오는 것도 없어지, 거기까지만.
이식센터장 내뱉고 속내 들킬까 봐 아차 했겠네, 이교수.

창   (모르겠다는 얼굴) 속내요?

이식센터장   응급 암 환자 안 받게 생겼으니까 좋은 거지. 암센터에선 딴 데서 먼저
            치료받다가 병원 옮겨서 오는 환자 안 좋아해. 병원을 옮긴단 거 자체가
            원래 병원에서도 까다로운 케이스였단 뜻인데 그런 환자 받아줬다가
            여기서 잘못되면 그게 웬 독박이야. 그렇다고 응급실로 실려온 사람,
            너 원래 다니던 병원으로 가라, 내칠 수도 없고.

창   (덤덤) 예에.

이식센터장   응급실 없어지면 그런 거도 없어지니까 골치 하날 던 거야, 암센터는.

창   그래도 다들 4시엔 오시겠다던데요.

이식센터장   내가 알아보라고 창선생한테 시켰단 얘긴 안 했지? 사람들한테.

창   안 했죠.

이식센터장   (고민스러운) 다들 지 생각뿐이네..

창   .. 과장님 생각은 어떠세요?

이식센터장   어떻긴, 큰 걱정이지. 없으면 안 되는데.

창   (그래도 동업자 의식 있구나, 얼굴 좀 풀어지며 웃음기 띠는데)

이식센터장   진짜 자본주의 논리로 퇴출되는 거면 우리도 흑자 낸 적 없어,
            다음은 우리야, 그리고 살아남는다 해도 솔직히, 응급실 없어져봐,
            우린 뭐 먹고살라고?

창   ?

이식센터장   응급실 없애면 뇌사자 확 줄어. 장기이식한텐 응급실이 필수야.

창   ... 예에.

이식센터장   너무 걱정 마라. 진짜 뭐 그렇게야 되겠냐. (어깨 쳐주고 가는)

창   (목례. 이식센터장 사라지면.... 그의 손이 닿았던 어깨 털어낸다)

S#10. 동/사장실 - 낮

문자 알림음. 바로 문자 C.U 하면, 발신인 '먹깨비'인데,
'4시 의국 회의, 적자 3과 게시글 관련 기습 논의할 듯.'
문자를 확인하는 손, 따라 올라가면 승효다.
승효, 냉정한 얼굴로 빠르게 답장 보내는데 내용은 보이지 않는다.

S#11. 동/응급실 앞 복도 - 낮

병원 내부로 연결된 응급실 문에서 나오는 동수와 진우, 서둘러 간다.

동수　그려도 산부인과장이 애쓰네, 다른 쪽들은 강 건너 불구경인디.

진우　산부인과장님이 소집하셨어요?

동수　뭉치잔 사람이 있으니 뭉치지. 다들 태생이 각개전툰데.

방선생　과장님, (맞은편에서 오는) 부르셨어요?

동수　김선생 퇴근했지? 방선생이 가자.

방선생　(일단 가면서도) 어딜요?

동수　방선생이 잘 듣고 나중에 간호쌤들한테 설명해.

방선생　뭘요?

S#12. 동/회의실 - 낮

산부인과장　이 사람은 왜 안 와? 말은 젤 먼저 올 것처럼 해놓고선.

맨 앞엔 마이크 달린 긴 책상들이 좌석을 향해 배치됐다.
이 자리를 채운 센터장들과 좌석에 앉은 사람들이 서로 바라볼 수 있는 배치다.
태상, 세화, 서교수 등 센터장들이 거의 다 와 있고,
그 뒤 스크린엔 진우가 올린 평가액 표와 글씨가 커다랗게 떴다.
센터장들 앉은 맨 앞 책상 외에 좌석 자리는 직급과는 무관한 배열.
동수, 진우, 방선생 들어와 자리 찾는다.

동수　(산부인과장 옆에 앉으며) 누구요?

산부인과장　주교수요, 사람이 앞뒤가 달라.

진우　(그 말에 산부인과장 보는)

방선생, 둘째 줄에 가서 앉는데, 근처까지 같이 오던 진우는 좌석 줄로 안 들어온다.
방선생, 옆자리에 손 걸쳐서 맡아 놓고 이리 오라, 손짓하면
진우, 시계 가리켜 보인다. 곧 가야 한다는 동작해 보이고 벽에 기대선다.
방선생, 할 수 없지 하고 옆자리에 올려놨던 손 치우는데 치우기 무섭게 싹 앉는 창.
방선생, 삐쭉 한다. 창도 별로 방선생에게 아는 체 안 한다.

세화   (벌써 와 있다가 쭉 훑더니) 오실 분 다 오셨죠? 시작합시다.
         여러분, (일어난다) 전 오늘 아침 이걸 보고 너무나 자존심이
         상했습니다. (뒤에 뜬 표 보는) 눈물이 날 정도로 분했습니다.

좌중의 시선, 스크린에 뜬 표에 쏠린다.
진우, 자기가 올린 표와 글을 일별하지만, 출입문을 한 번 더 본다.

S#13. 동/흉부외과 스테이션 앞 - 낮

경문   (빠른 걸음으로 스테이션 지나치는데)
박선생   과장님! (뛰어온다) 이장욱님 쇼크 왔대요! 양쌤 혼자 안 되나 봐요!
경문   (오던 방향 바꿔서 달음박질한다) 무슨 쇼크!
박선생   혈압이 갑자기 내려가서, 지금 CPR 중이래요.

경문과 박선생, 멀어진다. 박선생이 설명하는 소리도 작아지는.

S#14. 동/회의실 - 낮

암센터장 발언 중이다. 모두 집중해서 듣는.
이젠 빈자리 없이 꽉 차서 진우처럼 벽 쪽에 서서 듣는 이들도 많다.

암센터장 (앉은 자리에서 마이크 잡고 얘기 중. 반말과 존대가 섞인 말투)
         내 미국 있을 때 룸메이트가 사고로 이거 두 개가 (검지와 중지 펴는)

컷 됐어, 근데 이 친구가 병원을 갔다 오더니 검지만 붙인 거야?
why? 그랬더니 한다는 소리가 I don't have money.
이건(검지) 15000달란데 (중지만 올리는) 이거까진 6만 달러라고,
이게 말이 돼요?

서교수   거 그건(손가락) 좀 내리고 하시죠?

몇몇이 그 말에 웃자 창, 좀 한심해하는 표정이 돼 주변을 흘낏 본다.

창   (느슨해진 틈을 타 귀엣말로 방선생에게) 은하씨는요?
방선생   (느닷없는 귀엣말에 기겁) 교대했죠!
           (더럽다는 듯 귀 후비며) 은하씨는 씨, 김쌤이지.
창   (분명 들리는데도 태연자약)
암센터장   암에라도 걸리면 그날로 환자가 아니라 죄인이 되는 나라예요, 거기가!

S#15. 동/사장실 - 낮

창가의 승효, 손에 늘 쥐고 있는 핸드폰 없이 팔짱 꼈다.
평소보다 천천히 서성이는 걸음 위로 들리는 소리,

암센터장F   근데 우리 오너 플랜이 이거잖아, to be american!
승효   ....

S#16. 동/회의실 - 낮

동수   지금 내 일 아닙네, 하는 분들,
         매출표로 줄 시우기로 한 이상 나머지들도 내일 아님 모레여.
세화   그게 관건이 아닙니다, 니 일 내 일이 중요한 게 아네요!
태상   (가장 중앙에 앉았지만 심각한 얼굴로 팔짱 끼고 있을 뿐) 흠...
세화   우린 사람 목숨 살리는 의사예요,

이 손이 하는 행위는 돈으로 채점할 수가 없단 말입니다,

난 이 프라이드 하나로 버텼어요.

소아과장　그렇기도 하고, 이런 거(뒤에 표)까지 드러났는데 유야무야하면

사장 눈에 우리가 얼마나 우습겠어요? 단체로 호구 될 일만 남은 거죠.

세화　파업합시다.

진우　(묵묵히 듣다가 파업 소리에 고개 드는)

서교수　파업은 안 됩니다. 의약분업 때 잊었어요?

세화　파업이 유일한 수단이에요, 우리한텐.

S#17. 동/사장실 - 낮

승효, 책상으로 간다. 핸드폰 놓인 자리 옆에 걸터앉는데,

핸드폰 화면 C.U 하면 액정 '먹깨비'와의 통화 시간이 흘러가고 있다.

스피커폰에서 흘러나오는 소리.

세화F　아니면 우리가 뭘로 싸웁니까? 우리한테 무슨 수가 있어요?

서교수F　우리가 집단행동하면 어떻게 되는지, 거기 젊은 선생들은 모르지?

의약분업 때 온 나라가 우릴 완전 도둑 취급했다고.

약값 몇 푼 땜에 잘 먹고 잘 사는 놈들이 파업한다고 난리도 아녔어.

S#18. 동/회의실 - 낮

서교수　있는 놈들이 더하다고 욕 처먹은 거 생각 안 나요?

엄연히 법이 있는데 사장 맘대로 필수과를 없앨 것도 아니고

세화　김해의료원은 법이 없어서 폐쇄됐나요? 이 나라에 공공의료원 겨우

10%도 안 남았어요, 그것도 적자라고 갈아버리는데 법이 우릴

막아줘요? (일어서는) 여러분, 재벌기업이 학교를 왜 사들였겠습니까?

돈, 돈이 되니까. 그럼 어디서 돈을 뺄 건데요? 애들 등록금?...

대학에서 돈 나올 데라곤 병원밖에 없어요, 처음부터 우리가

타겟이었던 겁니다. 파업을 망설일 이유도 시간도 없어요.

세화 설득에 다들 동요되는 분위기. '하긴 파업밖에 더 있나' 소리도 들리고.
진우, 이게 아닌데 하지만 주위를 둘러봐도 동조하는 얼굴들.

S#19. 동/사장실 - 낮

여전히 전화는 통화 상태고 이젠 서성이지도 않는 승효.
회의실 마이크를 통해 전해지던 지배적인 목소리는 사라지고 웅성대는 소리,
기침소리, 의자 끄는 소리가 나는데 누군가 목소리를 낸다.
발언이 시작되자 웅성대던 소리는 사그라지지만 승효, 잘 안 들린다. 뭐라고?

태상F   (마이크 소리라 비교적 잘 들리는) 누구야 방금 말한 거?

승효, 바로 전화 집어 스피커폰 끄고 귀에다 댄다.

S#20. 동/회의실 - 낮

태상   (마이크에 대고) 누가 뭐라고 한 거야?

잠시 조용한 실내. 바로 옆에서 들었던 사람들 몇 명만 진우 쪽을 기웃할 뿐.

태상   (아무도 안 나서자 마이크 집고 말하려는데)
진우   신임사장한텐 명분이 있습니다.
모두   (소리 나는 쪽 본다)
진우   (사람들 틈에서 한발 앞으로 나온다) 지방의료원 지원이란 명분이요.

한 줄 정도 뒤 벽에 선 진우를 고개 꺾어 돌아보던 창, 몸을 살짝 그쪽으로 튼다.
그러곤 탁자 아래 내린 손에 들린 핸드폰을 슬쩍, 진우와 가까운 손으로 옮기는데,

cut to. 탁자 아래 창의 핸드폰 C.U 하면, '일개미'와 통화 상태다.
그 위로 흘러들어가는 대화.

동수E   거 핑계라고 밝혀졌잖아, 이 글 올라온 거 안 봤어?
진우E   지목당한 3과가 우리한테만 적자입니까?

cut to. 이젠 센터장들 쪽을 똑바로 향해 발언하는 진우,

진우   응급, 소아, 산부 3과는 지방에선 더 마이너스입니다.
          그래서 지방일수록 더욱 해당 클리닉이 사라지는 것도 사실이고요.
          구사장은 이걸 밀고 나갈 겁니다,
          그럼 우린 시골 가기 싫다고 뻐팅기는 이기적인 집단밖에 안 돼요.
          대의명분까지 뺏긴 판에 환자를 볼모로 한 파업이요?

S#21. 동/사장실 – 낮

진우F   구사장이 바란 것도 이런 거란 생각은 안 드십니까?
승효 ·   누구야 이 인간...
진우F   (좀 더 목소리 높인) 우리가 우리 무덤 파는 행위요.

이젠 여럿이 뭉쳐서 떠드는 소리 난다.
머릿속 데이터 빠르게 돌리는 승효, 그리고 곧, 머리를 강타하듯 떠오르는 한 장면.

진우E   **응급의학과 예진우입니다.**

Flashback1〉 – 2회 S#20. 동/강당 – 낮
강당에서 자기 이름을 밝히고 발언하던 진우.

승효, 전화는 녹음으로 돌려서 내려놓고 노트북에서 CCTV 영상 찾는다.

CCTV 영상 스크롤을 6시 54분으로 옮기고 2배속으로 재생시킨다.

Flashback2〉 - 2회 S#24. 동/사장실 - 낮
진우 이력서를 따로 빼놓는 승효.

영상 속 의사들 빠르게 왔다 갔다 하고 그들만큼 빨리 움직이는 승효의 눈.
그러다 마우스를 전광석화로 누르면,
정지된 화면. 화면 제일 앞에 정확하게 잡힌 진우.

승효   예진우....

잠시 화면 속 진우를 보며 그대로 섰던 승효, 인터폰 누른다.

승효   원장 비서 자리 붙어 있으라고 해요. (즉시 방을 나간다)

S#22. 동/회의실 - 낮

세화   그래서 어떡하자고. 대안 없는 반대만 하지 말고.
진우   어떡할 건지 그걸 같이 말해보자고 마련한 자리라고 생각했는데요.

사람들, 수군수군대기 시작. 센터장들은 자기들끼리 갑론을박하는데,
굳게 입 다물었던 태상이 일어난다. 모두, 얘기 중단하고 쳐다본다.

태상   물증까지 나온 마당에 잠자코 있을 순 없지. 투표합시다,
          접수과하고 특수클리닉 포함해서 우리 37개 의국 전부에서 찬반
          투표하고, 80% 이상 즉 서른 개 이상 의국에서 가결되면 파업 돌입.
          단 응급, 중환자실은 어떤 경우에도 파업 불가. 이의 있나?
센터장들 (대부분이 그럽시다, 찬성한다)
산부인과장 투표 기한을 아예 여기서 정하죠? 이번 주말까지들 어때요?

진우, 각자 투표 시기를 주장하는 사람들을 막막히 지켜보다... 자리를 나간다.
창, 그가 나가는 걸 눈으로 좇는. 여전히 그의 손에 들린 전화.

S#23. 동/복도 - 낮

진우   (회의실에서 홀로 나와 천천히 복도를 간다. 표정 그늘졌는데)

소리)   (앞에서 다가오는 강골 찬 구두소리. 점점 다가온다)

진우   (생각에 잠긴. 구두소리 못 듣는다)

소리)   (구두소리 멈춘다)

진우   (그대로 더 가다, 누군가 앞에 있는 느낌에 눈을 드는데)

승효가 진우를 응시하고 있다.
진우, 상대 눈빛, 뿜어 나오는 기운에서 심상치 않음을 느낀다.
그 느낌 감추고 목례하는 진우, 천천히 승효 옆을 스치는데,
진우가 바로 옆을 지날 때 승효, 진우를 따라 고개 돌리며 갑자기 싹 웃는다.

진우   (멈추지 않고 가지만 왜 저러지??)

승효   (진우를 쭉 따라 보는...)

진우   (안 돌아봐도 뒷골에 화살처럼 꽂히는 시선 느껴진다. 계속 가는데)

승효   차라리 옥상 가서 확 뿌리지.

진우   !! (.. 멈춘다)

승효   귀신 뒤에서 꼼수나 쓰느니 속이나 시원하게 천 장 만 장 카피해서
드나드는 인간들 다 보라고 확! .. 왜 못 그랬을까?

진우   무슨 말씀이시죠?

승효   지 살 궁리는 한 거지. 어떻게 하면 내 모가지는 지키면서 서울엔
붙어 있을까. 나름 머릴 쓴다고 쓴 거야, 그런데 어쩌나, 바로 발각이네.
얼마나 쪽팔릴까.

진우   혼자 하시는 말씀이시면 저는 이만

승효   (웃음기 순식간에 사라지는) 이보훈이 좋은 거 많이 가르쳤네.

진우   (무표정을 가장했던 얼굴, 보훈 이름이 나오자 순간 흔들리지만)

	.. 알겠네요. 어떤 오해를 하신 건지.
승효	오해.
진우	갓 부임한 새 일턴데 사고는 계속 터지지, 뭔가 보여는 주고 싶지,
	급한 마음에 한 오해이실 테니 사장님은 쪽팔려 안 하셔도 됩니다.
승효	(기분 나쁜 기색도 없이 응시하는)
진우	그리고 원장님, 좋은 거 많이 가르쳐주셨습니다.
	사장님 인생도 그분하고 좀 겹쳤으면 지금보다 나았을걸요.
	(발걸음 떼는데)
승효	축하해요.
진우	?
승효	목적 달성했어요. 낙산 안 가게 될 겁니다.
	(또 웃는다. 그러더니 자리 뜨는)

진우도 돌아선다. 천천히 발걸음 뗀다. 모퉁이 도는.

S#24. 동/모퉁이 일각 - 낮

진우가 모퉁이 돌자마자 참았던 숨 내뱉는다. 저도 모르게 꽉 쥐었던 손을 펴는데,

선우	*어떻게 알았을까? (모퉁이 너머 본다. 승효 보는 듯)*
진우	…
승효E	**귀신 뒤에서 꼼수나 쓰느니**
진우	….

Flashback〉- 3회 S#2. 동/비상계단 - 낮

| 경문 | **거기엔 어떤 꼼수도 있어선 안 돼.** |

| 선우 | *낙산 안 갈 거란 게 무슨 뜻일까?* |
| 진우 | (고개 저으며 간다) |

S#25. 동/사장실 - 낮

강팀장, 자기 책상에서 유선전화 받고 있는데 승효 들어온다.

강팀장　사장님, (수신기 가리고) 생보사인데요.
　　　　건강정보 세트, 150만 원 죽어도 못 주겠대요.

승효　(전화 달라는 신호) 남사장?

강팀장　예. (주는)

승효　(받는) 예, 구승흡니다. 죽어도 안 되신다면서요? 환자 정보 미리미리
　　　알아서 보험금 안 털리게 해드리겠다는데도 싫으시면 쫑 내면 되지
　　　뭘 따로 전화까지 주셨을까?

생보사장F　보험금을 안 털린다뇨, 우리가 도둑이에요? 고객들이 필요할 때 달라고
　　　　납입한 건데 내줄 일 생기면 내드리는 거지, 그게 고객만족인데.

승효　아 그래요? 이상하네 그럼? 고객한테 언제든지 내줄 마인드를 잡숫고
　　　계신데 왜 고객 납입금을 생보사 자산으로 떡하니 잡아 놓으셨을까?
　　　그렇잖아요? 언젠간 계약자들한테 다 내줄 돈인데? 남에 돈인데?
　　　제로네, 제로, 한 푼도 없어 생보사 현금 자산.

생보사장F　구사장 자꾸 이럴 거요? 거 옛날 일은 좀 옛날 일로 묻읍시다?
　　　　프로답지 못하게,

승효　보험금 안 주려고 갖은 수법 다 쓰는 게 보험산 거 3살 애들도 아는데
　　　저한테 고객만족 운운하시는 거 보니 정말 거래하실 마음 없나 봅니다.
　　　예, 저희도 안 팝니다. 안녕히 계세요. (강하게 끊는)
　　　내가 기억하는데 내가 아직 안 잊었는데 얻다 대고 옛날이야.
　　　내가 지들을 그렇게 무시하고 괄시했으면 날 죽이려고 들 것들이.

강팀장　(승효가 삐뚤게 내려놓은 수화기 바로 하는. 상사가 화났어도 뚱하다)

승효　어차피 지들이 목마르지 우리 아쉬울 거 없어요, 당분간 연락받지
　　　말아요. (자리로 가는) 응급센터 예진우, 해고 처리하시고.

강팀장　네에? 그 조각 선생이요?!

승효　조각은 무슨?

강팀장	어, 걸어 다니는 조각인데,
승효	언제 봤어요?
강팀장	네, 응급실 내려가서..
승효	(뜨악...) 당장 처리해요. (자리로 가는)
강팀장	(히잉.. 풀 죽어서) 구조실은 저녁때까지 준비해서 오겠대요..
승효	네. (자리 앉으며 힐끗 보는. 별...)

강팀장 책상에 인터폰 울린다. 강팀장, 인터폰 화면 보면 문밖에 부원장이 보인다.

강팀장	부원장인데요.
승효	(들여보내란 손짓)
강팀장	(버튼 눌러 열어주고 서류 챙겨 나간다. 들어오는 태상과 가볍게 목례)
태상	(당연히 소파로 향하는데)
승효	(책상에 그대로 앉은 채) 예?
태상	(당황, 책상 봤다가 소파 봤다가. 불쾌한. 어쩔 수 없이 승효 앞에 선다) 방금 의국에서 회의가 있었습니다.
승효	그래서요?
태상	안타깝게도 파업 투표로 기울었네요.
승효	어딜 가나 그게 무기죠. 공장에서도 걸핏하면 파업.
태상	(기분 나쁜) 저희 의사 사회 결정은 공장 노동자 실력행사하곤 다르죠?..
승효	(쳐다보면)
태상	.. 너무 걱정은 마십쇼, 제가 최대한 긍정적인 쪽으로 끌어가겠습니다.
승효	알겠습니다. 계속 수고 부탁드리죠.
태상	예. (대답은 했는데 그대로 선)
승효	(보는)
태상	.. ... 그럼.

10년 이상 어린 상대지만 앉아서 쳐다보는 승효에게 고개 숙여 인사해야 하는 상황.
태상, 결국 인사하고 돌아나가는 얼굴에 불쾌함이 가득하다.
승효... '통화녹음 먹깨비'를 찾아서 틀면,

진우F   ... 마련한 자리라고 생각했는데요. (이어 잠시 수군대는 소리 들리고)
태상F   물증까지 나온 마당에 잠자코 있을 순 없지. 투표합시다,
        접수과하고 특수클리닉..
승효   ... (태상 나간 문 보는)

S#26. 동/수술장 - 저녁

빈 수술장에 경문만 혼자 섰다.
치열했던 수술의 흔적으로 바닥에는 선혈이 가득하다.
장갑이며 수술복, 신발에도 피가 튄 경문, 망연히 섰다.

S#27. 동/수술실 앞 복도 - 저녁

머리가 땀에 흐트러진 경문, 수술실에서 나오는데
환자 보호자가 양선생 팔을 간신히 잡고서 섰다.
아니라고 말해달란 그 눈을 쳐다보며 사망을 전하는 양선생.

양선생   마취 쇼크로 심정지가 왔습니다.
보호자   간단한, 간단한 거라고 했잖아요,
양선생   (뭐라 말을 못하다가 경문과 눈이 마주치는데)

경문과 양선생, 둘 다 서로의 시선 피하듯 고개 돌린다.

보호자   간단한 거! (양선생을 잡고 흔들자)
경문   (보호자에게 오려는데)

보호자, 접히듯이 주저앉는다. 이를 잡아주는 양선생 앞에 주저앉은 보호자,
소리도 제대로 못 내고 웅크린 채 눈물만 쏟는다.

양선생, 지켜볼 수밖에 없고 경문... 자리 뜬다.

S#28. 동/경문의 연구실 - 저녁

박선생　　과장님이 하셨어도 바뀌는 건 없어요. 아무도 예상 못했던 일이에요.
경문　　　그래.
박선생　　그냥 운이 안 좋았어요.
경문　　　그래. (구석에 간이침대로 간다. 침대에 몸 얹는)
박선생　　.. (나가며 불 꺼준다)

책이며 잡동사니 잔뜩 쌓아 놓은 작은 창문으로 희미하게 들어오는 저녁의 푸르스름함.
그 속에 경문, 눈 감고 죽은 듯이 있다.
그렇게 한참이 흐른 것 같고 아주 짧은 시간이 흐른 것도 같은 뒤에,
노크소리.
경문, 그대로 있다.
노크한 사람 들어오는 소리, 들어오다 멈칫하는 소리. 한두 걸음 왔다 갔다 하는 소리.
그러다 인기척 정지한다. 나가는 소리는 안 들리는.

경문　　　(눈 감은 채) 뭐.
진우E　　..... ... 어떻게 아셨어요?
경문　　　....
진우　　　게시글 저란 거, 어떻게 아셨어요.
경문　　　원장님이 서운해하셨던 거 알고 있어?
진우　　　?
경문　　　예선생이 병원에선 원장님이랑 모르는 사이인 척한 거. 사람들 앞에선
　　　　　일부러 거리 둔 거. (무겁게 일어나 침대 가에 앉는다. 얼굴 문지르는)
진우　　　서운해하셨어요?
경문　　　서운해하셨어. (찌뿌둥하게 진우 올려다본다)
진우　　　(가슴이 다시 저려온다. 하지만 이러려고 온 게 아니다)
　　　　　어떻게 아셨냐고요.

경문	왜 혼자 내외했어? 그분이 누굴 개인적으로 안다고 특혜 주고
	그럴 분도 아닌데, .. 아니었는데, 살갑게 좀 굴어드리지.
진우	그래서 사장한테 말하셨어요? 겉으론 아닌 척했어도 원장님하고
	예진우란 애, 둘이 친했다고, 비밀번호 공유할 만큼?
경문	(무슨 소리야?) 내가 사장한테 이를까 봐 걱정돼서 왔어?
	내 입단속 하려고?
진우	...
경문	(쳐다보는데 눈동자가 헛헛한..) 좀 나가지. (다시 눕는)
진우	들고 일어날 무기엔 어떤 꼼수도 있어선 안 된다고 하셨죠.
	그치만 전 정당한 절차 밟으려다 먼저 밟히는 걸 더 많이 봤습니다.
경문	(짜증나는) 나가!
진우	오늘 나가란 소리 여러 번 듣네요. 아주 나가드리죠. (나간다)
경문	(눈 뜰 힘도 없다. .. 하지만 눈 뜨는) ... 아주 나가드리죠?

경문, 목만 세워 진우가 나간 문 보는.
그러다 다시 머리 툭 내리고 천장 보는데...

S#29. 주점 – 밤(경문의 회상. 2~3개월 전)

경문과 보훈, 편히 둘러앉았다. 보훈은 술로 목 축이고 경문은 콜라 마신다.

경문	거 천천히 좀 드세요. 술이 뭔 잘못을 그렇게 했다고 씨를 말려.
보훈	난 잔이 차 있는 걸 못 보는 사람이야.
경문	참 자랑이십니다.
보훈	(술 따르라고 빈 잔 흔들어대는)
경문	(따르는) 거참 팔 빠지겠네, 산업재해에요 산업재해,
	원장님 술시중에 내 팔 빠지면. (전화 울리자 얼른 보는)
보훈	(같이 멈춘) 콜?
경문	(확인..) 아네요, 스팸.
보훈	(술 꿀꺽! 자세는 편해 보이는데 얼굴은 안 편해 보인다) 어떻겠어?

경문	... 뭐 아직, 검사 결과 봐야죠.
보훈	...
경문	근데 어떻게 예선생네를 식구대로 다 아세요?
	그 어무니도 아신다면서요?
보훈	진우 어머니야 유명하셨어?
경문	왜요? 이쁘세요?
보훈	에라이!.. 선우가 어떻게 학교를 다녔겠냐. 그야말로 눈이 오나 비가
	오나 걔 어머니가 걔를 밀고 끌고 월체어를 들었다 났다, 전공의까지
	내내, 선우 어머닌 웬만하면 다 알았어, 그때 우리 학교 사람들.
경문	으응; 대단하시네. 아들 둘을 다 의댈 보내시고, 몸 불편한 막내까지.
보훈	대단하지, 혼자 몸으로.
경문	아부지 없어요, 예선생네? 어쩌다가?
보훈	.. 교통사고. 오래됐어.
경문	으응.. 슛, 그래서 예선생이
보훈	왜? 뭐?
경문	아니 뭐, 요즘에야 편부 편모는 뭐 일도 아니지만, 예선생 좀 뭐랄까,
	건방지다고 할까, 어른 대하는 게 좀.. 모나 보인다고 해야 되나?
보훈	니가 어른답게 안 보였나 보지, 걔 눈에?
경문	어이구, 병원에서 아는 척도 안 하는 쌀쌀맞은 놈 감싸고돌긴.
	예선생 잘못이란 게 아니라 아부지랑 자연스럽게 부대끼질 못했으면
	그럴 수도 있단 얘기지,
보훈	이게 듣자 듣자 하니까, (수저로 칠 기세)
경문	(수저로 막고) 어? 사람 치겠네? 왜 흥분하지? 숨겨놓은 자식인가?
보훈	야 행여 그런 소리 마! 진우 그런 소리 제일 싫어해.
경문	지가 싫어하면 싫어하는 거지 농담 갖고 (하다) 어, 뭐가 있나 본데.
	예선생이 괜히 자식 소릴 싫어할 리가 없잖아?
보훈	야 너 콜라 고만 마셔, 그 몸에 안 좋을 걸 처마시니까 말이 떡이지.
	(하는데 고개 숙이고 자작하면서 살짝 배시시 웃는)
경문	어? 어? 이봐 이봐, 있다니까 뭐?
보훈	아니야! (비직, 웃음은 감추지 못하고 술기운인지 뭔지 볼도 붉다)
경문	예선생 어무니요? 진짜 이쁘셨구나?

보훈	... (고개 들고) 이뻤어. (하는데 눈이 쓸쓸해 보인다)
경문	(그 눈빛에 농담 멈추게 되는)
보훈	.. 진우가 10살 때 그 어머니가 혼자 되셨는데 남자들이 좀 많이..
경문	(기다리다 맞장구쳐주는) 응, 어머니 주변에 많이 꼬였겠네요.
	어머니가 원하신 게 아녔어도.
보훈	(얼른) 그치 그치. 진우가 걸 좀 싫어했어, 그, 엄마 주위에 남자들을.
경문	동생도 힘든 마당에.. 예선생이 쉽진 않았겠네요.
보훈	걔 좀 잘해줘.
경문	뜬금없이.
보훈	잘해줘어.
경문	(진심이 전해져서 쳐다보다 진심을 담아 끄덕인다)
보훈	(웃는)

콜라잔과 소주잔 마주치는 경문, 보훈.

S#30. 대학병원 / 경문의 연구실 – 저녁(현재)

경문	(그때 생각하다... 몸 일으킨다)
진우E	**그래서 사장한테 말하셨어요? 원장님하고 예진우란 애, 둘이 친했다고.**
경문	사장이...
진우E	**오늘 나가란 소리 여러 번 듣네요. 아주 나가드리죠.**
경문	알았네.. (아 이런...)

경문, 피곤한 눈을 누르다.. 새삼스레 자기 연구실을 돌아본다.
다소 너저분하고 좁고 일에 치인 일상이 그대로 드러나는 방.
경문, 일어나 나간다.

S#31. 동 / 응급실 – 저녁

진우와 치프, 모니터 보고 있다. 근무 교대로 인수인계 중.

진우   낮에 들어온 복통 환자 랩(*진단검사) 결관데,

              인제 통증은 없다니까 1시간 후에 다시 보고 결정해.

치프   네.

진우   (화면만 보며 입력하며) 이소정이.

치프   에?

진우   응급실은 교통정리만 잘해도 절반은 성공이야.

치프   예에, 저 잘해요, 인제.

진우   빽 있는 환자가 푸시 넣으면 못 이기는 척 먼저 처리해줘.

치프   그러면 안 된다고 하셔야 되는 거 아녜요? 말씀으로라도?

진우   그 환자 올려 보내면서 오래 깔린 환자들, 입원 거부당한 환자들,

              같이 묻어 보내.

치프   에에 난리 나죠, 그럼.

진우   나중에야 한소리 듣겠지만, 당장에 VIP 환자가 몇 명인지 알 게 뭐냐.

              응급실에서까지 빽 쓰겠단 사람들, 그렇게라도 이용해 먹어야지.

치프   어, 옙! 근데 예쌤, 낙산 가시려고요? 우리 찢어져요?

진우   (보면)

치프   찢어지기 전에 노하우 대방출 뭐 그런 분위기라.

진우   (미소) 넌 좋은 의사가 될 거야.

치프   .. 좋은 의사 되면 뭐해요, 못 쫓아내서 안달인데.

진우   .. 속상하냐?

치프   애들 속이 진짜 상할까 봐 걱정이에요. 멀쩡한 애들 버려놓을까 봐.

진우   ...

치프   이때 배워서 평생 가잖아요, 아 물론 중간엔 공불 안 하겠단 게 아니고

진우   알아, 무슨 말인지.

치프   한창 쑥쑥 배울 애들 기를 팍 죽여놓고 이렇게 돈타령부터 가르치면

              애네들이 딴 델 간다 해도 어떤 의사가 될까, 그게 겁나요.

              시작도 전에 망쳐놓는 거잖아요. 응급은 개원도 못하는 걸,

              돈을 바랐으면 오지도 않았을 걸 갖다가.

진우   (나지막이) 그치.

치프	뭣보다 여긴 우리 학교잖아요, 예과부터 지금까지 10년 넘게 먹고 자고,
	우리한텐 집이나 마찬가진데 근데...
진우	.. (어깨를 어깨로 툭) 이소정이 다 컸네, 첨엔 왔을 땐 코찔찔이더니.
치프	제가 언제요?! (칫, 다음 화면으로 넘기는데)
진우	어? 뭐야 이거?
치프	아, 어제 왔던 하지정맥류 환자요, 마취 쇼크가 왔대요.
진우	사망했다고 그래서?
치프	네 아까 4시쯤 수술하다가, 마취 시작한 지 얼마 안 됐는데,
진우	혹시 (화면 체크) 아 주교수님 아니구나.
치프	주교수님도 맞아요, 안 되겠어서 콜 넣었는데 것두 너무 늦었나 봐요.
진우	....

Flashback〉- 3회 S#28. 경문의 연구실 - 저녁
진우가 노크하고 들어가도 어두운 침대 한쪽에 반응 없이 누워 있던 경문.

진우	...
동수	(빠르게 들어온다) 예선생.
진우	예 과장님.
동수	니가 저기 스케줄 좀 짜라. 우리도 뭐냐, 파업 투표혀야지.
치프	진짜 해요, 파업?!
동수	꼴이 그쪽으로 갈 거 같어, 다들 즈그들은 괜찮은 척혀도 불안허겄지,
	사장 짓거리도 싫고. 우린 일은 계속해도 투푠 할 거니까 니가 진행혀.
진우	치프.
치프	예!
진우	말씀 들었지? (동수에게) 내일 뵙겠습니다. (가는)
동수	야, 니 아까 반대하더니 골났냐? 토끼는 거여?
진우	(안 멈추고 뒤로 목례만 하며) 집으로 토낍니다.
동수	(저놈이... 진우 쳐다보다 치프 보는) 애들 시키지 말고 니가 혀! (가는)
치프	네! (... 동수 가면 전화. 상대가 받으면) 박재혁, 미션을 주겠다.

S#32. 동/응급센터 의국 - 저녁

열린 사물함 앞에 진우, 옷 갈아입는다.
사물함 안, 플라스틱 컵에 꽂아 놓은 칫솔, 양말 등으로 어지럽다.

진우N　　생명의 중심은 뇌일까 심장일까, 2천 년도 더 된 논란거리라 하셨죠.

뒤에 보이는 철제 2층 침대에는 누군가 자고 있고, 빈 침대도 흐트러진 채
두꺼운 전공 책이 펼쳐져 있다. 형광펜에 빨간 펜 자국 선명한 페이지들.
진우, 그 안에서 옷을 갈아입고 집에 갈 준비를 한다.

진우N　　저는 피라고 답하고 싶었습니다. 뇌와 심장을 잇고 우리 몸 구석구석을
　　　　　순환하는 피가 생명의 꽃이다. .. 피가 쏟아지는 게 보였습니다.
　　　　　뇌와 심장을 챙기겠다고 팔다리를 자르는 게 나의 모교라뇨,
　　　　　잘린 자리에서 쏟아질 피로 우리들 집이 물들게 할 순 없었어요.

가운 벗은 진우, 가슴팍에 수놓아진 '상국대학병원 마크'와 '응급의학센터 예진우' 본다.

진우N　　지켜야 한다고 생각했습니다.

진우, 사물함에 가운 넣는다. 그 모습, 사물함 안 작은 거울에 비친다.

진우N　　원장님.. 제가 잘한 걸까요?

탁, 닫히는 사물함 문. 그 위로 들리는 경문 목소리.

경문E　　**잘했고 못했고 얘기 듣잔 게 아닙니다.**

S#33. 동/사장실 - 저녁

책상에 앉은 승효, 눈동자만 위로 하고 있다.

그 앞엔 경문이 산처럼 서 있다.

맞은편 자기 책상에서 일하던 강팀장, 자라목이 돼서 모니터 뒤로 소리 없이
수그리는 게 경문 뒤로 보인다.

승효   (시선은 경문에게 둔. 서류 잡은 손은 그대로 멈춘)
경문   매출표, 내가 올렸습니다. 그 말씀 드리는 것뿐이에요.
승효   칼은 뒤에서 꽂아 놓고 굳이 얼굴 드러내시는 이유는.
경문   ... 사직 처리하신대도 말 붙이지 않겠습니다.
승효   여러모로 선수 치시네?
        (일어난다. 경문 쪽으로 오며 자기 노트북도 경문 쪽으로 빙글 돌린다)
        글 올리세요, 내가 했다, 나 주경문이가 폭로했다,
경문   (내키지 않지만 정말 지쳤다. 대답 대신 마우스 잡고 클릭하는데)
승효   올릴 때하고 똑같이 남에 이름으로. 돌아가신 분 아이디로.
경문   (키보드 위로 옮겼던 손, 멈춘다)

경문 지켜보는 승효. 어떡할까.. 손이 현저히 느려진 경문.

승효   어려운 거 아니잖아요? 떠날 결심까지 하신 분.
        아 비밀번호 그새 까먹으셨나?
경문   .. (허리 편다. 승효 쳐다본다)

이 상황을 지켜보는 게 민망한 강팀장, 이젠 책상에 뺨이 거의 붙도록 수그렸다.

경문   안 믿으신들 어쩌겠습니까, 전 할 말 했습니다, 그럼. (발 떼는데)
강팀장   (그러자 몸이 쓰윽 올라오는데)
승효   오라는 데가 한두 군데가 아닌가 봐요?
        아님 다시 김해라도 내려가시나?
강팀장   (몸이 다시 쓰윽 내려간다)
경문   라도 (승효 향해 몸 정면으로 돌리며) 라뇨. 김해라도, 라니요.
        고향 갈 수 있으면 좋죠, 그러면 되겠네요,

남강 바람에 세력 다툼이고 피 냄새고 다 보내고 살면 정말 좋겠네요.

승효 너무 옛날 영화 흉내 아닌가?

경문 ?

승효 내가 반역을 일으켰다! 아니 내가 일으켰다, 내 목을 쳐라!
서로 지들이 반역자라고 나서는 거, 잡으러 온 군인 앞에서.
진짜 제가 감동이랍시고 오글거리는 건 못 참아서,
(순식간에 얼음장이 되는 표정) 근데 이게 현실로 보니까 더 후지네.

경문 무슨 소리신지.

팽팽한 두 사람. 강팀장, 어휴 제발 좀 그만했으면 좋겠는데,
구세주 같은 인터폰 소리. 강팀장, 인터폰 화면 확인하고,

강팀장 구조실장입니다! (승효 대답도 전에 열림 버튼 때리는)

승효 (상관없이) 반역자가 둘이면 날아갈 목도 두 개 아니겠어요?

경문 ... 그러시죠.

구조실장, 들어온다. 경문, 그대로 돌아서 구조실장이 잡고 선 문으로 나간다.

구조실장 (승효와 강팀장 둘 다에게 깍듯한 인사) 방금 도착했습니다,

승효 (경문 나가는 쪽 보는 눈이 무서워진다)

구조실장 조금 후 다시 올까요 사장님?

승효 ... 응급 예진우, 해고 처리.

강팀장 아 내일

승효 중지하세요. (그제야 소파에 앉는. 구조실장, 강팀장에게 앉으란 신호)

강팀장 (작게) 아이고.. (진우 해고 말라는데 되레 걱정스런 얼굴로 와서 앉는)

구조실장 오늘 밤까지 사무실 셋업 끝내고 내일부터 업무 시작하겠습니다.

승효 음... 회장님은 좀 나아지셨어요?

구조실장 예? 회장님 어디가 불편하십니까?

승효 우리 계열사 중에 그, 환경부랑 트러블 생긴 데 (강팀장에게) 어디였죠?

강팀장 (무슨 소리? 첨 듣는데?)

승효 (강팀장 반응 상관없이) 그거 땜에 골치시던데?

구조실장 아, 제철 말씀이시죠? 환경부담금 문제요.

승효 어 그치. (그거구나...) 법대로 하면 꽤 깨지겠던데?

구조실장 예, 제철회사 가스 배출권이 60%로 토막 났습니다.

승효 음... 과징금만 수백억이겠네.

구조실장 아무래도 그렇겠죠, 다 내야 되면.

승효 (그거였구나) 알았어요, 가서 준비하세요.

구조실장 (인사하고 나가고)

승효 (재킷 입고 가방 챙기는)

강팀장 저기 사장님, 제 책상도 구조실에 놓으면 참 좋을 거 같은데요.

승효 안 좋아요. (나가며) 나 서산 갑니다.

강팀장 아니 여긴

승효 내일 요 자리서 봅시다. (나가는)

강팀장 아우씨, 불편한데 여기, 아아아... 맨날 턱 받치고 앞에서,

아아아아, 몸 비틀며 괴로워하는 강팀장.

S#34. 동/1층 로비 + 로비 입구 앞 – 저녁

사람들 오가는 로비, 그중에 함께 퇴근하는 진우와 노을이 오는데,
일단의 정장 입은 회사원들(구조실 직원들)과 그 뒤로 책상, 의자, 사무실 용품 등을
핸드카트에 실은 인부들이 줄지어 들어온다.
로비에 있던 사람들 궁금해 잠시 발길을 멈추고 보기도 한다.
노을과 진우도 쳐다보면서 밖으로 나가는데,

cut to. 로비 입구 앞.
밖에는 아예 트럭 세워놓고 사무실용 파티션을 내리고 있다.
노을과 진우, 어디 비품 교체하나 봐? 등, 가볍게 대화하며 간다.

S#35. 동/비품 창고 – 저녁

각종 의료용 일회용 도구, 비품 박스 쌓여 있는 창고.
수납선반 사이로 구석진 곳 가보면 치프와 재혁, 머리 모으고 앉았다.
치프, 선반 구석에서 심상치 않은 의료폐기물 마크가 찍힌 상자를 조심스레 꺼낸다.

재혁   (조용히) 구하셨어요?
치프   쉿. (화투짝 쪼듯 상자 열면 초코바, 과자, 소시지 등 간식거리 가득)
재혁   와 이거 새로운 맛!
치프   힘들게 구했어, 나의 미션을 받는 자, 절대 굶주리지 않는다.

좋아하는 치프와 재혁, 막 하나 까서 입에 넣는데.
창고 문 열리는 소리 들리더니,

정장남자E   이 안에 거 전부 빼세요.

재혁과 치프, 아직 사태 파악 못하고 포복 자세로 먹을 거부터 엄폐하는데,
S#34의 정장 입은 남자 따라 우르르 밀려들어오는 인부들.
먹을 것 사수하며 어? 어? 일어서는 재혁과 치프.

S#36. 동/창고 앞 복도 – 저녁

간식거리 상자 품고서 어어어, 창고에서 쫓겨나는 재혁과 치프.
인부들은 창고를 비우고, 문밖엔 책상 등 사무용품 쌓였다.

재혁   (정장 남자 아무나에게) 저기 뭐하시는 분이신데 막 이렇게,
정장남자   (창고로 들어가며) 본사 구조조정실에서 나왔습니다.

재혁과 치프, 길 잃은 강아지처럼 서로 쳐다본다.

S#37. 동/응급실 - 저녁

동수 구조조정실? 구조조정실이면 저기 회사 같은 데선 막 사람 자르고
명퇴시키고 그런 데 아녀?

재혁 에...

동수 이씨, 것도 하필 약품실을, 우리 식량 창고를.

재혁 (헐) 아셨어요?

동수 (재혁이 아직도 품고 있는 소시지 낚아채 야무지게 베어 물고)
누굴 또 자르려고 사람까지 불러다 지랄이여, 사장놈,
우리가 뭣도 모르는지 아나, 아주 파업하라고 꽹과리를 쳐주네.

S#38. 찻길 - 저녁

퇴근 차량으로 정체가 심하다.

S#39. 진우의 차 안 - 저녁

진우, 운전하고 옆에 노을이 탔다. 노을, 꽉 막힌 밖을 보다 발아래 놓은 음식 보는.

노을 다 와서 이러네, 집 근처 와서 살걸.

진우 ... 아까 회의 때 안 보이더라?

노을 예진우 어린이, 누나 찾았쩌요?

진우 슷. 하지 말랬지?

노을 (웃지만) 무슨 말들 할지 너무 뻔해서.

진우 ... .. 넌 알잖아, 딴 사람은 몰라도.
원장님 이름으로 글 올릴 사람, 나뿐인 거.
우리 집안이랑 원장님 관계 다 알면서 왜 아무 말도 안 해?

노을 애들은 캐물으면 더 입 꼭 다물잖아.

진우 이보쇼, 상꼬맹이씨.

노을	(짐짓 흘기는) 매출표는 누가 뽑아준 거야?
진우	은하쌤.
노을	은하쌤이 어떻게?
진우	2달 전인가 임금협상 때, 몰래 뽑은 거 알고 있었어.
	전산실도 어차피 다 노조 편이니까.
노을	... 방법이야 잘못됐지만..
진우	표 올린 게? 내가?
노을	아니 너 말고, (하다 잠깐 망설이더니.. 앞을 보고) 아 뚫린다!
진우	...
노을	...

S#40. 진우의 집/거실 - 밤

수동 휠체어에 앉은 선우, 주인 기다리는 강아지처럼 아예 현관 앞에서 대기 중이다.
진우와 노을이 같이 들어온다.

노을	미안, 기다리느라 배고팠지.
	(이것저것 사온 저녁거리를 식탁에 푼다. 많이 와본 자연스러움)
선우	(서글서글 미소) 기다리는 것도 괜찮지. (같이 푼다)
진우	(두 사람에게 별 시선 안 주고 작은방으로 들어가고)
노을	(선우가 이미 다 차려놓은 수저, 접시 보고) 어머 얌전하게도 꺼내놨네.
	업어 키운 보람이 있네, 우리 선우?
선우	(웃는. 앉으란 손짓)
노을	나 손 좀. (화장실로 가는)
선우	(입가에 미소가 떠나지 않는. 그러면서도 설핏 슬퍼 보인다)
진우	(옷 갈아입고 나와서 툭툭 자리에 앉는. 아무 거나 찔러서 먹는)
선우	(안 먹고 노을 기다리는데)
진우	(물소리 나는 화장실 쪽 일별) 알아봤어?
선우	형네 병원에서 조용히 덮자고 했다던데.
진우	그걸 어떻게 조용히 덮어? 평가 지원금이 (혹시나 화장실 다시 체크)

통째로 없어졌는데. 3억 6천이 덮여져?

선우　그게 돈을 찾았으니까 하는 얘기지. 병원에서 회수를 했대,

진우　어떻게? 원장님이 통장에서 벌써 뺐다며?

선우　(모른다는 고갯짓) 암튼 알려져서 좋을 거 없으니까 병원도 우리도,
　　　위에 사람들끼리 덮기로 했나 봐.

진우　너네 심평원이야 그렇다 쳐도 우리 위에 사람들은 (문소리에 함구)

노을　(식탁으로 오자)

진우　거봐, 치킨 사와서 다 식고. 찜닭이 훨 낫다니까.

노을/선우　(동시에) 아니거든?

노을과 선우, 찌찌뽕 하고 노을이 맥주 캔 따는데 한 번 삐끗했다고 선우가 바로 따주고
같이 마시며 웃고 얘기한다,
진우, 노을도 노을이지만... 선우에게 기울어지는 고개.
노을 쪽으로 상반신을 최대한 숙인 동생이 저렇게 아무 거리낌 없이 활짝 웃는 걸
물끄러미 보는 형.

진우　... (일어난다. 냉장고 열어 안을 쓱 보더니 현관으로 간다)

선우　왜?

진우　술.

노을　이거(사온 거) 있잖아?

진우E　(현관에서 들리는 소리) 니가 더 못 사게 했잖아! (나가는 소리)

노을　어으, 잘 마시지도 못하면서.

선우　.. (진우 나간 쪽 돌아보는)

노을　(별거 아닌 듯 묻지만) 어머니는 어떠시대?

선우　유럽 가셨어, 남편이랑.

노을　놀러? 진짜 잘 지내시나 보다..

선우　(그치? 하는 미소 끝이 찬찬하다)

S#41. 아파트/앞마당 - 밤

사람 없는 밤길. 커다란 나무 아래 진우가 느린 바람처럼 간다.

Insert〉 – 진우의 옛집 / 거실 – 낮(진우의 회상. 26년 전)
현관을 향해 뻗대고 앉아 나도 간다고 버둥대는 10살의 진우,
부엌 쪽에선 내일모레가 시험인데! 하며 뭐라는 엄마 목소리가 배경처럼 들리고.
8살 선우만 데려가며 '미안해, 진우야, 다음에..' 하는 진우 형제 아빠.
철없는 선우는 마냥 신나서 아빠, 아빠 하며 손을 잡아끌고,
그런 둘이 영원히 진우 인생에서 사라지기 바로 전, 그리고 드디어 문을 열면,
밖에서 쏟아져 들어오는 빛. 그 빛 속으로 들어가는 아빠와 선우.

진우   ... (걸음이 조금씩 빨라지다가 결국 달린다)

달리기가 빨라질수록 주변의 나무와 가로등도 뒤로 빨리 사라진다.
조금씩 차오르는 진우의 숨, 토해지는 호흡.

S#42. 진우의 옛집 / 현관 – 낮(진우의 회상. 26년 전)

커다란 상자를 옆에 세워둔 진우, 까치발을 하고 신발장 맨 위에 있는
아빠 신발을 꺼내고 있다.
열어놓은 신발장 안엔 이가 빠진 것처럼 군데군데가 빈 게 보이는데,
손에 잡힐 듯 걸릴 듯하다 툭, 진우 어깨를 스치고 바닥으로 떨어지는 신발.
진우, 그걸 보는... 그러다 신발을 집는 어린 손.
신발, 상자 안에 놓여지는데 아빠 신발이 이미 많이, 상자에 담겼다.
그 위로 또 한 켤레가 쌓인다.
상자에서 멀어진 카메라, 현관의 진우에게서 화면이 흐르듯 뒤로 돌아가면,
현관 옆에 문이 조금 열린 진우 형제의 방이 있고 카메라, 그리로 천천히 들어가면,

S#43. 동 / 형제의 방 – 낮(진우의 회상. 26년 전)

2층 침대 아래 칸에 이불을 꼭 덮고 죽은 듯 잠든 어린 선우.
형제의 책상과 벽에 걸린 진우 상장, 선우의 축구대회 트로피,
아빠와 축구장에서 찍은 선우 사진, 네 식구 다 함께 찍은 가족사진,
경시대회에서 상 탄 진우와 진우 어깨 다잡은 자랑스러운 미소의 엄마 사진,
카메라가 이들을 따라 흐르는데,
꿈틀하는 선우, 잠이 깬다. 눈을 깜빡깜빡하다 일어나 앉는데,
침대 위 칸에 연결해서 반원형으로 매달린 줄을 잡고 양팔의 힘만 이용해서 일어난다.
머리엔 새집이 앉았고 8살 어린이가 자다 깬 모습 그대로이지만,
한없이 가라앉고 감감한 그 얼굴, 표정. 그대로 멍하니 앉은.

S#44. 아파트/인근 길 - 밤(현재)

길게 뻗은 길, 저 앞에 가는 진우의 뒷모습.

S#45. 진우의 집/안방 - 밤

노을, 선우 방에서 무릎 담요 들고 나오다 옷장 앞에 세워둔 긴 막대기에 눈길 준다.
높은 데 것도 앉아서 꺼낼 수 있도록 끝에 고리를 달아 만든 막대기.
고리와 막대 사이에 칭칭 감은 테잎이 오래 쓴 것임을 보여준다.
노을... 방에서 나간다.

S#46. 동/거실 - 밤

무릎 담요를 선우 다리에 꼼꼼히 덮어주는 노을.
가까이 고개 숙인 노을의 머리에 조명이 쏟아져 생긴 동그란 원을 보는 선우.
하지만 노을의 지금 손길은 어린애에게 하는 것과 다름없고.
선우, 허벅지까지 잘 덮어주는 노을 손을 결국 막는다. 퉁명스럽진 않다.

선우   괜찮대도.

노을   시리게 놔두면 안 돼. 너는 괜찮은 거 같아도.

선우   괜찮아, 정말.

노을   ...

현관문 소리 나고 두 사람, 현관 보고 진우, 참 털렁털렁 들어온다. 맨손이다.

노을   술은?

진우   지갑, (주머니 위를 대충 만지는 손) 없더라고.

선우   (실소) 없는지도 몰랐어? 그리고 어디까지 갔다 온 거야?

진우   얌마 너도 내 나이 돼봐. (진짜 노인처럼 끄응, 의자에 앉아 치킨 뜯는)

노을   다 식었는데.

진우   (일 없다, 닭다리 흔들며) 내 요즘 삭신이 쑤시는 게 은퇴할 날이
       영 멀지 않은 듯하니 팔팔한 니가 형님을 먹여 살리거라.

선우   누구세요?

노을   (숨은 뜻 짐작해서 진우 보는 얼굴이 걱정스러워지는)

진우   진짜 관둘까? 돈 잘 버는 공무원 동생 있는데?

선우   (농담이 아닌가? 해서 보는) 왜, 힘들어?
       병원에 요즘 무슨 일 있어, 누나?

노을   병원이야 맨날 일이지.

진우   (얼버무리는 투 눈치채고 노을 짧게 보는)

선우   진짜 힘들어서 그러는 거면 며칠 쉬어. 올핸 휴가도 제대로 못 갔잖아?

진우   (캔 따서 맥주 마시는) 어 미지근해.

선우   좋아하는 바다나 보고 오든지.

진우   내가 무슨 바달 좋아하냐? 쌍팔년도 시인이냐?

선우   싫음 관둬?

진우   같이 갈 텐가, 공무원?

선우   공무원은 철밥통 지키실 거야.

진우   쌓인 게 연차면서 무슨.

노을   (농담 같은 형제 대화를 혼자 불안불안하게 듣다가 가방 집는)

선우   왜, 벌써 가려고?

노을	내일 일찍 출근해야 돼서.
선우	그래도 아직,
진우	니가 배웅해줘.
노을	아냐! 나오지 마, 있어. (선우 다독이며) 갈게, 진짜 나오지 마, 응?
선우	(노을이 너무 정색하고 거절하니 바퀴에 얹었던 손 거두게 되는)
진우	....
노을	(진우에게) 내일 봐. (현관으로 가는)
선우	.. 잘 가 누나.
노을	(손 흔든다. 현관 모퉁이로 사라지는)

신발 신는 소리 나는데 선우, 진우를 물끄러미 본다.
현관 여는 소리 나도록 치킨만 뜯던 진우, 으이그, 하면서 일어난다. 현관으로 가는.

선우	....

cut to. 창가에 휠체어 대고 앉은 선우. 창밖에 함께 가는 노을과 진우 보인다.

S#47. 아파트 / 앞마당 - 밤

노을	... 우리 진짜 바닷가 마을 가서 작게 의원이나 할까? 너랑 나랑 선우랑.
진우	난 싫어, 나 짠내 싫어해.
노을	가고 싶다며? 아까.
진우	저게 지가 가고 싶으니까, (하다) 가자고 해도 싫대, 민폐라고.
노을	민폐는 무슨 민폐?
진우	우리나라 사람들 되게 쳐다봐. 뭘 저렇게까지 하고 굳이 밖에 나왔나, 얼굴들이 그렇게 말해. 내가 느끼는데 쟤가 모르겠어?
노을	애들한테도 그래, 화상 입은 애들한테 대놓고 물어봐, 왜 다쳤냐고. ... 들어가, 선우 혼자 두지 말고.
진우	너 너무 저기, ...
노을	응?

진우 … 가라.
노을 (손 흔들고 가는) 내일 봐!

노을 간다. 진우, 그 모습 바라보는..

진우 너도 너무 선우 어린애 취급하지 마.
     (마음의 소리) 남들이 대놓고 쳐다보는 거보다 네가 그러는 게
     걔는 더 아플 거야... (돌아서 간다)

S#48. 진우의 집/거실 - 밤

노을이 사라진 창가를 떠나 식탁으로 가는 선우, 먹던 자리 치운다.
차분한 옆모습에 부드러운 식탁 조명이 어리었다.

S#49. 시골길 - 밤

좁은 시골길을 달리는 승효의 차.
드문드문 보이는 것들이라곤, 쓰러지는 것만 겨우 면한 집들과 희미한 불빛뿐.

S#50. 승효의 차 안 - 밤

생기라곤 전혀 느껴지지 않는 쇠락한 시골 풍경이 창밖에 스친다.
밤이라서 더 스산해 뵈는 바깥 풍경을 체크하는 승효.

승효 여기 맞아?
기사 예, (네비 체크) 맞습니다, 사장님.
승효 …

S#51. 농장/비닐하우스 창고 - 밤

장관父, 가득 쌓인 나무 팔레트 더미 가운데서, 팔레트 해체 작업하고 있는데,
밖에서 개가 엄청 짖는다.
장관父, 열어놓은 문 쪽으로 고개 빼지만 일하는 손발은 멈추지 않는다.
빠루질로 팔레트 판재를 하나씩 들어 올리고 있는데, 못이 걸려서 쉽지 않은.
안간힘 쓰는데... 누군가, 반대편 팔레트 밟아준다. 덕분에 쉽게 빠지는 판재.
장관父 고개 들어보면, 앞에 서 있는 이 승효다.
개 짖는 소리는 여전하고.

장관父   (경계하는) 누구요?
승효   (서글서글 웃는) 구승흅니다, 어르신. (아예 공구까지 들고 일 거드는데)
장관父   (누구? 하고 보지만 승효와 맞춰서 일단 판재 빼내는)
승효   (다시 다른 판재 잡고) 야 혼자 하시려면 날 새시겠어요?
장관父   (판재 빼는데, 처음보단 좀 누그러진 목소리로) 누구냐니까요?
승효   (두 손으로 명함 주는) 상국대학병원 구승효입니다.
         전화드린 적 있었는데.

승효, 혼자 판자 빼기 시작하는데 눈 끔벅끔벅하는 장관父, 그러다 기억난!!

승효   (싱긋) 예 생각나셨어요, 어르신?
장관父   (가타부타 없이 훌쩍, 비닐하우스를 나간다)
승효   (쫓아가는) 어르신 잠시만요, 잠깐이면 됩니다.
장관父   (나가며 불 꺼버린다)

S#52. 장관父 집/마당 - 밤

승효, 장관父 따라 비닐하우스에서 나오면 건너편에 살림집이 있다.
살림집 앞에 묶여 있는 커다란 개, 승효에게 오려고 경중대며 또 짖는데,

꼬리가 사람 반가울 때처럼 바삐 흔들리고 있다.
장관父, 마당 가로질러 집으로 가는데,

승효　　아드님이 꼭 아버님을 만나 뵈라고 해서요,

장관父　(개한테 가는. 목줄 푸는)

승효　　어! 아버님!

장관父　(진짜 목줄 풀려 하고)

집채만 한 개가 줄 푸는 것 눈치채고 다리 겅중대며 오려고 하자 승효, 물러나고,
멀찍이 차 세우고 대기하던 기사가 달려오는데,
승효, 기사에게 오지 말라 손으로 막으면,
장관父, 개 묶고 안으로 들어가버린다. 현관문 잠그는 소리.

승효　　어르신 안녕히 주무십쇼! (90도 인사)

승효, 잠시 집과 마당 등을 둘러본다.
아무리 봐도 아들은 장관에 몇백억 땅을 호령하는 집안처럼 안 생겼다.

승효　　무슨 환경부 장관, 지 부모 환경부터 좀 살리지..
　　　　　(개에게) 너도 잘 자라!

개　　　(난리 났다)

안에선 장관母가 '누구에요?' 묻고 장관父가 '아냐 어여 자요' 말소리 희미하게 들린다.

승효　　(차로 몸 돌리자)

기사　　(얼른 차로 가서 문 여는데)

승효　　(비닐하우스 창고 안에 아직 가득한 팔레트 더미 보인다)

승효, 주저 않고 창고로 가서는 불 켜더니 아예 재킷 벗고 팔레트 해체한다.
기사, 아이고 어떡해! 차문 닫고 달려온다. 창고로 들어가 같이 일하기 시작.

S#53. 몽타주 – 아침

- 1. 대학병원/성형외과 스테이션
성형외과장, 스테이션으로 오는데 의료진, 모니터 읽다가 '이것 좀 보세요' 한다.

성형외과장　왜 그래? (와서 컴퓨터 들여다보는) 뭐 또 떴어?

모니터 C.U. '존경하는 상국대학병원 임직원 여러분'으로 시작하는 팝업창 떴다.
성형외과장, 자세히 읽는.

승효E　**존경하는 상국대학병원 임직원 여러분.**
　　　금일부로 본사 구조조정실이 주관하는 경영 구조 진단을 실시합니다.

- 2. 동/신경외과 세화의 진료실
세화, 잔뜩 심기 불편한 얼굴로 모니터에 시선을 고정.

승효E　**전 의국을 대상으로 하는 본 경영 진단은 당사가 미래지향적인**
　　　사업구조로 나아가는 첫 단계이며, 의료서비스의 저효율과 비능률을
　　　제거하는 데 그 목적이 있다 하겠습니다.
세화　　얻다 대고 서비스래, 빌어먹을...

- 3. 동/흉부외과 스테이션
모니터에 달라붙어 공지 읽는 흉부외과 사람들. 경문과 양선생도 있다.

승효E　**따라서 모든 임직원의 적극적 참여가 요구되는 바,**
　　　여러분의 참여 또한 구조조정실의 진단 대상이 될 것임을 고지합니다.

S#54. 동/응급센터 의국 – 아침

의국 회의하려 모인 의사들, 여기저기 머리 모으고 모니터 본다.

승효E   본 대학병원 60년 역사상 최초로 실시되는 이번 진단을 통해 더 합리적이고 더욱 고객친화적인 의료기관으로 거듭날 것을 약속드립니다.

모니터 붙었던 재혁과 치프, 동시에 떨어지며.

치프   야, 디게 우아하게 멕이네?
재혁   까라면 까를 너무 어렵게 말해서 저는 못 알아잡순 걸로요.

동수와 진우, 들어온다. 동수, 서류철을 신경질적으로 놓는 게 잔뜩 열받은 양태. 눈치 보는 젊은 의사들, 여러모로 골치 아프게 생겼다. 찍소리 않고 차트 편다.

진우   준비 안 해놓고 뭐하는 거야?
재혁   (얼른 일어나) 죄송합니다.

재혁, 미리 뽑아 놓은 〈응급실 일일 보고서 - 전원 환자 통계〉 돌린다.

치프   (그사이 앞으로 나와 발표하는) 먼저 어젯밤 2시에 이송된 3개월 된 아기 환자인데요,

노크소리. 모두 멈추고 돌아보는.

동수   늦었음 싸게 처들어오지 뭘 노크여, 들어와!

정장 입은 구조실 직원이 들어와 공손히 인사한다.

구조실직원   (바로 쏟아내는) 지난 1년간 응급센터의 당직 스케줄, 인턴 및 레지던트의 근무 평가 기록을 전달받고 싶습니다.
동수   뭐요?
구조실직원   그리고,

동수   그리고?

구조실직원   모탈리티 컨퍼런스(* Mortality Conference : 환자 사망 시 원인과 치료
         과정을 살피는 회의) 자료도 필요합니다.

동수   뭐여어? (집어 던질 기세로 책상에 서류를 꽉 움켜쥐는데)

진우   (동수 잡는)

동수, 진우가 말리는 것도 있지만 사실 싸울 수도 없다. 씩씩댈 뿐,
진우를 비롯한 모든 의사들이 싸늘히 쳐다봐도 당당히 선 구조실 직원.

S#55. 동/사장실 복도 – 아침

태상, 큰 걸음으로 사장실로 들어간다. 그러나 곧 다시 나오는. 들어갈 때보다 더 화난.

소리E〉   (개 짖는 소리)

S#56. 장관父 집/마당 – 아침

개가 짖긴 짖는데 어젯밤처럼 떠나가라 짖는 게 아니고 좋아서 캥캥!
그 앞에 앉은 승효, 개한테 간식 준다.

승효   그렇지 그렇지, (쓰다듬기까지) 아이 이쁘다, 장관 댁은 개도 이쁘네.

그러면서도 승효, 집 안 기척을 살피는데 아니나 다를까, 창문 여는 소리.
소리에 내다보는 장관父, 황당해하는.

승효   일어나셨어요 아버님? 개는 역시 똥개가 예뻐요?

장관父   똥개라니!

승효   아이 죄송합니다, 그럼 뭔데요 아버님?

창가로 다가가며 세상 다정한 사람처럼 싱긋 웃는 승효에서 엔딩.

4

라이프

LIFE

S#1. 상국대학병원 / 응급센터 의국 복도 – 아침

동수E   **그거는 밖이다 보여줄라고 만든 게 아니라니까 글쎄!!**

복도를 지나던 병원 직원들, 안에서 터져 나오는 고함에 놀란다.

S#2. 동 / 응급센터 의국 – 아침

응급센터 의사들과 구조실 직원들, 대치 중.

동수   어디서 모탈리티는 주워듣고 와서 이라는지 모르겠는데, 거는 그냥
        환자 사망하면 우리끼리 내부적으루다가 원인 얘기하고 뭐 그러고 마는
        거래도 이러네, 뭐가 잘못돼서가 아니라 통상적으로요!
구조실직원   응급센터는 제출 거부로 기록하겠습니다. 동의하십니까?
동수   (이 인간이… 하지만 이제 와서 굽힐 수도, 더 호기를 부릴 수도 없는)

진우, 동수 보면, 그가 중간에 끼어 곤란해하고 있는 게 바로 옆의 진우에겐 보인다.
동수, 뒤에 포진한 후배들을 눈 끝으로만 살피면,

나름 여차하면 떨치고 일어날 기세로 다들 동수를 보고 있다.

구조실직원　동의하십니까?
동수　(집중된 이목에 이러지도 저러지도 못하고 죽을 맛인데)
진우　여긴 제가 있을게요. 위에 가서 말씀하시죠, 과장님,
동수　(돌아보는 눈에 살짝 당황함도 스치지만 반색하는 기색도 있는)
　　　　니 여 꼭 지키고 있어! (나가는)

동수가 서둘러 나가면, 이제 모든 시선은 진우에게 쏠린다.
그런데 잠시 그대로 있던 진우, 테이블에 뒤죽박죽 놓인 파일 중 하나를
직접 빼내 구조실 직원에게 준다. 어? 하는 후배 의사들.
구조실 직원, 파일명 확인하면 '4월 당직표'다.
진우, 뒤에 후배들 향해 돌아선다. 쳐다보면,
후배들, 이래도 되나 싶은 표정이지만 하나둘 컴퓨터에서 물러난다.
구조실 직원들, 의국 컴퓨터 하나씩 차지하고 자료를 복사해 간다.
의사들, 진우를 흘끔대지만 막상 누구 하나 나서서 막거나 뭐라 하지 않는다.

S#3. 동/사장실 - 아침

폭풍처럼 들이닥치는 태상. 하지만 승효 책상은 비었다.

태상　어디 갔어요?!
강팀장　(매우 사무적인 태도) 외근 중이십니다, 말씀드린 대로.
태상　(더 기분 나쁜) 언제 오는데요?
강팀장　미정이십니다.
태상　(엄한 강팀장 쏘아보는.. 들어올 때보다 더 화가 나서 나간다)
강팀장　... (태상이 나가자 꼿꼿했던 자세 풀어지며) 아, 사장님 진짜,
　　　　내가 진짜 이래서, 아 좀 옮겨달라고 좀!

강팀장, 당장 재촉할 듯 전화 들지만 그렇다고 하진 못하고 들었다 놨다 한다.

S#4. 동/흉부외과 스테이션 - 아침

불만스런 얼굴로 컴퓨터 보는 박선생.
컴퓨터에는 구조실 직원이 자료를 복사하고 있다.
좀 떨어진 곳에 반쯤 몸 돌리고 이를 지켜보는 양선생, 불안한 얼굴이다.

S#5. 동/암센터 의국 - 아침

암레지던트2　(컴퓨터 앞에 앉아 급히 작업 중인데)
의국장　(급히 들어와) 야 거의 다 왔어!
암레지던트2　(서두르는. 긴장된다)
의국장　야 그걸 어느 세월에 하나하나 지우냐? 몽땅 날려!
암레지던트2　네? 네! (내용 하나하나 지우다 아예 파일 목록으로 가더니)

'20180303..' 제목 붙은 폴더부터 20180304, 20180305까지 폴더 3개가 모니터에서
한꺼번에 삭제된다.

S#6. 동/부원장실 - 아침

동수가 벌컥 들어오는데 이미 몇 명의 센터장들이 와 있다.

성형외과장　이게 뭡니까, 갑자기 쳐들어와서 압수수색도 아니고?
소아과장　그나마 제일 통하시잖아요, 부원장님이 사장하고,
　　　　가서 뭐라고라도 좀 해보세요.
태상　사장이 자리에 없다고오, 나는 손가락이나 빨고 있는 줄 알아?
　　　　벌써 가봤는데 없어요, 이 인간이!
이식센터장　그러면 이대로 당해요?

태상	걔들이 보면 뭐 알겠어? 일단 협조하는 척해요.
동수	알자고 달겨들면 못 알아낼 건 또 어딨대요?
	모탈리티까지 달래요, 이거 뒤에 전문가들 끼고 있는 거야!

센터장들, 그렇겠지, 하는 얼굴들. 걱정되기도 하고 꽤씸하기도 하고.

| 동수 | 여긴 홀딱 디비놓고 을루 튀았어... |

S#7. 장관父 집/비닐하우스 창고 – 아침

어젯밤의 어수선함은 눈 씻고 봐도 없다.
분해된 팔레트는 처음부터 판자였던 양 착착 쌓였고 바닥은 빗자루질의 흔적까지.
페트병을 반으로 잘라 만든 용기에는 팔레트에서 나온 못을 한가득 모아 놨다.

| 장관父 | 거참.. (곤란한 입맛 쩍쩍 다시며 판자를 건드려보기도 하는데) |

밖에 개가 짖는다. 장관父, 밖을 보면 저 아랫길로 승효의 차가 올라오고 있다.
장관父, 얼른 창고를 나간다.

S#8. 동/마당 – 아침

장관父, 집 안으로 쌩하니 들어가버리고 나면,
사람 없어진 마당에 당도한 차에서 승효 내린다.
개가 짖긴 짖는데 어젯밤처럼 떠나가라 짖는 게 아니고 좋아서 캥캥!

| 승효 | 어, 있어, 있어. (다가가진 않고 멀리서 개 간식 던져준다) |

승효, 간식 던져주며 집 쪽을 살피는데,
옆집 주민이 제 집에서 커다란 톱을 챙겨서 나오다 낯선 사람이 있자 쳐다본다.

주민 (티 나게 쳐다보는. 톱을 어깨에 걸치고 다가온다) 이 댁 오신 건감?

승효 예, 안녕하세요? (톱 때문에 허리를 좀 뒤로 젖히는)

주민 (위아래 훑고) 손님이 다 오고 별일일세.

승효 (?..) 자제분들 가끔 오시고 할 텐데요.

주민 (실소) 자식이 있다니게 있었지.
      (올 때처럼 훌쩍 가며) 허기사, 있으니게 이래라저래라 지랄두 떨었지,

두 사람이 대화하는 사이, 장관父 집 마루 커튼이 흔들린다.
승효 쪽을 내다보는 장관 부모, 장관母가 창문 열려고 하면 장관父가 말리는 것 보인다.

승효 (장관 부부가 창가에 나타난 것 눈치챘다. 모르는 척, 개 앞에 앉는)
      너도 사람이 고프니?.. 옳지, (쓰다듬는, 하지만 영혼 없는 손길과 멘트)
      아이 이쁘다, 장관 댁은 개도 예쁘네..

창문 여는 소리. 내다보는 장관父, 황당해하는 얼굴.

승효 일어나셨어요 아버님? 개는 역시 똥개가 예뻐요?

장관父 똥개라뇨!

승효 아이 죄송합니다, 그럼 뭔데요 아버님?

장관父 (돌연 옆을 보더니) 거 그냥 두래도요.

승효 (뭐지)

장관父가 쳐다본 쪽에 있는 현관문 열리더니 장관母가 나타난다.

승효 안녕하세요, 어머님!

장관母 에.. (문에서 반쯤만 몸을 보이는) 우리가 아직 아침 전인데..

승효 예, 천천히 드십쇼, 기다리겠습니다.

장관母 아니 그게 아니라,

승효 네?

S#9. 동/마루 - 아침

장관 부모와 아침 겸상하는 승효, 어색하지만 그래도 먹는데,
장관父는 영 편치 않아 국물이나 들이켜고, 장관母는 승효를 조심스레 살핀다.

장관母   저기, 우리 둘째가 보냈담서요, 맞아요?

승효   예, (하는데)

장관父   개가 보낸 게 아니라 저저 우리 송탄 땅에다 눈독 들인 인사라니까요.

장관母   진짜 저기, 우리가 그 땅을 계속 갖고 있으면 우리 애한테 나빠요?

장관父   그눔 하는 소리지 뭔! 세상에 땅 한 뙈기 읎는 장관 집안이 으됐다고!
          (하면서도 승효 힐끗하는 게 확신은 없어 뵌다)
          걸리긴 뭐가 걸린다고 사내자식이 쫄아갖고는 참말로..

장관母   아휴 개가 괜히 쫄았겠어요. (문득이 승효 보는)

승효   (무슨 말이 오갔을지 짐작되는..) 그냥 땅 한 뙈기가 아니잖습니까?
          농지로 등록된 땅이 자그만치 3만 평, 그런데 농사 안 지으시잖아요?
          사시는 덴 여기 서산인데 땅은 송탄에 갖고 계시니 거주지도 아니고요.

장관父   내가 힘만 있어도 짓지 왜 안 지요!

승효   농지법 위반입니다. 청문회는 어찌 넘어가셨는지 모르지만 앞으로도
          영원히 잠잠할까요? 공직자 신분에 시한폭탄이란 거 모르시겠습니까?

장관母   폭탄이요??

승효   토지 거래 잘못해서 낙마한 장관 TV에서 한둘 보셨습니까?
          아버님 어머님, 예 저 송탄부지 탐납니다. 하지만 제가 여기까지 온 건,
          장관님 정치인생에 그 땅이 걸림돌로 작용할 게 너무 눈에 보여섭니다.
          그분을 존경하는 사람으로서 재를 뿌리는 것만큼은 정말 막고 싶어요.

장관부모   ...

승효   580억 드리죠.

장관父   그게 그렇게 올랐나?!

승효   아버님 돈 욕심 없으신 것 압니다, 보입니다, 하지만 580억,
          그 돈으로 어머님하고 두 분 노후 어떻게 보내실지 상상 가시죠?
          그런데 굳이 아들 인생 망쳐가며 선산이란 이유 하나로 짊어지고

가시겠다고요? 어머님, 저희 병원에 아픈 사람 참 많습니다.
지금 그분들이 병원이 좁아서 갈 데가 없어요.
부탁드립니다, 송탄에 저희 병원 짓게 해주십시오.

장관부모   ...

승효   (승산이 보인다. 천천히 숟가락질하며 노련히 기다리는데)

아까부터 밥숟갈 제대로 못 뜬 장관父, 결국 일어나 말없이 나간다.
장관母는 허공에 손짓만 할 뿐 못 잡고.

승효   (일어난다) 잘 먹었습니다. 감사합니다.
   (현관으로 빠르게 가는데 뒤에서 들리는 소리)

장관母   어쩌나, 별로 먹도 못했네

승효   (돌아보는)

장관母   밖에서라도 뭐든 먹어요, 거르지 말고.

승효   ... (인사하고 나간다)

S#10. 인근 언덕 - 낮

언덕배기에 쭈그려 앉은 장관父, 멀리 바다 보며 빈 윗주머니 더듬다가 입맛만 다신다.

승효   (어느새 다가오는) 뭐 좋은 거라고 담배를 찾으세요?

장관父   무슨! 내가 안 태운 지가 은젠데, 쯧..

승효   (옆에 와 앉는다. 같이 바다 바라보면)

저 멀리, 푸른 바다에 길게 난 방조제가 희고도 시원하게 뻗어 있다.

승효   .. 좋네요.

장관父   좋겠지, 외지 사람 눈엔.

승효   아버님도 서울에 집 사 놓고 왔다 갔다 하심 여기가 또 좋아 보이실걸.

장관父   ... 예전에는 여가 말도 모더게 황무지였어.

지금 마을 사람들이 맨손으루다가 개척한 거여 이것이 다.

승효　　　대단하시네요.

장관父　　대단혀서 혔나, 안 하문 매질허고 도망가문 총질허고, 죽지 모대 혔지.

승효　　　??

장관父　　난 포항서부터 몇 시간을 잽혀 왔나 몰러. 군인들이 거 뭐여,
　　　　　기관단총을 막 우리 등짝에 찌르고 움막에다 쑤셔 늫더라고.

승효　　　지금 언제 얘길 하시는 거예요? 일제시대요?

장관父　　일제시대 겉은 소리 허네! 내가 그때 그 나이였음 시방 거진 백 살이게!
　　　　　날 상늙은이로 보나, 이 사람이...

승효　　　(쪼글쪼글한 손 얼굴 보지만 말 않는)

장관父　　몇 년을 부려먹고 말여, 그나마 물 막아서 땅 만들면 우리 준다고 혀서
　　　　　그거 하나 믿었두만, 인쟈 와서 국유지랴, 나라 땅잉께 내놓으랴.

승효　　　(지금 무슨 얘길 듣고 있는 건지...)

장관父　　내가 소싯적에 깡패짓을 좀 혔어. 그려도 우리 아부지가 끝까지 지키다
　　　　　나헌테 물려주신 땅이여, 송탄에 그것이. ... 여 사람들, 같이 가 살라고
　　　　　혔지. 국유지라니 불안혀서 오줌을 내 맘대로 갈길 수가 있나, 여선.

승효　　　송탄에 다 같이 가신다고요? 여기 마을 분들 전부요?

장관父　　전부라고 뭐 몇이나 남았가니?

승효　　　3만 평이나 되는데 가시면 되잖아요? 천 평만 남기고 저한테 파셔도,
　　　　　아님 땅값 드린 걸로 더 좋은 델 골라서 전부 같이 이주를 하시든가.

장관父　　(손사래) 둘찌 눔이 싫어혀, 아주 펄쩍 뛰어. 내가 그..
　　　　　개척단이었단 게 알려지문 지는 앗싸리 죽겠디야.

승효　　　....

장관父　　근디 참말, 땅을 안 팔문 그눔이 욕을 보남? 장관 자리서 꼬꾸라져?

승효　　　(대답은 안 하고 장관父 쳐다보는)

장관父　　이?

승효　　　(순간 스치는 것은 망설임인가? 하지만...) 네 그렇습니다.

S#11. 장관父 집/마당 - 낮

집 쪽에서 마당을 가로질러 차로 오는 승효.

창문에 장관母가 내다보고 있다.

승효, 돌아보면 장관母, 어여 잘 가라 손짓한다.

인사하는 승효, 기사가 문 열어주는 차에 탄다.

승효의 차가 먼지를 남기고 떠나도 창가에 서서 오랫동안 밖을 바라보는 장관母.

S#12. 차 안 - 낮

생각에 잠긴 승효, 가라앉은 시선은 창밖을 향했는데,

쇠락한 마을, 어젯밤 어둠 속에서 본 것보다 더 말씀이 아니다.

아주 옛날에 지은 걸로 보이는 움막도 중간중간 쓰러져가고 있다.

승효, 그 움막을 끝까지 쳐다보는데 문자 알림음. '주간경제동향' 제목이다.

그걸 클릭하려는 승효, 하지만 멈추는...

문자 건너뛰고 인터넷 켜서 '서산 개척단' 입력한다.

내용 읽는 승효의 얼굴...

S#13. 대학병원 / 신경외과 스테이션 - 낮

구조실 직원들, 스테이션 안으로 들어가고 신경외과 소속 의료진들, 당황하고 있다.

신경외과의1 저희 과장님 곧 오신다고, 기다리라고 하셨는데,
직원1 저쪽(스테이션 안 회의실)입니까? (벌써 들어가는데)
세화E 어딜 들여보내!!

세화, 거침없이 온다. 스테이션 데스크에 서류 내던지고 소속 의료진들을 향한다.

세화 (구조실 직원들은 쳐다보지도 않는) 누가 내 허락 없이 아무나
들여보내랬어. 누가 니들 동료인지 누가 외부인인지 구분 못해?!
구조실직원 참여 공지

세화   (O.L) 시꺼멓게 차려입고 단체로 몰려오니까 쫄았니?
       조폭이나 하는 짓거리에 겁먹었어?

구조실직원   (입 열려는데)

세화   환자 기록 열람! 사본 교부! 의료 종사자는 그 내용 확인에 응하여선
       안 된다! 의료법 기본도 모르는 것들이 내 의국에서 설쳐대는데 니들
       눈 뜬 장님이야? 보고만 있어! 우리 근무일지가 필요하면 제대로
       발급절차 밟아서 제대로 신청하라고 해, 나도 니들도 꿀릴 거 없어.
       다 가져가라고 해! 그치만 이따위 실력행사로 나오면 내가 이 병원
       관두는 한이 있어도 전부 의료법 위반으로 걸어서 끝까지 갈 거니까
       니들도 본분 지켜.

의료진   네!

구조실직원   (당황하지만 버텨보는데)

세화   (이제, 구조실 직원에게 얼음장 같은 시선 돌리는) 꺼져.

의료진도 세화 기세에 힘입어 선 자리에 힘이 들어가는 게 느껴진다.
분위기가 감지되는 구조실 직원들.. ... 자리 뜬다.

세화   ... . (의료진 보면)

의료진   (세화 눈빛에 닿자 절로 시선이 내려가는데)

세화   고개 들어.

의료진   (고개 드는)

세화   지금 머릿속에 무슨 생각 들어.

의료진   (우물쭈물은 하지만 선뜻 대답하는 사람 없는데)

세화   시킨 일 끝내야 하는데, 이따 당직인데, 오늘은 몇 시에 집에 갈 수
       있을까, 다 자기 일로 바쁘지, 남에 센터까지 걱정할 여력도 관심도
       없어, 나도 그랬어. 그런데 (구조실 직원들 간 뒤쪽 가리키는)
       계속 관심 없으면 저렇게 돼. 저것들이 미래의 우리 주인이야.
       (가까이에 있는 메모지 찢어 뭔가 적는. 칼같이 접어 스테이션 데스크에
       보란 듯 놓는) 환자들 기다려, 파업 투표 빨리 끝냅시다. (가는)

의료진   네!

세화가 자리 뜨자 의료진 중 하나, 세화의 투표지 집어서 꼭 쥔다.

S#14. 동/신경외과 스테이션 안 회의실 - 낮

세화의 투표지가 들어가는 약 바구니 임시 투표함. 그 안에 하나둘 쌓이는 투표용지.
S#13의 의료진, 고민할 것 없이 빠르게 적어 투표함에 넣고 미련 없이 나간다.

S#15. 동/노을의 진료실 - 낮

노을, 이면지를 얼기설기 자른 투표용지 만지작대며 고민하는 얼굴.
의외로 쉽게 결정 못하는. 그녀 앞엔 이미 용지가 많이 찬 투표함이 놓였다.

S#16. 동/장기이식센터 - 낮

창, 테이블에 앉아 투표함을 뒤집어 표 쏟는다.
그 앞에 화이트보드엔 센터 직원이 마커 들고 기다리고 있고,
창, 용지 하나씩 펴서 찬성이다 반대다 불러준다.
처음엔 두 손으로 용지 펴던 창, 익숙해지자 한 손으로 펴면서 한 손은 문자 보낸다.
핸드폰 화면 C.U. '전 의국 파업 투표 진행 중'. 수신자는 일개미다.
창, 핸드폰 안 보고도 문자 보내며 무심한 얼굴로 찬반을 불러준다.
화이트보드에 표기되는 正자는 찬성이 점점 많아지고.

S#17. 동/응급실 내 보급실 - 낮

대부분의 응급실 인력이 모여 있고, 재혁, 화이트보드 지우고 있다.
안선생, 투표용지를 스윽 밀어 그대로 쓰레기통에 넣는데,
쓰레기통 보면, '찬성'이라 적힌 투표용지가 수북하다

다들, 잠시 앞으로 벌어질 일에 생각에 잠겼는데,

재혁	(다 지우고 손 털며) 오늘은 우리 투표하라고 그러는지 한산하네요.

진우와 은하를 포함해 거의 전부가 갑자기 '안 돼요!' '야!'를 동시에 외친다.
재혁도 아차! 하지만 이미 늦었다.

치프	야씨, 응급실에선 절대 한산하단 소리 말랬지! 인제 니 땜에 뻥이 친

말 끝나기도 전에 방선생이 벌컥 문 열고 외친다.

방선생	추락사고 1명이랑 칼부림 사고 1명 이송 중이요!

모두 빠르게 나가면서도 재혁을 째려보고 재혁, 자라목이 된다.

S#18. 동/응급실 - 낮

방선생	칼부림은 안면 쪽 블리딩 심하고 추락은 멀티플 립 프렉쳐
	(*다발성 늑골 골절) 의심이래요. 둘이 거의 같이 오나 봐요.
은하	2번 4번 베드요.
방선생	네! (침상 가서 준비하는)
은하	(능숙하게 기본 약품과 도구 챙기면서) 괜찮을까요?
진우	(옆에서 손 소독하면서) 어차피 우린 열외인데요, 파업.
은하	아뇨, 구조실에서 일지를 다 가져갔어요,
	잡자고 치면 꼬투리 잡힐 거 투성이인데.
진우	... (장갑 끼는)
은하	하도 눈코 뜰 새 없어서 생기는 실수들인데 의사도 아닌 사장이
	이해해줄까요?
진우	(라텍스 장갑 소리 나게 잡아당기고) 꼭 이해해줘야 하나요?
은하	네?

환자 둘 실은 응급침상이 들이닥친다. 응급실, 다시 바빠지는데,

진우   누가 추락이에요?
응급대원   (먼저 들어온) 이쪽이요.
진우   (추락 환자에게 가는데)
재혁E   어어?!!
안선생E   왜요?
진우   (돌아보는데)

재혁이 받은 두 번째 환자, 순경 정복 입었는데 피 흘리는 얼굴 본 순간,

Flashback〉- 3회 S#5. 동/병실 복도 - 낮
딸과 동반자살 시도한 아이 아빠 데리러 왔던 정복 순경.

진우   !... (치프에게) 여기 좀. (추락 환자 치프에게 맡기고 순경에게 온다)
재혁   (순경 얼굴의 상처 부위에 거즈 덮어 출혈을 막고 있다)
진우   (거즈 치우고 식염수로 상처 부위 씻고 살핀다. 정복에 이름 확인)
         김지훈님, 상처 안 깊어요. 엑스레이랑 CT 검사할 건데요.
         신경손상이나 내부 출혈 확인차 하는 겁니다.
         큰 걱정 마시고 마취하고 봉합하면 됩니다, 제 말 이해하시죠?
순경   (아프고 혼란스럽지만 그래도 고개 끄덕인다)
진우   어떻게 된 겁니까?
순경   그놈,
진우   (그놈 나오는 순간 예감 안 좋은)
순경   그놈이, 지 딸 죽인 놈이, 커터칼로,
진우   (순경 가까이에 굽혔던 허리 펴는데)
재혁   (적잖이 충격받은 얼굴)
진우   박재혁, .. 박재혁!
재혁   예!!
진우   지혈.

재혁   예. (급히 간다)

cut to. 순경, 상처에 붕대 눌러 지혈된 상태로 처지실에 앉아 있다.

진우   다행히 이물질이나 뇌내 출혈은 없네요. 봉합 여기서 하실래요,
          성형외과에서 하실래요? 성형외관 좀 기다리셔야 되고요.
재혁   이따 7시 이후에 된다는데요.
순경   .. 여기, 괜찮을까요?
진우   상처 안 깊어서 여기서 하셔도 돼요. 박재혁 니가 해.
재혁   네?!
진우   (안선생에게) 준비해주세요.
안선생   (재혁 한 번 보지만) 네.
진우   이리 와, 나랑 같이 해. 김지훈님, (순경 눈에 재혁 보이게 잡아당겨)
          이 친구 아시죠? 잘하는 선생이니까 걱정 마세요.
          상처 안 남게 해드릴게요.
순경   (재혁에게 움직이는 눈동자. 끄덕인다)

진우가 마취제 주사하는 사이 봉합도구 갖다 놓은 안선생, 상처 소독한다.
재혁, 도구 받아들고 심호흡. 순경이 눈 감으면 봉합에 들어가고,
진우, 지켜본다...

S#19. 화정그룹/회장실 - 낮

테이블에서 조회장과 독대 중인 승효.
승효, 양복 안주머니에서 봉투 꺼낸다.

Insert cut1〉- 장관父 집 마루. 장관父가 건네는 서류, 즉각 받지 않고 쳐다보는 승효.

승효, 봉투에서 서류 꺼내 조회장 앞에 봉투와 서류 모두 잘 펴서 놓는다.
조회장, 손가락 끝으로만 서류 집는

Insert cut2〉 - 마루에서 밥상 갖다 놓고 엎드린 장관 부모, 서류 들여다본다.

조회장, 서류 쓱 훑는.

Insert cut3〉 - 장관父가 막 도장 찍으려는 찰나, 승효 손이 막을 듯 움직이는데,

조회장   굿 잡. 역시 구사장이 직접 뛰니까 다르네. (승효가 반응 없자 보는)
승효   감사합니다, 회장님.
조회장   땅 문제도 끝났고, (승효 낯빛 짧게 보는) 대통합 이뤄냈다며?
승효   (잠깐 생각하더니) 구조실장 업무 파악이 빠르네요.
         저희 병원 온 지 만 24시간도 안 지났는데.
조회장   내 매제만 봐도 그렇지만 의사 집단이, 의외로 좀 콩가루야.
         (봉투에 서류 넣는) 하도 개인 개인이 잘나선지 단합이 잘 안 되거든.
         근데 벌써 단체 파업 결의면 상당히 빠른 거야. 좋은 거 아냐, 구사장.
승효   예.
조회장   화물연대는 지금도 말썽이야. 그런데도 내가 강성 노조 깨부수기
         1인자를 군이 화물회사에서 빼내서 병원 총괄로 보낸 건,
         (일어선다) 먹여 살리라고.
승효   (조회장이 일어서자 자리에서 일어나 똑바로 선다)
조회장   우리 그룹 전체를. (책상으로 가 서랍에 봉투 넣는)
         의대, 병원, 보험, 약품. 우리 화정에 의료산업 네 기둥이 드디어
         완성됐어. 왜 내가 그 자리에 구사장을 앉혔겠어.
         지금 있는 우리 계열사 중에 10년 후에도 살아남을 게 몇 개나 될까?
         의료 서비스업은 평생이야. 백세 시대에 병원은 인생의 마지막 집이야.
         의료를 서비스업으로 인식시키려고 우리 기업들이 수십 년을 공들였어.
         괜히 분쟁 겪어가며 민간 병원 세우고 병상 키우고 투자한 줄 알아?
         이제 시장이 만들어졌어, 키워서 먹어야 돼.
승효   회장님께서 인수하시자마자 병원 삐걱댄다는 소리, 안 나올 겁니다.
         안 나오게 하겠습니다.
조회장   구사장 입에서 나온 말이니까. (끄덕이는)

승효	송탄에 새 건물 공사비는 본사에서 나오는 거죠?
조회장	(픽 웃는) 내 입에서 나온 말이니까. (잊지 않고 강조) 다는 아니고.
승효	다는 아니고요. 감사합니다, 회장님. (인사)

S#20. 동/회장실 복도 - 낮

회장실에서 나온 승효, 조회장 비서가 동행하는데,

조회장E 먹여 살리라고. 우리 그룹 전체를.

비서, 승강기 잡으려 먼저 종종 가는데 승효, 멈춘다. .. 회장실 쪽 쳐다보는데.
절대 순순하지 않은 표정. 도전적인 눈빛. 시선 거두고 간다.
비서가 잡고 기다리는 임원 전용 승강기에 오르는 승효.
90도 인사하는 비서.

S#21. 대학병원/사장실 - 낮

강팀장 사장님 오십니다.

상무, 소파에 앉았다가 얼른 일어나 옷매무새 만진다.
테이블에 늘어놓은 건강보조제 샘플들. 바닥에도 약 이름 찍힌 커다란 쇼핑백이 많다.

승효	(들어온다)
상무	(90도 인사) 화정생활화학 상무 박종상, 인사드립니다.
승효	(바닥난 찻잔 보는) 오래 기다리셨나 보네, 앉으세요.
	(말은 앉으라면서 본인은 책상으로 가 가방 놓고 우편물도 확인)
상무	(그동안 서서 기다린다)
승효	(상무가 내내 서 있는 것 힐끗 보더니 소파로 온다. 앉는 동시에 질문)
	첫 스타트는?

상무	(건강보조제 승효 쪽으로 밀며) 드럭 머거부터 파고들려고 합니다.
	독한 약을 장복하다 보면 간이 상하거나, 필요한 영양분을 약에 뺏기는
	드럭 머거 현상이 나타나잖습니까? 종합병원이니까 이 점을 공략해서
	환자들한테 부족해지는 필수 영양소를 저희 영양제로 채우는 거죠, 네.
승효	(샘플들 살피는)
상무	여기 의사들이 환자한테, 지금 당신이 먹는 약물은 이런이런 영양소
	흡수를 파괴한다, 그러면서 저희 제품을 추천해주면 되겠죠.
	그리고 이건 (옆에 놔뒀던 포스터 편다. 같은 약품 홍보 포스터다)
	병원 벽이나 엘리베이터 같은 데 눈에 띄게 붙여놓으면 환자들도
	자연스럽게 저희 제품에 노출될 거고요.
승효	(그냥 확인하는 정도로만 포스터에 눈길 주는) 음.
상무	이건 (다른 약 상자 내미는) 다이어트 보조제입니다.
	신제품인데 최근에 체중감량한 배우를 모델로 해서 반응이 좋습니다.
승효	알겠습니다. 놓고 가시죠.
상무	저, 제가 올라오다 보니까 1층에 지금 베이커리 매장이 위치가 제일
	좋던데요. 딱 가운데 있고, 크기도 저희 매장으로 적당하고요.
승효	생각해봅시다. (일어나는)
상무	예 그럼 구승효 사장님께서 긍정적으로 검토해주셨다고 저희 사장님께
	말씀 올리겠습니다. 감사합니다. (정중히 인사하고 나가면)
승효	(책상으로 가며) 저거 좀 안 보이게.
강팀장	(상무가 잔뜩 놓고 간 영양제며 다이어트 약, 얼른 가져가 제 책상
	아래 놓는데, 이미 몇 박스 챙겨났다. 특히 다이어트 약 챙기는데)
승효	(재킷 벗고 책상에 노트북 켜며) 그런 거 먹지 말고 걸어요.
강팀장	(몰래 째리는) 생보사는 환자 건강정보 150에 사겠다고 컨펌 왔습니다.
승효	어차피 그럴 거. 생활화학은 우리 병원에서 올리는 매출의 30%로
	커미션 계약서 (문자 알림음에 핸드폰 집는) 작성하세요.
	아 그리고 여기 병원 내 상가, 계약 현황 좀 봅시다.
강팀장	네.

승효, 문자 보면 – '현재까진 파업이 우세 – 발신자: 먹깨비'
승효, 동요하지 않지만 좋을 것도 없다. '얼굴 보자' 짧게 답신.

S#22. 동/응급센터 의국 – 밤

인턴 두 명, 등을 보인 채 간이침대에 잠들었는데,
진우, 들어와 사물함 열고 옷 갈아입는다.

진우   니가 왜 그래. 니 잘못도 아닌데. (아무 반응 없는)
         나 찔리라고 그러는 거야? 내가 내보내서 그 순경 다쳤다고?

잠든 척했던 인턴 중 하나, 진우 쪽으로 몸 돌리며 일어나는데, 재혁이다.

재혁   아녜요.. 전에 어떤 환자가 기억나서요. 제가 괜찮다고 내보냈는데..
진우   .. (재킷 걸치며) .. 그 환자 기억나세요?
재혁   에? 저요?
진우   내가 전공의일 때, (사물함 닫고 재혁에게 돌아선다) 원랜 심장 전문의를
         불렀어야 했는데 그냥 내가 봐도 울혈성 심부전인 게 보였어.
         환자 폐로 혈액이 역류해서 호흡이 힘든 게 청진기만 대도 알겠더라고.
         아스피린이랑 이뇨제 처방하니까 금방 호전되는 거야. 기분 좋았지.
재혁   .. 퇴원시키셨어요?
진우   음. 밤이었고 전문의 콜 했다가 잔소리 듣기 싫었고.. 다 변명이지.
         아마 나 혼자도 잘할 수 있다, 잘했다, 그게 필요했던 때 같아.
         담 날 집엘 가는데 은하쌤이 그러는 거야, 그 환자 기억나세요?
은하E   **(잊히지 않는 기억. 진우 목소리와 겹친다) 기억나세요? 다시 왔어요.**
진우   (은하의 다시 왔어요, 와 거의 1~2초 차이로) 다시 왔어요.
         .. 이강민 환자. 4일인가 5일 후에 죽었어.
재혁   그게 꼭 쌤 때문인 건 아니죠..
진우   나 그 말 정말 싫어, 그 환자 기억나세요,
재혁   (잘 아는) 다시 왔어요.
진우   (흐릿한 미소, 그보다 자조적이고 쓸쓸하게 고개 젓는)
재혁   어떠셨어요?

진우   (답을 못한다)

재혁   (그랬겠지...)

진우   우리 의국 사람 누구한테도 말 못했어. 두려워서가 아니라 실수한 걸
        말하면 다들 갑자기 불안해해, 날 피하면서 얼버무려.
        이 집단은 실수를 인정 안 해. 없을 수가 없는데 없대, 무조건 없대.
        .. 의사들도 실수를 인정해야 돼.

재혁   그치만, 그렇긴 하지만 인정했다가..

진우   ... .. (가방 둘러멘다) 환자를 기억하는 건 좋은 거야. (문으로 간다)
        기억하면, 실수가 줄어. (나간다)

재혁   (일어나) 가세요!

다시 눕지만 한참을 혼자 생각하는 재혁....

S#23. 술집 - 밤

칸막이로 분리된 깨끗한 주점. 한구석에 앉은 창, 혼자 술잔 홀짝이다 손 흔든다.

창   여기!

칸막이로 들어와 앉는 이, 승효다.

승효   (창이 먼저 시작한 것 보고도 별말 없고)

창   (역시 묻지도 않고 종업원 불러선) 와사비 타코야끼랑 (승효에게)
        여기 사케가 좋은데? (묻지만 벌써 종업원에게 한 병 달란 표시)
        다이긴조 사케랑 오징어 통구이요. 아 빙어구이도 주세요.

승효   (맘대로 시켜도 개의치 않고 가볍게 끄덕)

종업원   예. (간다)

창, 다시 자기 혼자 마시고 먹을 뿐 두 사람, 별말 없다.
핸드폰 체크하는 승효, 〈민간병원 중국 진출 활발〉 제목으로 온 문자 클릭,

테이블에다 핸드폰 내리고 문자에 대충 눈길 주며 콩깍지 안주나 소소히 까먹는다.
그래도 일할 때보다 훨씬 풀어져 보이는 승효.
창은 일할 때보다 더 집중. 기본안주 하나도 신중히 먹고,
종업원이 사케부터 가져오자 두 사람, 그제야 서로 눈이라도 마주치며 대작한다.

창	파업 투표는 내일쯤 다 끝날 거야.
	내일 반대가 나온다 해도 결과가 뒤집힐 거 같진 않고.
승효	음.
창	음? 그게 끝?.. 뭐 땜에 보자고 한 거야?
승효	나왔어.
창	뭐가?
승효	귀신 흉내 낸 놈. 매출표 몰래 올린 인간.
창	에?
승효	예진우라고 있지?
창	응급에? 진짜?
승효	(끄덕)
창	그래서.. 어제 회의 때도 갑자기 발언을 했나... 의외네?
승효	(뭐가?)
창	되게 뭐랄까, 고인 물 같은 사람이었는데.
승효	그 흉부 주경문 라인이야? 예진우가?
창	라인? 왜?
승효	둘이 합작했을 가능성.
창	.. 주과장은 (꿀꺽 삼키고) 타 대학 출신 듣보, 잡은 아니지만,
	원래 흉부과장 후보가 있었을 거 아냐, 상국대 출신?
	그거 제끼고 원장님이 뽑아다 앉힌 케이스.
	내가 썼잖아, 왕따라고. 위든 아래든 주과장은 라인이란 게 없어.
승효	그럼 누구랑 친한데? 그 둘 다.
창	(그 말엔 몸을 좀 뒤로 하는) 이 형님이 또 뭔 짓을 하려고 이러시나.
승효	말하면 알게 되세요.
창	... 예진우는 소아과 이노을 선생, 내 보긴 둘이 뭔가 있는 거 같은데
	아닌 척해. 주과장님은 두루 다 좋다 하고 두루 다 안 친하고.

승효	너 예진우랑 친하냐, 여자관계도 알게?
창	남자관계를 아는 거지.
승효	이노을이가 남자야?? 근데 예진우랑 둘이?
창	에잇.. 이노을이 여자, 나는 예선생은 잘 모르고 이노을은 좀 가깝고.
승효	얼마나 가까운데? 그 여자한테 곤란한 일 생기면 니 마음이 쎄할 정도?
창	곤란한 일 생기나 보지?
승효	(아마도? 정도의 표정)
창	(잠시 망설이지만) 됐어, 다 그지 같애. (술 마시는) 의사나 간호사나.
승효	(술 따라주는)

종업원, 안주 가져온다. 창, 이제 안주만 조용히 먹는다.

승효	(그 모습 보다가) 자리 옮겨줄까?
창	(씁쓸한 미소) 좋네, 아는 형이 사장으로 오니까. (건배하지만) 병원 일 다 도낀개낀이야. 옮겨봤자, 씨.
승효	병원 일 말고. 구조조정실 어때?
창	아참, 가뜩이나 스트라이크 한다고 난린데 구조를 조정하든 조지든 나중에 좀 부르지 왜 불을 질러?
승효	타이밍 딱이니까.
창	지금이 타이밍 딱? 이 판국에 구조조정실이 딱?
승효	음.
창	(쳐다보지만 더 묻지 않는다. 특유의 심드렁한 얼굴로 돌아간다)

창, 먹기만 하고 승효도 이제 술과 안주를 시작하는데,

창	(조용히 빙어 뜯어 먹으며) 형.
승효	응.
창	이 짓이 뭔데 이걸 하겠다고 그 고생을 해가며 학교를 다녔을까.
승효	니 매일매일은 니가 두근거리게 만드는 거지, 그 마음으로 다른 일은 뭐 뾰족한 수가 있을 거 같아?
창	저기요, 팩트폭력 자제 좀요.

승효   .. 뭐든 해서 먹고살아야 했잖아.

창   그치.. 난 지금도 그래.

.. 두 사람, 술 마신다.

S#24. 대학병원/구조조정실 - 밤

새까만 창밖과 달리 낮을 방불케 환한 실내.
비품 창고였던 흔적은 깡그리 사라졌고 파티션으로 구분된 어엿한 사무실 풍광인데,
책상이건 바닥이건, 각 센터별로 인계받은 파일들이 여기저기 쌓였다.
구조실 직원들, 벽의 시계는 12시를 향해가는데 잡담 한 번 없이 파일 검토한다.
중앙에 여러 서류 박스들을 놓았는데, 개중엔 하나만 빨간색 박스다.
직원들, 검토 끝낸 파일들 중 일부만 복사, 형광펜 표시해서 빨간 박스에 넣고
나머지는 각 센터 이름을 갈겨 쓴 박스에 센터별로 던져 넣는다.
빨간 박스 파일이 점점 쌓이는데,

S#25. 동/사장실 - 낮

S#24의 빨간 박스가 책상에 올려져 있다. 형광펜 표시된 서류 가득하다.
결제 판 들여다보는 승효, 그의 앞엔 구조실장이 보고하는 자세로 섰다.

구조실장 내부 문건이라 해도 원래 신청서 작성해서 요청하는 게 맞긴 합니다,
       신경외과 외엔 절차를 지적한 데가 없긴 했지만.

승효   신경외과, (사인해주는) 오세화 과장.. (다른 파일 넘기다 멈추는)
       암센터는.. 왜 이래요? 참여 점수가 0이네?

구조실장 기록 일부를 의도적으로 누락시켜서 제출한 거 같습니다.

승효   (묻는 대신 쳐다보기만)

구조실장 센터 회의 기록인데 특정 날짜 데이터만 삭제된 상태였습니다.

재차 요구하니까 데이터가 실수로 날아갔다고 하더니,

저희가 그럼 복구하겠다고 하니까 그땐 아예 기록이 없다 하더라고요.

승효   특정 날짜요?

구조실장   3월 3일부터 3월 5일입니다. 사장님 부임 전이시긴 합니다만.

승효   (피곤하다. 눈 누르지만) 해당 날짜 암센터 기록, 전부 봅시다.

구조실장   예.

cut to. 책상 위에 쌓여가는 파일 더미들.

승효, 노트북과 파일 번갈아가며 대조해보는.

승효의 움직임은 실시간의 그것이지만 승효 주변부는 빠르게 시간 경과한다.

강팀장 손이 수시로 화면에 스치며 승효 책상에 파일을 올리고 가져가길 반복.

자료 넘기며 승효가 마시는 커피잔도 사라졌다 나타났다 하다가..

승효   (보던 파일 들고 자리에서 일어나는데, 파일에 꽂힌 눈빛 범상치 않다)

강팀장   (급히 검색하느라 앉진 않고 자기 책상 옆에서 허리 굽혀 컴퓨터 보는)

    두 개가 색깔이 같아서 육안으론 구분 안 된대요!

승효   ... . 암센터장, 의국에다 갖다 놔요. (바로 나가는)

강팀장   (바로 전화) .. 실장님! 암센터 의국으로 빨리요! (바로 끊고 다시 전화)

S#26. 동/암센터장 진료실 - 낮

암센터장, 환자 앞에 두고 유선전화 붙든 상태. 아무 말 없지만 표정 굳을 대로 굳었다.

S#27. 동/복도 - 낮

진우, 오는데 맞은편에서 승효가 오고 있다. 하필 좁은 복도다.

진우, 불편하고 싫은데 잔뜩 굳은 얼굴의 승효, 빠른 걸음으로 지나쳐버린다.

또 한 판 붙어야 되는 줄 알았던 진우, 돌아보면,

성큼 가는 승효 뒤로 구조실장을 필두로 대여섯의 구조실 직원들이 나타난다.

멈추지 않는 승효, 실장에게 됐다는 손짓이지만, 구조실 직원들은 승효 뒤를 따른다.
몰려가는 그들을 지켜보는 여기저기 병원 직원들, 이번엔 또 무슨 일인가 싶은..
진우, 승효와 구조실 직원들이 몰려들어가는 곳 팻말 보면, '암센터'다.

S#28. 동/암센터 의국 - 낮

암센터장 외에도 최소 10명 이상의 의사들로 꽉 찼다. 서로 잡담도 않는다.
4회 S#5에서 파일 삭제하던 의국장과 암 레지던트2도 있는데
특히 암 레지던트2, 불안해 뵈는..
노크 따위 없이 승효가 바로 들어선다.
암센터장은 꼿꼿이 섰고 다른 의사들은 승효에게 목례하는데,
승효 뒤로 나타나는 구조실 직원들,
이미 발 디딜 곳 없어 직원 몇은 문가에 걸쳐 서서 승효를 백업한다.

승효   (인사받지 않는) ...
의사들   ...
승효   최도형.
암센터장   (올 게 왔구나)
암레지던트2   (가슴이 쿵쾅댄다. 입 벌리고 숨 들이켜는 소리마저 미약하다)
승효   2017년 4월 7일 입원. 류키미아. .. 백혈병.
암센터장   먼저 제 얘길
승효   (O.L) 2018년 2월 16일 유지 치료로 전환 후 퇴원.
          .. 퇴원 후 다시 입원한 기록이 없는데,

S#29. 동/암센터 의국 복도 - 낮

승효E   3월 5일 전체 사망자 명단엔 최도형 환자가 있으니, 동명이인인가요?

의국 열린 문으로 승효와 암센터장 보이고 구조실 직원 몇이 문가에 섰는데,

그 맞은편 벽에 기대선 진우,
문가에 직원들 때문에 의국 안이 잘 안 보이지만 진우도 굳이 들여다볼 생각 없다.
진우 외에도 지나가던 간호사들이 암센터 의국을 힐끗댄다.

승효E 사인은 뇌막염. 유지 치료 때 항암제 2개가 집중 처방됐던데, 뭡니까.
진우 항암제... 빈크리스틴,
암센터장E 빈크리스틴하고,
진우 .. 시타라빈.
암센터장E 시타라빈입니다.
승효E 어떻게 투여되는 거죠.

S#30. 동/암센터 의국 - 낮

승효 어떻게, 투여됩니까.
암센터장 (숨 들이쉰다. 그리고 지금까지의 불안을 몰아낸다. 더는 주저 않고)
빈크리스틴은 쇄골 밑에요, 정맥주사라서.

S#31. 동/병동 침상 - 밤(과거. 3월 3일)

사방에 커튼 친 침상에 웅크린 환자의 척추 뼈 사이에 꽂혀 있는 주삿바늘. C.U.

암센터장E **시타라빈은 척수강에.**

투명한 주사액이 들어가는데 주사 놓는 손을 따라 얼굴로 올라가면, 암 레지던트2다

승효E **두 약은 어떻게 구분하죠, 냄새? 색깔?**

혼자 일하는 암 레지던트2, 주삿바늘 뺀다. 주사제 그릇에 지금 다 쓴 주사기를
놓는데, 안에 이미 쓰고 난 뒤인 주사기가 하나 더 있어 둘이 살짝 부딪친다.

흔들리는 주사기.

S#32. 동/암센터 의국 - 낮(현재)

암센터장　둘 다 무색무취라 육안으론 구분 안 됩니다.
승효　　　그런데.
암센터장　육안으론 안 되므로 라벨이 붙은 약병째로 환자한테 가져갑니다.

S#33. 동/암센터 의국 복도 - 낮

암센터장E　환자 앞에서 하나씩 주사기에 옮기고 그 순서대로 투약합니다.
진우　　　.. 또 있잖아. 상급자 관리 감독하에.

그때 옆에서 작게 '어머' 하는 여자 목소리 들린다.
진우, 고개 들면 강팀장이 뒤늦게 의국으로 오다 진우 보고 어머, 한 것.
강팀장, 진우에게 수줍게 인사. 진우, 누군지 모르지만 일단 목례하는.
진우 돌아보지만 문으로 가는 강팀장, 문가에서 안을 보면,

승효　　　바뀌면 어떻게 됩니까.
암센터장　....

S#34. 동/중환자실 - 낮(과거. 3월 5일)

인공호흡기 달았지만 의식 없는 환자.
마스크와 위생 캡을 쓴 아이들이 의식 없는 아버지에게 마지막 작별인사를 하고 있다.
환자의 아내는 죽어가는 남편에게 엎디었다. 흔들리는 어깨.
이를 지켜보는 의국장, 마스크 위로 나온 눈이 고통스러워하고 있다.

승효E   **두 약이 바뀌면. 정맥 주사를 척수강에 잘못 놔서 약이 바뀌면,**
           어떻게 됩니까.

S#35. 동/암센터 의국 - 낮(현재)

암센터장   환자는 사망하죠.
승효   죽었죠?
암센터장   의료상 착오입니다.
승효   (눈에 불이 번쩍하는) 최도형 환자 당신들이 죽였어. 의사란 사람들이.
암센터장   사람이 쉬지 않고 일만 하면 어떻게 되는지 알아요?
          여기 애들이 어떻게 하고 있는지 아냐고요.
          주당 120시간씩 일해요, 얘네들 전부. 그렇게 하면 사람 죽어요!
암레지던트2   (너무나 괴롭고 후회된다)

S#36. 동/암센터장 진료실 - 낮(회상)

도저히 고개 못 드는 의국장, 그 옆에서 우는 암 레지던트2.
절망한 암센터장, '세상 사람 전부 니들을 의사라 불러줘도 니들은 그러지 마.
환자 죽인 것들은 의사가 아냐' 한탄하는 소리가 배경음처럼 들리는 위로,

암센터장E   **사장님 우리 병원 오자마자 한 일이 뭡니까?**
          적자 난다고 돈 못 번다고 사람 자를 생각부터 했잖아요!

S#37. 동/암센터 의국 - 낮(현재)

암센터장   그렇게 해서 줄이면 나머지 일은 누가 하는데요?
          오죽하면 전공의 법이란 게 생겼겠어요, 주당 88시간만 일 시키라고!
          사장님 회사원한테 갖다 대는 거 좋아하시죠?

88시간이면 보통 회사원들 하루에 18시간을 책상에 붙어 있어야 하는
수칩니다, 근데 그것도 안 돼서, 그걸론 도저히 넘쳐나는 환자가 감당이
안 돼서! 위에다간 전공의 법 지킨다고 하고 여전히 100시간, 120시간씩
뜁니다, 의사도 사람이에요!

승효   그렇게 바빠서 기록 지우고 죽은 사람 없는 걸로 만들었어요?
본인들이 죽인 환자 가족한테 뇌막염이라고 둘러댈 때도 잠 못 자서
제정신 아닐 때였습니까? 당신들 믿고 찾아온 환자를!!

암센터장   의사가 과로로 죽습니다! 오죽 힘들면 자살을 해요!
우리가 환잘 죽였으면 의사를 죽이는 건 병원이에요!
인건비 줄이겠다고 우릴 끝없이 돌리는 댁 같은 사람들!

승효   센터장도 120시간씩 뜁니까? 약 잘못 들어갈 때 댁은 어딨었는데?
고생하는 애들이 그렇게 끔찍하면 전공의 법 지키게 일을 나눴어야지,
그렇게 당당하면 피곤해서 사람 죽였다 만천하에 떳떳이 밝혔어야지!
자기들끼리 쉬쉬하다 들키니까 이제 와서 애들 불쌍하다 그딴 소리!!!
당신 지금 밑에 사람들 감싸주는 척하지만 실은 난 잘못 없다,
다 얘네들 실수다, 그거 주장하고 있는 겁니다!

암센터장   !... ...

승효   어떤 변명을 끌어다 붙여도 (의사들 하나하나 주시) 이 안엔 살인범이
있고, 어떤 인간은 그걸 (암센터장 보는) 은폐하고 공조했습니다.

암센터장   ... 은폐 안 했습니다, 보고했어요.

승효   .. 어디까지.

암센터장   어디까지겠습니까, .. 원장님이요.

S#38. 동/암센터 복도 - 낮

진우   (벽에 기대 있다가 저도 모르게 몸을 펴!!)

승효E   이보훈 원장?

암센터장E   예, 원장님께 보고했습니다.

진우   !... (암센터 의국 문 앞으로 이끌리듯 간다)

S#39. 동/암센터 의국 - 낮

암센터장 우릴 철면피로 몰고 싶은 모양이신데, 원장님께서 전 의국 차원에서
 뇌수막염으로 내리신 결정입니다. 본교와 이 대학병원을 위해.
승효 (한참을 눈으로 찌를 듯 보다 드디어 입 여는데) 부끄러운 줄 아세요.
 (암센터장 뒤 의사들에게 옮겨지는 시선) 진정으로 부끄러운 줄 아십쇼.

경멸을 담았던 승효, 돌아서 나간다. 그에게 길을 터주는 구조실 직원들, 뒤따른다.
승효 일행이 나가는 걸 끝까지 외면하고 선 암센터장.

S#40. 동/암센터 의국 복도 - 낮

승효, 나오는데 진우가 문 앞에 우뚝 섰다.
승효, 진우도 싸잡아 경멸하는 눈빛, 그나마 그 시선도 바로 거두고 가버리고,
강팀장과 구조실 직원들은 그를 따르는데,
그보다는 진우, 의국으로 시선 돌린다.
승효 일행 다 나가도록 고개 쳐들고 선 암센터장에게 꽂히는 진우의 시선.
시선 느낀 암센터장, 이쪽 본다. 진우와 시선 엉킨다.
가뜩이나 심기 뒤틀린 암센터장, 의구심과 반항심, 원망이 뒤섞인 진우 눈빛에 닿자
뭐 어쩌라고 이 자식아? 하는 얼굴이 되는데,
문 안의 누군가, 문 닫는다. 진우 꼬나보는 암센터장이 닫히는 문 사이로 가려진다.

진우 ... ..

S#41. 동/사장실 - 낮

빈 사장실 책상에, 급히 나가느라 승효가 놔둔 핸드폰 진동이 몇 번 울린다.

창E 　사고 아냐 오류야, 약물 오류. .. 거의 매일.
　　　... 환자한텐 절대 안 알려줘. 이 안에서만 알지.

S#42. 동/승강기 안 - 낮

승효와 강팀장 타면 밖에 구조실 직원들이 인사한다. 승강기 닫힌다.

창E 　너무 정신없어서 그래. 너무 일이 많아서. 큰 사고만 아니면 되니까.
승효 　...
강팀장 　.. 아까 그 주사, 잘못되는 경우가 의외로 많대요.
　　　그래서 뭔 법까지 제정했다는데 그래도 못 막나 봐요.
승효 　(강팀장 보는)
창E 　우리만 그런 거 아냐. 어느 병원이나 투약 오류는 항상 있어.

S#43. 동/이식센터 - 낮

창, 컴퓨터로 톡 보내고 있다. 그러다 돌연 다른 창 띄우는데, 뒤로 사람 지나간다.
지나가고 나면 다시 보낸다.

창E 　다들 숨길 뿐이지. 환자들은 절대 모르니까. 갑자기 중환자실로
　　　옮겨져도 그게 약이 잘못 들어가서라고 누가 생각하겠어?

창, 톡을 끈다. 그도 속이 복잡하다...

S#44. 동/사장실 - 낮

승효 　(창이 보낸 문자 확인하다가) 미친놈에 새끼들!
　　　회사선 불량품 하나만 내도 클레임이 걸리는데!

승효, 서성이며 화를 내다가 구석에 정리된 각 센터별 파일 박스 앞에 멈춘다.

창E   .. 거의 매일. 항상.
승효   (박스마다 써놓은, 서른 개도 넘는 센터 명칭 보는)
강팀장 .. 어떻게 할까요.
승효   (창가로 간다. 창틀에 손 올리고 밖을 보는데)

유리창에 비치는 보훈의 모습. 승효 뒤 소파에 앉아 열변을 토하는 보훈의 모습은,
2회 S#5. Insert에서 승효에게 항의하던 그때다.

승효   (유리창을 통해 보훈 노려보는) 염병할 인간...
강팀장 (손에 들린 환자 파일 내려다본다. 최도형이란 이름이 눈에 띈다)
       그 주사로 잘못된 사람, 또 있다고 말씀드렸잖아요? 다른 병원에서도.
       그쪽은 어린 아들이 죽었는데 그냥 묻었대요, 부검 안 하고.
승효   다시 꺼내야 되겠네.
강팀장 아뇨, 주사제가 잘못됐단 걸 짐작했는데도 장례를 치렀어요.
승효   (돌아보는)
강팀장 부검이란 게 자식을 또 죽이는 거 같았대요.
       저는 그게.. 이해가 되네요. 저도 엄마다 보니까.
       그 약이 잘못되면 그렇게 아프대요, 내 아이가 그 고통을 겪다 갔는데
       ... 또 몸에 칼 대는 거 저도 못할 거 같아요, 저는.
승효   ...
강팀장 근데 만약 제가 죽었다면 엄마 제발 나 부검해줘, 그럴 거 같아요.
       엄마 나 아파서 죽은 거 아냐, 나 약 때문에 죽었어, 너무 억울해..
       그럴 거 같아요. (승효 책상으로 가서 환자 파일 놓는다)
승효   ... ... 보호자 연락해요.
강팀장 네.

S#45. 동/소아과 스테이션 - 낮

스테이션이 발칵 뒤집혔다. 간호사들이 죄다 차트, 서류, 모니터 비교하느라 난리다.

노을   (오다가 놀라) 왜 이래요? 우리도 뭐 걸렸어요?

소아간호사3   걸릴까 봐요, 과장님이 암센터 소문 듣고 기겁해갖곤 와서는,

노을   소문 아녜요, 정말 다행이죠? 이제라도 밝혀져서.

소아간호사3   다행은요? 과장님, (눈 치뜨고 손가락질하며 막 뭐라고 하는 시늉)

노을   (웃는) 수고. (자리 뜨면서 미소 사라지는) 그저 감추려고만,

Flashback〉- 1회 엔딩. 강당 무대로 당당히 오르던 승효를 노을 시각에서 본 모습.

승효E   **병원은 공공재다, 이 땅의 모든 국민에게 평등하게 제공돼야 한다.
내가 공공재의 개념을 잘못 알았습니까?**

노을   ... 아니요..

S#46. 동/부원장실 - 낮

가운 입는 태상, 전화와 안경 등 챙겨서 나가려는데,
노크소리, 대답도 전에 암센터장 들어온다. 문 꼭 닫는 암센터장.
그를 쳐다보는 태상....

S#47. 진우의 옛집/형제의 방 - 낮(진우의 회상. 25년 전)

책상에서 숙제하는 11살 진우.

진우   방 안에서 공 차지 마, 남 숙제하는데.

어린 진우에게서 멀어져 방 안 보여주면, 3회 S#43의 방 그대로.

2층 침대 아래 칸에 선우가 잡고 일어날 수 있는 끈도 달렸고,
선우 책상 옆엔 아동용 휠체어를 접어놨는데, 방에 진우 말고는 아무도 없다.

진우　　가만 좀 있으라니까, 시끄러!
엄마E　（갑자기 문 벌컥 열리는 소리와 동시에 몹시 놀란 외침) 진우야!

도둑질이라도 하다 들킨 듯 너무나 놀라서 화면 밖 엄마를 돌아보는 진우.

S#48. 상국대학병원/보훈의 진료실 ─ 낮(진우의 회상. 25년 전)

가습기에서 나오는 공기의 포말, 거기에 살며시 흔들리는 파초 화분.
갈색 나무 블라인드가 반쯤 쳐졌고, 창가 책상엔 정신과 M.D 이보훈 명패가 투명하다.
조용하다. 짙은 초록색 공단 의자에 진우가 올라앉았다.
그 앞에 나무 의자를 끌어다 놓고, 하얀 가운을 입고 앉은 보훈.
진우, 책 한 권 펼쳐 아주 꽉 쥐고 턱을 당겨 아래만 본다. 어리지만 단단한 방어다.
섣불리 말 걸지 않고 바라보는 보훈.

보훈　　…… … 누구랑 얘기했니.
진우　　……
보훈　　누구야? 친구?.. 아빠?
진우　　（아빠 소리에 순간적으로 보훈 보는. 치떠 보는 눈에 반항이 가득하다)
보훈　　（새끼손가락 펴 보인다) 진우가 여기서 하는 얘기, 절대로 아무한테도
　　　　　　안 해. 엄마한테도, 선우한테도. 아저씨가 약속할게.
선우E　　*하지 마!!*

진우가 앉은 의자 손잡이 붙잡고 서서 울부짖듯 소리치는 선우:

선우　　*안 돼. 말하지 마, 미쳤다고 할 거야, 형 미쳤다고 할 거야,*
　　　　　　정신병원에 처넣을 거야!
진우　　（눈알만 굴려 옆에서 방방 뛰는 <u>선우</u> 본다)

보훈	(그 눈길 알아차린다. 진우 따라 옆을 본다)
선우	*정신병원에 묶어놓고 엄만 오지도 않을 거야, 말하지 마!*
진우	(손에 힘을 더 꽉 주는)
보훈	(진우의 작은 손 안에서 책 끝이 우그러지는 것 보는)
진우	안 미쳤어요.
보훈	여기 몇 명이 있니?
진우	!... (천천히 눈을 들어 보훈 노려보는) 나 안 미쳤어요.
	(눈에 분한 눈물이 차오른다, 여전히 적대적이다)
보훈	알았어, 엄마한테 그렇게 말씀드릴게. 걱정 안 하시게.
진우	....
보훈	전에 엄마랑 너랑 여기로 선우 데려왔을 때, 니가 나한테 그랬잖아.
	다친 건 다린데 왜 동생이 말을 안 하냐고.
	선우가 한 마디도 안 해서 엄마가 걱정하신다고 니가 그랬지, 기억나?
진우	...
보훈	선우도 그때 지금 니 마음 같았나 보다. 말하기 싫었나 봐.
	근데 진우야, 너는 컸으니까 내가 솔직히 말할게. 넌 선우 때랑은
	좀 달라. 큰 사고가 나면 한동안 말 안 하는 사람들, 있어. 선우처럼.
	근데 그거랑 누가 옆에 보이고 얘기하고, 그런 거랑은 달라.
	네가 잘못됐다는 게 아냐. 다른 사람은 몰라도 너는 알 거란 얘기지.
	너한테, 너만 보이는 친구가 있는 거 그게, 아주 잘된 일이 아니란 거.
	그래서 얘기 안 하려고 하는 거잖아? 근데 지금 얘기 안 하면 나중에
	니 옆에 그 친구만 남아. 엄마도 동생도 학교 친구도, 다 사라져.

진우 팔을 꽉 잡는 선우의 마른 손. 선우, 보훈을 노려본다.
하지만 진우, 아까보다 많이 기운이 빠져나갔다.

선우	*하지 마.*
진우	친구 아네요.
선우	*하지 마!!!*
진우	친구 아네요. (눈물이 뚝뚝 떨어진다)
보훈	....

진우	선우에요.. 근데 나도 알아요, 진짜 아닌 거. 걔는 다리가, 멀쩡해요..
보훈	...
진우	(손등으로 책 위로 뚝뚝 떨어지는 눈물) 뛰어다니고, 아빠 죽기 전이랑 똑같이, 진짜 아닌 거 나도 알아요! (호소하려 고개 드는데)

진우 바라보는 보훈 눈이 젖었다.

진우	....
보훈	우리 진우가, 정말 많이 힘들었구나...

진우, 멍한 표정이 되는. 그러다 갑자기 어린애처럼 아앙, 하고 소리 내 울기 시작한다.
보훈, 진우 다독이다 안아준다.
진우, 보훈 품에서 속을 다 토해내듯 엉엉 운다.

S#49. 동/1층 로비 - 밤

에스컬레이터에 선 진우. 몸은 여기 있지만 마음은 그 옛날에 아직 보훈과 있다.

보훈E	**동생이 아파서 많이 속상했어, 전처럼 같이 뛰고 놀고 싶어서,**
	네 마음속에서 건강한 동생이 그리워서 만든 거니까 괜찮아.
진우	(울고 싶지 않다. 눈 감았다 뜬다)
보훈E	**다 괜찮아.**

1층에 내려선 진우, 로비를 가로지른다.

진우	다 괜찮아. (1층 중앙 출입구로 나가는)

S#50. 동/1층 중앙 출입구 앞 - 밤

진우, 주차장으로 가려는데 좀 앞에 경문이 서둘러 가고 있다.

진우   ... (갑자기 경문에게 뛰어가는) 주교수님!

경문   응? 어, 집에?

진우   예. 교수님도요?

경문   난 잠깐 요 앞에. 가아. (가려는데)

진우   교수님!... 혹시, 암센터 투약사고 알고 계셨습니까?

경문   남에 과 일을 내가 어떻게.

진우   원장님한테 들으신 거 없으세요?

경문   (의문을 담고 진우 보는)

진우   들으신 거 없으세요, 생전에? 암센터에선 보고했다고 하던데요?

경문   (... 고개 젓는다)

진우   예... 그땐 죄송했습니다.

경문   ?

진우   구사장한테 가서 이른 거, 교수님이시냐고 한 거요, 제가 글 올린

경문   (손 들어 막는) 여기도 병원 안이야. 듣는 귀 많아. 옮길 입은 더 많고.

진우   네..

경문   원장님이, 암센터 일을 정말 아셨는지 아닌지는 나도 모르겠어.
              관리자라는 위치는 때론, (거기까지만 하는...)

진우   ...

경문   쉬어. (가는)

서둘러 가는 경문을 뒤로하고 화면 쪽으로 오는 진우...

암센터장E   **원장님께서 전 의국 차원에서 내리신 결정입니다.**
              본교와 이 대학병원을 위해.

진우   ...

선우E   **원장님이 병원 지원금 3억 6천을 자기 개인 통장으로 받았어.**
              벌써 돈을 옮겼나 봐.

진우N   ... 제가 아는 당신은 어디 계십니까, 어떤 분이셨습니까, 원장님.

진우, 화면 밖으로 사라진다.
밤의 대학병원만 화면에 남는다.

S#51. 고급 일식집/입구 - 밤

경문, 일식집으로 빠르게 들어간다.

S#52. 동/룸 안 - 밤

경문, 들어가면 이미 태상, 암센터장, 세화, 산부인과장, 동수, 서교수, 머리 모았다.

산부인과장　왔어요?
경문　수술이 막 끝나서요, 죄송합니다. (나머지에게도 눈인사하지만)

다른 이들, 하던 얘기 계속이다.

세화　D-day부터 잡죠?
경문　(세팅된 자리도 없어서, 어디에 앉아야 하나 싶다가 그냥 껴 앉는)
암센터장　바로 치고 나갑시다, 사장 대비할 시간 주면 안 돼요,
　　　　나이만 어렸지 보통내기 아냐, 고거.
서교수　좀 알아보고 합시다, 거참, 파업 파업 말로만 들었지,
　　　　뭐 어떤 거부터 해야 될지 감도 안 잡히는구만.
경문　정말 하시게요?
동수　(노골적으로 짜증스럽게 보는. 무시하고 다른 소리)
　　　　파업 문구나 구호 그런 것도 우리가 짜는 건가?
　　　　외부에 대대적으로 알려야 효과가 있을 거인디?
세화　(그나마 경문 쳐다보며) 이미 시작됐어요, 전원 투표 결의할 때부터.
　　　　이제 정말 기 싸움이에요. 잠깐만 주저해도 밀려요.
경문　환자들은요?

잠시, 대답하는 이 없다.

태상   그렇지, 환자들..

모두   (태상 쳐다보는데)

태상   부분 파업으로 갑시다. 진료 인원, 농성 인원 교대로 로테이션

          돌리고 여론 조성될 때까지.

산부인과장   그래도 안 먹히면요?

태상   전면전, 올스탑. 우리도 첨부터 강짜로 나간 게 아니란 구실도 있겠다.

경문   (여기에 대해선 인정할 수밖에 없는데)

태상   주교수가 바로 내일부터 돌릴 로테이션 근무조랑 시간 배치 짜보세요.

경문   네?

산부인과장   전체 과를 다요, 주교수 혼자서?

태상   우리 병원에서 환자 제일로 위하시는 분 아닙니까?

          그 마인드로 하시면 환자들한테 피해 안 갈 거라 믿습니다, 나는.

경문   저는, 제가 다른 과 동선을 제가 어떻게

서교수   우리 인원표하고 근무표 드리라고 할게요,

          우리 주교수님이 일처리 하난 또 기가 막히게 하시니깐.

동수   저도요, 우리 것도, (하다) 아 우린 파업 열외지.

태상   그럼 그건 됐고,

암센터장   잠깐만요. (주변의 면면 보더니) 지금쯤은 솔직히 자기 과에선 알죠?

세화   뭘요?

암센터장   매출표 제보자요. 지방 지원이 아니라 적자 순서대로 쳐내는 게

          구사장 복안인 거, 제일 먼저 알아내고 터뜨린 사람.

서교수   ... 아무래도 퇴출 3과 중에 있지 싶은데. 왜요?

암센터장   누군지 찾아내서 뭘 더 아는지, 또 쥐고 있는 게 있는지 토해내게

          해야죠. 써먹을 수 있는 건 다 써야죠.

경문   아는 게 더 있다면 추가로 터뜨렸겠죠.

암센터장   부원장님 모르세요?

태상   (고개 젓는) 구사장도 모르는 눈치고.

서교수   구사장이 알았으면 진즉에 공개 처형됐겠죠.

경문   (그 말에 설핏 미간에 주름 잡히는)

암센터장   (산부인과장 보는)

산부인과장   안 그래도 소아과장이나 나나 우리 쪽인가 했는데,
          얘기가 전혀 없어요, 어떻게든 새어나오는데?

동수   (자연스럽게 시선 쏠리자) 우린 뭐 밥 먹을 시간도 없는 애들인디.

경문   우리가 알면 다 알게 되지 않겠습니까? 제보자 신원만 노출됩니다.
       재단 비리 폭로한 의사를 대한민국 어느 병원서도 받아줄 리 없고요.
       속수무책으로 당할 거 막아준 사람인데, 우리가 보호해줘야죠.

태상   (못마땅.... 종업원 호출 벨, 턱짓으로 가리키는)

서교수   (벨 누르며) 술들 하실 거죠?

경문   (.. 일어난다) 전 온콜이라서. 먼저 들어가겠습니다.

종업원 주문받으러 들어오는데 나가는 경문. 교수들도 딱히 말리거나 하지 않는다.

S#53. 동/홀 - 밤

신발 신는 경문. 홀에 내려서는데 저도 모르게 한숨이 나온다. 간다.

S#54. 동/룸 - 밤

서교수   (주문받은 종업원 나가자) 야, 교수한테 밭갈이 시키긴 또 처음이네?
       동문 아닌 사람 있으니까 이런 건 좋아?

세화   (서교수 흘깃)

암센터장   (혼자 여전히 심각한)

산부인과장   .. 낮에 일 때문에 그래요?

동수   허기사 구사장한테 아주 큰 약점 잡히긴 했지.

암센터장   우리만 문젭니까? 다 까발려지면 여기 떳떳할 사람 있어요?

세화   왜 없어요? 그러니까 애초에 책잡힐 일들 만들지 말았어야죠.
       전 이번만큼은 구사장한테 박수쳐주고 싶던데요?

무슨 일이 터지든 내부 보고, 비공식 징계, 그걸로 끝이잖아요.
외부 사람한테 간섭받기 싫으면 환부를 키우지 말았어야죠.

서교수   일일이 간섭하기 시작하면 밑에 애들 죽어 나가니까 그러죠.

세화   말로만 전공의들 죽어 나간다 하지 마시고 골프채 잡을 시간에 저처럼
병원에서 소리를 지르세요, 차라리. (일어난다)

산부인과장   가게요?

세화   예, 일찍 자고 일찍 일어나야 내일 또 소리 지르죠. 갑니다. (나가는)

서교수   (세화 나가자..) 한 마디를 안 지네.

태상   왜 져야 되는데?

서교수   에?...

애매해지는 분위기... 종업원이 음식 가져와 그나마 덜 어색해진다.

S#55. 인근 찻길 + 세화의 차 안 - 밤

일식집 쪽에서 오는 세화의 차. 세화, 운전해서 가는데,
길에 터덜터덜 가는 경문 보인다.
경문을 보는 세화, 태워줄까 말까, 길가에다 차 대려고 뒤를 살피기도 하지만,

세화   .. 어으 답답해. (속력 내서 가버린다)

경문 옆을 스쳐가는 세화의 차. 생각에 잠긴 경문은 알아차리지 못하고.

경문   (고개 들어 하늘에 달 보는) 참.. 사람 불러놓고 그렇게 가시는 게
어딨습니까?..

S#56. 대학병원/1층 출입구 + 문 앞 - 밤

퇴근하는 승효, 미닫이문 밀고 나가는데, 바로 뒤로 오는 인기척이 있다.

승효, 뒤에 사람이 문에 부딪히지 않도록 문을 좀 잡고서 나가는데,

노을E　　늦게 퇴근하시네요?

승효　　(돌아보면)

노을　　(승효가 문에서 손을 뗄 수 있게 문을 잡고서 나오는)

승효　　(누군지 모르는 눈길) 네에. (나가는)

문밖에 기사가 대기하고 있다가 차 문 열어준다. 승효, 타려는데,

노을　　안녕히 가세요, 내일 봬요! (총총 간다)

승효　　... (차에 탄다)

S#57. 병원 앞마당 + 승효의 차 안 – 밤~아침

병원을 나가는 차 뒷좌석의 승효, 주차장으로 가는 노을 본다.
누구지? 갸우뚱하는. 그러나 이내 시선 거두고.
승효의 차도 병원을 빠져나가고 노을도 가고, 병원 건물만 남았다.
어두운 하늘을 뒤로하고 우뚝 선 병원 건물에 아침이 되어 눈부신 햇살이 비치면.

S#58. 대학병원 / 지하 1층 로비 – 아침

아침 일찍부터 병원에 온 환자들과 방문객들, 모두 서서 한곳을 본다.
한산했던 로비에 단상과 마이크가 등장했고 많은 의사들이 단상을 본다.
단상에는 파업 결의문을 들고 읽는 태상이 섰다.

태상　　상국대학병원은 산부인과, 소아청소년과, 응급의학과 이상 3개과의
　　　　퇴출 명령 철회를 위해 80%가 넘는 압도적 지지에 따라 총파업에
　　　　돌입할 것을 선언한다.

단상 아래 결의문 낭독 듣고 있는 의료진의 면면.
모여 있는 의료진 뒤쪽에 자리한 기자들의 카메라, 태상을 찍고 있다.
카메라의 앵글에 줌인으로 잡혀 보이는 태상.

태상   3과 퇴출은 열악한 근무환경 속에서도 환자의 건강을 위해 최선을
      다해왔던 전 의료진을 기만하는 행위이며, 우리의 투쟁은 환자의
      생명과 기본권을 지키기 위해 국민 여러분께 드리는 절박한 호소이다.

지켜보던 사람들, '파업하나 봐' 입모양으로 소곤소곤 떠들며 지나간다.

S#59. 동/사장실 - 아침

동요 없이 일하는 승효, 평소와 다름없이 핸드폰도 보고.

**태상E   만약 예고 기한 내 재단 측과의 실무 협의가 이뤄지지 않을 시엔,
        집행부는 총파업에 돌입할 것이며 여기엔 투쟁만이 있을 뿐이다.**

승효, 유리창에 기대어 서류 읽는다. 카메라, 승효 뒤의 커다란 유리창을 비추면,
저 아래 중정 로비에 모인 태상과 의사들 보인다.
거기엔 시선도 주지 않는 승효.

S#60. 동/경문의 연구실 - 아침

각 과에서 넘어온 스케줄 표가 어지럽게 널려 있다.
경문, 형광펜으로 신경외과의 스케줄 중에 뺄 수 있는 부분 체크해보다가,
또 다른 과에서 준 다른 스케줄 표를 펼친다.
아침부터 헝클어진 머리, 흐트러진 셔츠 칼라의 경문.
가뜩이나 어지러운 연구실이 더 어지럽다.

태상E   **우리 의료진은 환자를 볼모로 파업하려는 게 아니다.**
        의료 현실에 무지한 사측에 의해 자행되는 부정행위를 바로잡고,

S#61. 동/응급실 - 아침

환자 치료하는 진우.

태상E   **잘못된 점을 알리고자 하는 차원에서의 불가피한 선택이다.**
        우리는 정의로운 투쟁으로 직원과의 신뢰는 물론, 본 대학병원을
        찾아주시는 모든 분들과의 신뢰를 구축할 것이며,

S#62. 동/지하 1층 로비 - 아침

태상   사측의 어떠한 압박에도 끝까지 포기하지 않고 대한민국 최고
         사립대학병원의 명예와 위상을 수호할 것을 결의한다.
         (결의문 내리고 깊숙이 인사)

인사 마치고 고개 드는 태상,
형광펜을 내려놓고 이마 괴는 경문,
유리창에 기대 서류 들고 읽다가 고개를 옆으로 돌리는 승효,
중정 로비에 모인 의사들 쪽으로 돌려진 승효의 날카로운 옆선.
밖에서 무슨 일이 벌어지든 환자 치료에 온 정신 집중한 진우,
4명에서 엔딩.

5

라이프
LIFE

S#1. 상국대학병원 / 로비 에스컬레이터 - 낮

중정 에스컬레이터에서 지하 1층을 내려다본 모습.
로비에서 결의문 낭독 마친 태상이 단상에서 내려오는 게 점점 가까이 보인다.
이를 지켜보며 내려오는 이, 강팀장이다.

S#2. 동 / 지하 1층 로비 - 낮

낭독 마치고 가는 태상 주변에 모여든 기자들. 태상, 천천히 인터뷰하며 간다.

태상   의료계만의 특수성, 어떤 그런 고유성이란 게 있지 않습니까, 음?
          근데 이렇게 고스란히 무시하시면 그 폐해가 어디

태상, 기우뚱 서서 쳐다보고 있는 강팀장과 눈 마주친다.
강팀장. 비난이나 감시의 눈길도 아니요, 그냥 무슨 소리 하나, 듣는 얼굴.

태상   .. 어디로 가겠습니까, 고스란히 국민 여러분께 돌아가지요!

태상, 강팀장 앞을 보란 듯이 지나고 강팀장, 그러시구려? 지켜보는데.
그녀 위로, 로비에서 보이는 2층에 진우가 나타난다.
진우, 서둘러 어디론가 가고 있다.

S#3. 동/응급실 - 낮

방선생　(핀셋과 다 쓴 소독용 솜이 든 통 들고 오며) 예선생님? 예진우쌤?

은하　(약 분류하며, 문 가리켜 나갔다는 표시)

안선생　(모니터 보며) 소아과 갔나 보다 그새, 이노을쌤한테.

은하　온콜할 사람이 없어졌다는데 가봐야지.

안선생　그게 아니라, (의미심장하게) 하긴 쌤이 썸을 알겠어요.

은하　어느 쌤? 무슨 썸?

안선생　(한숨) 차라리 터진 풍선을 불지. (방선생 흘끗 보는)

방선생　(당황해서 안선생에게 갖은 눈짓하며) 우리 파업 기사가 났을 텐데?

안선생　(몰래 웃는. 인터넷 클릭하고)

방선생　(라텍스 장갑 벗으며 은하 기색 살피는데)

안선생　(표정 이상해진) 났긴 났는데.. 이게 우리 기사 맞나?

방선생　? (모니터 들여다보는) .. 이건 언제,

은하　(모니터에 시선 주면)

모니터 C.U. 승효의 인터뷰 형식으로 밝힌 병원 기사 떴다.
기사 제목 - 〈상국대병원 파업 전야, 사측 발표(공식입장)〉

은하　.. 의료진이 주장하는 적자 센터 일방 퇴출은 사실이 아니며,
　　　지방의료 지원을 둘러싼 해석의 차이에서 비롯된 오해이나,

S#4. 동/사장실 - 낮(4회 S#59의 상황. 방금 전)

승효　(왔다 갔다, 지금 내용 적어놓은 서류도 간간이 체크하며 부르는)

사전에 충분히 교감이 이뤄지지 않은 점에 대해선 책임을 통감한다.
이는 비 의료인 총괄책임자와, 의료 전문 집단 사이의 반목 때문이
아니라, 우리 사회 의료기관 자체가 지닌 폐쇄성에 그 원인이 있다.

사장실 전체 보여주면, 강팀장이 열심히 받아서 목하 입력하고 있다.

승효 (유리창에 등을 대고 기대 서류 읽는) 그러나 초반 의료진의 반발을
딛고 본 대학병원은 개원 이래 최초로 전 의국을 대상으로 경영 진단을
이뤄냈으며, 그 결과 사망자가 발생한 투약사고를 자체적으로 밝혀낸
점은 불행 중에도 작은 성과라 할 수 있다. (정정) 가슴 아픈 불행으로.

강팀장 가슴 아픈 불행 중에도 작은 성과.. 네, 고쳤습니다.

승효가 기댄 커다란 유리창 비추면,
저 아래 중정 로비에, 결의문을 든 태상이 단상으로 지금 막 올라서고 있다.
유리창에 기대 서류 보면서 기사 내용 불러주다 고개를 옆으로 돌리는 승효,

승효 본 재단 측은 투약사고 희생자 유족에게 즉시 진단 결과를 통고한 바,
(서류 내린다) 항시 이와 같은 태도로 의료진과의 협의에도 성심성의를
다해, 파업을 미연에 방지할 것을 약속드린다.

아래에서 결의문을 발표하는 태상 쪽으로 돌려진 승효의 서늘한 눈빛.

S#5. 동/암센터장 진료실 – 낮(현재)

암센터장, 차마 끝까지 읽지 못하고 두 손으로 머리 감쌌다.
그가 읽던 모니터 C.U 하면, 승효의 발표 밑에 달린 관련기사가 제법 많은데,
〈묻힐 뻔한 대형병원 약물사고, 전문경영인이 먼저 밝혀〉
〈대학병원마저, 암센터 사망사고 침묵〉
〈가족도 몰랐던 죽음, 사법처리 가능한가〉
제목의 관련기사들이 줄줄이 달렸다.

책상 위 유선전화가 시끄럽게 울린다.

S#6. 동/노을의 진료실 – 낮

노을, 눈코 뜰 새 없다. 차트 보며 통화하느라 진우와 얘기도 못하는.

노을   그게 새벽에 애가 계속 깬다고 보호자 컴플레인 들어와서, (듣는)
          아니 클라목신은 그대로, QID에서 TID로만 바꾼 거예요. 예.
          (통화 끊고 진우와 얘기하려는데 또다시 전화) 미안. (받는)
          누구? 김예진 환자? (차트 보는데)
진우   (노을 책상에 놓인 엑셀 표 집어서 본다)

표 C.U. – 〈장기 재원환자 목록〉 제목의 엑셀 파일을 프린트한 것인데,
손가락으로 짚어보면, 각 환자별 담당교수는 달라도 주치의 란에 기입된 이름은
거의 다 '이노을'이다.

노을   PRN 확인했어요? 몇 도까지 올라갔는데? (듣다가)
          그럼 데노간으로 바꿔주세요. (끊는) 아 어떡해, 완전 뒤죽박죽이야.
진우   레지던트 일을 왜 니가 다 해? (엑셀 파일 들어 보이고) 이거 뭐야?
노을   (모니터에서 환자 기록 열람하느라 바쁜) 모르겠어.
진우   모른다니, 주치의에 니 이름만 잔뜩이잖아? 다른 펠로우들은?
노을   아무래도 파견 대비한 거 같아.
진우   너한테 몰빵한 게 파견 대비야? 어떻게?
노을   강원도 가면 인력 확 줄일 거 아냐,
진우   근데 왜 너만 (하다...) 아침은, 먹었니?
노을   (웃어 보이지만) 지금 같아선 뭐 먹음 체할 거 같아.
          (서류 챙겨서 일어나는)

진우, 알아서 문 열어준다. 두 사람, 함께 나간다.

S#7. 동/소아과 복도 - 낮

진료실에서 나오는 노을과 진우.

노을   (서둘러 가며) 얼마 안 남았나 봐, 우리.
        암만 파업이니 뭐니 발버둥 쳐도 사장이 이렇게까지 나오는 거 보면.

진우   사장 짓이야, 이게? 아니 지가 뭔데 스케줄까지 지 맘대로야?
        진짜 미친 거 아냐 그 인간?

노을   내 생각이 그렇다고. 너무 그러지 마.

진우   ? (쳐다보면)

노을   .. 구사장 말, 틀린 건 없잖아, 다 너무 사실이야, 이 조그만 나라에서
        서울에만 너무 쏠렸어. 불균형 정도가 아니라 이러다 엎어질 거야.

진우   그걸 진짜로 바로잡자는 거면 누가 뭐래?

노을   나 전부터 고민 많이 했어. 서울에만 붙어 있는 게 과연 잘하는 짓일까.

진우   자발적으로 가는 거하고 같니?

노을   안 갔잖아, 나도 고민만 했지. 이렇게라도 안 보내면 누가 가?

진우   (멈추는) 이노을 선생, 이 병원 사람 다 가도 되는데 너는 (하다) ...

노을   나? 나 뭐?

진우   너는, ... (다시 가는) 넌 안 돼, 오늘은. 오늘 우리 담당 콜이잖아,
        주치의 백 건이건 만 건이건 콜 할 거야.

노을   아 진우야, (마침 전화 오자 바로 받는) 어, 지금 가요.
        (옆길 간다는 표시. 손 흔들며 꼬리 감추듯 가버린다) 많이 내려갔네?

진우   야 노을!..

진우, 잠시 노을 보다가 소아과 스테이션으로 간다.
소아과장, 병동 간호사와 얘기 중인데,
진우, 자연스럽게 그 뒤에 붙는다.

소아과장   스킨텍 같은 건 어차피 성형외과인데, 왜 자꾸 차트에 올려.
          그런 건 보호자한테 다이렉트로 설명해줘도 되잖아.

(하다가 바로 뒤에 진우 느끼고) 아 뜨거워 씨.

왜 남에 목덜미에 숨은 내뿜고 그래? 착각할 뻔했네.

진우 　　전에 어떤 교수님이 펠로우한테 복수한다고 주치의로 뺑이치게

　　　　했단 얘긴 들은 적 있는데요,

소아과장 　내가 그랬단 거야 지금?

진우 　　아뇨오, 과장님이신데. 근데 스케줄 표는 진짜 누가 손봤을까요?

소아과장 　몰라 나도. 하다 하다 이런 거까지 구조실 오더받게 생겼다니까.

진우 　　구조실이면, 구사장이잖아요 결국?

소아과장 　버릇 고치기일까? 나가라는데 안 나가고 뻐뗑긴다고?

진우 　　버릇 고치긴데 왜 한 명한테만 몰아주길 해요?

소아과장 　난 전에도 어떤 펠로우가 지 친구 뺑이치게 한다고 과장한테

　　　　꼬치꼬치 캐묻는단 얘긴 들은 적이 없는데.

진우 　　(좀 뒤로 몸을 빼며) 저희 오늘 콜 이선생 대신 누구 불러요? 과장님요?

소아과장 　기둘려봐! (스케줄 표 찾아서 보는) 가뜩이나 손 없어서 죽겠는데..

　　　　어.. 얘는 어제 당직이라 안 되고..

진우 　　(여전히 마음 꺼림칙한)

S#8. 동/수술실 청결홀 - 낮

태상, 수술 전 손 스크럽 하는데 기계적인 손놀림. 머릿속엔 다른 생각이 꽉 찼다.

Insert1〉 4회 S#54. 고급 일식집/룸 - 밤(세화가 나간 뒤. 태상의 회상)

서교수 　　**근데 파업한다면 구사장이 가만있을까요? 아주 큰 건수를 잡았는데.**

정형 간호사4, 태상에게 수건 준다. 태상, 손 말린다.

Insert2〉 4회 S#54. 고급 일식집/룸 - 밤(Insert1과 상동)

태상 　　**구사장 나가도 어차피 재단에서 또 꽃을 건데,**

암센터장	우리가 재단을 갈아치울 것도 아니고 지금 사람 하나 몰아낸다고 뭐? 의사들이 전부 싫다고 들고 일어나서 전임자가 쫓겨나면 뒤에 오는 애는 좀 고분고분한 게 오겠죠.
동수	전임자 꼴 나지 말라고 완전 더 독사 같은 걸 보내면요?

태상, 장갑 끼고 가운 걸치고 수술장으로 간다.

Insert3〉4회 S#54. 고급 일식집/룸 – 밤(Insert1과 상동)

산부인과장	그니까 일단 구사장부터 몰아내고 후임자 임명에 우리가 개입해야죠.
서교수	재벌회장이 임명하는 걸 우리가 무슨 수로요?
산부인과장	우리가 화정회장은 몰라도 정치인, 법조계, 회장 부인들, 몸 한 번씩 안 주물러본 사람 있어요? 우리 빽이야말로 거미줄이지, 누굴 무시해?
태상	누굴 무시해... (수술장으로 들어간다)

S#9. 동/수술장 – 낮

태상, 수술 솜씨가 능숙하다. 보고 말 것도 없이 척하면 척이다.
주변 젊은 선생들, 감탄하지만 태상은 여전히 딴생각에 사로잡혔다.

S#10. 동/원장실 – 낮(태상의 회상)

보훈, 서서 전화 중이고 태상, 소파에 앉아 그걸 지켜보는데,

보훈	(듣기만 하다 끊. 태상 보는) ... 자기 취임식 날까지 청사진 가져오래.
태상	열흘도 안 남았잖아요? 어떡하실 거예요?
보훈	(본인도 답답한데)
태상	원장님이 움직여야 돼. 정식으로 오기 전에 승부 봐야 된다고 이거.

내 말했잖아요, 우리 처남이 그러는데 구승효 그거 보통 놈 아네요.
화물연대가 얼마나 강성인데 그거 박살 낸 놈이라니까요?
나이 마흔도 안 된 게.

보훈 ...

태상 원장님, 원장님 지금 자그마치 네 번째예요, 원장 연임만 네 번째, 응?
혼자 했나? 우리가 뽑아줬지? 그만큼 다들 원장님만 보고 있단 건데,
뭐가 되든 해야지, 에? (압박의 의미로 끝까지 보는데)

정형간호사4E **부원장님?**

S#11. 동/수술장 - 낮(현재)

부르는 소리에 태상, 손과 생각 멈추고 돌아보면,
마스크로 입 가린 정형 간호사4, 수술장 입구에 섰다.

정형간호사4 죄송합니다, 매체 인터뷰 들어오면 꼭 전하라고 하셔서.

태상 음.

정형간호사4 새글21이라는데 하신다고 할까요?

태상 새글21?

정형간호사4 네. 신생 미디어 같긴 한데요.

태상 .. 어디서 들어봤더라... 새글2, 아!

S#12. 동/신경외과 스테이션 - 낮

새글21이라고 검색란에 치는 신경외과 의사1. 세화, 그 옆에서 전화 통화 중이다.

세화 왜 직접 안 하시고요? 부원장님 인터뷰 좋아하시잖아요.

신경외과의사1 (작은) 과장님. (모니터 가리켜 보이는)

세화 (모니터 보며) 제가 없는 소리 했어요? (하다가 아..) 알겠습니다. (끊는)

신경외과의사1 거긴데요? 전에 화정그룹 남자들 아무도 군대 안 갔다고 터뜨린 데?

세화   이래서 나한테.. 흥! (전화 켜는)

세화, 통화목록 쭉 훑다 '응급 이동수 교수'에서 멈춘다. 누르는데, 자신만만 미소.

S#13. 동/응급실 - 낮

진우   (모니터 보며 유선전화 중) 아니, 우리가 쟀을 땐 130에 80이었는데.
         여기선 문제없었다고. (끊는데 문자 울린다. 보면)

문자 - 〈하지정맥류 환자의 마취 쇼크로 인한 사망 케이스 스터디. 집도의: 양준희〉
진우, 뭐지? 싶은데 진우 앞을 지나가던 치프도 멈춰 서서 문자 읽고 있다.
고개 들다 진우와 눈 마주치는 치프. 그쪽도 뭐예요? 묻는 얼굴이다.
진우, 문자 다시 보는데, 누군가 진우 손등에 포스트잇 붙인다.
보면 '새글21. 010-xxxx-xxxx'이라 적혔다. 진우, 옆을 보면,
동수다. 그런데 그도 막 주머니에서 핸드폰 꺼내 문자 읽는다.

진우   뭐에요? (포스트잇 떼는)
동수   내가 니 반만치만 생겼어도 내가 했어. (문자 다 읽고 전화 넣는)
진우   뭔데 얼굴 땜에 못하시는데요?
동수   숫, 꼭 그래 얼굴이라고.. 쫏, 인터뷰 하나 혀라. 이따 7시.
진우   네에?
동수   구사장이 씨게 선빵 안 날렸냐, 우리도 맞짱을 떠줘야지,
         왜 우리가 파업까지 할라 하는지 이렇게 좀 응? 잘 설명시키라고.
         니는 저 뭐냐, 잘 알잖여.

진우, 그 말에 동수 보는데 동수, 슬쩍 진우를 보면서도 시선 피하는 게 눈치 보는 듯.
진우, 동수가 설마 누가 매출 이익표를 올렸는지 알고 있는 건가? 싶은데.
하지만 동수, 자연스럽게 다른 일 하며,

동수   너무 저 뭐냐, 화정 본사까진 끌어들이지 말고 이? (포스트잇 가리키는)

거 새글 거게가 아주 골수 반골들 집합소인 거 같은께 적당히까지만.

진우　(포스트잇 다시 보는) 새글21..

동수　(가려다) 아 그리구, 흉부에 하지정맥 니가 올렸담서?

진우　방금 그거요? 테이블 데쓰 나온 환자?

동수　조만간 회의헌다니까 암만혀두 니가 올라가야지 싶은디.

진우　마취사고에 웬일로 우리까지 부를까요?
　　　암센터 꼴 안 나려고 각성했나?

동수　하라고 시켰디야 베라먹을.

진우　누가요?

동수　누구겄어? 뭐 너야 별 탈 있겄냐, 양선생이 문제지.
　　　암튼, 흉부 모탈리티랑 이따 인터뷰! 둘 다 이내 땡겨. (가버린다)

진우, 대꾸하려 하면 동수, 이미 환자 침상으로 간다.

Flashback〉- 조금 전 동수, 슬쩍 진우를 보면서도 시선 피하던 모습.

동수　　니는 저 뭐냐, 잘 알잖어.

진우, 진짜 아는 건가, 싶은.. 포스트잇에 번호 본다.

S#14. 동/흉부외과 의국 복도 - 낮

경문, 의국에서 나온다. 복도를 가는 걸음은 황망하고 얼굴은 붉어졌다.

흉부전문의1E　　모탈리티는 저희끼리 배우자고 만든 자리예요, 저희 대학에서는요.

경문, 아직 흥분이 안 가신 얼굴로 의국 문을 돌아본다.

S#15. 동/흉부외과 의국 - 낮(방금 전)

경문   저희 대학?

흉부전문의1   예, 근데 이건 외과 전체 앞에서 자아비판 하라는 것 아닙니까?

　　　　완전 선전포고 아녜요? 위에서 따져 묻고 간섭하겠다고?

흉부전문의2   저희 마지막으로 사람 들어온 게 작년 초입니다.

　　　　있는 인력 짜내고 짜내서 겨우 버티는데 진짜 경영 진단을 하려면

　　　　그런 걸 봐야죠, 최선 다한 사람 조리돌림시킬 게 아니라!

똥 씹은 얼굴로 섰던 양선생, 가운 벗어버리더니 경문 아랑곳 않고 의국을 나가버린다.
나갈 때 경문 어깨와 부딪히는데, 다소 고의적인 그 동작.

흉부전문의2   과장님, 언제까지 수술만 하실 겁니까?

경문   (양선생 나간 쪽 보다 흉부 전문의2에게 고개 돌리는데)

흉부전문의2   (지지 않고 같이 처다보는 눈빛)

경문, 다른 의사들 보면 의국 분위기, 마치 다 경문의 책임인 양 절대 호의적이지 않다.
(그런데 그동안 암센터나 응급센터 의국 회의 때보다 사람 수, 눈에 띄게 적다)

S#16. 동/중앙 복도 - 낮

화난 걸음으로 성큼성큼, 병원 중정이 보이는 복도까지 나온 경문,
그의 눈이 위를 향한다. 승효가 있을 사장실 통유리창이 저 위에 있다.
경문, 창문을 치켜보며 성큼 가버린다.

S#17. 동/사장실 - 낮

결재 판에 꽂힌 서류, 〈파업 결의 투표 결과 공고〉 제목하에,
'2018년 4월 26일 진행된 3과(산부인과, 소아청소년과, 응급의학과)의
파견 명령 철회를 위한 파업 찬반투표 결과를 아래와 같이 공고합니다.

투표인원 대비 찬성률 81.3% (2,485명 중 2,020명 찬성)
△ 안전하고 평등한 병원을 위해 비정규직 1천300명 정규직 전환
△ 외상센터 및 화상센터 운영 △ 인력충원' 등의 요구사항 보인다.

결재 판을 탁 덮는 손길, 승효다.
소파에 앉은 그 앞에 구조실장과 강팀장이 앉았다.

승효   (결재 판 던지듯 놓으며) 미꾸라지 한 마리가 요동을 쳐놨네.
강팀장   (진우 얘기하는 걸 알고, 뚱하니) 다 같이 들고 일어난 걸 어째요?
승효   적자순으로 줄 세웠다는 걸 애초에 나불댄 놈이 있었으니까요.
           이기적인 집단이라 나만 아니면 돼, 넘어갔을 것을.
           (그러나 여기까지, 다른 파일 펼치며 구조실장 일별하면)

구조실장, 일어나서 벽에 프로젝터 작동시킨다.
불 끄자 더 선명하게 보이는 빅5 병원의 매출표다.

구조실장 매출로 보면 민간병원 두 곳과 국립대병원 한 곳의 뒤를 이어
           상국대학병원이 전체 4위에 자리하고 있습니다.
승효   마켓셰어도 탑이 아니고 영업이익도 간당간당이고.
구조실장 그래도 꾸준히 빅5를 유지하는 것도 꽤 선방하고 있는 겁니다.
           5위권 밖의 병원들이 여기 들어오려고 정말 발버둥을 치고 있거든요.
승효   나가떨어지는 것도 순식간이란 뜻이죠. 돈을 버는 건 어디든 마찬가집니다.
           (일어서는) 가장 기본적 방법 2가지, 소비자한테 더 받아내거나
           인건비에서 쥐어짜거나. 자, 이 중에서 적용 가능한 건?
강팀장   병원에서 소비자는 환잔데 진료비를 맘대로 올릴 순 없잖아요?
구조실장 적자 3과가 퇴출되면 인건비 절감은 상당 부분 개선됩니다.
승효   수술실 가동률은요.
강팀장   (급히 자료 찾는) 어, 병원 수술장 중에 3개 정도만 응급용으로
           따로 지정해서 빼놔도 가동률을 12% 이상 올릴 수 있습니다.
승효   우리 병원 수술장이 전체 35개인데 그중에 3개만 빼요? 어떻게?
강팀장   교수들이 자기들은 기다리기 싫으니까 미리 두어 개씩 잡아 놓는대요,

	이걸 누가 뭐라고 못하나 봐요. 그럼 수술은 계속 밀리고 그러면 가동률은 떨어지고.
구조실장	수술도 이 병원은 특히 어떤 분야를 잘한다 하면 거기에 맞춰서 특화시킬 수 있거든요. 그런데 상국대병원에 대한 평가는 전체적으론 쓸 만한데 이거 하나가 특히 탑이다 그런 게 없었습니다.
승효	수술장을 최대로 가동한다 한들 할수록 손해나는 수술들은.
구조실장	그건 의외로 많습니다, 환자가 수술비를 다 내는 게 아니니까 나머지는 병원도 건강보험공단에서 돈을 타내야 하는데 이게 원가도 안 되는 수준으로 주더라고요. 이건 저희도 병원 경영 진단은 처음이라 이번에 알게 돼서요, 공장으로 치면 만들수록 손해인 거죠.
승효	손해를 흑자로 전환시키려면.
구조실장	보험공단에서 주는 돈은 저희 맘대로 할 수 없고, 가장 빠른 방법은 정부기관하고 상관없이 환자한테서 100% 받아내는 걸 늘려야죠. 그런 건 사실 부르는 게 값이니까요.
승효	수술장은 그럼 3개를 빼놓고.
강팀장	예. (적는)
승효	보험하고 상관없는 부가가치 분야, 비만 탈모 금연 안티에이징부터 시작합시다.
구조실장	그치만 소위 미용 분야는 중소병원 전문이라 골목상권이나 마찬가지
승효	(쳐다보는)
구조실장	.. 예.
승효	강팀장님 부모님 돌아가시면 어디 모시고 싶어요?
강팀장	에? (꿍얼, 남에 멀쩡한 부모님을) 사장님은 어디루 모실 건데요?
승효	(살짝 째리는) 우리나라에서 장례식장은 단순히 상 치르는 데가 아녜요. 자식의 사회적 지위와 부모에 대한 효심을 측정하는 바로미터지. 나는 화장돼서 어디 뿌려져도 상관없단 사람들도 내 부모는 변두리 병원에서 안 보냅니다. 조문객한테 면이 안 서거든. 보험금으로 커버 안 돼도 돈 아끼지 않는 장례식장, 원가 대비 이익률 탑인 건강검진센터, 확충합시다. 성과급제도 전체 확대 실시합니다.
강팀장	예.

승효	QL전자에 홍성찬 회장, 약속 잡으세요.
강팀장	QL 회장을요? 예.
승효	(구조실장 보는) 병원에 자회사 하나 세웁시다. 절차가 어떻게 되려나?
구조실장	예, 알아 오겠습니다.
승효	또 뭐가 있을까, 환자한테 부르는 게 값.

구조실장과 강팀장, 서로 쳐다보고 승효는 왔다 갔다 하며 생각하는데.

강팀장	있긴 하죠. 이번에 우리 애 아픈데 수술비가 진짜 지 맘대로더라고요.
구조실장	(놀라) 자녀분이 아프셨어요?
강팀장	어머 아뇨, 우리 강아지요. 걔들은 보험이 없잖아요.
	(혼잣말 비슷) 얼마던가 몇백이 나오던데.
승효	(이미 걸음 멈춘. 강팀장 빤히 본다)
강팀장	(어머 설마 싶어, 자기 입 가리는)
승효	(눈썹 치키며 재미있다는 표정이 되는)
강팀장	(이런... 다시 뚱해진) 사장님, 약물사고 밝히신 걸로 사방에서 인터뷰하자고 난린데 하실래요?

S#18. 심평원 / 심사위원회 운영실 – 저녁

선우 자리에 모인 정위원과 고위원, 다 함께 모니터 들여다보고 있다.

〈인터넷 뉴스 영상〉
모자이크 처리된 유족(부인), 카메라에 대고 이야기 중이다.
음성 변조된 유족의 인터뷰 내용은 화면 하단에 자막으로도 출력된다.

유족	솔직히 저희 입장에선 아무것도 모르니까.. 의사들 말대로 믿을 수밖에 없는 거잖아요. (기가 막힌) 뇌수막염이라고 했어요.. 자기들도 손쓸 새도 없이 그렇게 됐다더니.. 그 손으로 우리 남편 죽인 거잖아요. 이게 살인이랑 뭐가 달라요. 사장님 아니었음 우린 여태..

PD E	(화면 밖에서 들리는) 상국대병원 사장실에서 먼저 알려주셨어요?
유족	네. 그나마 그 덕분에 지금이라도 알게 돼서, 의사들 쉬쉬하는 거
	그래도 그분이 직접 사과는 하셨는데.. 사람은 죽었고..
PD E	그럼 약이 잘못돼서 돌아가셨는데 의사들 양심 고백이 아니라
	경영진 조치로 밝혀졌단 말씀이세요?
유족	(우는) 그것도 모르고..

선우, 인터뷰 창 닫아버린다. 진우 걱정에 심란하다.

고위원	하루 종일 검색어 1위 찍더라. 투약 오류 낸 레지던트도
	신상 털렸대고. (혀 차는) 1년 차라는 거 같던데.
정위원	근데 타이밍이 좀 그렇지 않아요? 파업 기사 완전 다 묻혔던데?
고위원	(선우 흘끗) 뭐 우린 심의만 하면 되지 병원 경영엔 관여 안 하니까,
	(제 자리로 가는) 안에서 뭔 일이 벌어지는지야.

선우, '형'이라고 저장된 번호로 전화 걸지만 안 받는다.
문자라도 남길까 하다가 관두고, 검색창에 상국병원 파업이라고 쳐보는데,
정위원 말마따나 투약 오류사건 헤드라인들로 뒤덮였다.
이때 울리는 선우 전화. 선우, 형이겠거니 하고 액정 보는데, '엄마'...

S#19. 동 / 건물 앞 주차장 - 저녁

진우母, 건물 출입구 바로 앞에서 대기하고 있다.

선우	(안에서 나오는) 엄마.
진우母	(선우 무릎 위 놓인 서류가방부터 든다. 습관이다. 차로 가며)
	아니 왜 이렇게 얇게 입었어, 원래 봄에 얼어 죽는 거야, 이눔아,
	(셔츠 단추 깃 여며주며) 아유 목도리라도 두르지,
선우	봄 다 지났어, 여름이야 인제.
진우母	말 좀 들어! 내가 진짜 못살아 증말. 나이가 몇인데 속을 썩여.

진우母, 차 뒷좌석에 가방 놓고 쇼핑백 안을 선우에게 보인다. 각종 반찬통이 빼곡하다.

진우母　이따, 이거 가져가는 거 까먹지 마? (문 닫는) 너 좋아하는 파김치랑
　　　　　연근조림도 다 했어 어제. 그거 한다고 내가 하루 종일. (죽는 시늉)

선우　　　(피식 웃는) 유럽 갔다 온 사람 선물이 밑반찬이야?

진우母　(전동 휠체어라 그럴 필요 없는데도 뒤에서 밀어주는)
　　　　　유럽이라고 살 것도 없어, 이쁜 거 우리나라에 다 있어.

선우　　　파김친 내가 아니라 형이잖아. 난 잘 먹지도 않는구만.

진우母　징그럽게 서른 넘어서 편식은. (선우 뒤통수 보고) 좀 잘 먹고 다녀.

선우　　　너무 잘 먹어서 살찐 거 안 보여?

진우母　살은, 말라비틀어졌는데. 뼈만 남은 거 봐!

선우　　　이게? (못 말린다. 웃으면서 가는)

S#20. 한정식집 - 저녁

종업원 안내받아 들어오는 선우와 진우母.
사람은 쓱쓱 지나가도 테이블 사이를 휠체어가 통과하자 여유 공간이 많진 않은데..
손님들, 관심 없는 척하다가도 흘긋대고, 개중엔 대놓고 돌아보는 이도 있다.
진우母, 선우가 편히 식사하게 의자 두 개를 빼버리는데,
의자 끌리는 소리에 사람들 시선, 더더욱 선우에게 쏠린다.
선우, 수십 년간 받아온 눈총이라고 무뎌졌을 리 없다.
외식이 불편한 건 몸 때문만이 아니라 이런 시선들도 큰 몫을 하는 것.
하지만 엄마 앞에서 내색 않고 태연한 얼굴로 음식 주문하고 엄마와 눈맞춤한다.

선우　　　어디가 제일 좋았어? 프랑스?

진우母　스페인. 음식은 좀 짠데, (감탄) 남자들이 그렇게 잘생겼더라?
　　　　　그냥 5분마다 제임스 뽄드가 지나가. 썬글래스만 씌우면 다 영화배우야.

선우　　　아저씬 재미없었겠네.

진우母　얘 여자들은 더 (하며 가슴에 대고 굴곡 표시)

선우   엄마아. (웃음 터지는)

진우母   내년에 자기 혼자 다시 가겠대. 젊은 애들 산티아고 길인가 뭔가
         걷는 거 보더니 자기도 걷겠다고.. (걷는다는 말이 걸려서 말 돌리는)
         그이가 진우한테 꼭 고맙다고 전해달라던데.

선우   아저씨가? 형한테 왜?

진우母   저번에 그이 형님이 대장염 때문에 진우 병원에 입원했었거든.
         난 몰랐는데 그때 걔가 담당 의사한테 잘 봐달라고 직접 부탁했나 봐.
         덕분에 VIP 대접받았다고 야 아주 좋아하셨댄다.

선우   이야, 의사 아들 키운 보람 있네? 시댁에 엄마 면도 서고.

진우母   그럼? 것두 하나도 아니고 둘씩이난데.
         (으쓱!) 이 나이 되면 재산보단 자식 자랑하는 맛으로 사는 거야.

진우母, 장난스레 어깨 으쓱으쓱대며 웃는다. 선우, 엄마 얼굴 들여다본다.
눈도 반짝이고, 보조개도 들어간 선우. 그의 얼굴에도 행복한 미소가 흐르는데,
하지만 엄마를 깊이 보는 선우, 눈이 슬퍼 보인다.

S#21. 상국대학교/의과대학 교실 + 복도 – 저녁(과거)

추운 겨울, 난방도 안 되는 대학건물 을씨년스런 복도에서 선우 기다리는 진우母.
몸을 으슬으슬 떨며 시계만 계속 보는데,

진우母E   **근데 형은 뭐래?**

선우E   **뭘?**

진우母E   **진우네 병원 파업할 거라며.**

cut to. 교실. 이미 수업이 끝나서 선우를 포함해 열 명 남짓도 안 남은 학생들.
선우, 나머지 학생들이 다 나갈 때까지 천천히 가방 싸는 척한다.

선우E   **아.. 기사로만 본 거야 나도. 형 바쁜지 전화 안 받던데?**

진우母E   **하여튼 걔는 전화 한 통 하기가 하늘에 별 따기야.**

cut to. 선우, 복도로 나온다. 진우母는 반색하며 오지만,
선우는 지금처럼 살갑지 않다. 엄마가 와도 기척도 내지 않는다.

진우母   (자기 목도리 둘러주며) 엄청 춥다 오늘. (휠체어 끌며)
선우   (이런 모습 자체가 창피한. 작게) 빨리 가.
진우母   오늘 수업은 어땠어?
선우   빨리 가자고.

복도를 빠져나가는 진우母와 선우의 뒷모습, 계절만큼이나 쓸쓸하다.

선우E   **거기도 원장님 돌아가시고 예전 같지 않은가 봐.**
진우母E   **.. 그분 참.. 생각할수록...**

S#22. 한정식집 – 저녁

밥 먹는 母子.

진우母   그렇게 가실 줄 알았으면 전화 한 통.. 인사 한 번이라도 더 드릴걸.
         (마음이 안 좋아 아련히 어딘가 보는)
선우   엄마.
진우母   음?
선우   (묻고 싶은 게 있는데) .. .. 식어.
진우母   (보다가) 영정사진 보는데.. 사람이 한순간에 어떻게 그럴까.
선우   원장님 장례식장 갔었어?
진우母   가지 그럼.
선우   아저씨랑 같이?
진우母   아니 무슨, 그이는 원장님 알지도 못하는데.
선우   같이 가지 나랑.
진우母   어쩌다 보니까.

선우	형은? 병원 간 김에 좀 보고 오지 오랜만에.
진우母	잠깐 응급실 갔었는데 바빠 보이더라. 그래도 얼굴은 봤어.
선우	... (전화 꺼내서 걸며) 형 오라고 할까?
진우母	(기대) 될까? 아니 우리가 그쪽으로 갈까?
선우	... 어, 형. 지금 나올 수 있어?
진우母	바쁘면 그쪽으로 간다고 해. (기대로 몸을 바짝 선우 쪽으로 한)
선우	지금 엄마랑. 응, 응.. .. 할 수 없지. 응. (끊고) 이 시간에 약속은.
진우母	(할 수 없지, 부터 기대 접었다. 그래도 얼굴 쓸쓸한)
선우	... (생선 살 발라 엄마 밥 위에 놔준다)
진우母	왜 날 줘. (선우가 준 것 도로 집어 선우에게 주려는데)

선우, 나머지 생선을 통째로 가져와 제 밥에 올린다.
진우母, 장난인데도 밥에 가시 묻는다고 당장에 손으로 생선을 발라주고 잘라주고...

S#23. 대학병원/1층 로비 - 저녁

전화 끊는 진우, 평상복 차림이다. 시계 보며 로비 가로지른다. 7시가 다 돼가는데,
사이렌 소리 들려 고개 들자마자 밖에 보이는 응급차, 1층 출입문을 빠르게 스친다.
자동 반응하는 진우, 그대로 몸 돌려 오던 방향으로 뛴다.

S#24. 동/응급실 - 밤

침상에 옮겨지는 환자, 피가 흘러넘친다. 옷을 찢고 지혈부터 하느라 다 달라붙었는데,
진우, 장갑 끼면서 급히 온다.
치프, 기관삽관하고 간호사들, 심전도에 IV라인 잡고, 채혈한 피는 랩으로 넘긴다.

치프	(진우 온 것 보고 묻기 전에) TA, 트럭에 가슴 치이고 골반 깔렸어요.
진우	CT랑 지금 수술되는지, 흉부 바로 되는지 체크해.
방선생	네. (바로 가서 유선전화 잡는다)

진우   (피가 엉긴 골반 보더니) 정형은 바이탈 잡은 후에. GS 먼저 연락해!

바이탈 급속히 떨어진다. 옷이 다 헤쳐진 환자의 복부가 갑자기 눈에 띄게 팽창한다.

치프   (심각성 알아채고 진우 보는)
진우   (갈비뼈 부근 만져보더니) 장기 출혈 시작됐어. 지금 지혈해야 돼.
         튜브! 혈액 검사하고 팩도.
은하   네! (바로 가는)

진우, 급한 대로 셔츠 위에 수술복 대충 꿰고, 보호경 낀 채 다시 환자에게 다가간다.
주변의 의료진은 부지런히 chest tube set와 거즈 등 준비한다.
진우, 메스를 들고 갈비뼈 부근에 가져간다.

방선생   (전화하다) K로젯에 된대요, 주교수님 1시간 후에 가능하시고요!

진우, 갈비뼈 부근을 가르자마자 솟구치는 적갈색의 피.
진우, 아랑곳없이 산산이 부서진 갈비뼈 사이로 굵은 튜브를 삽입한다.
튜브를 넣자마자 기다렸다는 듯 적갈색의 피가 튜브를 가득 채우며 뿜어져 나온다.
튜브를 nylon 봉합사로 고정하는 사이, 1L짜리 chest tube bottle이 거의 다 찼다.
진우 신발 위로도 피가 뚝뚝 떨어진다. 곧 바닥이 젖는다.

S#25. 장애인용 콜택시 안 - 저녁

앞좌석엔 콜 기사가, 뒷자리엔 휠체어째로 선우가 탔다.
선우, 바닥에 놓인 엄마가 주고 간 반찬통 봉투 한참 보는데,
갑자기 끼어드는 앞 차량에 콜 기사, 경적을 급히 울린다.
놀란 선우가 고개 드는 순간, 경적소리가 날카로운 브레이크 소리로,
이어 끔찍한 추돌음으로 돌변하더니, F.O.

Insert〉- 진우父 차 안 - 낮(선우의 회상. 26년 전)

F.I.

희미하게 정신 차리는 8살 선우, 천천히 눈 뜬다.

쿵! 부딪힌 후 멈춰버린 차 안. 찌그러져 내려앉은 차체에 하반신이 낀 선우.

고개도 못 돌리는 그의 눈에, 아빠가 보인다. 핸들에 머리 박은 채 즉사했다.

그럼에도 마지막 순간 아빠의 팔은 선우를 막으려 선우 쪽으로 뻗어진 상태.

아빠! 외치지도 못하는 선우. 뒷좌석엔 찌부러진 축구공이 배경으로 보인다.

소리E)   장애인용 택시 뒷문 열리는 기계음

S#26. 진우의 집 앞 - 저녁

장애인용 콜택시가 진우 집 아파트 입구 앞에 멈췄다. 출발하면,

택시가 가고 난 뒤 모습이 보이는 선우, 휠체어에 오롯이 앉은 모습,

무릎에 얌전히 올려진 가방과 반찬 봉투.

선우, 빨갛게 노을 지는 하늘을 올려다본다. 저녁 공기도 깊이 들이쉬고.

노을은 이제 절정이다. 온 하늘이 빨갛다.

S#27. 대학병원 / 응급실 - 밤

손끝에 걸린 보안경이 달랑거린다. 피가 튄 보안경도 손도 피로 뻘겋다.

손을 따라 올라가면 수술복도 피로 얼룩진 진우, 진이 다 빠져 의자에 쓰러지듯 앉았다.

교통사고 환자가 있었던 침상 아래를 방선생이 대걸레질하고 있다. 걸레도 빨갛다.

치프   (들어온다) 주교수님 방금 들어오셨대요. 바로 시작한답니다.
진우   (한쪽 눈만 대충 뜨고 듣는. 그러다 끄응, 바로 앉는데)

진우 눈에 들어오는 시계. 별생각 없이 보다 이런!! 다시 봐도 8시가 훌쩍 지났다.

벌떡 일어나 수술복 벗으며 입구로 가는데, 손이 뻘건 게 보인다. 얼굴도 만져보는.

S#28. 동/화장실 앞 – 밤

화장실에서 나오는 진우, 앞머리가 물에 젖었고 서둘렀지만 방금 씻고 나와 말갛다.

S#29. 동/카페테리아 공간/카페 – 밤

벽 하나 사이에 뒀을 뿐인데 병원과 달리 아기자기하고 예쁘고 여유로운 분위기.
통유리창 밖으로 진우가 급히 오고 있다. 안에 들어와 여기저기 사람들 훑는데,
환자복 입은 사람, 대부분 보호자나 방문객을 빠르게 스치던 시선, 멈춘다.
한 여성이 노트북 켜고 뭔가 열심히 입력 중이다. 테이블엔 커피 한 잔과 조각 케잌.
시선은 모니터에 향한 채 머리를 쓸어 귀 뒤로 넘기는 그녀에게 멈춘 진우의 시선.
그러다 천천히 시선이 그녀 앞자리로 옮겨지는데.
앞자리에 앉은 선우, 여유롭게 진우 본다. 맞아, 이 사람이야, 하듯 고갯짓하는.

진우   (그녀에게 간다…) 저,
서현   (얼굴 드는데 진우 보더니 돌연 활짝 웃는. 앞자리 가리켜 보인다)
진우   (앞자리에 앉는데 테이블에 정강이 부딪히는. 아픈 티도 못 내고)

선우, 방금 전엔 진우가 지금 앉는 자리에 앉았었는데 어느새 옆으로 옮겼다.
진우와 서현을 아주 재미있다는 듯 번갈아 본다.

진우   죄송합니다, 오래 기다리시게 해서 아 근데, 새글21 분 맞으십니까?
서현   (명함 주는) 최서현입니다. 반갑습니다.
진우   (급히 명함 꺼내는. 받고 준다) 예진우입니다.
서현   (명함 보며) 예씨는 처음 봐요, 진짜론.
진우   (무슨 말 할까 하는데)
선우   *난 많이 봤는데요 그래야지, 맨날 그러잖아?*
진우   흔한 성은 아니라서. (서현 명함 넣는데 손톱에 아직 남은 핏물이
          신경 쓰인다) 늦어서 죄송합니다.

서현	(진우 손 눈치챈. 진우는 모르지만 뺨에도 희미하게 핏자국 있어
	그걸 본다. 자기 앞에 조각 케잌을 진우에게 내민다)
진우	왜 안 드시고..
서현	환자분은 어떻게 되셨어요?
진우	에?
서현	피 많이 흘리시던데.

Insert〉- 약 20분 전. 응급실.
열받은 서현, 응급실로 내쳐 들어온다. 아무 간호사에게나 예진우 선생이 누구냐 묻는데
간호사가 알려주는 곳에 진우가 교통사고 환자와 사투를 벌이고 있다.
서현, 피가 튀는 현장에 그만 발이 멈춰진다. 그쪽 보는데,
진우, 오직 환자를 살리는 데 전력투구하고 있다. 이를 바라보는 서현.

서현	설마 한 시간이나 연락도 없이 늦는 상댈 제가 가만히 기다리기만
	했을까요.
진우	죄송합니다.
서현	(소리 내어 웃는데 그 미소가 참 환하고 맑다) 아 사과만 3번째네?
	(케잌 접시에 포크 손잡이, 진우 쪽으로 돌려놔준다)
	이런 게 필요하실 거 같았어요.
진우	(케잌 봤다가 서현 봤다가..) 저...
서현	네?
진우	저도 커피 좀..
서현	아 예.
진우	(일어나 카운터로 간다, 가면서 부딪힌 다리 만지는)

아메리카노 시키는 진우, 계산하고 기다리면서 방금 전 테이블을 반쯤 돌아본다.
서현, 노트북 넣고 수첩과 펜 준비하고 있다.

<u>선우</u>	*이쁘어?*
진우	절루 안 가?
<u>선우</u>	*근데 어디서 본 거 같지 않아? 물어봐. 전에 혹시 만난 적*

진우　　꺼져 씨.

서현이 고개 들자 휘릭 앞을 보는 진우. 하지만 다시 약간 돌아본다.
(*혹시 이 씬에서 베이커리 매장 자체의 음악이 들린다면 가사 없는 걸로 부탁드립니다)

S#30. 동/소아과 복도 - 밤

오래된 차트를 잔뜩 안은 노을과 소아과장, 함께 부지런히 온다.

소아과장　별 독종 새끼 하나 때문에 여럿 피 보네. (차트 들썩이며)
　　　　내가 이 옛날 거까지 뒤져보게 생겼냐고. 흉부도 난리 났어, 지금,
　　　　같은 의사인 우리도 다른 과 일에 왈가왈부 안 하는데 지가 뭐라고
　　　　얼마나 안다고 우릴 평가하고 진단을 하겠대, 의사도 아닌 게, 젠장.
노을　　(가만 듣다 결국) 이런 걸로 난리 피우는 사람도 있어야 하지 않을까요,
　　　　같은 의사가 못해서 결국 암센터 같은 일도 터진 거잖아요.
소아과장　... 이선생이었어?
노을　　뭐가요?
소아과장　우리 과 전체, 파업 반대표 딱 하나 나왔어.
노을　　(아!)
소아과장　(이런..) 억울하겠어? 유일하게 구사장 편들어줬는데 주치의 몰빵은
　　　　혼자 당하고.
노을　　편이 아니라
소아과장　(차트를 노을한테 푹 놓고 가버리는)
노을　　어! (이미 많이 들고 있는지라 놓칠 뻔. 추스르느라 애쓴다)

S#31. 동/노을의 진료실 - 밤

노을, 쏟기 직전의 차트를 갖고 들어와 겨우 놓는데 어? 책상에 빵과 주스가 놓였다.
누가? 하며 들어 보다가 누군지 알겠다. 미소 짓는.

톡 보내는데 받는 상대, 예진우다. 냠냠 먹는 이모티콘 보내고 노을, 주스 마시다가.

노을　　독종.. 인 건가? (문을 돌아본다)

S#32. 동/카페테리아 공간/카페 – 밤

진우　　(노을의 이모티콘 문자 확인, 얼른 끈다) 실례했습니다.

서현　　성과급제를 언급하시던 중이었는데요.

진우　　성과급제를 반대하는 건 줄 세우기나 경쟁이 싫어서가 아닙니다.
　　　　똑같이 공장에서 나온 물건 갖고 누가 더 많이 파냐하곤 근본적으로
　　　　달라요. 결국 검사를 얼마나 더 하고 비싼 수술 얼마나 더 하냐인데,
　　　　예를 들어 검사비는 비슷한 것도 누군 백만 원이 넘게 나올 게
　　　　누군 3~4십만 원으로 끝나요. 수술은 더 말할 것도 없죠.

서현　　(수첩 안 보고 적으며) 그야말로 의사 재량에 따라 천차만별이네요?

진우　　예, 신임사장이 부임하자마자 이거부터 시도했습니다.
　　　　추구하는 방향이 어느 쪽인지 스스로 입증했다고밖에 볼 수 없어요.

서현　　(갑자기 훅 치고 들어오는) 오늘 보도된 이 병원 암센터 사망사고,
　　　　그것도 사측에서 물타기로 조작한 건가요?

진우　　.. 그건 아닙니다.

서현　　무조건 사측만 비난할 수는 없는 거 아닙니까, 그럼?
　　　　그런 일이 많이 일어나나요?

진우　　...

서현　　병원 내에서 의약사고, 많죠?

진우　　(뭐라고 대답을 할까...)

서현　　.. 그런 때가 있어요, 곤란한 질문을 하면 인터뷰가 뚝 끊겨버리는 때.
　　　　아 상대가 몸을 사리는 포인트구나, 할 때. 전 꼭, 남을 괴롭히는 게
　　　　좋은 인터뷰라곤 생각 안 해요, 하지만 대답 않는 것도 대답이다,
　　　　곤란한 질문, 내가 하자, 그쪽으로 마음을 정해서, 전..

진우　　.. 의약사고는, 여러 등급이 있습니다.

서현　　(몸을 기울여 경청하는)

S#33. 동/사장실 – 밤

승효   무슨 등급?

강팀장은 퇴근하고 조명 낮게 한 사장실에, 승효와 창이 제각각으로 있다.
창은 소파에 거의 눕다시피 기대앉아 천장 보고,
승효는 프린터기 앞에서 뭔가 출력을 잔뜩 해 추리고 있다.

창   근접, 위해, 적신호, 이게 오류 3등급이야. 위험도에 따라서 나눈 거.
승효   사고가 얼마나 치명타였냐에 따라? (프린트를 커다란 클립으로 고정)
창   음. 누가 했느냐에 따라서도 다른데 의사가 하면 처방사고, 간호사가
          하면 투약사고, 약사는 조제사고, 뭐 환자가 잘못할 때도 많고.
승효   명칭이 세세하네? 그렇게까지 다 분류해서 짜놨단 건 그만큼,
          많단 얘기잖아, 사고든 실수든.
창   우리도 사람이야.
승효   어느 정도가 돼야 너희 사람들께선 대외적으로 발표를 하시는데.
창   ...
승효   죽어도 안 하는구나? 어찌 새어 나가기 전까진 절대 먼저 안 밝혀?
창   누가 안다고.
승효   야 이 새끼들아.
창   다시 말하겠는데, 누가 안다고.
          (변명의 눈빛도 아니고 잘났단 눈빛도 아니고 그저 망울망울 보는)

승효, 인쇄물 들고 책상으로 가는가 싶더니 소파에 앉은 창의 등짝을 한 번 콱 친다.

창   아 왜 그래! 난 아냐! (발로 찰 기세로 뻗는)
승효   (발 피하면서 책상으로 가 가방에 인쇄물 넣는데)
창   ... 형은 이윤을 남기겠단 사람이 왜 그런 거까지 신경 써?
승효   거기에 왜 왜가 붙어? 둘 다 잡아야지. 퀄러티, 이윤, 둘 다.

창   .. 겪어봐.

승효, 창을 보는데 창, 지친 얼굴이다. 승효, 책상에 기대어 창밖 본다.
이 병원, 여러모로 마음에 안 든다. 지금 저 아래 보이는 병원 중정까지.

S#34. 동/카페테리아 공간/카페 - 밤

카페에서 나오는 진우와 서현.

서현   원하시면 기사 내보내기 전에 원고 보내드릴게요. 퇴고하실 수 있게.
진우   예, 감사합니다. 저기.. 근데,
서현   네?
진우   혹시 전에 저랑, 만난 적 없나요?
서현   으응? 이 단골 멘트를 설마?
진우   아아뇨 진짜 그게 아니라, 진짜로 뵌 적 있는 거 같아서.
서현   (웃을 뿐) 그럼, 시간 내주셔서 감사합니다. (인사하는데)

진우 신발에 묻은 피가 굳은 게 보인다. 서현, 다시 한 번 진우 보지만 말없이 간다.
진우, 자기도 인사하고 다른 방향으로 가지만 돌아보며 간다.

S#35. 동/사장실 - 밤

어둡고 조용한 사장실에 밖에서 벨 울린다.

창   누구 올 사람 있어??
승효   (고개 저으며 강팀장 책상으로 가 인터폰 보는데)

인터폰 화면에 뜬 노을. 뒤에 와서 같이 들여다보던 창, 어?? 한다.

승효	누구?
창	그 왜 있잖아, 내가 말했잖아.
승효	누구?
창	저기 이노을 선생, 근데 여길 왜?
승효	(화면 보는) 이 사람이?

승효와 같이 있는 걸 남한테 군이 보일 필요 없는 창, 다소 당황했고,
승효, 자기 책상으로 성큼 간다. 벗어놓은 재킷 걸치고 책상에 켜놨던 스탠드 끈다.
문으로 가는 승효, 창을 한 번 돌아보고 빙그르르, 문밖으로 사라진다.
창, 무슨 일이지, 하는 얼굴.

S#36. 동/사장실 앞 복도 – 밤

벨 눌렀던 노을, 안에서 반응 없자 아무도 없나? 문에 귀를 대보는데,
문 벌컥 밀며 승효가 바로 앞에 나온다.

노을	(귀를 찧었다. 아 아파...)
승효	(뭐지, 쳐다보는)
노을	아 저, (인사) 소아과에 이노을이라고 합니다.
승효	예. (창이 있는 뒤를 의식. 자리 뜬다)
노을	(따라가며) 구승효 사장님, 저희 병동, 아직 다 못 보셨죠?
승효	(무슨 의도이지, 노을 보는)
노을	현장을 아시면 일하시기가 더 수월할 거 같아서,
	잠깐 시간 되세요? 제가 안내할까요?
승효	.. 그러시죠.
노을	(됐다! 발걸음 빨라지는)

두 사람 멀어지면 뒤에서 조용히 열리는 사장실 문, 창이 고개 내민다.
멀리 가는 승효와 노을 보는 창, 좀 지켜보다 반대 방향으로 가버린다.

S#37. 동/소아과 병동 복도 - 밤

대부분 병실 불이 꺼져 고요한데, 이따금 작게 들리는 아이 울음과 엄마가 달래는 소리.
후줄근한 옷차림을 하고 긴 간병에 지친 얼굴로 복도를 배회하는 보호자도 있다.
이곳을 걸어가는 노을과 승효.
유치원생밖에 안 돼 뵈는 어린아이가 링거줄을 달고 링거걸이를 잡고 엄마랑 간다.
어른이어도 안타까운 모습인데 작은 아이가 그러고 가니 느낌이 다른데,
노을, 어린이를 보는 승효 표정을 보려 하지만 승효, 별 반응 없어 뵌다.
그때, 한 병실에서 5살 정도 된 아이가 장난치듯 폴짝 뛰어나온다.

노을   아직 안 잤어?

아이   (천진한 건지 당돌한 건지) 우리 엄마 언제 와요?

노을   어, 지금 너무 깜깜해서 못 오셔. 코 자고 내일 기다리자, 응?
        (병실로 아이 들여보내는) 얼른 자. 아니면 아야 해서 주사 맞아야 돼.

승효   (그사이 복도 좌우를 보지만 봐도 별것 없고)

노을   (다시 와서 걷는) 여기까지가 일반이고 저 앞은 신생아 중환자실이에요.

두 사람, 다시 긴 복도를 걷는데, 뒤에서 또 '우리 엄마 언제 와요?' 소리 들린다.
둘 다 동시에 돌아보면 방금 전 아이, 어느새 또 나와서 다른 간호사한테 묻고 있다.
그 간호사도 역시나 아이를 대충 얼러서 병실로 데리고 들어간다.

승효   (다시 가며) 저 아인 어디가 아픕니까?

노을   폐렴이었어요.

승효   보호자는요.

노을   .. 연락이 닿질 않네요.

승효   아이가 아픈데 부모가 연락이 안 된다?

노을   입원수속은 엄마가 했는데, 분명히 처음엔 같이 왔었는데,
        (급히 덧붙여) 특별히 치료가 필요한 게 아니라서 저 애한테 돈이
        많이 들어가진 않아요. 마냥 둘 것도 아니고.. 곧 옮겨집니다.

승효   (쳐다보는. 가타부타 말은 안 한다)

좀 더 가다 보니 신생아 중환자실 문이 나타난다. 노을, 앞장서고 승효, 들어간다.
유리문 닫히기 전, 노을이 '신발 갈아신으시고요, 소독은 여기서.' 하는 소리 들린다.

S#38. 동/신생아 중환자실 - 밤

장갑과 소독가운 착용한 승효와 노을 들어오는데,
각종 기기에 연결된 손바닥만 한 아기들이 인큐베이터마다 들어 있다.

소아간호사3　(한 아기의 망막 검사하다가 노을 보고 작게) 아직 (고개 흔드는)
노을　　청색증은요? (기기와 차트 체크하는)

소아 간호사3, 노을 옆에 승효 잠깐 보지만 못 알아본다. 눈인사 정도.
누구지? 하는 기색.
노을과 소아 간호사3, 청색증은 좀 사라졌는데 박동은 여전하다, 등 얘기하는 사이,
승효, 주변 보는... 이렇게 작은 아기들이 이렇게 많으나 아픈 걸 보는 건 처음이다.
한 인큐베이터 보면, 작은 몸뚱이에 꽂힌 바늘 개수만 예닐곱은 돼 보이고,
수액과 주삿바늘 때문에 손발은 금방이라도 터질 듯 통통 부었다.
그 고통으로 얼마나 울어댔는지 사과 알보다 작은 얼굴엔 눈물 자국이 남았다.

승효　　(들여다보는....)
노을　　(옆에 와서) 산부가 임신 중독이었어요.
승효　　(노을 봤다가 다시 아기 보는)
노을　　저산소증 때문에 우리도 거의 잃을 뻔했는데,
　　　　(손가락을 인큐베이터에 넣어 조심스레 아기 손에 대면)

눈도 못 뜬 아기, 설마 반응이 있을까 싶은데, 그래도 침착히 기다리는 노을.
승효, 눈도 깜빡이지 않고 지켜보면 믿을 수 없을 만큼 가는 아기의 손이 움직인다.
그리고 노을의 손가락을 감싸 쥔다. 승효, 저도 모르게 숨이 멈춰진다.
노을, 순간 미소가 번지는 게 인큐베이터에 비친다. 승효에게도 그 미소 보인다.

노을이 천천히 손 빼는 것까지 지켜보는 승효. 아기는 다시 잠든 듯..

승효　　... (돌아서는데)

소아 간호사3이 다른 인큐베이터에서 아기를 꺼내고 있다.
그 앞에 앉은 이는 엄마인가 보다. 소아 간호사3, 엄마 가슴 위에 아기를 얹어준다.
아기와 처음으로 살을 맞대는 엄마, 아이를 꼬옥 품에 안으며 울면서 웃는다.

노을　　캥거루 케어는 우리도 시작한 지 몇 년 안 돼요.
　　　　전엔 무조건 접촉을 금했거든요. 저쪽은 74일 만에 처음이에요,
　　　　엄마랑 아들이 살을 맞대는 게.
승효　　....
노을　　여긴 2.5kg 이하로 태어난 미숙아들을 위한 데에요.
　　　　우리 센터 중에서도 가장 민감해야 하는 곳이죠. 다 마찬가지지만.
승효　　...

노을, 혹시나 승효가 뭔가 느끼는 게 있을까, 승효 옆얼굴에 시선 주지만,
승효, 반응이 있는 건지 없는 건지 알 수가 없다.

소아간호사3　　(장갑 벗은 손으로 유선전화 받다가) 이선생님. (수화기 들어 보이는)
노을　　(승효에게) 실례합니다. (가면서 한쪽 장갑 벗는. 그 손으로 받고) 예,
　　　　(듣는) 몇 시쯤예요? (듣는) 탈장 가능성 있으니까
승효　　수고하셨습니다. (나간다)
노을　　아 구사장님! (하다 전화에 대고) 아녜요, USG(*초음파) 준비해주세요.
　　　　지금 가요. (끊는)

S#39. 동/소아과 병동 복도 - 밤

중환자실에서 나온 승효, 장갑과 소독가운 벗어 수거함에 던지듯 넣고 가버린다.
신생아 중환자실에서 쫓아 나오는 노을이 뒤에 보인다.

노을이 보면, 미련 없이 빠른 걸음으로 소아과 병동 복도를 가고 있는 승효.
노을, 승효를 부르려다 어쩌할까, 망설이지만, 곧 다른 방향으로 급히 간다.
승효, 마치 화난 사람처럼 빠르게 복도를 가다, 중간에 멈춘다. 그가 보는 곳에,
아까 엄마 찾던 아이가 병실 문가에 쪼그리고 앉아 있다.

아이	(올려다보기만) ....
승효	(마찬가지로 그냥 보기만) ....
아이	.....
승효	너 왜 나한텐 엄마 안 물어.
아이	(깜짝 놀라는. 샐쭉하다 급기야 울먹울먹)
승효	!
아이	아잉!

승효, 당황해서 스테이션 쪽 보는데 간호사가 오는 기색은 없고. 어떡하지? 하는데,
병실 안에서 다른 아이 보호자가 자다 깬 얼굴로 나와 울음 터진 아이 안고 들어간다.
승효, 그걸 좀 더 지켜보다가 자리 뜬다. 걸음 더 빨라졌다.

S#40. 동/복도 - 밤

노을　　(급히 가지만) 쓸데없는 짓을 했나.. 정말 독종인가..

S#41. 동/1층 로비 - 밤

방금 전엔 없었던 가방 들고 승강기에서 나오는 승효, 출입구로 간다.

S#42. 동/1층 출입구 앞 - 밤

승효, 밖으로 나와 선다. 숨을 깊게 들이쉬었다 내쉬는.. 잠시 그러고 섰는데,

승효 차가 와 선다. 운전기사가 내려서 문 열어주러 오는데 바로 타버리는 승효.
운전기사, 얼른 도로 탄다. 바로 출발하는 차.

S#43. 길/승효의 차 안 - 밤

밖을 쳐다보는지 생각에 잠겼는지 뒷좌석에 파묻혀 묵묵한 승효.
차가 신호에 서는데, 밖을 의식 않았던 승효, 옆 레인에 선 차 뒷좌석에 카시트가 있고
그 안에 아이가 완전 입을 하! 벌리고 자고 있는 걸 알아챈다.

승효　　(헛, 웃는) 파리 들어가겠다.
기사　　어디 들어가신다고요??
승효　　아무 데도요.

신호 바뀌고, 옆 차가 먼저 출발하는데, 그 차 가는 걸 고개를 움직여 따라 보는 승효.

S#44. 진우의 집/거실 + 주방 - 밤

선우, 휠체어에 앉아 TV 보는데,
〈TV 화면〉 - 바닷속을 헤치는 잠수부, 주변에 형형색색 산호초와 물고기들.
에메랄드 빛 바닷물과 자유로이 흔들리는 수초와 그보다 더 자유로운 잠수부의 동작.
숨도 안 쉬고 보는 선우. 그의 검은 눈동자에 반사되어 어리는 바닷속 풍경....

소리E)　（현관문 소리）
선우　　(저도 모르게 TV 쪽으로 기울였던 몸 펴는)
진우　　(들어온다) 안 잤냐. (TV 흘끗, 냉장고로 직진해 문 여는)

맥주 캔으로 손 뻗던 진우, 휠체어에서 손 뻗으면 닿는 중간 칸까지에
반찬통이 차곡차곡 쌓인 것 본다.

선우	다 형이 좋아하는 거야, 이번엔 꼭 다 먹어.
진우	(맥주만 꺼내서 시원하게 들이켠다. 하아, 소리가 절로 나오는)
선우	(진우 보는) 병원 기사 봤어.
진우	(더 마시며 작은방으로 가는데)
선우	엄마도 기사 보셨대, 걱정돼서 오신 거 같아.
진우	어머니야 걱정이 일이지.
선우	원장님 장례식, 엄마 혼자 다녀오셨대, 혼자 정리할 시간이 필요했나 봐.
진우	정리는 무슨, 어머니가 왜.
선우	알잖아 두 분. 잘됐으면 좋았을걸. 잘될 수도 있었을 텐데.
진우	뭘 알아, 누굴 불륜을 만들려고 그래 자꾸, 얘가? 원장님 우리가 첨 봤을 때부터 유부남이었다니까?
선우	아니었으면 괜찮았고?
진우	원장님 어머니 스타일 아냐, 노잼이라서 못 살아, 엄마.
선우	(TV 끈다) 좀 더 일찍 놔드렸어야 했는데. 원장님한테든 누구한테든. 왜 그땐 그게 엄마를 지키는 거라고 믿었을까.
진우	... (방으로 몸 돌리는데)

선우, 테이블에 리모컨 놓으려다 거리 조준을 잘못해 떨어뜨린다.
옆에 놔뒀던 집게 달린 막대기 집어 주우려 하는데, 진우가 줍는다.

선우	내가 (하는데)
진우	(리모컨을 선우 손에 쥐어주는. 그런데 그러면서 엄지손가락으로 선우 손등을 스치듯 어루만진다) 미안하다.
선우	뭘 미안하기까지.
진우	(피곤한 소리 절로 내며 소파에 앉는. 발도 테이블에 올리고) 좀 켜봐.
선우	좀 먹으라니까? (TV 켜는) 애써서 해 오셨는데?

진우 형제, 나란히 TV 본다. 이젠 화면이 바뀌어 해변이 나오고,
진우, 맥주 홀짝이는데 문자 울린다. 유난히 빨리 꺼내 확인하지만 에이, 폰 놔버린다.
선우, 뭐지? 하지만 묻지 않는. 그러다 방금 전 진우 손이 닿았던 손등 본다.
선우, 진우 손길은 느꼈지만 우연히 닿은 건지 뭔지 잘 모르겠는.

진우, 주머니에서 꺼내 손가락 사이에서 돌리는 것, 서현 명함이다. 맥주 마신다.

S#45. 승효의 집/거실 - 밤

넓고 세련된 실내. 가구도 인테리어도 모두 훌륭하고 TV도 커다란데,
TV 켜놓고 거실 바닥에 이불과 요를 아예 다 깔고 잠든 승효母, 수더분해 보인다.
덮은 이불도 비싸 보이기는 한데, 옛날 어른들이 좋아하는 다소 촌스런 모양이다.

승효   (들어오다 승효母 보는)
승효母   (아주 깊이 잠든 듯. 손끝에 떨어질 듯 걸린 리모컨)
승효   (리모컨 사알짝 빼서 끄려는데)
승효母   (눈 감은 채, 리모컨 쥐는) 나 안 자...
승효   (참, 리모컨 놓는) 들어가서 주무셔.
승효母   아으 니 아부지 (눈 반쯤 뜨며) 콧소리.

그러고 보니 안방에서 울리는 코골이. 승효, 에라 모르겠다, 재킷 벗어 소파에 던지고
엄마 요 밑에 발 넣고 맨바닥에 누워버린다.

승효母   (반은 TV 보고 반은 비몽사몽이지만) 들어가 누워. 배겨.
승효   .. 어무니, 나도 어릴 때 많이 아팠을까?
승효母   (너무 아무렇지 않게) 어릴 때 안 아픈 애가 어딨냐?
승효   (조금도 개의치 않는 투에 슬쩍 째리는데)
승효母   (갑자기 벌떡 일어나 부스스해서는) 어디 아파?
승효   아이 놀래라.. 아니이.
승효母   응. (쓰러지듯 푹 눕는)
승효   ... (새삼스러울 것 없는 집 천장 보는데)
승효母   니 병원... 자꾸. 뉴스에..
승효   에? (고개만 들어) 뭐라고요? (대답 없자 윗몸 일으켜서 보면)
승효母   (그새 완전히 잠든)
승효   (두 팔을 뒤로 해 상반신 지탱하고 얼척없이 엄마 보다 웃고 마는)

승효도 피곤하다. 얼굴 부비고 어깨도 집고.. 하지만, 가방에서 두꺼운 서류 꺼낸다.
5회 S#33에서 인쇄했던 서류인데, 제목 – 〈마취 쇼크 종류 및 진단 프로토콜〉
제목 확인하고 펼치는 승효, 금세 집중해서 읽기 시작한다.

S#46. 대학병원 / 외경 – 아침

아침부터 드나드는 이 많은 풍경.

S#47. 동 / 강당 – 아침

조금 후 있을 모탈리티 컨퍼런스가 준비되고 있다.
무대에 스크린 내려지고, 물도 준비되고, 자료도 입구 옆에 상자째 갖다 놓는다,
자료 제목 – 〈정맥절단 수술 사망 진단 – 흉부외과 모탈리티 케이스〉

S#48. 동 / 승강기 안 – 낮

진우   (차트 체크하며 중얼) 검진에서는 15개월, 약물은

승강기 선다. 경문이 탄다.
진우, 인사하지만 경문, 여러모로 속이 복잡해 잘 쳐다보지도 않는다.
경문, 습관처럼 손 뻗지만 층수 버튼, 진우가 이미 눌러놓았다.
침묵이 흐른다.

진우   .. 양선생은요?
경문   먼저.

다시 침묵.

진우   .... 이례적이긴 하죠.

경문   요즘 이 병원에 상례적인 게 있던가.

진우   정맥절제로 테이블 데쓰가 나온 거 말입니다.

경문   (쳐다보는)

진우   .. (쳐다보는데)

승강기 선다. 진우, 경문이 먼저 내리길 기다리는데,

경문   같이 껴서 돌 던지니까 좋아? (내린다)

진우   (내린다)

S#49. 동/강당 인근 복도 - 낮

진우   (승강기에서 내려 경문 한발 뒤에 가며) 오래전에,

경문   (돌아보는데)

그때 다른 승강기에서 내리는 일단의 의사들. 세화와 신경외과 의사1이다.

진우, 입 다물고 인사만. 의사들, 서로 목례하지만 아무도 쉽게 입 열지 않는다.

이제 강당 인근에 이르자 여기저기서 의사들이 오고 있다.

진우, 경문에게서 좀 떨어지고 경문, 진우 일별하지만 그대로 강당으로 들어간다.

그와 함께 속속 들어가는 의사들.

S#50. 동/강당 - 낮

앞자리엔 교수들, 중간부터는 고참급 전문의들이 앉았다.

외과만 모였고, 전문의들도 일부만 참석해서 가운데 좌석 3~4줄 정도까지만 찼다.

컨퍼런스 자료를 좀 탐탁지 않게 훑는 의사들.

(암센터 의료진 전원과, 이노을 선생은 이 자리에 없다)

어두운 조명, 무대 위 오른쪽에 놓인 책상에는 태상이 앉았다.
그 반대편, 중앙에서 약간 왼쪽으로 치우친 무대에는 마이크가 달린 단상이 3개 있다.
그 단상 뒤에 선 세 사람은 각각 진우, 마취과 최선생, 그리고 흉부 양선생이다.
최선생은 초조해 보이고, 눈 내리깐 양선생은 앙다물었고 진우는 조명에 음영이 짙다.

태상   응급의학과 예진우 선생부터 시작합니다.

태상의 말과 함께 단상 뒤편 스크린에 응급 진료 기록표와 환부 사진 몇 장이 뜬다.

진우   ... (마이크에 대고) 본 환자는 4월 7일 저희 ER을 통해 내원했으며,
                 극심한 통증으로 보행이 어려운 상태였고

암전된 강당에 2층 문이 열린다. 실내가 어두워 밖의 빛이 쏟아지는데,
정면에서 빛을 마주한 진우, 눈을 찡그렸다 뜨면 빛을 등지고 문가에 선 이, 승효다.
승효 등장에 나지막이 술렁이는 장내.
이제 닫히는 문. 그 앞에 팔짱을 끼고 회의가 진행되는 장내를 내려다보는 승효.

흉부전문의1   (작게) 지가 들으면 뭘 안다고 여길 와.
흉부전문의2   (작게) 지금 알아듣는 게 중요해? 과시하러 온 거지.
태상   (역시나 승효가 달갑지 않지만.. 진우 재촉하는 눈)
진우   제가 최초 검진을 했고 초음파 결과 하지정맥류로 판단,
                 흉부외과로 트랜스퍼 했습니다.
태상   (서류 보는) 1차 병원에서 이미 하지정맥류 진단을 받고 나프타존을
                 복용한 적이 있다는 환자 진술이 있었는데, 1차 진단을 알고도
                 기초 검사를 재실시한 이유는요?
진우   당시 (하는데, 2층에서 울리는 소리)
승효   (문 근처 2층 의자에 앉는데, 워낙 실내가 조용해 소리가 다 울린다)
진우   .. 당시 검진 기간에서 15개월이 지났고, 약물 역시 4개월 전부터 복용을
                 중지한 상태라 초기 검진 때보다 더 악화될 가능성을 고려했습니다.
태상   이외 특이사항은.
진우   없습니다. 저희 과는 여기까지였습니다.

태상   (진우 옆에 마취과 최선생에게 옮기는 시선) 마취과 최영진 선생.

최선생   (아까부터 물 연신 마시는. 호흡 고른다)

태상   환자 사망 원인이 뭡니까.

최선생   아나필락틱 쇼크로 인한 사망이었습니다.

태상   (말하라, 쳐다보면)

최선생, 뒤에 스크린 쳐다보면, 마취 프로세스 차트로 바뀐다.

최선생   (차트 보며) 8일 3시 15분경 모비눌과 미다졸람을 IM으로 사전 투약 하에,
       2.5% 펜토탈 투여하면서 마취를 시작했습니다. 전신마취 시작 시점의
       생 징후는 혈압 110/60, 맥박 분당 80회, 호흡 분당 20회 이하 체온
       정상 상태였는데 마취 시작 5분 시점에 혈압이 90/50으로 감소했고,
       마취 시작 10분 정도에 혈압이 50/30으로 급강하되면서 맥박이 140회
       이상 되는 쇼크 증상이 나타났습니다.

태상   수술 진정 동의서에는 아나필락시스에 대한 과거력이 없었나요.

최선생   예.. 앞서 응급에서 언급했듯이 수술 이력이나 마취 전력은 전무한
       상태였기 때문에 환자 본인도 몰랐을 겁니다.

태상   쇼크 외에 다른 증상은 없었습니까?

최선생   기관지 경련이 미세하게 있었는데 (잠깐 멈칫하지만) 이 부분은
       집도의 양준희 선생 오더하에 도파민과 에페드린을 투여했습니다.

태상   해당 조치 후 환자 상태는요?

최선생   15분간 저혈압 상태가 지속되면서... 심정지 했습니다.

태상   (안경 너머 시선, 양선생에게 옮긴다. 동공 돌아가는 소리가 들릴 듯)

고개 똑바로 쳐드는 양선생, 하지만 단상을 비틀어 쥔 손끝은 하얗다.
무대 아래 수십 개의 눈들이 한 몸에 꽂히는 긴장감, 모욕감마저 든다.
엄숙했던 강당 분위기, 한층 더 심각해지고..

태상   흥부, (할 때 아주 잠깐이지만 단상 아래 경문에게 돌리는 눈 끝)
       양준희 선생, 쇼크 진단 이유와 해당 사항에 대한 조치, 시작하세요.

양선생   (감정을 참느라 꽉 억누른 소리) 저혈압과 맥박수 증가 후 기관지 경련

증세가 있었지만, 동맥혈 가스 분석과 전해질 검사에서 특이 소견이
발견되지 않아 아나필락틱 쇼크로 진단했습니다..

태상	에피네프린 투약 시점은요?
양선생	진단 시점에 바로 컨티뉴어스 IV 경로로 투약했습니다.
승효E	왜 IV입니까?
모두	(갑작스런 질문에 위를 본다)
승효	용량 에러나 심혈관 합병증 때문에 초기 투약은 IM으로 하는 게 가이드라인에 맞는 프로토콜 아닙니까?

의사들, 내심 다들 놀랐지만 자존심 때문에 티 안 내려 한다.
흘끔 서로를 보거나 그럴 수도 있지, 하는 얼굴들이지만 실은 당황했다.

양선생	(입가가 미세하게 파르르 떨린다. 구조 요청하듯 태상 보는)
태상	(냉정한) 왜 IM으로 안 했습니까?
양선생	그.. 피부에 홍조가 보여서.. 소독포를 벗겨봤더니 전신에 발진이 돋아 있어서, 혈압도 많이 떨어진, 이미 떨어진 상태였고 IM으론 효과가 없을 것 같아서.. 곧바로 IV로 투약했습니다.
승효	그 판단은 전적으로 양선생 오더였습니까? 차트에 보니까 OP 말미에 주경문 선생이 투입됐던데.
양선생	(말마저 꼬이기 시작) 그 IV 오더를 내린 이유는 또.. 심혈관 허탈 증세가 보였기 때문에
태상	IV 오더 이유가 아니라 누가 그 오더를 내렸냐고 물은 겁니다.
양선생	아.. 예.. (대답 못하다가) 제가 했습니다.

장내 침묵 길어진다. 그와 비례해 공기도 더욱 무거워지고..
양선생, 침묵이 더 힘들다. 차라리 누가 질문이라도 해줬으면, 땀이 맺히는데.
승효, 이젠 팔짱 끼고 빤히 보기만 하는.

태상	... 해당 조치 후 환자는.
양선생	.. 심정지, 사망입니다.
태상	(더 질문 있냐, 좌중 본다. 그중에서도 흘낏, 승효 쪽 보는데)

경문E   마취 중 아나필락시스 발생률이 얼마나 될까요?

전부, 경문 쪽 본다. 양선생도 의외라는 듯, 대답 대신 에? 하며 좀 멍하니 경문 보는.

진우   (양선생 봤다가 대신) 만 분의 일입니다. 쇼크 발생률, 만 분의 일.

경문   (앞줄에서 일어선다) 저는, 흉부외과장 주경문입니다. 김해 토박입니다.
김해에서 나고 자라고 공부했습니다. (객석을 향해 돌아선다)
2013년에 그곳을 떴습니다. 환자를 잃었기 때문입니다. .. 160명.
전원을 잃었습니다. 제가 파견 나가던 의료원이 폐쇄 조치됐을 때에.
... 저는, 의료기관이, 파괴되는 걸 봤습니다. 수많은 댓글도 봤습니다.
근무태만, 혈세낭비, 불친절, 어마어마한 적자.
공공의료원의 문제점을 낱낱이 지적하면서 폐쇄에 동조하는 댓글들.
제 동료인 여러분은 누구보다 잘 기억하실 겁니다.
불친절하고 낡았어도 공공의료원에 몸을 누일 수밖에 없던 기초수급자,
시골 노인분들, 이들을 길바닥으로 몰아낸 제1 원인은 재정적자입니다.
당시 의료원은 매년 3, 40억의 적자를 기록 중이었습니다. 3, 40억.
엄청난 돈이죠, 전부 우리 세금이고요. .. 그해 경남도 재정이 얼마였을까요?
12조 원입니다. 민간병원에 밀려서 이젠 10%도 안 남은 이 땅의
공공의료원이 폐쇄된 이유, 적자 30억은, 경남도 1년 재정의 0.025%.
.. 저는 늘 묻고 싶었습니다. 3, 40억이 그렇게 아까웠어요?
그 돈이 그렇게 목말랐어요? .. 진짜 잘못은 폐쇄 자체가 아닙니다.
의료원, 문제 많았어요, 예 인정합니다. 문제점을 봤다는 건 고쳐서,
어떻게든 개선시켜서 다시 쓸 기회였는데, 고민 대신 날려버렸어요.
지방의료를 살릴 마지막 기회였는데, 그냥 없애버렸어요.
구승효 사장님, 저희 흉부는 늘 인력이 부족합니다.
사람들은 그 이유를 쉽게 말하죠.
요즘 젊은 의사들이 돈 되고 편한 데로만 몰려서라고.
구사장님, 우리 젊은 후배들 전부가 그렇진 않습니다.
그런데 왜 한 해 나오는 흉부 전문의가 전국에 스무 명도 안 될까요?
병원이, 흉부에 투자를 안 해서입니다. 적자 수술이 많아서.
병원에서 채용을 안 해섭니다, 일할 데가 없어서.

그래도 우리는 오늘도 수술장에 들어갑니다.
만 분의 일에 사고 위험도로 환자 죽인 의사란 비난을 들어도.

숨소리 하나 안 들리는 장내.
경문, 잠시 추스르다.. 앉았던 자리로 돌아가는데,
첫째 줄에서 세화가 일어선다. 경문, 세화 보면,
세화, 몇 걸음 나온다. 경문에게서 좀 떨어진, 그러나 비슷한 선상까지 나오더니,
좌중을 향해 돌아선다. 고개 들어 2층을 바라보는 세화, 승효를 응시한다.
이제 당신 차례다, 눈으로 말하는 세화. 온몸으로 승효에게 답하라, 요구하고 있다.

승효   .... (자리에서 일어선다)

세화와 경문, 그를 바라본다.
진우, 무대 위에서 세화와 경문을 보는. 그리고 눈을 들어 승효를 쳐다본다.
단상에는 진우가, 2층에는 승효가, 그 사이엔 세화와 경문이 위치한,
강당 전체에서 엔딩.

6

라이프

LIFE

S#1. 상국대학병원/1층 로비 – 낮

재혁, 응급실로 가다가 어! 멈춘다.
1회에서 응급실에 왔던 성북경찰서 형사가 몇몇의 정복 경찰과 함께 로비에 나타났다.
재혁 외에도 왜 경찰이 출동했는지 짐작 가는 의료진, 잠시들 멈췄다.
승강기로 가는 경찰들.

S#2. 동/승강기 안 – 낮

형사와 경찰들, 묵묵히 올라간다. 승강기 층수가 2, 3, 4.. 올라가다 멈추고 문 열리면,
바로 앞에 암센터 글자와 방향 표시 화살표가 선명하다. 경찰들, 신속히 내린다.

S#3. 동/강당 – 낮

단상의 진우 태상, 단상 아래 경문 세화가 올려보는 모습을 2층에서 꺾어서 본 각도.
2층에 홀로 앉아 이들을 내려다보는 승효, 드디어 자리에서 일어난다.
부러질 듯 팽팽한 분위기인데,

승효 (아무렇지 않게) 가지 마세요, 낙산의료원. 내가 안 보냅니다.

모두, 뭐? 하는데 승효, 태연히 자리에서 나간다. 2층 문으로 향하는데.

진우 그게 무슨 말씀이십니까?
승효 뭐가 무슨 말입니까? 안 가도 된다고요.

들어왔던 때처럼 아랑곳없이 나가는 승효, 그의 뒤로 닫히는 문.

S#4. 동/강당 인근 복도 - 낮

강당에서 나와 흔들림 없이 가는 승효.

S#5. 동/암센터 의국 - 낮

누구 하나 움직이지 않고 말도 않는다.
그 가운데 하얗게 질려서 고개 떨군 암 레지던트2, 마치 사형선고를 앞둔 사람 같다.
암센터장도 입을 꾹 다물고 섰을 뿐인데,
마침내, 적막을 깨고 들리는 노크소리. 마치 법정의 법봉 소리처럼 울린다.
그 순간 암 레지던트2, 숨이 콱 막히고 동시에 터져 나올 것 같은 울음.
암센터장, 그를 보는데 그 뒤로 열리는 의국 문.
열리는 문 사이로 몰려 선 형사들의 검은 형체가, 암센터장 뒤에서 저승사자처럼
아웃포커스 돼 보인다. 그 형체들이 의국으로 들어오고 있다.

S#6. 동/강당 - 낮

강당 안 의사들의 황당한 얼굴들, 반응도 제각각이다.

일단 급한 불은 껐단 생각에 소아과, 산부인과장 정도는 그나마 안도하는 모습이지만
'장난해?' '잘된 거야 뭐야?' '파업은 그럼?' 하며 수군대는 소리들 들리는데,
단상 위 책상에 앉았던 태상이 의자를 의도적으로 세게 밀어 찌익 소리 내며 일어선다.

태상   (문으로 가는. 단상 아래 아직 그대로 선 경문 위쪽을 지날 때)
        덕분이야? (찍 쳐다본 시선 바로 거두고 나가버리는)
경문   ...
세화   (승효 손에 놀아난 거 같아 몹시 언짢은. 나가버린다)

이제 단상 위 마취과 최선생과 흉부 양선생도 기다렸단 듯 어서 이 자리를 뜨자,
다른 이들도 하나둘씩 강당을 나간다, 뭔가 미진해서 꾸물꾸물한 뒷모습들.
아직 그대로 선 경문, 산부인과장이 그 앞을 스칠 때 잘했다, 팔을 다독여주자
경문, 미소라도 띠려 하지만 잘 안 되고.
이제 인기척이 거의 사라진 강당. 경문, 그제야 돌아서는데,
단상 위에 아직 한 명이 남았다. 진우다.

진우   .... (문으로 가지 않고 경문 있는 데로 오는. 단상 턱에 걸터앉는다)

서로 보는 경문과 진우, 그러다 경문이 먼저 실소를 터뜨린다.
진우도 실소가 터지는. 둘 다 어이없다. 웃음 끝이 참 쓸쓸하다.

경문   참, 머쓱하네.
진우   (단상 아래로 훌쩍 내려선다. 똑바로 서서) 덕분입니다.
경문   (태상과 달리 진심이 느껴지는 진우 말에 쳐다보는)
진우   (한발 물러나며 앞장서시란 손짓. 단순 예의가 아닌 존중이다)
경문   .. (간다)
진우   (늘 거리를 뒀던 지금까지와는 달리 비교적 가까이서 따라가는데)
경문   한 가진 분명하네, 우리 목구멍이 구사장 손아귀에 달렸어.
진우   .. 확실히 보여줬죠.

강당을 나가는 두 사람.

S#7. 동/신생아 중환자실 앞 복도 - 아침

노을, 일회용 소독가운을 벗어들고 나오는데 소아 간호사3, 잰걸음으로 온다.

소아간호사3　　이쌤! 빅뉴스요, 빅뉴스!
노을　　　　　(조마조마!) 빅뉴스요? 또 무슨?
소아간호사3　　우리 안 가도 된대요, 파견 철회됐대요.
노을　　　　　누가 그래요..? 어떻게?
소아간호사3　　구사장이요. 방금 전에 직접 말했대요.
　　　　　　　사장이 자기 입으로 그랬다니까 백 프로죠? 그쵸?
노을　　　　　정말요?
소아간호사3　　(서둘러 가는) 다 퍼뜨려야지!
노을　　　　　같이 가요! (하며 소독가운을 수거함에 던지는데, 그 순간)

Flashback1〉 - 5회 S#38 직전의 상황. 신생아 중환자실 - 밤
노을, 승효에게 1회용 소독가운 건네주면,
가운이 익숙지 않은 승효, 팔은 꿰지만 허리끈이 어디 있나 몸 돌린다.
노을, 끈을 잡아 승효한테 보이게 잡아준다.
눈으로만 답례하는 승효, 끈을 건네받아 잘 묶는데,
그때 노을, 승효가 집중하느라 꼭 다문 입이 약간 오리 입처럼 내밀어진 게 보인다.

노을　　　　　.. 설마..

Flashback2〉 - 5회 S#38. 동/신생아 중환자실 - 밤
인큐베이터 안의 아기에게 손을 잡힌 노을. 그녀의 시선으로 바라본,
아픈 아기에게서 눈을 떼지 않는 승효의 모습.

노을　　　　　(.. 혼자 웃는. 간호사에게 뛰어간다) 우리 커피 사서 가요. 내가 쏠게.

가벼운 걸음으로 웃으며 가는 노을과 소아 간호사3. 오랜만에 기분 좋은데,

노을　　(전화 진동 온다. 발신자 보더니) 아, 또.
소아간호사3　주치의 그거 아직도에요? 언제 바꿔준대요?
노을　　내 말이요. (전화받는) 네에.

S#8. 동/응급실 - 낮

커튼으로 반쯤 가려진 병상. 은하와 방선생, 혈흔 묻은 시트 빼고 새 걸로 가는 손이
매우 빠르다. 둘의 손이 척척 맞는다. 재혁은 옆에서 컴퓨터로 차트 기입하고 있다.

방선생　불똥이 어디까지 튈까요? (좀 낮게) 덮은 건 사실 암센터장님일 텐데.
은하　　불똥 튀어봤자죠. 환자를 가는 데마다 죽인 의사도 지방 돌면서 계속
　　　　수술하는데.
방선생　의사면허를 너무 안 뺏어 가니까, 상식적으로 (하다 재혁 흘낏)
은하　　.. (재혁에게) 암센터에 그 레지던트, 박쌤 동기죠?
재혁　　(안 듣는 척하다 관두고) 예.. 처벌도 처벌이지만 왜 그런 멍청한 짓을,
　　　　우리가 얼마나 혹독하게 훈련을 하는데 그런, (알아서 더 안타까운..)
　　　　불똥이 아니죠. 당연히 센터장 연대책임이지. (커튼 치고 나가는데)

바로 옆 병상에서 치프, 잠든 환자 바이탈 확인 중인.
거리상 방금 전 대화 못 들었을 리 없다. 재혁, 치프 눈치 보며 슬금슬금 가는데,

치프　　박재혁이.
재혁　　네! (바로 옆으로 오는)
치프　　11번 클라목신, 했어?
재혁　　했는데요? 세포탐 대신 클라목신으로 교체하라고 하셔서.
치프　　(환자 잠든 것 확인하더니, 작게) 체크 안 됐던데?
재혁　　아..
치프　　내가 확인 안 하고 그냥 중복 투약했으면?

재혁	죄송합니다.
치프	클라목신은 안 죽어서 괜찮아?
재혁	아닙니다, 죄송합니다.
치프	우리라고 암센터랑 다른 거 없어. 그동안 운이 좋았던 거지.
	혹독하게 훈련했다며, 근데 운빨로 버텨? 공부한 게 억울하지도 않냐?
재혁	명심하겠습니다!
안선생E	여러부운!
모두	(보면) ?
안선생	(환자들 때문에 소리 없는 호들갑 떨며 들어와) 우리 안 없어진대요!

S#9. 동/로비 - 낮

생각에 잠겨 천천히 가는 동수. 진우가 뒤에서 쫓아온다.
동수를 금방 따라잡은 진우, 동수 보면 그의 얼굴이 밝지가 않다.

동수	(진우가 옆에 와도 보진 않지만) 근디.. 파업이 이렇게 쫑나버리믄
	인력 보강이고 뭐고, 다 퉁쳐지는 거 아녀?..
진우	아닌 게 아니겠죠.
은하	(응급실에서 급히 나오다 동수와 진우 보고 이쪽으로 방향 꺾는다)
	저희 진짜예요? 진짜 안 가는 거 맞아요?
동수	그.. 치.
은하	어머 잘! (하다 동수와 진우 어깨 너머로 눈이 가는) 어머.

동수와 진우, 은하 따라 돌아보면, 형사와 정복 경찰 한 명, 그 뒤로 암센터장과
암 레지던트2가 함께 출입구로 가고 있다.

은하	그때, 형사분이네요...

환자나 보호자들은 잘 몰라도, 직원들은 의식하지 않으려 해도 형사를 쳐다보게 된다.
암 레지던트2, 아픈 사람처럼 창백한 낯빛에 걸음걸이마저 어색하고,

고개 쳐든 암센터장은 일부러 반보 정도 빠른 걸음으로 형사를 앞지른다.
이들 일행이 너른 로비 가로질러 메인 출입구로 향하는데,
카메라, 위를 비추면, ㄷ자로 된 2층 난간에서 센터장들이 내려다보고 있다.

cut to. 2층 난간에서 내려다보는 센터장들. 착잡하거나 찌푸린 얼굴들.

서교수　　그냥 소환하면 될걸, 굳이 직장까지 쫓아와서 쪽을 주나?
산부인과장　방패막이 없다고 아주 맘대로들이네. 저 위에 인간부터.
　　　　　　（사장실 쪽 올려다보는）
성형과장　.. 언제까지 공석으로 비워둬요, 원장 자리?
이식센터장　그래요, 빨리 세웁시다. 우리도 대표가 있어야 사장한테 비벼라도 보죠.

센터장들, 약속이나 한 듯 태상 살피고 태상 역시 그런 시선들 알지만,

태상　　（표정 엄숙한）파업한다 동네방네 떠들어만 놨지 찍소리도 못하고
　　　　　접어야 할 판 됐어, 벌려둔 일 있으면 우스운 꼴 나지 않게 수습들
　　　　　잘합시다. （아래 보면, 암센터장 일행은 이미 나갔다. 자리 뜨는）

... 센터장들도 각자 방향으로 갈라져서 간다.

이식센터장　（성형과장과 가며, 좀 낮게）.. 이보훈 원장님한테야 쩝도 안 됐지만,
　　　　　　이번 선거엔 암센터장이랑 부원장은, 둘이 붙어볼 만했는데.
성형과장　（태상 간 쪽 짧게 보곤）그렇죠, 손 안 대고 코 풀었죠, 부원장.
이식센터장　방금 전도 봐, 엄연히 흉부 모탈리티인데 왜 지가 올라가서 설쳐?
　　　　　　사람들 다 모인 앞에서 흉부과장 바보 만드는 거지 그게?

cut to. 복도 일각. 세화, 태상 나란히 가는.

세화　　계속 미적지근한 척하시면 남 좋은 일 될 수도 있어요.
태상　　무슨?
세화　　어차피 뽑을 건데 나 원장 되고 싶소, 하면 누가 뭐래요?

누구는 아주 날이 제대로 섰던데.

태상   누가?

세화   주교수요. 먼저 가겠습니다. (그대로 가버리고)

태상   (같잖다. 코웃음 치는) 주교수, 칫!

세화   (코웃음 소리가 들린다. 가면서 혼잣말)
　　　정신 차려, 니가 올라가야 부원장 자리가 빌 거 아냐..

S#10. 동/신경외과 복도 – 낮

세화, 신경외과 복도로 접어드는데 아주 눈에 띄는 색으로 커다란 현판이 붙었다.
세화, 걸음 느려지며 언어치료실 문 옆에 붙은 현판 본다. 현판 내용은 –
〈장성자 언어치료실 – 이 치료실은 환우분들께 희망을 주고자 하는 본교 방사선과
장성자 前 교수님의 기부금으로 마련되었습니다〉 라고 적혔다.
그 밑에 좀 더 작은 글씨의 문장도 있는데,
〈장성자님은 의대 동창 신경외과 오세화 교수의 모친이심〉이라고 자세히도 적혔다.
현판에 특히 어머니 이름 장성자를 보는 세화, 그런데 딱히 좋은 눈길이 아니다.
세화, 다시 간다.

S#11. 동/사장실 – 낮

승효   (전화 중) 회장님께 약속드렸으니까요, 병원 삐걱댄단 소리 안 나오게
　　　하겠다고. (듣는) 화정그룹이 주인이란 건 의사들 뼈에 새겨줘야죠,
　　　누가 자기들 생사여탈권을 쥐고 있는지를. (상대 얘기 듣는데)

강팀장 (노트북 펼치고서 몰래 통화에 귀 기울이다, 작게)
　　　조각선생 계속 있는다! (몰래 몸 흔들며 좋아하는)

승효   경영 진단 결과는 지금 수치화 중입니다. 정리해서 가져가겠습니다.

강팀장 (앗! 얼른 옆에 가득 쌓아 놓은 자료 펼쳐 일 시작!)

S#12. 동/응급센터 의국 - 낮

진우, 핸드폰 쥐고 문자 입력 중인데. 뭔가 계속 썼다가 지운다.
찡그리고 딴 데 보기도 하고. 그러다 또 핸드폰을 보는.

S#13. 새글21 사옥 앞/골목 - 낮

사옥이라 하기엔 초라한 낡은 상가들이 모여 있는 후미진 골목길이다.
취재팀, 승합차량에 카메라와 짐 싣고 있고,
그들 사이에서 취재할 내용 점검하던 서현, 전화 울린다.

서현   (발신자 보고 바로 받는) 안녕하세요 예진우 선생님, .. 여보세요?
진우F   안녕하세요, 저 죄송한 말씀을 드리게 됐네요.
서현   (번잡한 취재팀 사이에서 나와 골목 한쪽으로 가며) 무슨 일이신데요?

S#14. 대학병원/의국 복도 - 낮

진우, 복도를 서성이며 통화 중이다. 얘기하다 사람이 오면 다른 방향으로 꺾기도 한다.

진우   저희가 파업이 무산될 수도 있어서요. 저랑 하신 인터뷰 내용이
         그대로 나가면 최기자님이 잘못 쓰신 거처럼 보일 거 같습니다.
서현F   .. 친절한 성격이신가 봐요.
진우   네?
서현F   이런 일은 처음이라서요, 먼저 알려주는 경우.
진우   (순간 저도 모르게 인상 풀어지는) 네에.
서현F   그런데 파업이 그야말로 무산된 건가요, 사측하고 합의를 한 건가요?

S#15. 새글21 사옥 앞/골목 - 낮

서현	이렇게 빨리 타결되는 건 대부분 불씨가 남던데.
진우F	저희도 지금은 지켜볼밖에요. 어쨌든 파견은 철회됐으니까.
서현	으응.. 그럼 좋은 일인데 일단 좋아하죠 뭐. 축하드려요.
	원래 실리는 기사보다 하드에 저장되는 게 더 많으니까 그건 마음 쓰지
	마시고요.

최기자님! 부르는 소리. 취재팀이 차량에 탑승하고 있다.

서현	혹시 의료계 일로 여쭐 일이 생기면 다음에 연락드려도 될까요?

S#16. 대학병원/의국 복도 – 낮

진우	! 예 그럼요..
서현F	감사합니다, 죄송하지만 저희가 지금 어딜 가야 돼서요, 안녕히 계세요!
진우	안녕히 계세요.. (끊긴 전화..)
서현E	**친절한 성격이신가 봐요.**
진우	(희미한 미소가 감도는) 아닌데.
서현E	**이렇게 빨리 타결되는 건 대부분 불씨가 남던데.**
진우	(... 미소 사라진다. 자리 뜨려다 우연히 창밖으로 시선이 가는)

어느새 초록 물이 올라온 나무가 미풍에 흔들리는 창밖 캠퍼스는 바야흐로 봄인데,
창 안쪽 여기는 생기라곤 없다. 햇빛과 그늘, 봄바람과 약냄새가 창 하나로 갈린 이곳.
진우, 창문 연다. 미들창이라 조금밖에 안 열리지만 그래도 봄바람 마셔본다.
지저귀는 새소리도 전해 들어오고... 창가에 기대는 진우.
그의 음영 짙은 얼굴이 반은 햇살에 반은 그늘에, 드러나고 잠식된다.

진우N	인생은 나선형 계단과 같다는 글을 언젠가, 읽었습니다.
	아주 멀리 온 거 같지만 발밑을 보면 바로 거기, 내가 지나온 길이
	있다고. .. 저는 요즘 왜, 원장님이 이곳에 계셨던 그 시절이 아주

머언 옛일 같을까요..

S#17. 동/행정실(정도의 공간) - 낮

대형 프린터기에서 한참 출력되고 있는 용지들. 제목 - 〈병원장 선거 일정 공고〉
용지 모두 출력되면, 이를 추리는 직원의 손.

S#18. 동/각 과별 스테이션 - 낮

신경외과 푯말. 직원의 손이 스테이션 게시판에 용지 두어 장을 한꺼번에 붙인다.
첫 장에 보이는 내용은 〈선거 일정 공고〉 제목과 그 밑에 〈입후보자 등록기간〉
〈입후보자 자격요건〉〈구비서류〉다.
푯말은 암센터, 응급실 등 각 과별로 바뀌고, 각 게시판에 똑같은 용지 부착된다.

S#19. 동/응급실 내 보급실 - 낮

빵으로 급히 허기 때우는 방선생과 재혁.

방선생   (먹으며 선거 공고 보는) 후보자 받는구나, 드디어 시작이네.
재혁   (빵 우물우물) 그들만의 리그죠, 뭐, 우리야. (꿀꺽 삼키고 나가는)
방선생   .. 원장님은 쭉 한 분이셨는데. (씁, 한입에 빵 욱여넣고)

물 들이켜며 빠르게 나가는 방선생. 그 바람에 살짝 펄럭이는 공고.
펄럭이는 공고를 잡는 손, 진우다. 선거 공고를 가만히 바라본다.

진우   그들만의 리그...
태상E   **입후보야, 정교수급이면 누구든 할 수는 있습니다.**

S#20. 호텔 레스토랑/룸 - 낮

룸 형식의 레스토랑, 단둘이서 식사 중인 태상과 승효.

태상 지금 현재 투표권을 가진 정교수가 마흔.. 네 명인가 그러니까,
22표 이상은 받아야 병원장이 되겠죠.

승효 (가볍게 *끄덕인다*. 사실 절차는 이미 다 아는)

태상 그리고 나서 이사회 재가를 받는 거였는데, 그건 이제 어떻게..?

승효 상국대병원에 아직 이사회가 있습니까?

태상 총괄제로 바뀌었죠, .. 사장님 재가가 최종이네요. 원장이 되려면.

승효 전에 원장이 대단하긴 했어요? 4번씩이나 연임을 하고?

태상 따르는 이들이 많았습니다.

승효 아무리 사립이라도 네 번이면 혼자서 몇 년을 한 건가?

태상 (바로 나오는) 11년 (하다 잠깐 정지) 세월이 참 금방이네요.

승효 .. 11년이 짧았어요?

태상 덕분에 많이 공부했습니다.

승효 선행학습 충분히 하셨다니 다행이고요. (술 따라주는)

태상 (받고 따라주며) 선행학습이라뇨. (술 주전자 놓는)
아직 입후보자도 추리기 전인데. (건배하는데)

두 사람, 부딪히는 술잔 대신 서로의 눈을 본다. 둘 다 입만 대는 수준으로 마신다.

승효 (술잔 놓더니) 까놓고 갑시다. 나는 원장 김태상을 원합니다.
나랑 손발이 맞을 거니까. 내 말 맞습니까?

태상 .. 사장님께 최선의 선택이 되실 겁니다.

승효 (손 내민다)

태상과 승효, 악수한다. 승효, 악수 풀자 싱긋 웃는.

승효 (마음도 태도도 마치 이 악수 하나로 다 풀어진 양 잘 먹으며)

자회사 하나 만들 겁니다.

태상   ?

승효, 문자 온다. 액정에 뜬 제목 – 〈국립대병원 헬스 커넥션〉. 발신자 강팀장.

승효   (대용량 다운받는) 약품 도매업체, 우리 병원에만 공급하는 자회사요.

태상   공급뿐 아니라 병원 앞에 약국들도 .. 자회사 것만 사야겠네요?

승효   (휴대폰 넘어서 보는)

태상   상국대병원 의사들이 상국대병원 자회사 약품만, 처방할 테니까요.

승효   (휴대폰 놓으며) 벌써부터 손발이 척척이네.

태상   종합병원은 비영리 법인이라 자회사가 원칙적으론 불가합니다,
        구사장님이시라면 그것도 이미 끝내셨겠지만.

승효   원칙은 불가한데 자회사 하나씩 안 낀 데가 없으니. 국립대부터요.

태상   자회사도 비영리로 등록하면 얼마든지죠.
        영업이익은 기부금 형태로 재단에 돌리고. 그러면 세금도 면제에다가.

승효   (싱긋 웃음, 정답이라고 말하는 듯. 하지만 이내 사업가의 얼굴로)
        약품 공급권 입찰은 원내에서 비공개로 진행한 걸로 합시다.
        그리고, 투약사고 방지 프로토콜, 모든 과마다 올리라고 하세요.
        장들한테 내가 직접 보고받을 겁니다. 암센터는 물론이고!

태상   (이건 좀 무겁게 답하는) 예.

S#21. 동/호텔 회전문 앞 – 낮

승효와 태상, 회전문에서 나온다. 잠시 각자의 차량을 기다리는 동안,

승효   한 가지 물읍시다?

태상   (보면)

승효   병원장은 왜들 되려고 하는 겁니까? 그 정도 위치면 어차피
        갈굼당할 것도 아니고, 병 고치는 건 똑같은데?

태상   직장인들은 왜 승진하고 사장이 되려고 합니까? 월급 때문에요?

승효	할 때 못하면 나가란 소리니까요, 책상 빠지니까, 우리는.
태상	구사장님, 책상 빠질 거 무서워서 여기까지 오셨습니까?
승효	.. (훗, 웃고는 대기하는 차로 간다)
태상	(인사)

인사에 가볍게 응대한 승효가 차에 올라 출발하며, 그 뒤로 태상의 차도 온다.
태상, 기사가 차 문 열어주면 올라탄다.

S#22. 태상의 차 안 - 낮

태상	(뒷좌석에 파묻혀 간다. 머릿속이 생각으로 가득한) 입후보...

Flashcut1〉 - 5회 엔딩에서 자리에서 일어나 승효를 바라보던 세화.
Flashcut2〉 - 〈2017년 하반기 매출 순위표〉 C.U. 1위가 안과, 2위 정형이다.
센터장 회의에서 이를 짚어보던 태상, 순위표 내리면 맞은편에서 만면 희색한 서교수.
Flashcut3〉 - 6회 S#9. 형사들과 함께 로비를 나서던 암센터장을 2층에서 본 모습.

태상, 라이벌이 될 수 있는 원장 후보들을 하나씩 짚어보는데 그러다 문득.

세화E	**어차피 뽑을 건데 나 원장 되고 싶소, 하면 누가 뭐래요?**
	누구는 아주 날이 제대로 섰던데.

Flashcut4〉 - 5회 엔딩에서 좌중을 향해 얘기하던 경문.

태상, 고개 기울이고 잠깐 가늠해보지만 그러나 역시, 이죽대는 표정이 된다.

S#23. 화정화학 공장/외경 - 낮

화정화학 엠블럼과 회사명이 눈에 잘 띈다.

S#24. 동/생산라인 - 낮

컨베이어 벨트 위 수십 종류의 약들이 담기고 포장되는 생산라인.
사람은 관리자 몇뿐, 거의 자동화다.
생산라인을 따라 쭉 이어진 유리창 밖에 승효가 보인다.
화정화학 상무가 승효를 안내하고, 강팀장과 구조실장이 그 뒤를 따른다.
뭔가 계속 열심히 설명하는 상무를 따라 생산 과정을 둘러보는 승효.

S#25. 동/회의실 - 낮

갖가지 건강보조제를 앞에 두고 화정화학 사장, 승효, 상무, 구조실장, 강팀장이 앉았다.

화학사장 약품 도매업체를 아예 따로 차리시겠다고요, 자회사로?
승효 예, 건강보조제도 약품하고 유통은 동일하니까 저희 쪽 담당자를 좀
　　　　보내겠습니다. 유통 과정을 전수해주시면 감사하겠습니다.
화학사장 자회사가 그렇게 뚝딱 돼요, 하루아침에?
승효 약을 직접 만드는 게 아니니까요, 구매 창구 일원화로 보시면 됩니다.
화학사장 상국대병원에 공급하는 상국대병원 약품회사라.. 독점이 되겠네요.
승효 화정화학에도 이익이죠. 경쟁이 없으니.
화학사장 거야 구사장 마음먹기지, 독점체제에선 우리가 공급자일 때 전부를
　　　　가져오지만 만에 하나 아웃되면 순식간에 0이 되니까. 전부를 뺏기는
　　　　거니까. 협조해야겠네. (웃는) 담당자 보내요.
승효 감사합니다, 하나 더, 저희 병원에 설비투자를 좀 도와주셔야겠습니다.
강팀장 (바로 가져온 자료 내미는. 상무와 사장에게 각각 준다)
상무 (자료 넘겨보지만)
화학사장 (자료엔 짧게 눈길만 줄 뿐 승효 본다. 설명을 요구하는 얼굴)
승효 화정화학 약을 환자들한테 팔라고 하면 의사들 자존심에
　　　　가만있겠습니까? 제가 명분을 만들어드리겠습니다.

화학사장 으음.. (그제야 자료 겉표지만 들춰보더니) 검토하고 연락드리죠.

승효 감사합니다. (일어난다)

악수하는 화학사장과 승효. 승효, 손 놓자 1초도 낭비 없이 나간다.
따르는 강팀장, 구조실장.
상무는 승효 일행 배웅하러 따라 나가고, 남은 화학사장은 이제 신중히 자료 읽는다.
바코드 리더기와 바코드 밴드 등의 그림이 보이는 자료.

S#26. 대학병원 / 앞마당 – 밤

하루 종일 전쟁 치른 듯 피곤한 얼굴로 1층 회전문을 빠져나오는 노을,
머리 아프다. 바깥 공기 쐬며 자꾸만 감기는 눈을 억지로 뜨면서 주차장으로 가는데,
저 앞에 장애인용 콜택시에 오르는 이, 선우다.
응? 하는 노을, 다시 보는데 전화 울린다.

노을 (선우 쪽으로 가며 전화받는) 네, (듣는) 방금 보고 왔어요.
　　　　오투 새츄레이션 계속 모니터링해주세요. (끊는데)

선우 차, 출발한다.

노을 맞는데? (하며 전화) ... ..

선우F 어 누나!

노을 어 선우야, 너 지금 어디야?

선우F 나? 어디긴 회사지?

노을 .. 아..

선우F 왜?

노을 아니 나 방금 (하는데)

전화 너머에서 희미하지만 네비게이터 소리 들린다.
노을, 다시 들으려 하는데 통화 중 대기음 울린다. 발신자 확인하더니,

노을	아 나 정말 이놈에 콜.
선우F	받지 마. 쌩까버려.
노을	확 그럴까? (웃지만) 내가 다시 할게.
선우F	뭐야 먼저 걸어놓고. 나 삐졌어.
노을	삐지시든가! 다시 할게! (웃으며 전화 끊고 바로 받는) 예.
	(들으며 주차장으로 가다 선우 간 쪽 본다) 랩에서 왔어요?
	뭐래요? (방향 바꿔 다시 회전문으로 들어간다)

S#27. 동/응급실 - 밤

사복 차림으로 손 씻으며 옆에 선 노을 쳐다보는 진우.

노을	일 때문에 온 거 같진 않아. 내가 방금 우리 보험심사실에 물어봤거든,
	심평원 사람 혹시 왔었냐고. 아니라는데?
진우	그놈 확실해?
노을	(자꾸 감기는 눈) 내가 선우를 모를까.
진우	그치.. 근데 걔가 올 일이 없는데?
노을	어디, 아픈 건 아니겠지?
진우	.. 아파도 딴 델 가지 걔가 나 있는 데로는 올 놈이 아니 (하는데)
노을	(차 열쇠 든 손으로 입 가린다. 겨우 하품 참고) 미안.
진우	너 아직도 맨 주치의냐? 몇 시간 잤냐?
노을	인제 가서 자려고. 내일 봐.
	(비몽사몽 가는데 손에서 차 키가 휙 벗어진다)
진우	(노을 차 키를 가져간) 너 골로 가 임마 그러다. (앞장서는)
노을	응? (가는데)

S#28. 동/주차장 + 노을의 차 안 - 밤

노을에게 맞춰진 운전석에 끼어 앉은 진우, 몸을 이리저리 튼다.

노을	뒤로 밀어.
진우	남들 클 때 뭐했냐? 드럽게 좁아.
노을	나 대한민국 평균이야, 니가 비정상이지. 의자 뒤로 하라니까?
진우	그럼 니가 내일 또 낑낑 당겨야 되잖아. 개미 같은 팔로.
노을	그럼 니 차로 가자니까.
진우	내일 아침에 너 또 모셔 오라고? (시동 켜는)
노을	내가 언제. (벨트 메는데)
진우	(전화 온다. 얼른 확인하는데 김빠지게 꺼버리는)
노을	어?
진우	뭐, 어, (출발)
노을	요놈 봐라? 기다리는 전화 있는데?
진우	어디서 상꼬맹이가 어르신한테 요놈 조놈이야?
노을	흐음, 불리할 때 나오는 상꼬맹이 소리까지... (눈 가늘게 뜨고 보는)
진우	주름 생긴다.
노을	오! (얼른 눈 풀고 눈꼬리 누르는)
진우	(피식 웃는)

S#29. 인근 찻길 + 노을의 차 안 – 밤

노을 차, 상국대병원 정문에서 나와 찻길에 합류하는데,
노을, 진우야? 하며 앞을 가리킨다. 진우도 봤다.
경문이 번화가 인파 속에서 택시 잡으려 정릉! 정릉! 외치고 있다.

S#30. 찻길 – 밤

경문, 택시에 대고 '정릉이요!' 하지만 택시, 그냥 가버리는데 승용차가 앞에 온다.
경문, 승용차 지나쳐 그 뒤에 택시로 가는데,

노을   (승용차 보조석에서 고개 내민) 주교수님!

경문   (보는)

노을   타세요! 어서요!

경문   (어? 하는데 노을 차 뒤에 멈춘 택시 경적 울리고, 얼른 가서 탄다)

S#31. 노을의 차 안 - 밤

경문   (한숨 돌린 뒤) 집이 가까운 건 좋은데 너무 가까워서 안 태워주네.

노을   오랜만에 댁에 가시네요? 한 달에 몇 번도 못 가시죠?

경문   그런가? 그래서 그런가?

노을   뭐가요?

경문   딸내미가 고등학생이더라고. (문득 갸웃) 걔가 중학생이었는데?

노을, 진우, 자기들끼리 앞자리에서 말 대신 시선 교환.

경문   근데 내가 (애매한 손짓으로 둘 사이 왔다 갔다) .. 방해했나?

진우   아닙니다.

노을   저희 자매나 마찬가지예요, 교수님, 신경 쓰지 마세요.

진우   형제지?!

노을   너 생긴 걸 봐.

경문   (그 말에 진우 봤다가)

진우   너 생긴 걸 봐.

경문   (노을 보더니) 자매네.

진우   !!

노을   감사합니다!

진우; .. 부루퉁해서 가는데 리어뷰미러로 그 모습 본 경문, 드문 미소 띤다.

경문   (이제 좀 편히 기대앉아 밖을 보는... 한숨처럼 나오는 말)

길에 사람이 참 많네..

진우 ... 괜찮으세요?

경문 (살짝 지친 미소) 그때 나한테 뭐라고 (말 멈춘다. 노을이 의식된 것)

진우 .. 괜찮습니다, 이선생하곤 가리는 거 없으니까.

경문 .. 모탈리티 들어가기 직전에 생각나나?
　　　나한테 무슨 말 하려고 했는데. 오래전에, 라고.

진우 (아..) 오래전에, 제 가족이 꽤 한동안 병원 신세를 졌습니다.

경문 (별생각 없이 맞장구치는, 혼잣말로) 그치.

노을 (?)

진우 (옆 레인 살피며 운전하면서 말하느라 경문 대꾸를 잘 못 들은)
　　　갑자기 상태가 나빠진 적이 있었는데 그땐 원래 아팠으니까,
　　　그런 건 줄만 알았어요. .. 지금 짚어보면 일종의 의료사고였는데.

경문 ...

진우 아무것도 모르고 당했던 그때 생각이 났습니다. 암센터 때문이든
　　　마취 쇼크 때문이든. 나는 피해자면서 동시에 가해자구나, 그 생각도요.

경문 우리 전부 그렇지..

진우 구사장 편에서 같이 흥부에 돌을 던지려고 했던 건 아녜요.
　　　저 그런 인간한테 동조하지 않습니다.

노을 ... ... 어떤 인간인데, 구승효 사장.

진우 (보는) 어떻긴?

노을 어떤데?

진우 사람 목숨을 숫자로만 보는 인간이지.

노을 우린 달라?

진우 (보는)

노을 우리도 맨날 보험수가가 어떠니, 그 소리잖아.
　　　우리 같은 고급인력이 몇이나 달라붙어서 대여섯 시간을 수술했는데
　　　이 수술장에 떨어지는 수가가 고작 2, 30만 원인 게 말이 되냐,
　　　그러잖아.

진우 다르지.

노을 뭐가 다른데? 우린 의사라서 환자 목숨 갖고 수지타산 따져도 되고
　　　그쪽은 자격이 없어? 의대를 안 나와서?

경문	그건 잘못된 정책이니까 당연히 얘길 하는 거고, 나라에서 보험금을 너무 짜게 책정해서 의사들만 죽어나니까 입에 올리는 게 당연하지.
진우	그럼 넌 구사장처럼 돈 못 버는 과는 맘대로 없애버려도 된단 거야?
노을	비약하지 마, 그건 분명히 잘못이야, (경문 돌아보고) 하지만 전 구사장 같은 사람도 우리 집단에서 역할이 있다고 생각합니다.
경문	구사장은 뼛속까지 장사꾼이야. 이선생처럼 나이브하게 받아주면 순식간에 잡아먹혀.
노을	무조건 배척만 하면 뭘 배우나요? 이 집단이 얼마나 폐쇄적이고 이기적인지 우리가 제일 잘 알잖아요? 저는 구사장이 돌을 던져줄 사람이라고 생각해요.
진우	....
노을	안 잡아먹히려면 두 눈 똑바로 떠야죠, 근데 그게 귀찮으니까, 하루하루 나 바빠 죽겠으니까 아예 돌도 던지지 마!... 그럼 아무것도 안 바뀌어요. 우린 영원히 고인 물로 남을 거예요.
진우	(얘가...)
경문	... ... 저기,
진우	예 말씀하세요.
경문	저기 보이는 아파튼데.
진우	아? 예. (그쪽으로 차를 모는)

S#32. 경문의 아파트 단지 앞 - 밤

아파트 시작되는 상가 즈음에 경문 내려주는 진우.
경문, 인사하고 내려서 가면 출발하는 노을의 차.
경문, 한 발 떼다가 노을의 차를 돌아본다.
나란히 앉아서 가는 노을과 진우의 뒷모습이 멀어진다.

S#33. 노을의 차 안 - 밤

노을	(사이드미러로 보는 경문, 아직 이쪽 향해 섰다) 집은 기억하시겠지?
진우	뭔 소리야.
노을	딸이 몇 살인지도 모르잖아. (경문 돌아보는) 아파튼 다 비슷비슷한데.
진우	너 주교수님한테 이른다?
노을	슷, 쫏.
진우	.. 구사장, 자기네 그룹에서 최초로 마흔 전에 CEO 된 사람이래.
	오너 가문 아닌 중에서. 보통 아닐 거야.
노을	나도 기사 찾아봤어.
진우	기사까지 봤어? 왜 구사장을 기사까지 찾아보는데?
노을	신임사장으로 온다는데 그럼 안 봐? 너도 찾아봤잖아?
진우	나는, (어... ..)
노을	나 구사장한테 병동 보여줬어.
진우	니가 직접? 왜?
노을	아이들 보면 뭔가 느끼는 게 있지 않을까 해서.
진우	말이 되는, (작은 한숨) 그래서 느꼈대?
노을	.. 모르겠어.
진우	뭘 몰라, 니가 아까 모탈리티에서 그 인간 하는 꼴을 봤어야 되는데.
노을	얘기 들었어.
진우	듣는 거랑 달라.
노을	그러니까 구사장도 그냥 막연히 병원이니까 환자가 있겠지, 하는 거랑
	그 작은 애기들이 아픈 걸 직접 보는 거랑 다를 수 있지.
진우	세상이 다 니 마음 같으면 얼마나 좋겠니.
노을	... ... 주교수님이 선우 알아?
진우	알긴.
노을	근데 선우 오래 입원했었단 얘기를 어떻게 알아들어?
진우	?
노을	보통은 가족이 오래 아팠다고 하면 누가 아프셨냐, 묻지 않나.
	안 그런다 해도 네가 가족이 아팠다고 했을 때, 그렇지, 그러셨는데?
진우	.. 원장님이 얘기하셨을 거야. 주교수님이랑 내 얘길 하신 모양이더라고.
노을	너네 집안 얘기를 다? 선우 아팠던 거까지?
진우	...

노을   두 분이 그렇게 친했나?.. 친해도 주교수님한테 네 얘길 왜?

진우   글쎄...? ... .

S#34. 고급 몰트바/룸 - 밤

태상, 세화, 서교수, 암센터장, 넷만의 모임.
암센터장, 홀로 위스키를 스트레이트로 비워낸다.
초췌한 눈빛에 볼은 쑥 들어간 것이 며칠 사이 10년은 늙은 듯.
서교수, 세화, 그 모습에 함부로 입 열지 못하고.

암센터장   (혼자 술잔 채우려고 하면)

태상   (따라주며) 좀만 더 고생합시다, 교수 급까지 건드는 경운 드무니까.

암센터장   내 처음으로 후회됩디다, 의사 된 거. 형사라고 하는 질문하고는,
     우리 일은 하나도 모르면서, 전문가를 데려다 놓든가!

서교수   (잔 비우고) 레지던트 애는 으뜨게 될 거 같애요?

암센터장   (입맛 쓴)

태상   유족이 고소했어요, 사장이 질러놨으니 빼도 박도 못하지.

세화   지도 깨닫는 게 있어야죠.

암센터장   (쳐다보는데)

세화   (낭낭히 쳐다보며) 구사장 다음 플랜이 뭘까요, 뭘 낚으려고 할까요.
     (태상에게 눈길 돌리는) 3과 퇴출도 경영 진단도 다, 미끼였나 본데.

태상   .. 우리가 움직입시다.

세화, 서교수, 암센터장, 모두 태상 본다.

태상   우리도 총리도 치료해보고, 재벌회장님 배 속도 들여다본 사람들이야.
     (서교수 보고) 두 번이나 전국안과협회장에,
     (세화 보고) 최초에 여성 신경외과장,
     (암센터장) NCI, MD앤더슨, 미주 양대 암센터 다 섭렵한 분.

세화, 서교수, 암센터장, 각각 허리를 펴거나 턱을 들거나, 의자에 넓게 기대거나.

태상   여러분이 저한테 힘을 주세요. 구사장, 내가 밀어내겠습니다.
        (화면에 가득 차는 그의 얼굴) 모두한테 가서, 말하세요.

S#35. 진우의 집/거실 - 밤

진우   (들어온다)
선우   (TV 보며 맹숭맹숭) 밥은?
진우   (못지않게 맹숭맹숭) 응. (방으로 가다가)
        너 우리 병원에 주경문 교수라고 아냐?
선우   (보는..) 나 형네 병원에 정형외과 사람들은 아는데.
        일하면서 이름 많이 봐서.
진우   정형 아니고.. 알았어. (방으로 들어가는)

선우.... .. 문자 보낸다. 내용은 안 보이나 간간이 진우 방문 체크하며 보낸다.
옷 갈아입은 진우가 방에서 나온다.
선우, 잠시 문자 멈추는. 진우가 욕실로 들어가면, 문자 전송하는 선우.
핸드폰 쥐고 TV 보는데, 선우, 별로 집중하지 못한다.
욕실에서 물소리 끊기자 핸드폰 넣는다.

진우   (앞머리 젖은. 수건 들고 소파로 오면서 닦는다)
선우   수건 좀 들고 나오지 말라니까.
진우   넌 니 방 거 써. (털썩 앉는) 느느니 잔소리야.
선우   축축한 거 왜 소파에 자꾸 놔.
진우   밖에도 나가고 좀 그래라. 맨날 TV만.
선우   집 나가면 개고생이야.
진우   야 이러지 말고 나가자. (일어나 당장 휠체어를 미는)
선우   오밤중에 어딜 나가.
진우   오는데 꽃 폈더라.

선우	꽃이 폈겠지, 나 이거 봐야 돼, 바빠. (채널 돌리는데)
진우	야 넌 맨날 병원에 갇혀 사는 형이 꽃구경 좀 하겠, 어 방금 거! 다시!
선우	? 뭐 어디? (채널 다시 돌리면)

〈TV 화면〉 - 심야 뉴스인데, 방송국 파업 관련 보도다.
박스 자료화면으로, 작년 방송국 직원들이 참여했던 파업 장면이 나오는데,
그중에 짧게 서현의 얼굴이 스치고 간.

선우	파업 소리만 들어도 흠칫해 인제?
진우	(갑자기 수건은 팽개치고 방으로 간다)
선우	쫌! 수건!

S#36. 동 / 작은방 - 밤

진우, 의자에 대충 걸치며 핸드폰으로 '최서현' 검색한다.
액정 C.U. 프로필에 뜨는 경력 - 〈2013.03~2017.04 ABS 아나운서국 아나운서〉

| 진우 | 그래서!.. |

하단에는 서현이 진행했던 뉴스 동영상이 몇 개 게재되어 있다.
진우, 재생하려다 문 쳐다보더니 이어폰 꺼낸다. 연결해서 동영상 재생하는.
서현, 기자일 때와는 다른 단정한 정장과 헤어스타일도 잘 어울리는데,
진우, 아예 침대에 드러누워 본격적으로 시청한다.
표정만 보면 뉴스가 아니라 뭐 대단한 거라도 보는 듯...

S#37. 동 / 거실 - 밤

TV 끈 선우, 가만히 앉은. 문자 온다. 바로 읽고는...
소파에 던져진 수건 집어 무릎에 올리고 휠체어 민다.

화장실 문고리에 수건 걸고 거실 불 끄는 선우, 잠시 작은방을 바라보다 안방으로 간다.

S#38. 대학병원/회의실 – 낮

센터장들과 승효 앞에서 프레젠테이션 하는 동수.
뒤에 스크린에는, 〈개선 전〉 〈개선 후〉로 나뉜 두 개의 약품대 사진 있다.
개선 전 사진엔 같은 색의 라벨이 부착된 반면, 개선 후엔 형형색색의 라벨이 부착됐다.

동수   이렇게 각 약품마다 다른 색깔로 라벨링 해서 눈에 띄게 구분하면
승효   (이미 탐탁지 않은 게 표정만 봐도 보인다)
동수   (기색 살피게 되는) 약이 바뀔 일이 없지 않을까.. 하는 게
        저희 응급센터 방안입니다...

끝났는데 아무 반응 없는 승효. 애매한 동수, 좀 머뭇대다 노트북 갖고 들어간다.
다음, 소아과장이 노트북 들고 나온다.

소아과장   저희 소아에선, 눈에 띄는 장소마다 이러한 포스터들을 붙여서,
        (하며 파일 클릭하면 포스터 사진 나오는데)

'돌다리도 두들겨보자'란 흔한 표어에, 바쁜 인턴이 급조했을 약품 사진 편집이다.
포스터가 뜬 순간 승효, 그만 실소가 생소리로 터지고 만다. 어이가 없다.

소아과장   (앗... 더 설명도 못하고 멈춘)
승효   (센터장들이 낸 자료 놔버리는)

자리에 앉은 센터장들, 승효랑 눈 안 마주치려 딴 데 보는데,

승효   여기 상국대학 병원 맞습니까? 상국초등학교가 아니라?

얼굴 확 붉어지는 센터장들.

승효 이런 마인드로, 이런 일처리로, 해온 거예요?

사람들 쭉... ... .. 보는 승효, 더는 보고 싶지 않은 시선 거두고 강팀장 본다.
강팀장, 케이스와 약품 통 하나 들고 앞으로 나온다.
앞에 서서 제일 좌불안석이던 소아과장, 얼른 들어간다.
강팀장, 케이스 오픈하면 핸드폰 크기만 한 바코드 리더기 나오고,

강팀장 RFID 칩이 내장된 바코드 리더기입니다. 앞으로 모든 약품은 물론이고,
고가의 수술 장비와 환자들 손목에, 이 바코드가 (손목밴드 들어 보이는)
부착될 겁니다. (리더기를 약품에 대면 리더기 화면에 약품 정보 뜬다)
클라우드 기반으로 관리돼서, 투약 오류사고 방지뿐 아니라 의약품
재고 관리에 할애되는 시간도 대폭 축소될 것입니다.

S#39. 동/응급센터 - 낮

방선생, 바코드 리더기를 이용해서 물품과 약물을 하나씩 카운트하고 있다.
바코드 하나씩 찍을 때마다 화면 확인한다.

은하 (옆에서 들여다보는) 맨날 왜 부족하냐, 니 잘못이냐, 내 잘못이냐,
인제 그거 안 해도 되겠네?
방선생 냅다 병만 줄 줄 알았더니 약도 주네요, 구사장이?
은하 .. (환자 침상으로 가는)

침상에선 안선생이 환자 손목에 바코드 밴드를 리더기로 찍는다.
화면 보는 안선생, 은하가 오자 리더기 화면 보여준다.
은하가 보는 화면 C.U 하면 - '처방 약물과 일치합니다'라는 안내가 떴다.
안선생, 가운 주머니에 리더기 넣으면 쏙 들어가는 리더기.

안선생 (주머니 위를 톡톡 쳐본다) 재벌회사가 이런 건 좋아요?

은하	너무 이거만 믿지 말고. (자리 뜨는)
안선생	넹. (뒤로 샐쭉)
은하	(위를 힐끗 보는) 종잡을 수가 없는 사람이네...

S#40. 동/의학 도서관 - 낮

책장 사이 오가는 진우, 손끝으로 책 제목들 훑다가.. 〈병원내부규정 조례〉에서 멈춘다.

cut to. 도서관 책상에 앉은 진우, 꺼내온 책의 목차 부분 살핀다.
그중 '병원장의 운영관리 및 회의' 부분 찾아서 해당 페이지 펼치면..

진우	(낮게) 관리 회의.. (읽기 시작하는)
진우N	원장님, 여러 가지 일을 하셨네요. 예산과 결산을 심의하시고,
	(그 밑에 줄은 좀 쭉 뛰어넘다 책장 넘기고)

Insert〉 - 회의실 - 낮(불과 몇 시간 전. 진우의 회상)

진우N	조직 및 개폐에 관한 사항, 이런 것도 하셨나요?..

센터장들과 과별로 고참 전임들 몇몇이 참여한 회의.
진우, 방금 배부받은 약품 리스트 보는데,

태상	**앞으로 처방은 지금 나눠준 이 리스트에서만 합니다.**
	원활한 약품 공급을 위해서 이번에 설립된 우리 병원 자회사예요.

진우, 조례집을 계속 읽다가 어느 부분에서 멈추는 손길, 눈길.

진우N	사장 해임에 대한 발의권... 기관 운영 및 재정·회계 분야에서
	위법 부당한 사례가 있을 경우, 파면 해임 등을 발의할 수 있다...
	이것도, 원장님 권한이었네요. 새 원장이, 할 일이네요..

진우, 고개 든다. 부는 바람에 창문 밖 나뭇잎이 흔들린다.
나무색 짙은 책상에 무심히 올려진 진우 손등에서 햇빛이 춤을 춘다.

S#41. 방송국 – 낮(며칠 전)

녹화가 한창 진행 중인 스튜디오. 태상이 사람 좋은 미소로 얘기 중이다.

태상   우리 어머님들은 꼭 내 몸 아픈 건 미루고 미루세요,
        미리 고치셔야 딸들이 보내주는 효도 여행도 다니시죠.
MC   미루고 미루다 김태상 부원장님께 찾아가시는군요?
        우리나라에서 다섯 손가락 안에 꼽히시는 인공관절 전문가시잖아요.
태상   아유 아닙니다. 저 말고도 뛰어난 선생님들 많으니까 저한테 오지
        마세요. 저 쉬지도 못합니다.

방청객들 웃는 소리 위로 미소 짓는 태상이 종이에 인쇄된 스틸컷으로 바뀌며,

S#42. 대학병원/정형외과 복도 – 낮

직원, 원래 액자 내리고 방금 전 스튜디오 사진이 실린 방송 기사 액자로 바꿔서 건다.
〈인공관절 수술 환자만도 한해 5천6백 명에 달하는 김태상 교수〉 제목이 굵은데,
상당히 큰 액자에서 화면 물러나면, 가운에 조붓이 손 넣고 액자 앞에 선 진우.
손상된 무릎관절 그림 사진과, 수술 후 7일엔 독립보행 가능, 꾸준한 재활 등의 문장.

진우N   누가 할 수 있을까요. 누가 원장님을 따라 이 길을 곧게, 갈까요.

태상 사진 바라보던 진우, 걸음 옮긴다. 사람 없는 긴 복도를 곧게 걷는다.

S#43. 동/소아과 병실 - 밤

노을, 아이 환자 배에서 붕대 떼고 수술 부위 확인한다. 수액 속도도 체크하고.
카트 가져온 소아 간호사3, 수술 부위 드레싱 준비한다.
아이, 드레싱만 봐도 무섭고 싫어서 당장 울 것 같다.

노을	(바코드 리더기 꺼내는데)
아이	(이것도 무서운)
노을	정후야 우리 마트 놀이할까?
아이	(여전히 겁먹은 얼굴인데)
노을	이것 봐라, 선생님 이거 살 거다? (드레싱 약통에 바코드 찍는)

찍히는 소리 나고 노을이 화면을 아이에게 보여주자 아이, 고개 빼서 보는데,

노을	정후는 뭐 살까? 음, 아 정후는 정후를 사자!
	(아이에게 바코드 쥐어주고 아이 팔에 바코드 밴드를 갖다 댄다)
	요기, 요기 눌러봐.
아이	(자기 손으로 해보는)
노을	그렇지, (화면 보여주는) 누구 이름 떴어요?
아이	(자기 가리키며 신기해서 노을 올려다보는 눈이 반달이 된다)

소아 간호사3, 그사이에 살살 드레싱 한다.
노을과 소아 간호사3, 눈 마주치고 살짝 웃는다.

S#44. 동/소아과 복도 - 밤

소아 간호사3과 노을, 아이 병실에서 함께 나온다.

소아간호사3	일단 찍으니까 맘이 편해요. 헷갈렸을까 봐 걱정 안 해도 되고.
노을	(손에 들린 바코드 만져보는) 많이 고민했나 보네. 이런 걸 생각해내고..

소아간호사3   생각했어도 사장님 아님 실행 안 됐겠죠. 돈이 어디서 났겠어요?

노을   (웃는) 그쵸?

소아과장E   소녀팬들 나셨네.

노을과 소아 간호사3, 돌아보면 바로 뒤에 오던 소아과장.

소아간호사3   (인사하고 얼른 카트 끌고 가버린다)

소아과장   (소아 간호사3 쪽 찍 보는) 많이 칭찬해둬.

       (노을에게 고개 돌리는) 처음이자 마지막 업적이 될 거니까. (가는데)

노을   !.. (묻는 대신 소아과장 옆으로 가 보조 맞춰 걷는)

소아과장 애들이야 멋모르고 좋아하지, 보호자들은?

       이런 거 들고 다니면 저건 의사란 게 지가 한 것도 기억 못하나,

       안 그럴 거 같아? 환자가 의사를 신뢰해야 말빨도 먹히지,

       이마에 피도 안 마른 게, 누굴 초딩 취급이야, 씨..

노을   구사장, 계속 뭔가를 할 텐데 마지막일까요?

소아과장 원장 선출만 돼봐, 씨, 당장 내쳐버릴 거니까.

노을   할 수 있으려나요, 새 원장이.

소아과장 공약인데 그럼, 박살 내야지.

노을   네에..

걸음 서서히 멈추는 노을, 소아과장은 계속 가고.

노을   .... ..

창   (이쪽으로 오다 노을 발견하고 걸음 재촉해서 온다) 이선생님?

노을   .. (창을 보는) 네.

창   (서류 주는) 뇌사 추정 단계가 발생했다고 하셔서.

노을   예, 근데 보호자가 전혀 기증에 뜻이 없네요.

창   자식 일인데요, 그럼. 기증 얘기 꺼내면 첨엔 때리는 사람들도 있어요.

노을   (위로하듯 창을 보고 서류 훑는)

창   (그녀를 보는데)

Flashback〉- 5회 S#36. 동/사장실 복도 - 밤
사장실에 찾아와 승효와 함께 가던 노을.

노을   내일 밤에 판정 검사 시작하면.. 뇌파는 모레 오전쯤에 끝나겠네요.

창   그럼 보호자한테 제가 얘기할게요.

노을   조심해요, 맞음 안 되지. (격려의 미소 보이고 가려는데)

창   (노을 손에 바코드 리더기 가리키는) 별스럽죠? 새로 온 사장.

노을   뭐가요?

창   아니 뭐 반응들이 좀, 과장님들도 그렇고.

노을   ...

소아과장E   원장 선출만 돼봐, 씨, 당장 내쳐버릴 거니까. ... 공약인데 그럼.

창   (노을 반응 살피는데)

노을   그분들이 (하다가..) 선우쌤은 어떤데요.

창   저요? 제가 어떤 게 뭐 중요한가요.

노을   (눈을 커다랗게 하고 고개 갸웃하며) 중요한데? (웃고, 가며) 중요하지.

창   (왠지 뭔가 찔리는 것 같은데 그게 뭔진 모르겠고... 에이, 돌아서는)

노을, 생각에 잠겨서 가다가 스테이션에 이르는데, 벽에 붙여놓은 공고에 시선 닿는다.
A4 용지에 프린트해서 붙여놓은 〈유기견 센터 자원봉사 지원자 모집〉 공고다.
잠깐 시선 주지만 스쳐가는 노을.

S#45. 동/지하 3층 주차장 승강기 - 아침

승강기에 탄 승효, 8층 누르고 닫힘 버튼 누르는데,

노을E   잠깐만요!

승효   (열림 버튼 누르자)

쏙 들어오는 노을, 한 손엔 커피와 차 키, 한 손엔 종이봉지와 가방 들었다.

노을	어머 안녕하세요? (5층 누르려는데 양손이 바빠 잘 안 눌러지는)
승효	안녕하세요. (5층 눌러주는)
노을	감사합니다. (밝게) 아침은 드셨어요?
승효	안 먹는데요.
노을	안 돼요, (완전 어린이한테 하는 말투) 아침 빼먹음 큰나요.
	(제 손 쥔 것 보더니 봉지 내미는) 드실래요?
승효	네?
노을	(전화 울린다. 받을 손이 없어 봉지를 승강기 손잡이에 올려놓는데)
승효	... (봉지 집는다)
노을	아 감사합니다. (커피까지 다 주고 전화받는) 네 이노을입니다.
승효	(좀 당황스럽지만 어쨌든 양손에 받아든)
노을	.. 피버는요? 어젯밤부터요? (듣는) 엑스레이 어레인지 해주세요.
승효	(노을이 전화 끊자 봉지 넘겨주려는데)
노을	(다시 전화 온다, 바로 받고) 예, (듣는) 제가 주치의 맞아요.
	.. 아직도 보미팅 있어요? NPO 하다가 넘어간 건데.. .. 일단 갈게요!
	(전화 끊고 커피 가져가며) 죄송해요,

5층에 서는 승강기.

노을	좋은 하루 되세요. (바삐 내린다)
승효	이거(종이봉지)!
노을	아침 꼭 드시고요! (총총 가는)
승효	.. (닫힘 버튼 누르는데)

문밖에서 노을이 '앗 뜨거' 하는 소리 들린다.
승효, 닫히는 문 사이로 보느라 고개가 기울여지는... 문 닫힌다.

승효	(.. 봉지 슬쩍 들여다보면 딸기 생크림 샌드위치다. 탐탁지 않은 듯?)

S#46. 동/사장실 문 앞 – 아침

종이봉지가 그대로 들린 승효 손. 승효, 홍채인식 찍고 들어가려다 리더기를 다시 본다.
리더기에 비친 얼굴 보더니 입가 닦는다. 묻어나는 생크림. 문지르고 들어간다.

S#47. 동/세화의 진찰실 - 낮

Insert〉- 컴퓨터 모니터 속 동영상.
분할된 화면에 왼쪽은 진짜 뇌를, 오른쪽은 3D 바이오시뮬레이터로 구축한 인공 뇌를
모의수술을 하는 영상이다.

손에 들린, 식어가는 커피. 세화, 모든 걸 잊고 이어폰 끼고 동영상에 매료됐다.
꿈꾸던 장난감을 바라보는 어린아이 눈빛 그 자체다.

세화   아 이런 거 하나만 있었으면... (화면 정지시키고 이어폰 빼는)
          얼마쯤 하려나.. (컴퓨터로 검색하는)

'의료용 3D 시뮬레이터' 입력하고 엔터 치는데, 김새서 뒤로 푹 기댄다.

세화   아이, 빽하면 억대야.
소리E〉   (노크)
세화   ('네'와 '응'의 중간 대답)
신경외과의1   (들어와 머뭇머뭇) 스테이션으로 잠깐 오시라는데요..
세화   왜?

S#48. 동/신경외과 스테이션 안 회의실 - 낮

화학회사에서 나온 영업사원, 약통 하나 들고 설명 중이다.
승효가 보러 갔던 화정화학 공장에서 대량 생산돼 나오던 그 약이다.
의료진, 이걸 왜 듣고 있어야 하나 하는 얼굴로 마지못해 앉았다

영업사원 인지기능과 전반적인 뇌 건강개선에 탁월하단 걸 셀링포인트로 해서
　　　　　의료진께서 추천해주시면 여기서 뇌수술 받으신 분들 귀에 아주 쏙쏙
　　　　　박히지 않겠습니까? 환자만 아니라 학생들도 아침저녁 한 알로 집중력

문 쾅!! 열린다. 영업사원, 깜짝 놀라는데 세화가 들이닥친다.
그 뒤를 따르는 신경외과의1, 벌써 잔뜩 주눅 들었다.
눈이 이글이글하는 세화, 영업사원 봤다가 테이블에 잔뜩 놓인 약상자, 팸플릿 보는.
신경외과 의료진, 벌써 눈치채고 슬금슬금 일어난다.
세화가 입 열기도 전에 회의실을 다투어 빠져나가는 의료진.

영업사원 사장님 재가받고 하는 건데
세화　　　(시퍼런 안광 발사!)

세화, 팸플릿 하나를 긁듯이 구겨 쥐더니 들어올 때처럼 바람을 일으키며 나간다.

S#49. 동/원장실 앞 복도 + 승강기 – 낮

세화, 모퉁이 꺾어서 나타나는데 발걸음에도 노기가 묻어난다.
복도 앞에 원장실과 부원장실 팻말 보인다.
세화, 팻말이 가리키는 유리문으로 가는데,

서교수 어딜 간 거야! (유리문 안에서 나온다) 일을 이따위로 벌려놓고!
　　　　　(역시 화가 머리끝까지 뻗쳤다. 세화 보더니 당장 말하려는데)
세화　　거기도요?
서교수 이것들이 나더러 상어 간인지 고래 기름인지 그딴 걸로 만들었다고
　　　　　박스를 디미면서 팔라는데, (생각만 해도 혈압 오르는)
세화　　(바로 몸 돌려서 오던 길로 가는)
서교수 (세화 옆에 붙어서 오는) 내 앞에서 시력보강이 어쨌고,
　　　　　아니 얻다 대고 약을 팔래? 이것들이 우릴 아주 알로 봐요!

세화, 바로 승강기에 오른다. 서교수도 같이 타는데,
세화, 8층 버튼 친다. 서교수, 8층 보더니 잽싸게 내린다.

서교수   내가 회진을 돌다 와
세화   (말 끝나기도 전에 닫힘 버튼 때린다)
서교수   (문 닫히자 안도) 깜빡 묻어갈 뻔했네.

S#50. 동/2층 난간 - 낮

난간에 나타나는 세화, 난간에서 몸을 빼고 1층 로비를 빠르게 훑는다.

구조실장E   사장님 방금 나가셨는데요.

세화 눈에, 승효와 강실장이 입구로 가는 것 포착된다. 뛰는 세화.

S#51. 동/1층 로비 - 낮

승효와 강팀장, 직원들 인사 가볍게 받으며 회전문으로 향하는데,

세화E   구승효 사장님!!

승효와 강팀장, 놀라 올려다본다. 세화의 일성에 다른 이들도 쳐다본다.
특히 병원 근무복 입은 사람들은 아예 멈췄는데, 이 중에 진우도 있다.

세화   (중앙 에스컬레이터를 다다다다 내려온다)
승효   (세화가 오는 쪽으로 돌아서는)
강팀장   (.. 승효를 곁눈질. 반걸음 뒤로 빠지는)
세화   사장님은 이 사람들이 전부 뭘로 보입니까?

아파서 살려달라고 온 사람들이 전부 뭘로 보여요?

승효　(보기만)

세화　(구겨진 팸플릿 거칠게 펼쳐 문구 읽는) 기억력 향상, 스트레스 감소!
　　　깊은 숙면! 이런 싸구려 광고를, 우리더러, 것도 환자들한테!

승효　싸구려 아닙니다? 약의 효능이 못 미더워요?

세화　우리가 장바닥 약장숩니까! 같이 일하는 사람들 이렇게까지 자괴감
　　　안겨서 사장님한테 좋은 게 대체 뭔데요! 어떻게 우리더러

승효　오세화 과장!!

세화　!!

승효　화정그룹이 대학재단을 인수할 때 목에 칼이 들어와도 안 된다고
　　　반댈 하든가, 이제 와서 무슨 뒷북입니까?
　　　오세화 과장, 여기 병원 사람들, 전부!!
　　　합병을 통해서 화정그룹의 직원이 됐습니다. 그럼 이제 일을 해야죠.
　　　직원 하는 일이 뭔데요? 회사에 이익 주고 월급 타가는 겁니다.
　　　여기서 자괴감이 왜 나오는지 난 도통 이해가 안 가네?
　　　영업이 부끄러워요? 뭐가? 왜?
　　　댁들 눈에 영업직들은 죄다 불가촉천민인가?
　　　그 사람들 다 열심히 일해서 자기 가족 먹여 살리는 사람들이에요.
　　　(모두 들어라, 전방에 대고) 의사는 밥 안 먹고 똥 안 싸는 신선이라도
　　　되나! 돈 안 받고 일할 거면 영업 안 해도 됩니다!
　　　하기 싫으면 하지 말아요!

이때 마치 짜기라도 한 듯, 커다란 천이 머리 위에서 촤르르 풀리는 소리!
세화와 병원 사람들, 반사적으로 올려다보면,
3층 벽에 달라붙어 아까부터 작업하던 인부들이 끈을 당겼다.
초대형 걸개가 벽 전면에 모습을 드러낸다. 화정그룹 통합 광고 현수막이다.
〈대한민국을 넘어 인류의 가치를 실현하는 화정〉 문구가 일필휘지이고,
본사 사옥, 대표 계열사 건물, 상국대병원 건물을 한꺼번에 담은 커다란 걸개가
중정 전체를 뒤엎을 듯 위용을 자랑한다.
세화, 모욕감에 휩싸여 승효를 치켜 보고, 완전히 되받아쳐 보는 승효.
둘의 대치를 보는 진우, 고개 든다. 머리 위에서 화정그룹 초대형 걸개가 일렁인다.

S#52. 동 / 중앙 승강기 안 - 밤

투명유리 밖에 보이는 초대형 걸개가 승강기 올라가는 각도에 따라 다르게 번쩍인다.
이를 보던 노을, 돌아서면 승강기 문에는 화정화학 약 광고 포스터가 떡하니 붙었다.

S#53. 동 / 소아과 스테이션 - 밤

소아과 벽에도 약품 광고가 여기저기 붙었다.

소아간호사3   (바코드 리더기 손에 쥔) 이것도 저기서(벽에 붙인 화정화학 포스터)
          해준 거라면서요?
노을   (인쇄물 한 장 손에 쥔. 쓸쓸한 미소)
소아간호사3   돈도 안 꿨는데 빚진 꼴이 돼버렸네?
          이제 와 안 쓸 수도 없고, 받아먹기만 하고 약을 안 팔아줄 수도 없고.
노을   ... (인쇄물 본다. 속이 복잡한)

엑셀로 뽑은 〈장기 재원환자 목록〉 엑셀 파일(5회 S#6과 같은 양식) 보는데,
노을 이름이 전혀 없다.

소아간호사3   (인쇄물 넘겨보는) 갑자기 주치의 오더에서 이쌤 이름이 싹 없어졌어요.
          어차피 낙산 안 갈 거라 취소됐나?
노을   글쎄요.
소아간호사3   암튼 축하축하요. 인젠 전화 좀 덜 오겠네.
노을   예.. (인쇄물 내려놓는. 화학 포스터 보는) 도대체...

노을, 포스터 옆에 붙은 공지로 시선 옮긴다.
〈유기견 센터 자원봉사 지원자 모집〉 공고,
'구승효 사장님과 함께하는 봉사의 날!

경기도 남양주시 유기견 센터 봉사에 임직원 여러분의 적극적 참여를 바랍니다.
일시: 2018년 5월 12일 장소: ... 을 시행합니다.' 라고 쓰여 있다.

S#54. 동/응급센터 의국 - 밤

진우, 쉬는 시간 이용해 전문서적 펼쳐놓고 공용 컴퓨터로 논문 작성 중인데,
동수가 들어온다.

동수   (명단 한 장 들고) 재혁이?

진우   교대했는데요.

동수   1년 차가 빠져갖고, 나 땐 교대가 으뜸어. (옆에 앉아 명단 툭 준다)
니가 그 박재혁이 사인 비스무리하게 해갖고 딴 과로 넘기라.
(의국 테이블에 놓인 과자 아그작 먹는다)

진우, 명단 보면, 유기견 봉사 지원자 서명 리스트다. 자원자가 없어 거의 공란이다.

동수   가고 싶으면 지나 가지. 나가 집에 있는 개시키 목욕도 안 시키는디.

진우   간다잖아요, 사장도 직접. 과장님도 가시죠?

동수   디았어.

진우   원장 선거, 금방인데요.

동수   혀서?

진우   과장님, 입후보하시죠?

동수   야는. 부원장이 눈이 저래 시퍼런디.

진우   단일후보가 뭡니까, 독재국가도 아니고.

동수   왜 입후보가 안 나서겄냐, 원장 디봐, 구사장이랑 직빵이여.
(손사래) 부원장이 총대 메는 게 한결 나서. 냅둬. (일어나 나가는)
거 재혁이 눔 안 한다고 하문 주말에 오프인 애 하나 잡아서 보내.
한 과당 딸랑 한 명씩인데 우리만 빠지면 찍혀서 쓰겄냐?

동수 나가면 진우, 리스트 본다. 응급센터 지원자 란에 박재혁 쓴다.

진우, 둘째 장엔 누가 지원했나 들춰보는데,

진우   얘가?

둘째 장도 지원자가 텅텅 비었는데, 소아과 란에 버젓이 서명된 이름 '이노을'.

진우   ....
노을E   **구승효 사장, 어떤데?**

Flashback〉- 6회 S#33. 노을의 차 안 - 밤

노을   **나 구사장한테 병동 보여줬어.**
        아이들 보면 뭔가 느끼는 게 있지 않을까 해서.

진우, 공고 중에 '구승효 사장님과 함께하는 봉사의 날!' 문구 본다.
특히나 '구승효 사장님과 함께하는'이 커다랗게 보인다.

진우   얘가 진짜... ...

S#55. 유기견 센터/마당 - 낮

'상국대학병원 의료진 유기견 센터 자원봉사' 현수막까지 만들어 묶었다.
그 밑에 모인 병원 직원들, 승효를 중심으로 손 하트 만들어 기념사진 찍고 있다.
캐주얼한 복장으로 활짝 웃는 승효.
그의 양옆으론 태상과 암센터장이 포진했고, 이외에 센터장은 안 보인다.
거의 다 젊다 못해 어린 직원들만 왔다. 줄잡아 30명은 돼 보인다.

홍보실장   찍습니다, 여기 보세요, 하나둘셋!
        예 한 번만 더요, 하나둘셋! 수고하셨습니다!

흩어지는 사람들, 뭘 해야 할지 몰라 어슬렁대는 사람도 있고,
센터 주인의 말에 따라 청소 준비에 들어가는 사람도 있다.

태상   사장님께서 동물까지 좋아하시는지 몰랐습니다.
암센터장   사장님 이렇게 입으시니까 10년은 젊어 보이시네요.
태상   (말 가로챈 암센터장 쳐다보는데)
홍보실장   사장님 이제 개인 인터뷰해도 될까요?
승효   어떻게 할까요?
홍보실장   걸어가시면서 취지 같은 걸 말씀해주시면 저희가 자연스럽게
          편집하겠습니다.
승효   짧게 합시다. 일하러 왔는데.
홍보실장   봉사하시는 거만 몇 컷 더 담겠습니다. 불편하게 해드려서 죄송합니다.
승효   저쪽으로 갈까요?
홍보실장   예 그러시죠! 저희가 따르겠습니다.

홍보실장, 승효 따라가며 찍고,
'평소 유기견이나 유기묘 문제를 안타깝게 생각했는데 병원 직원들이 먼저 뜻을 모아..'
... 말하며 자연스럽게 가는 승효.

태상   ... (암센터장에게) 솔선수범이시네요?
암센터장   어쩝니까, 목매달아 놨는데. 부원장님이시야말로 (승효 쪽 슬쩍 보며)
          밀어낸다 어쩐다 하시더니.
태상   밀어내려면 우선 옆에 바짝 붙어야죠.
암센터   .. 어쩌다.. 쯧, 갑시다. (견사로 가는)
태상   (함께 가는) 아 냄새 젠장.. (암센터장 힐끗 보는)

S#56. 동 / 견사 일각 - 낮

작업용 장화에 야구 캡 쓰고 목장갑 낀 승효, 장화 신은 발을 한 짝씩 들어보며 온다.

승효　　（목장갑 낀 손도 보고) 간만이네. (고개 드는데)

빗자루 쥔 노을이, 강아지 우리에 손을 넣고 강아지들이랑 놀아주고 있다.
강아지에게 말도 시키고 웃기도 하는 노을.

승효　　… … (그쪽으로 가는데)
노을　　(고개 드는. 이쪽 본다. 그러더니 반갑게 웃는)
승효　　…
노을　　(일어나 이쪽으로 서는. 밝은 미소) 모자,
승효　　네. (하는데)
진우E　（거의 동시에) 응.
승효　　(돌아보면)

지금 막 차에서 내리는 진우. 그도 야구 모자를 쓴 차림이다.
차 문 닫는 진우, 승효 본다. 승효도 진우 본다.
서로 보는 두 남자, 그리고 그들 앞에 선 노을에서, 엔딩.

7

라이프

LIFE

S#1. 유기견 센터/진우의 차 안 - 낮

미끄러져 들어오는 진우의 차. 그 안에서 본 센터 모습. 밖에 병원 직원들 보이고.
차 댈 곳 찾는 진우, 늦게 와서 자리가 마땅치 않고 찾는 얼굴도 있는데,
좀 더 가다 보니 밖에 노을이 보인다. 오글오글 강아지 많은 견사 입구에 앉은 그녀.
진우, 근처에 차를 댄다.

S#2. 동/마당 일각 - 낮

진우, 차에서 내리며 야구 캡 꺼내 쓴다. 차 문 닫고 노을 쪽으로 반갑게 돌아서는데,
그 잠깐 새, 노을과 진우 사이에 다른 남자가 와 서 있다.
진우와 거의 일직선상으로 선, 야구 캡을 쓴 뒷모습의 남자.
노을, 이쪽 보더니 일어난다. 맑게 웃는데 진우와 뒷모습의 남자가 워낙 비슷한
선상에 겹쳐 있어서, 둘 중 누굴 향한 미소인지 알 수 없다.

노을　　모자,
진우　　응, (하며 노을에게 가는데)

진우 소리에 고개 돌리는 뒷모습 남자, 승효다.
늘 정장 입은 승효만 보다 모자에 캐주얼한 뒷모습은 몰랐던 진우, 이제야 안다.

진우   (목례하지만 이미 미소는 사라진)
승효   (답례. 마치 지나가던 길처럼 오던 방향대로 그대로 간다)

승효 뒤로 노을에게 가는 진우 보이고, 승효 귀에 들리는 두 사람 대화.

진우   벌써 시작했어?
노을   방금. 어? 이 모자 찾았네?
승효   (설핏 픽, 하는. 화면 밖으로 나간다)
진우   똑같은 거. 또 샀어. (주위 보며) 근데 애네들이 다 집 없는 애들이야?
        진짜 많다...
노을   (진우에게 빗자루 주는) 예진우는 그만 보고 똥을 치우거라.
진우   (코에 주름 세우고 찡그리지만 받는)

노을과 진우, 청소를 시작하는데,
... 노을, 고개 돌려 이젠 멀어진 승효 보는.

진우   근데 우리 병원에 내가 모르는 얼굴들이 이렇게 많았나?
노을   과마다 제일 막내들만 왔나 봐. 나도 거의 첨 봐.
진우   너넨 왜 니가 왔어?
노을   너는?
진우   오늘 오프. 나밖에. 넌?
노을   보고 싶어서.
진우   뭐가?!
노을   뭐는? 키우고 싶은데 난 꼭두새벽에 나와서 별 보고 들어가니
        나 잠깐 좋자고 데려갔다가 엄마 일 될 거 뻔하고. (강아지 만지며)
        이럴 때라도 실컷 봐두려고.
진우   으응, 강아지?... (저 앞에 태상 등과 함께 있는 승효 보는)

cut to. 수돗가. 태상, 암센터장과 함께 강아지 씻길 준비하는 승효.
승효, 커다란 통에 더운 물을 받고 태상과 암센터장, 낑낑 물을 나르는데,
직원들에게 일거리 설명해주던 센터 주인, 전화 울린다.

센터주인 (받는) 네? ... 선생님, 여기 개 버리는 데도 아니고요, 다시 생각해보
　　　　　　(듣는) 선생님 한 달도 안 된 걸, 그렇게 어린 앤 여기 오면 물려요.
　　　　　　큰 개가 많아서. 그니까 (일방적으로 끊긴) 아이고.. 길에 버리겠네..
승효　　... 인간들 하여튼 어린 것들을 (하다 뭔가 생각하는..)

승효, 아까 노을이 있던 견사 쪽 본다.
진우와 노을이 서로 도우며 일하고 있는데,
노을이 재채기를 연거푸 하자 진우, 앨러지 있는 거 아니냐며 가까이 들여다본다.

태상　　일루 와 이놈들아! (목욕시킬 개들을 끌고 오다 오히려 딸려가는)
승효　　(노을에게서 시선 거두고 목줄 받으려는데)

목욕이 싫은 개들, 힘으로 버팅기는데 유독 그중 누렁이만 꼬리 흔들며 승효에게 온다.
누렁이, 처음 보는 승효를 까맣고 둥근 눈으로 쳐다보며 따른다.
승효도 안아주고 얼러주는.
그 옆에 태상은 개 목줄에 얽혀 우왕좌왕이고, 암센터장은 아예 개를 무서워하는 듯.

S#3. 동/견사 실내 - 낮

승효, 방금 씻긴 누렁이를 수건으로 털어주고 반질반질 빗질해준다.
누렁이 어찌나 순한지 승효, 이눔 털 날리는 거 봐라, 뭐라 하면서도 예뻐한다.

S#4. 동/수돗가 - 낮

병원 직원들, 개를 다 씻기고 이제 말려준다.

그중에 제일 작은 개를 말려준 직원, 아 예쁘다 하는데
나무 그늘 아래 쉬던 태상이 와서 목줄 채간다.
직원에게 에비, 손짓하고는 작은 개 끌고 가는 태상.

S#5. 동/견사 실내 - 낮

승효가 누렁이 돌봐주는 곳으로 작은 개 끌고 들어오는 태상.

태상   목욕하니까 좋지?
작은개   (신경질적) 캥!
태상   어이구? 그렇게 좋아? (승효 옆에 앉아 개 빗질해주는)

날리는 개털에 고개는 옆으로 빼고 겨우 빗질하는 태상, 그러다 누렁이를 유심히 본다.

승효   왜요?
태상   이 녀석은 왜 발을 이렇게 딛어, (살살 만져보더니) 이거 탈구 아냐?
           탈구됐었네요, 이놈.
승효   (누렁이 보는. 아주 해맑은 얼굴인데 탈구?) 지금도요?
태상   지금은.. 굳었네요, 치료 안 해주고 그냥 넘겨서 이게 이렇게,
           돌아간 채로 지 다리가 돼버렸어요, 쯧쯧 저 보통 아픈 게 아닌데.
암센터장E   천상 배운 게 도둑질일세.

암센터장도 개를 끌고 승효 옆에 온다. 태상, 자꾸 승효 옆에 붙는 암센터장 찍 보는.

암센터장   여까지 와서 그런 것만 보이세요? (자기 개 놔두고 누렁이 만져주며)
           개들이 사장님을 잘 따르.. .. (누렁이 배 눌러보더니 아예 눕혀 보는)
승효   또 왜요?
태상   뭐가 잡혀? 종양?
암센터장   단순 파이브로마나 리포마인가.. 캔서가 이 정도 만져질 크기면..
           이거 빨리 찍어봐야겠는데요?

태상　검사? (주변 본다. 여기에도 철창 안에 개가 수십 마리다)

승효도 태상이 무슨 생각 하는지 느껴진다. 빨리는커녕 검사나 받을 날이 올까?…

암센터장　사람이나 짐승이나 아프지 말아야지.. (자기 개 만져주는)

그때, 홍보실장이 카메라 갖고 오는.

홍보실장　저기 세 분, 같이 계신 거 마지막으로 한 번만 더 담아도 될까요?
태상　(바로 인자한 미소 짓고)
암센터장　(되도록 승효 옆에 붙는)
승효　… (누렁이 안아 올린다)

cut to. 동영상 앵글로 본 세 사람. 승효, 누렁이가 중심에 오게 하는데
누렁이, 승효한테 혀를 할짝! 순간 본 중에 가장 웃는 얼굴이 되는 승효.

S#6. 동/수돗가 - 저녁 무렵

진우, 빈 개 밥그릇 가득 담긴 고무대야 들고 수돗가로 나오는데,
나무 그늘 아래 태상과 암센터장, 이젠 목장갑도 벗고 사이다 마시며 부채질한다.

태상　많이 뛰는 사람은 억대로 뛰겠지.
암센터장　나야 경찰 조사가 끝나야 혜택을 받든가 말든가 하죠..
진우　(돌아보진 않지만 귀 기울이는데)
노을　(트레이에 밥그릇 더 가져와 내려놓는)
진우　(물 튼다. 물소리에 태상과 암센터장 소리 묻힌다)

cut to. 나무 그늘 아래.

태상　뭘 끝나길 기다려? 암센터가 얼마나 (엄지 검지 동그려 돈 모양 하는)

이게 되는지 그 전에 어필해야지, 이 사람아.

암센터장 (생각… 태상을 살피듯 흘낏 보더니 엄한 딴소리)
　　　　　하던 대로 쪽방촌 봉사나 돌든가, 뭘 개를 봐주겠다고 이 유난을..

태상 　　(그러잖아도 아까부터 입에 달라붙은 털 떼는) 풋풋, 에이 풋!

수돗가에서 개 밥그릇 씻던 진우, 그릇을 집어 노을에게 들이대고,
노을, 너나 먹어라 하다 진우가 그릇에 부딪히고, 어머 미안, 웃으며 비눗기 닦아주고.

암센터장 저 둘은 사귀어요?

그 뒤로 홍보실장, 센터 주인과 함께 지나가는 승효.
태상과 암센터장은 모르고 계속 사이다만 마신다.

태상 　　왜 남에 눈앞에서 저래?
암센터장 데이트도 하고 좋죠. (어두워지는) 걱정 없어 좋겠다..
태상 　　(인기척에 돌아보다 승효 보고 일어난다) 이런 곳은 어떻게 아셨습니까.
암센터장 그러게요, 사장님 덕분에 좋은 경험합니다.
센터주인 어머 감사합니다. 두 분 언제든 와주세요.
승효 　　(가는)

태상, 암센터장, 센터 주인 향해 저 눈치 없는 인간… 말 대신 눈길만 나누는데.

홍보실장 직원 여러분, 수고 많으셨고요, 이제 접을 준비들 하시고,
　　　　　오늘 저녁은 사장님께서 쏘신답니다! 장소는 요 앞에 고깃집입니다!
　　　　　(승효에게 한 말씀 하라는 손짓하자)
승효 　　(센터 주인에게 양보하는)
센터주인 상국대학병원 선생님들, 오늘 정말 수고 많으셨고 감사했습니다.
　　　　　회식 장소는 제가 서비스 많이 드리라고 했으니까 맛있게들 드시고,
　　　　　아 거기는 주차장이 좁으니까 차는 놓고 가세요, 바로 길 건너에요.
　　　　　그리고 반려동물은 사지 마시고 입양해주시고요,
　　　　　감사합니다, 복받으세요!

인사하고 박수 치는 사람들.

승효도 박수 치고 자리 뜬다. 운전기사가 와서 목장갑이며 받아들고 보필해서 간다.

승효, 아까 노을을 처음 봤던 견사 앞을 지나는데, 낑낑대는 소리.

제 몸집에 꽉 차는 철창에 갇힌 누렁이가 승효를 보고 있다.

잘 가라는 듯, 꼬리 천천히 젓는. 눈도 슬프다.

승효, 발이 안 떨어지지만, 기사가 쳐다보자 끝내 돌아선다.

누렁이, 맴돌다가 힘없이 웅크린다. 까맣고 큰 눈에 멀어지는 승효가 비친다.

S#7. 국도변 – 저녁 무렵

직원들, 삼삼오오 가는데 승효 차가 온다. 차라고 더 빠르진 않다.

경적 울리지 않아도 알아서들 비켜주는데, 그중에 함께 가는 노을과 진우도 있다.

승효 차가 옆을 스칠 때, 노을을 길 안으로 가게 하면서 돌아보는 진우.

이보훈 원장이 죽던 날 처음 봤을 때처럼 틴팅 짙은 차, 그때처럼 차 안은 보이지 않고.

그때처럼 끝까지 쳐다보는 진우.

S#8. 승효의 차 안 – 저녁 무렵

승효, 노을을 길 안쪽으로 걷게 하며 돌아보는 진우 응시한다.

그러다 노을에게 시선 옮기지만 곧 앞만 보며 간다. 국도라 몸이 흔들린다.

S#9. 고깃집 / 실내 – 저녁

서울 외곽 국도변에 있을 법한, 옛날 집을 개조한 고깃집.

승효를 필두로 직원들 들어온다. 이미 한 상 차려져 있다.

홍보실장 (가운데 자리 두 손으로 가리키며) 사장님 자리 여기로, 여기 앉으시죠.

승효 (어쩐지 유난히 두툼한 방석 깔아 놨다. 앉는)

승효 자리가 결정되자 거기서부터 먼 자리에 앉으려 직원들, 알게 모르게 내뺀다.
난 일찍 일어나야 한다, 난 화장실을 자주 간다, 갖은 핑계로 문가에 앉는 사람들.
그사이 들어온 태상과 암센터장이 결국 승효 양옆을 채우고.
뒤늦게 들어온 노을과 진우, 승효에게서 많이 떨어진 곳에 자리한다.
숯불 들어오고 술과 고기가 차려지고. 초반이라 어수선하다.
승효, 태상에게 암센터장에게, 순서대로 술 따라준다.
태상이 승효에게 따라주려 하는데 승효, 근처 앉은 평직원들에게 먼저 술 따라준다.
끝자리 진우는 제 소주잔에 물 채우는데 노을이 잔 내밀자, 노을에게도 물 따라준다.
대충 근처는 다 따라준 승효, 태상이 채워주는 술 받고 잔 든다.

승효 다들 고생하셨습니다. 상국대학병원의 무궁한 발전을, 위하여!
모두 위하여!
승효 (선 채 쭉 들이켜고) 편하게 드세요. 저는 내일 뵙겠습니다. (나간다)

직원들, 얼결에 어정쩡 일어서고 태상과 암센터장, 잡을 타이밍 놓치고.
노을 옆에 앉았던 승효의 운전기사도 얼른 일어나 나간다.
기사 때문에 시야가 가려졌던 노을이 다시 승효가 보일 때는,
벌써 신발 신고 나가는 그의 뒷모습만 멀어질 뿐.
진우, 그런 노을 보다 시계 본다.

노을 (고개 돌리다 진우가 시계 보는 것 본다) 왜 (하는데)
태상 자, 자, 잔들 채우고 말씀마따나 간만에 편하게들 마셔보자고.
홍보실장 사장님께서 카드 주고 가셨으니까요, 맘껏 시키세요! 여기 이모!
태상 사장님이 뭘 아시네.
암센터장 (혼자 술 따라 마시는. 아무래도 속상하다)

태상, 암센터장이 속상하거나 말거나 제 세상인 듯 큰 소리로 직원들에게 술 권하는데.
직원들, 태상이랑 암센터장도 불편하다. 안 들리게 구석에서 구시렁.
'사장님은 아는데 왜 자기는 몰라' '저 둘이 제일 불편해' 등등.

진우, 물 채운 잔으로 술 마시는 척만 한다.

S#10. 고깃집 앞 - 저녁

진우와 노을, 나온다.

진우	아까 차를 그냥 여기로 갖고 올걸 그랬네.
노을	(멈추는)
진우	왜?
노을	먼저 가.
진우	같이 가? 같이 가서 선우랑 저녁 먹자.
노을	.. 선우 혼자 안 먹게 하려는 거지? 회식도 못하고 가는 거.
진우	으 회식. (절레절레) 동생 놈이라고 오프일 때나 어쩌다 얼굴 볼까.
	걔가 나가서 먹재도 싫대고 점점 집 밖엘 안 가려고 해. 왜 그러지?
노을	나도 그런데? 넌 아냐? 원래 나이 들수록 집돌이 집순이 돼가지 않나?
진우	그래선가? (골똘..)
노을	진우 너, (웃는) 너희 어머님 닮았어.
진우	?.. (영혼 없이) 세상에 그럴 수가.
노을	(밀며) 먼저 가. 우리 둘이 같이 쏙 빠지면 좀 그렇잖아.
진우	하루 이틀이야? 뭘 그런 걸 신경 써... 운전 조심해.
노을	너도!

진우, 가고 노을, 내일 봐. 배웅한다.
진우, 한 번 돌아서자 마음 급해서 뛰어간다.
혼자 남는 노을. 고깃집 안에선 사람들 왁자지껄하는 소리 넘치고.
노을, 그쪽으로 몸을 돌리지만 선뜻 들어가게 되지를 않는다.

노을	... (고개 들면, 저녁노을이 수채화처럼 짙어지는 초저녁 하늘에
	가느다란 달과, 별이 하나 떴다...)

S#11. 유기견 센터/마당 - 밤

낮의 시끌벅적함은 사라지고 드문드문 개 짖는 소리만 들린다.
어둠을 뚫고 이곳으로 오는 작은 발소리, 노을이다.
발소리에 안에서 개 짖는 소리가 좀 더 커지는데.
제 차로 오던 노을, 아직 군데군데 세워진 차들 사이로 실내등 켜진 차가 보인다.
자연스럽게 눈이 그리 가서 보면, 운전석에 앉은 이, 승효의 기사다.
핸들에 얹은 손가락 두드리는 승효의 기사, 고개를 빼 축사를 쳐다보기도 하고.
노을, 축사 쪽을 본다.

S#12. 동/축사 - 밤

센터주인 개 농장에서 구해온 거라 정확한 나인, 한.. 세네 살? 안 됐겠나, 싶죠.

센터 주인과 승효, 누렁이 우리 앞에 웅크려 앉았다.
누렁이, 승효를 다시 보고 완전 좋아하고. 승효는 철창 사이로 간질여주고.
문 열리는 소리. 센터 주인, 고개 들고 승효 너머 넘겨본다.
문을 등지고 앉은 승효, 아직 돌아보지 않는데.
옆으로 와서 내려앉는 인기척에 승효, 고개 돌리면, 노을이다.
노을, 눈으로만 인사. 무릎에 손 모아 올리고 앉아 누렁이와, 얼러주는 승효 본다.

승효 (우리에 넣었던 손가락 슬쩍 빼는)
센터주인 유지하는 것만도 벅차서요, 올 때부터 발이 아파 보이긴 했는데.
노을 (발 보는. 아픈가 보다..) 이름은 뭘로 하실 거예요?
승효 뭘로 할 필요 없습니다.
노을 ?
센터주인 검사받게 해주신대요. 입양은 아니고요.
노을 아..
센터주인 근데 뭐 놓고 가셨어요?

노을	음.. (잠깐 생각하더니 손가락 하나만 뻗어 승효 가리킨다)
센터주인	?
승효	???

S#13. 동/마당 - 밤

누렁이 데리고 나오는 승효와 노을,
내다보는 센터 주인, '감사합니다, 제가 할 일인데' 등, 인사하고 들어가면,
문 안에서 나오던 불빛도 사라지고..
어둠 속에 잠시 말 없는 두 사람. 누렁이만 신나서 꼬리가 난리 났다.
대기하던 승효의 기사는 승효가 나오자 얼른 차에서 내려서는 것이 보이는데,

승효	(목줄은 잡았지만 잠시 누렁이가 이리저리 활개 치게 두는)
노을	감사합니다.
승효	(보는)
노을	감사도 하고, 마땅한 거라고도 생각해요, 필수 3과를 지키는 거요.
기사	(이쪽으로 오다 둘이 얘기 나누자 머뭇하다가 차로 도로 들어간다)
노을	그치만 사람은 때론 상황에 떠밀려서, 당연한 걸 당연하게 못할 때가 있잖아요, 자존심이나 주변 시선 때문에.
승효	자존심, 건 적 없고 주변 시선. 누구 시선이요?
노을	(멈춰, 똑바로 보고) 꼭 듣고 싶은 게 한 가지 있는데요.
승효	(보는)
노을	투약사고, 유족한테 알리기로 한 결정, 처음부터 의도한 거였어요? 그걸 빌미로 나중에 우리가 남에 회사 비타민 같은 걸 왜 팔아주냐고 반발하면 그때, 너희 오류 줄이라고 기계 사준 데가 어딘 줄 알아? 그걸로 써먹겠단 계산이었나요?
승효	애초에 투약사고가 없었다면 그럴 일도 없었습니다.
노을	그런데 사고가 있었죠, 정말 그 목적이었어요? 시작부터?
승효	그게 중요합니까?
노을	네 너무너무요.

승효   뭐가 너무너무요.

노을   사장님이, 구승효란 사람이 어떤 사람인지 알려주니까요.

승효   첨부터 의도했냐, 하다 보니 그렇게 됐냐에, 내가 달라지는군요?

노을   네.

승효   결과는 어차피 한 가진데요. (개 데리고 차 쪽으로 가는)

노을   사장님 같은 분을 기다렸어요.

승효   (멈춘다)

노을   그래서 전.. 우리 병원에 오래 계셨으면 좋겠어요, 사장님이.
      중간에 어떻게 되지 말고.

승효   이제 부임 몇 달에 내가 바뀔까 봐 걱정은 아닐 테고,
      누가 날 어떻게 하나 보죠?

노을   … 그러려면 본인 스스로, 병원에 얼마나 필요한 존재가 될 수 있는지
      그것부터 자각하셔야 돼요. 할 수 있는 게 참 많으세요, 구사장님.

승효   …

노을   아직은 판단이 안 돼요, 희망을 걸어도 되는 분인지,
      우릴 망치러 온 분인지.

승효   난 내 일 하러 온 겁니다, 누굴 망칠 생각도, 누군가의 희망이
      될 생각도 없어요.

노을   기업인이시잖아요, 우리가 단순히 상처를 꿰매는 손이 아니라
      생명을 붙잡는 손이 되고 싶듯이 기업인도 월급 쥐어주는 걸
      넘어서 이루고 싶은 게 있지 않나요?

승효   …

서로를 보는 노을과 승효… 발치에서 낑낑대고 헥헥대는 소리 난다.
노을, 아래 보면, 누렁이가 조바심이 난 듯 이리저리 움직인다.

노을   …. (자리 뜨는)

누렁이도 노을 따라가고. 좀 더 섰던 승효, 반은 목줄에 이끌려 노을 쪽으로 간다.
두 사람이 오자 기사, 얼른 차에서 내린다.

노을   (기사에게 가벼운 미소와 목례)

기사   (얼결에 목례, 승효에게서 누렁이 목줄 받아들어 차에 태운다)

노을   (누렁이한테) 검사에 아무것도 나오지 마. 튼튼해야 돼.

         (승효에게 목례)

승효   (목례)

노을   (제 차에 오른다)

승효   ... (차에 오르면)

노을의 차가 먼저 나가고 승효 차가 뒤따른다. 각각 유기견 센터를 빠져나간다.

S#14. 국도 + 승효의 차 안 + 노을의 차 안 - 밤

어두운 국도를 밝히는 노을 차의 불빛, 그 뒤에 오는 승효의 차.
차 안의 노을, 거울을 통해 잠깐 뒤의 차에 시선 주고.
차 안의 승효, 누렁이 쓰다듬다가 유리창 너머 앞의 차를 본다.
주머니 속 휴대폰에 문자 온다. 손을 그쪽으로 움직이려던 승효, 관둔다.

cut to. 국도. 노을의 차, 속력 올린다. 노을과 승효의 차 간격이 벌어져간다.

S#15. 승효의 집/거실 - 밤

승효母, 소파에 앵돌아앉았다. 그녀가 째리는 곳엔.
승효, 누렁이를 데리고 약간 모로 섰다. 승효나 개나 승효母 눈치를 보는 양상.
사료와 밥그릇 등을 현관에 내려놓는 운전기사.
승효父가 거기다 놓으라, 기사를 응대하고.
기사, 다 내려놓고 인사하자,
승효母, 한껏 친절한 목소리로 '잘 가요' 하고, 승효도 고용주답게 기사를 보내지만,
기사가 나가자 승효母, 누렁이와 승효를 쫙 째린다.

승효父	(느릿한 말투) 너는 엄마한테 말도 없이 짐승을 데려오냐,
	개 한 마리가 얼마나 손이 가는데. 아참, 병원만 데려간다고 했지?
승효母	진짜야? 진짜지?
승효父	그럼 진짜죠, 털 날리지 짖어쌓지 똥 싸지, 그 수발 누가 들라고요?
승효母	청소가 단 줄 알아요?
승효父	아니죠, 목욕시켜야지, 병원 데려가야지, 산책도 해줘야 되는데,
	안 키운다잖아요, 그래서.
승효	(두 분 이바구하는 새 조용히 개를 데리고 방으로 간다)
승효父	이름은 뭐야?
승효母	이름 남에 집 개.
승효父	(얼른 데리고 들어가라 승효에게 눈짓)
승효母	며칠 있을 거 (현관 쪽 보며) 저딴 건 뭐하러 사와.
	이 집 남자들 저지르는 거 좋아하는 거 내력이야, 내력.
승효父	(어디 남에 나라 얘긴가 부다...)

S#16. 동/승효 방 - 밤

승효, 아무 쿠션이나 내려서 자리 만들어준다. 개, 몸을 틀고 금방 자리 잡는다.

| 승효 | (그 앞에 앉아 가만 들여다보다) .. 저녁이. (쓰다듬는) 저녁아.. |

S#17. 대학병원/병동 복도 - 밤

경문, 양쪽으로 입원실 즐비한 복도를 가는데 병실에 켜놓은 TV가 시선 끝에 걸린다.
〈TV 화면〉 - 현수막 아래 단체 손 하트 하는 병원 사람들.
〈TV 자막〉 - '상국대학병원 임직원 유기견 센터 봉사'
경문, 오늘 저거 했나 보다, 그냥 그러고 발걸음 옮기려는데,
〈TV 화면〉 - 승효 인터뷰하는 장면. 얼굴 C.U.로 나오는데, 소리는 안 들리지만,
〈TV 자막〉 - '총괄사장, 동물의료센터 필요성 느꼈다'

경문   동물의료센터?

〈TV 자막〉 - '수의대생 실습 프로그램 개설도 고려'

경문   설마...

S#18. 동/외경 - 낮

S#19. 동/사장실 - 낮

승효   전 직원 대상으로 인센티브제 확대 시행하고,
        응급수의학 전공교수 채용해서 동물의료센터 설립.

왔다 갔다, 서류 보면서 지시하는 승효. 받아 적는 구조실장과 강팀장.

승효   금연, 탈모, 비만, 안티에이징 4대 클리닉 (구조실장에게) 이름 뭐요?
구조실장 생활건강 같은 용어가 흔한 웰빙이나 뷰티클리닉 이런 거보다 거부감이
        없는 걸로 나왔습니다.
승효   대학병원 부속 4대 생활건강 클리닉 개설. 전부 한 번에 발표하세요.
구조실장 네.
승효   (또 뭐가 있나, 서류 넘기는 동안)
강팀장   QL전자 홍성찬 회장은 오늘 6시랑 내일 점심이 시간이 된다는데
        언제로 할까요.
승효   (잠깐 따져보다) 오늘 5시요. 아 송탄은요, 되고 있어요?
강팀장   지목 정리가 생각보다 시간을 잡아먹네요, 워낙 대규모 용도변경이라.
        내달 말에 첫 삽 뜨는 걸 목표로 하고요, 용적률은 암센터, 건강검진센터,
        장례식장순으로 해서 설계도는 이번 주말까지 나옵니다.
승효   구조실장님.

구조실장　네.

승효　이 병원 간호사들 초봉, 다른 병원에 비해 초과인지 알아보시고요,
엔지니어들 초봉도. 그리고 앞으로 한 달에 한 번, 전 의국 진료기록
검수합시다.

S#20. 동/흉부외과 스테이션 - 낮

양선생과 흉부 전문의1, 2, 머리 모으고 심각히 얘기한다.
'진짜 개판 되겠네' 수의학과 애들은 아주 신났던데요, 벌써?' 하는데,
경문이 또 뭔데? 하며 오자 세 사람, 정중히 인사하고 심각한 분위기 그대로 전한다.

승효E　**투약사고, 처방사고, 조제사고, 종류가 뭐든 앞으로 걸리면 실수한
인간은 물론 책임자까지 전부 실명 까고, 감봉 징계합니다.**

S#21. 동/성형외과 스테이션 - 낮

성형외과 간호사들 모니터 보고 그 뒤에서 일하는 성형외과장, 곤란하게 됐다는 표정.

승효E　**지금까지처럼 자기들끼리 덮어주고 쉬쉬하고, 안 통한다는 거 분명히
알게 하세요. 구조조정실 전원이 매달려도 되니까 이 문젠 내가 반드시
잡을 겁니다.**

동수E　**사람 충원은 안 해주문서 입만 살아갖고!**

S#22. 동/응급센터 의국 - 낮

동수　방구석에서 산도 옮기는 게 사람 셋바닥이여, 말은 누가 모대?
한 사람이 다섯 사람 여섯 사람 노릇 하느라 생기는 노무 걸,
문제를 잡갔으면 해결책도 같이 줘얄 거 아녀!

일일보고서 앞에 놓고 눈 내리간 의사들, 과장이 열 내자 아주 조용하다.

동수   니들, 인센티브에 혹해갖고 검사 남발하면 내가 밟아버린다 이?
      응급의료센터 하면 적자도 1등, 양심도 1등. 이?
치프   저희 아무도 그럴 생각 없습니다.
동수   그려, 막말루다가 우리가 에라 모르겠다 검사 풀랩 긁어버리고 6시간씩
      갈아둬서 입원료 따로 받고 환자들한테 뽕 뽑으면 연봉이야 오르갔지.
      근데 니들 됨됨이가 그 짝이었음 조폐공사 갔지 여 안 왔어. 그걸 지켜.
일동   네.
동수   지금꺼정 잘해줬고, 고맙고 젠장 낯간지러븐 거, 뭐 좌우지당간,
      분위기 휩쓸리지 말고 지금처럼만, 딱 지금처럼들만 고생혀.
일동   네.
동수   (일일보고서 홀러덩) 끝!

응급의들, 모두 나가고 동수, 떫은 입맛에 주머니에 손 넣은 채 의자에 벌려 앉았는데,
진우, 동수 어깨를 마사지하듯 꾹꾹 집는다.

동수   (올려다보는)
진우   식사 가시죠?
동수   디얐다.
진우   (어깨 한 번 더 꾹 눌러주고 나간다)

모두 나가고 동수만 남은 의국.

동수   자식, 두 번을 안 묻네. (시무룩해지는.. 일일보고서 편다)
      .. 이것도 비급여, 이것도 비급여.. 건당 배리 플라스트 하나씩만 더
      써도.. 환자 한 명이 15만 원씩 더 내니까 하루에 (보고서 들추더니)
      .. 네 번이니까 보자.. 일주일에 300만 원, 한 달이면 1200!
      (탄식 절로 나오는) 아 내 인센티브! (책상에 머리 박는) 1200만 원..
      (갑자기 자기 뺨 때리는) 뭔 소리여! (박차고 일어나 나간다)

S#23. 동/세화의 진료실 - 낮

세화, 모니터에서 눈을 떼지 못한다. 모니터 C.U 하면
공문 제목 - 〈상국대학교병원 고과 제도 개편안〉
그 아래에 평가 항목별 반영 퍼센티지가 있다.

세화   의사 1인당 환자 수 50% 반영, 원가 대비 수익 반영 50%.
        초진 환자 재방문율, 30%. (암담한...)

세화, 맨 아래로 내리면 하단에 굵게 총괄사장 구승효, 붉은 인장까지 딱 박혔다.

S#24. 동/산부인과장 진료실 - 낮

산부인과장   이제부턴 걷는 시간을 계속 늘리셔야 돼요.
             오늘 처방드리는 약은 (처방전 입력하며) 통증 (하는데)

삑! 경고음과 함께 모니터에 가득 차게 뜨는 팝업창.
〈이 처방전은 건강보험공단에서 수가를 받을 수 있는 기준에 충돌됩니다〉란 지시문.
당황해서 자기도 모르게 환자를 보게 되는 산부인과장, 얼굴이 화끈댄다.

S#25. 동/구내식당 - 낮

노을, 진우, 경문, 셋이 모여 앉아 식판보다는 대화에 집중하고 있다.

경문   성과급제야말로 파업을 해서라도 막아야 되는 건데.
        지난번 말고 이걸로 들고 일어났어야 했는데.
진우   .. 구사장한테 완전히 말렸네요.

노을	언제까지 양심에 기댈 수 있을까요.
	같은 연차, 같은 직급인데 통장에 찍히는 돈이 천차만별이면.
경문	.. 너나없이 무너지는 때가 한순간에 오겠지.
	개인 월급통장도 공개할 기센데, 지금 하는 거 보면, 구사장.
노을	...
승효E	**첨부터 의도했냐, 하다 보니 그렇게 됐냐에, 내가 달라지는군요?**
	결과는 어차피 한 가진데요.
노을	(도대체....)

Insert〉- 유기견 센터 주인이 우리에서 꺼내주자 좋아서 겅중 뛰는 누렁이.
얼러주고 예뻐하면서 얼른 데려가려고 목줄 채우는 승효.
그때 채우는 데 집중하느라 입이 약간 오리처럼 모아졌던 모습.
(7회 S#12 이후의 상황)

| 경문 | 하려고만 든다면 많이 뛰는 사람은 인센티브가 억 단위가 될 거야. |
| 진우 | (떠오르는 게 있는...) |

Flashback〉- 7회 S#6. 유기견 센터/수돗가 - 저녁 무렵
나무 그늘 아래 암센터장과 앉아, '많이 뛰는 사람은 억대로 뛰겠지' 하는 태상.

노을	억 단위로 받으려면 환자한테서 몇십 밸 뽑아내야 되나요, 지금보다.
경문	그렇다고 개개인한테 무작정 뿌리치라고 하기엔 단위가 너무 세.
	(시계 보더니 일어나는데)
진우	성과급 혜택을 제일 많이 볼 사람들 사이에선 벌써 끝난 얘기 같네요.
경문	(식판 들다가 보는. 누구? 하는 얼굴)
노을	(역시 진우 보는)

S#26. 동/복도 - 낮

가운 입고 회의 자료 든 태상, 뒤에 외과센터장들 이끌고 선두에서 당당히 간다.

좀 늦게 합류하는 경문, 태상에게 인사.
태상, 경문을 별로 주목하지 않는다.

S#27. 동/보험심사실 - 낮

'보험심사실' 명패 달린 문. 벌컥 열리고 정형 간호사4가 급히 나와서 간다.
한 손에 쥔 종이가 속도에 펄럭인다.

S#28. 동/회의실 - 낮

외과센터장들, 막 회의실로 들어와 착석하는데,
정형 간호사4, 조심스레 노크하고 들어온다.

정형간호사4　　부원장님.. 방금 이런 게, 보험심사실에 왔다는데요..
태상　　(받더니) 왜 또 심평원이야? 재수 없게 (읽다가) ... !!!
센터장들　　??
태상　　... .. (정형 간호사4를 밀다시피 박차고 나간다)
이식센터장　　(정형 간호사4에게, 태상 나간 쪽 눈짓하며) 뭐어?
정형간호사4　　부원장님, 심평원에서 현장 확인조사 나온다고요.

전부 뭐?! 하는 반응들. 이것들이 미쳤나? 소리도 들리고. 경문조차 뜨악해한다.

S#29. 동/사장실 - 낮

승효　　현장 확인? 공무원이 여길 직접 온단 얘기에요?
강팀장　　벌써 왔습니다.
승효　　(지체 없이 전화 집어 든다. 문자 보내는)

S#30. 동/1층 로비 - 낮

한 손에 외투 그러쥔 펜 태상, 붉으락푸르락해서 간다.
1층 출입문 거의 다 와서 서두르던 걸음에 월체어와 부딪히는데,
지금 눈에 뵈는 것 없는 태상, 사과 한 마디 없이 그대로 간다.
태상 쪽을 보는 월체어의 사람, 태상이 나가고 나면 원래 오던 방향으로 고개 돌리는데,
선우다.
상국대학병원의 넓은 중정을 따라 쭉 위를 보는 선우. 커다란 그룹 홍보 걸개도 보는..
천천히 월체어 조정해 가는 그의 무릎에 올려진 노트북 가방.

S#31. 동/응급실 - 낮

진우, 환경미화원 옷 입은 환자 손을 꿰매고 있다. 방선생이 옆에서 함께 처치한다.

환경미화원   치우다가 유리병 있는 걸 모르고 그냥 집었네요,
진우   사람들이 깨진 걸 그냥 막 버리죠? 그걸로 많이들 오세요.
은하   (뒤로 와서) 예선생님.
진우   (안 보고 꿰매기만 하며) 예.
은하   동생분 오셨어요..
진우   제 동생이요? (은하 너머 문을 보는) 선우가요?

은하 말에 방선생과, 옆 베드에 있던 치프, 재혁도 보는데,

은하   지금, 보험심사실이요. 현장 조사 나왔대요.
진우   !

치프, 재혁, 자기들끼리 눈만 똥그래져서 쳐다본다.

환경미화원   (치료받다 중단돼서 무슨 일인가 하는데)

진우   ... ... (다시 꿰매는)

S#32. 동 / 회의실 - 낮

일어서는 센터장들, 서류 챙겨서들 나갈 채비.

동수   (나가며) 창시 빠진 눔들, 의사 하나 죽인 걸론 부족하단 거여?
이식센터장   이번엔 사람 잘못 골랐죠. 부원장이 어떤 사람인데?
동수   그치, 심평원서 누가 올진 몰라도 털러 왔다가 지가 탈탈 털리겠지.

두 사람 나가는 뒤로 성형외과장, 들릴 듯 말 듯한 소리로,

성형외과장   올 게 올 거 아닌가?
경문   (그를 보게 되는)
성형외과장   (나가며) 좀 쑤셔댔어야지.
경문   ...
태상E   **누가 누굴 심사해!**

S#33. 심평원 / 외경 - 낮

대로변에 위치한 심평원의 높은 건물. '건강보험심사평가원' 세로 간판이 크다.

S#34. 동 / 실장실 - 낮

태상   누가 감히 나를 심사해! 대한민국에서 날 심사할 사람이 어딨어?
         나보다 더 잘 알고 더 잘하는 인간이 없는데!
실장   민원이 정식으로 들어왔는데 우린들 어째?
         그냥 진료비가 이상해요. 이것도 아니고 아예 제보가 들어왔다는데.

당신 과잉 진료한다고.

태상   그니까 어떤 새끼냐고!

실장   그걸 우리가 어떻게 알아, 설사 안들, 알면 어쩔 건데?
       쫓아가서 패주기라도 하게?

태상   그렇다고 멀쩡한 사람 뒤통수를 쳐? 한 마디 언질도 없이?

실장   이봐 김교수님, 거 미리 언질 주고 나가면 그게 심사야?
       짜고 치는 고스톱이지? 우리 그렇게는 일 안 해.

태상   나도 원장 좀 해보자 젠장!!!

실장   금방 선거야?.. 거 묘하게 됐네?.....

태상   그니까 어떤 새낀지 나 좀 꼭 알아야겠어.

실장   ... 나도 조사실 일은 잘 모르니까 일단 물어볼게,
       구체적으로 무슨 클레임이 들어와서 현지 조사까지 결정한 건지.

태상   .. 이종혁이가 담당이야? 개가 나 심사하러 온대 우리 병원에?

실장   개가 뭐야? 한참 선배님한테.. 그분 은퇴했어.

태상   그럼 더 어린놈이 오겠네? 어떤 새낀지 오기만 해봐, 씨.

실장   왜 우리한테 화풀이야? 당신 쪽 사람일 수도 있지, 찌른 거?

태상   ....

실장   심사야 누가 나가든 잘못한 거 없으면 금방 좋나겠지.

태상   ....

S#35. 동/승강기 앞 - 낮

입을 꽉 다문 태상, 머릿속을 온갖 상념이 스치고 있다.

실장E   당신 쪽 사람일 수도 있지, 찌른 거?

승강기 서면 고위원 내리는데, 사람 내리기도 전에 태상이 먼저 타버린다.
뭐야? 쳐다보던 고위원, 소리 없이 어머! 한다.
승강기 문 닫히고 태상 사라지고, 고위원은 어머나.. 하면서 간다.

S#36. 동/심사위원회 운영실 - 낮

정위원   뚜껑 열려서 냅다 쫓아온 거예요?

고위원   어쩌냐 우리 참한 예위원, 물어뜯기게 생겼으니.

정위원   (선우의 빈 책상 본다) .. 잘하겠죠.

고위원   잘할 거니까 더 달달 볶이지.

정위원   형이 있으니 좀 막아주려나요?

고위원   형제가 같이 볶이지, 부원장이면 전임 정돈 우습지도 않은데.

정위원   .. 사지나 멀쩡하면.. 누가 좀 감싸주면 좋으련만.

고위원   누가, 의사들이? (말도 말라는 손사래)

정위원   (걱정...)

S#37. 동/주차장 - 낮

차로 가는 태상, 얼굴이 온통 의심과 의혹으로 가득하다.

Flashback1〉- 6회 S#9. 대학병원/로비 - 낮

세화   **계속 미적지근한 척하시면 남 좋은 일 될 수도 있어요.**

태상   (멈춰지는) 남 좋은 일... 저를 말한 건가?..

Flashback2〉- 6회 S#20. 호텔 레스토랑/룸 - 낮
술을 따라주며 자신을 바라봤던 승효.

승효   **나는 원장 김태상을 원합니다.**

Flashback3〉- 2회 S#7. 대학병원/사장실 - 밤
사장실을 나서기 전의 태상과 그를 보는 승효. 대척점에 선 듯한 두 사람의 모습.

cut to. 기사가 모는 차, 심평원을 빠져나간다. 뒷자리에 파묻혀 혹시? 하는 태상.

Insert〉 - 7회 S#9. 고깃집/실내 - 저녁
속상해서 혼자 술 따라 마시던 암센터장. 그의 위로 들리는 태상의 독백.

태상E   **죽어도 같이 죽자는 건가..**

cut to. 대로변을 달리는 차 안의 태상, 생각할수록 죄다 의심스럽고 괘씸하다.

S#38. 대학병원/중환자실 - 낮

호흡기에 의존한 뇌사 환자(민서). 민서를 팔로 가리듯 감싸고 얼굴 묻은 민서 아빠.

민서아빠   안 돼요, 말도 꺼내지 말아요.
창   (서류 품은) 민서 아버님, 기증을 하시든 아니든, 뇌사를 받아들이시는
         게 절대 민서를 포기하는 게 아니란 걸 말씀드리고 싶어요.
         부모가 자식을 단념하는 게 아니라 민서는.. 다른 곳으로 갈 준비를
         이미 다 했습니다. 그걸로 스스로를 괴롭히지는 마세요.
민서아빠   (고개 드는데 눈물도 메마르고 다 튼 입술) 우리 애 헤집어놓고
         뜯어내고 내팽개치고, .. 절대 안 해요, 여기, 옆에 오지 마세요.
창   (정말로 안타까워서) 그렇지 않습니다. 저도 기증하신 분들이 후회한단
         기사, 봤고 예 그래서 저도 아버님께서 오해하시는 게 무리 아니란 거
         알지만 저희 절대 그렇지 않아요. 수술 때 제가 항상 끝까지 지켜보고요,
         장례식 때도 제가 있습니다. 민서 아버님, 아버님만 결심 해주시면
         민서 덕분에, 살아서 이 병원 나갈 수 있는 아이들이 정말 많아요.
민서아빠   ... (창을 외면한다. 단호하던 기세가 조금은 흔들리고 있다)
창   그 아이들 통해서 민서는 영원히 살 겁니다.
         누군가의 눈이 돼서 미처 다 못 보고 떠난 세상도 더 많이 보고,
         누군가의 심장이 돼서 건강하게 오랫동안 뛸 거예요.

민서아빠　누굴 속이려고, 당신들, (다시 창 보는데 원망스런 눈빛)
　　　　사람 죽이고도 모른 척한 거, 누굴 바보로 압니까? 나가.

창　　　… …

S#39. 동/복도 – 낮

서류 들고 중환자실에서 나오는 창. 주머니 속 전화에서 울리는 문자 알림음.
복도 의자에 민서 아빠만큼 지친 민서 엄마와, 초로의 남자가 앉았다.
민서 엄마, 창이 나오자 퀭한 눈으로 올려다본다.

창　　　다시 오겠습니다.

민서엄마　(예상한 결과..) .. 저도 애 아빠랑 다시 말해볼게요.

창　　　정말 감사합니다, 민서 어머님. (목례하고 자리 뜨면서)

창, 민서 엄마 옆에 초로의 남자 짧게 보는데,
남자 혈색이 불콰하다. 술로 벌게진 얼굴이다.
남자와 눈 마주치자 창, 외면하고 자리 뜬다. 술 냄새...

S#40. 동/복도 + 승강기 – 낮

암담한 마음으로 섰던 창, 승강기 열리자 탄다.

cut to. 승강기 안. 창, 층수 버튼 누르는데 다시 문자 알람. 전화 꺼내려는데,
닫히는 문 사이로 콱! 들어오는 손, 깜짝 놀라는 창.
비집고 들어서는 사람, 방금 전 민서 엄마 옆에 앉았던 초로의 남자다.
남자, 닫힘 버튼은 누르는데 층수는 안 누른다. 간단한 동작에도 술 때문인지 흔들..
창, 문제가 될 게 직감된다. 좀 물러나는데,

큰아버지　(문 닫히자) 이보쇼, 의사선생, 나 민서 큰아빠요.

창	예 그러세요, 근데 전 의
큰아버지	(O.L) 내 조카 장기 떼 가서 좋아? 걔네들이 지 자식 호흡기를
	왜 떼려고 하겠어? 돈이 없어서, 더 이상 병원빌 못 대겠어서.
창	어르신
큰아버지	그런 애 몸뚱일 거저 가져가? 니들은 한 푼도 안 내놔?
창	(이런 일 처음 아니다) 의료비하고 장제비 일부는 지원해드
큰아버지	(먹살 콱 잡아 쥐는) 그까짓 걸로 어떻게 살라고!
	남은 사람들 어쩌라고!

술 냄새가 확 끼치는 창, 손을 풀려고 하는데,
창의 눈 바로 앞에서 번뜩이는 눈, 뭉툭한 손에서 나오는 아귀힘이 우악스럽다.
창, 목이 졸린다. 숨 쉬기가 힘들다. 버둥대는데,

큰아버지	제수씨가 어떻게 결심했는데, 지 자식 몸뚱이 내주겠다고 어떻게
	결심했는데 그런 사람 불러다 병원빌 재촉해!!

승강기 열린다. 창, 구석에 몰린 채 열린 문 보지만 먹살 잡은 손은 풀릴 줄 모르고,
밖에서 타려고 했던 사람들, 놀라 타지는 못하고 어떻게도 못하고.
창, 이젠 정말 숨이 안 쉬어지는데 밖에 사람들은 무서워서 우왕좌왕만 하고!

방선생E	놔요!

그와 동시에 창에서 확 뜯어내지는 민서 큰아버지.
덩치 큰 방선생이 뛰어 들어와 그를 잡아챈다.
창, 숨이 갑자기 풀리자 구역질이 날 것 같다.

방선생	괜찮아요?
큰아버지	(방선생 힘에 구석에 쓰러지듯 떼밀린) 다, 도둑놈 새끼들이야..
방선생	(민서 큰아버지 쪽으로 확 도는데)
창	(방선생 잡는다. 잡은 채 허리 굽혀 토할 듯 기침하는)
방선생	(창 봤다가 민서 큰아버지 봤다가. 여차하면 다시 붙을 기센데)

큰아버지 (비척비척, 승강기를 나간다)

방선생, 쫓아갈까 하지만 창이 잡고 있다.
기침이 좀 잦아드는 창. 그를 두드려주는 방선생.

S#41. 동/이식센터 - 낮

목에 남은 흉터. 깃이 우글쭈글 구겨진 셔츠. 망연히 앉은 창.
얼마나 그렇게 앉았을까, 전화 울린다.

창   ....

계속 울리는 전화. 시끄러워서 꺼내 보면, 발신자 '일개미'
짜증나서 꺼버리는 창.

S#42. 동/옥상 - 낮

옥상으로 올라온 창, 햇빛 때문에 찡그리는. 저 앞 난간에 승효 등 보인다.
창, 난간으로 가면 승효, 난간에 기대 창을 본다.
창, 묵묵히 아래 보면, 쉴 틈 없이 병원으로 들어오고 빠져나가는 사람들...

승효   왜 그래?
창   왜.
승효   ... (돌연 표정 변하더니 창의 셔츠 칼라를 젖혀보는. 상처)
창   (손 치우는) 빨리 할 거나 말해, 누가 보면 어쩌려고.
승효   ...
창   간다?
승효   심평원 사람이 병원에 나오는 게 흔해? 평판에 미칠 영향은.
창   심사 결과가 뭐냐가 문제지, 평판이야. 부원장 과잉 진료래지?

승효	음.
창	정형외과는 우리 일이랑 겹치는 게 제일 없는 데라서, 나도 세세히는 모르는데, 원래 척추 전문병원 같은 거 하나 생기면 그 동네 할머니 할아버지들 다 사이보그 된다고 그런 말은 해. 의사들끼리도.
승효	사이보그?
창	허리고 무릎이고 일단 철심부터 박는 거지. 환자들도 그걸 굉장히 당연히 여기고, 요즘엔.
승효	부원장이 수술 건수로 전국에서 손꼽히게 된 게 그럼...
창	그래도 직접 현장 확인은 흔치 않아. 특히 얼마 전에 그 조사받던 의사 하나가 자살을 했어요. 그 다음부턴 서로 되게 경계해. 심사평가원이나 의사협회나.
승효	으음.. 난 여기 오기 전까진 의사들이 일일이 심평원에 진료비 청구하고 심사받고 그러는지 몰랐다? 의사들은 다 짱 먹는 줄 알았지.
창	(풋!) 환자들한테 손찌검도 당하는데 뭔 짱을 먹어. 다 사람 하는 일이지.
승효	... 니가 이노을 선생 얘기하면서 응급에 그 예진우 언급했었지. 그 동생이라는데? 심의 나온 담당자가.
창	웅? 진짜?
승효	(끄덕)
창	왜 업무 기피 신청을 안 했지?
승효	뭐?
창	원래 심평원이 거의 간호사 출신이라 가족 중에도 뭐 의사들도 많거든. 그래서 자기 식구 있는 병원에 업무가 배정되면 위에 알려야 될 텐데, 거기서도? 업무 기피 신청도 하고?
승효	예진우 동생도 간호사인가 그럼?
창	현장 확인은 원래 의사가 해, 정형 전문의인가? 그런다는 거 같던데. 이름이.. .. 예진우랑 비슷했는데.
승효	니 이름이랑도 비슷해. 선우창.
창	아 예선우! 나도 직접은 본 적 없는데 여기 의대에선 나름 유명했나 봐. 몸이 그런데.. 사실 그 몸으로 인턴에 레지던트까지, 말이 쉽지.
승효	형이 끌고 다녔나?

창	엄마. 혼자 아들을 막 밀고 끌고, 옴팡 고생한 거 같더라.
승효	왜 혼자? 아빠는 돈 벌고?
창	돌아가셨대나, 나도 안 친해서.
	근데.. 지네 형이 있는 병원엘 온다?.. 우연인가?
승효	...

뒤에서 무슨 소리 난다. 바람에 문소리인지. 승효와 창, 둘 다 동시에 돌아보는.

창	(좀 작게) 형 먼저 갈래?
승효	.. 어느 새끼냐? (목 가리키는)
창	새끼면 어쩌고 안 새끼면 어쩌게.
승효	하여간 너 새끼도 말 오질나게 예쁘게 해요. (가려다) 그,
창	뭐 또?
승효	예진우랑 그 누구? 친하다는, 선생.
창	아 그때 이노을 선생 참 왜 왔던 거야? 사장실까지?
승효	뭐 뻔하지. .. 둘이 사귀냐?
창	글쎄, 그렇단 사람도 있고. 왜?
승효	뭐하는 짓이야, 일하라고 모아 놨더니 눈이나 맞고, 쯧. (가는)
창	(어이없? 가는 승효 등에다 대고) 다 형 같은 줄 알아?
승효	(빠른 걸음으로 출구로 가며 전화한다)
	지금 구조실에 자리 하나 만들라고 하세요. 예, 구조조정실요. (끊는)

혼자 남은 창, 너른 하늘 보며 크게 숨 들이쉬는. 그래도 답답한. 휴....

S#43. 동/정형외과 스테이션 - 낮

정형간호사4 (신경질적) 저희 과장님이 지금 안 계셔서 그런다니까요?
저희도 허락을 맡아야 내드리든가 말든 할 거 아녜요?

선우 (가져온 결재 판에 서류 내미는) 여기 과장님이 요양기관 부당청구
조사 대상이신데, 허락을 받고 내주신단 건 무슨 뜻인가요?

정형의   그러게, 뭔 뜻이려나? (선우 뒤에서 나타나 앞으로 온다)

정형의, 손에 들었던 물병을 스테이션에 던지듯 놓고 삐딱하게 기대는.
휠체어의 선우는 그를 올려다볼 수밖에 없는데.

정형의   예진우 동생이라며? 내가 진우보다 위니까 형이 말 놓을게.
선우   …
정형의   갑자기 쳐들어와서 이거 내놔라 저거 내놔라, 어쩌라고?
            니네 언제 우리한테 뭐 맡겼냐?
강팀장E   실례합니다.

모두 쳐다본다. 선우는 그녀를 모르지만 의료진은 강팀장 출현에 여기 왜? 하는데.

강팀장   (선우에게 깍듯이 인사) 예선우 선생님 되시지요?
선우   예..
강팀장   처음 뵙습니다, 강경아 팀장입니다, 잠깐 시간 가능하실까요?
선우   무슨 일이신지..
강팀장   저희 구. 승. 효. 사장님께서 뵙기를 청하십니다.

정형의, 딴 일 하는 척해도 다 듣고 있다. 승효 이름이 나오자 몰래 신경 곤두세운다.

선우   사장님께서요?
강팀장   예, 괜찮으실까요?
선우   예.
강팀장   (공손히 방향 가리켜 보이는)

선우가 전동 휠체어 조정해 방향 바꾸는 동안 두 손 모으고 기다리는 강팀장.
두 사람, 함께 간다. 그 뒤로 스테이션의 의료진, 소리 낮춰 쑥덕대는 것 보인다.

강팀장   (그들 쪽 힐끔 보며 삐죽, 작게) 조상님이야 뭐야, 찍찍 반말은.
선우   (들었다. 쳐다보는)

강팀장	(방금 전 극도의 예우를 갖추던 몸짓, 표정에서 조금 풀어진) 저기..
선우	네.
강팀장	인물 집안이신가 봐용.
선우	네?
강팀장	(쿡! 웃는)
선우	(무슨 말인지 모르겠지만 강팀장 태도가 친근하다. 웃어 보이는)
강팀장	(웃다가) 아 이쪽으로.

모퉁이를 도는 선우와, 반걸음 정도 뒤에서 가며 휠체어를 잡아줘야 되나 아닌가,
판단이 안 서 움짝대는 강팀장의 손짓.

S#44. 동/1층 로비 - 낮

로비로 들어선 태상, 옆을 스치고 가는 사람들이 다 맘에 안 들고 다 의심스럽다.
눈을 이리저리 치뜨며 분노가 담긴 걸음 옮긴다.

S#45. 동/중앙 투명 승강기 - 낮

투명 승강기 타고 올라가는 태상, 잔뜩 입을 늘어뜨렸는데 돌연 눈이 커진다.
건너편 2층 정도 복도에 강팀장과 선우가 함께 가고 있다. 친근히 얘기도 하는 듯.
승강기 유리벽에 달라붙어 이들을 내려다보는 태상, 저 둘이 왜!!

S#46. 동/구조실 앞 복도 - 낮

구조실 문을 열어 잡아주는 강팀장, 인사하며 들어가는 선우.
문이 닫히고 1초, 2초.. 문 앞에 소리 없이 나타나는 태상.
'구조조정실' 푯말 노려보다.. 사라진다.

S#47. 동/구조실 - 낮

구조실장과 인사하는 선우, 미리 마련해둔 책상에 자리 잡는다.
강팀장, '보험심사실에서 뭐 갖고 올까요, 노트북 거기 놓고 왔죠?' 등 얘기하는데,
구조실 전원, 돌연 일어선다. 그러더니 인사하는.
선우, 직원들이 일제히 인사하는 쪽 보면,
승효가 직원들 사이에 나타난다. 거침없이 들어오는.
일어설 수 없는 선우, 승효가 다가오는 동안 주변도 보면,
구조실 직원들, 갑작스런 최고경영자의 등장에 당황한 기색도 감돈다.

선우   (승효가 앞으로 오자) 심의위원 예선우입니다.
          다른 분들처럼 예우를 갖추지 못해서 죄송합니다.

승효, 그 말에 돌아보면 직원들, 아직도 이쪽 보고 서 있다. 앉으란 승효 손짓.

승효   (근처 책상에 자연스럽게 기대서면서도 권위적으로 팔짱 끼는)
          내가 나가야 돼서, 바로 물읍시다. 쟁점이 뭡니까.
선우   (침착하게) 김태상 부원장은 저희 진료비 합의부에서 상당 기간
          예의 주시해온 의료인입니다. 진료비 항의 민원이 지속됐거든요.
          그러던 차에 의료원 홈페이지에 부원장의 부당행위가 다시 지적됐고
          저희 기관에선 이에 응할 의무가 있습니다.
승효   어떤 부당행위요, 위법? 상국대 이름을 걸고 진료를 뭣 같이 했어요?
선우   사실 정형은 지난 10년간 집중 심사 대상이었습니다.
          수술이 남발된 대표적인 분야라서요.
승효   남발.. 해선 안 될 환자를 속여서 사이보그로 만들었단 겁니까?
선우   (사이보그란 말에 조금 미소) 속인 거하곤 좀 다른데요,
          혹시 사장님 주변분 중에 척추 수술하신 분 계시나요?
승효   노인분들이야, 많이 하는데.
선우   척추는 아주 심한 측만증이나 협착증이 아니면 사실 노인분들도 되도록
          안 건드리는 게 좋습니다.

승효	(살짝 찡그리는)
선우	인공관절은 흔한 수술이지만 이것도 유효기간이 있습니다.
	변형도 되고 구획증후군으로 이어질 수도 있어서, 아 구획증후군은,
승효	근육이 붓거나 (의자 끌어당겨 앉는다) 출혈이 발생하는 질환.
선우	(내내 올려다보다 승효와 같은 눈높이가 된, 그래서인가?
	입가에 살짝 미소가 어린다)
승효	왜요, 의사도 아닌 게 되게 아는 척하네, 웃는 겁니까?
선우	아뇨.. (부드러운 미소 띤 채 설명 이어간다)
	인공관절에 수명이 있다고 말씀드렸는데 현재는 10년에서 15년 사이
	(문득 뭔가에 살짝 찔린 듯 움칠하더니.. 내리까는 눈.) 입.. 니다.
승효	(이번엔 뭐야? 왜 이래? 옆에 강팀장 보는)
강팀장	(역시 선우의 표정 변화가 보이지만 영문 알 리 없는)
선우	(다시 침착하게) 수명이 다하면 재수술을 해야 하죠.
강팀장	하면 되잖아요? 아픈 무릎 끌어안고 사느니 재수술이 낫죠?
선우	현재 기술로 재수술은 절대 쉬운 게 아닙니다. 50세 환자를 지금
	수술대에 올려버리면 그 사람은 겨우 나이 60에 인공관절 유효기간이
	끝나버려서 거동 자체가 불편해질 수도 있어요.
강팀장	그런 게 어딨어요? 육십이면 사방천지 돌아다닐 나인데?
승효	수술 전에 고지해야 하는 거 아닙니까, 그 정도면?
선우	그럼 누가 수술을 받겠습니까? 이런 대학병원은 몰라도 수술 전문병원은
	망하죠. 그런 덴 수술 공장인데 공장이 멈춰지는 건데요.
승효	여기 부원장이 지금의 명성을, 그렇게 쌓아왔다고요?
선우	알아봐야죠.
승효	알아봐서 맞으면.
선우	.. 솔직히 말씀드리면, 우물은 그대로고 돌 던지는 사람만 바뀔달까요,
	적발해도 금방 잊혀집니다.
승효	(쳐다보는. 그럼 왜? 하는 얼굴)
선우	(그 표정 읽은) 그래도 해야죠.
승효	... ... (일어선다. 구조실 직원 향해)
	경영 진단 때 정형외과에서 받은 기록, 집도의별로 돼 있습니까?
직원들	예!

승효	(손을 뒤로 넘겨 뒤에 선우 가리킨다. 선우에게 주라는 뜻)

그 동작에 벌써 몇몇 직원은 사사삭, 움직인다.

구조실장	(선우에게) 진료기록이든 수술이든 최근에 전부 확보해놓은 게
	있으니까 말씀만 하세요.
선우	감사합니다. 사장님께도 감사드립니다.
승효	공정합시다? 현지 조사까지 나왔으니 빈손으론 못 가지 마인드로
	엄한 거 다 시비 걸지 말고?
선우	네.
승효	(자리 뜨려다가) 형 있는 델 왜 왔어요?
선우	(웃는) 현장 확인은 원래 해당 과 전문의가 나와야 하거든요.
	저희 쪽에 정형 전문의가 한 분 더 계셨는데 은퇴하셨어요, 얼마 전에.
	저만 남았습니다.
승효	그게 웃겨요? 왜 자꾸 웃지?
선우	(대답 않자)
강팀장	아이 우리 슨생님이 웃는 상이시네.
승효	(지금 편드는 거? 쳐다보자)
강팀장	(앗!...)
승효	... (돌아서는데)
선우	구승효 사장님,
승효	(보는)
선우	다음에 용건 있으시면 불러주세요. 제가 가서 뵐게요.
승효	... 그러시든가. (간다)

강팀장, 얼른 승효 쫓아간다. 그러면서도 선우에게 함박웃음으로 인사.

선우	(웃음으로 화답하는데)
직원	저, 이거..
선우	(보면)

목까지 차오른 정형외과 파일 끌어안은 직원들이 너댓이나 섰다.
선우 책상에 놓이는 산더미 서류.
후.. 하면서도 감사의 응대하는 선우.

S#48. 동/1층 로비 – 낮

승효, 〈헬스케어 인플레이드 매출 고공행진〉 제목으로 온 문자 체크한다.
핸드폰 보면서 빠르게 로비 출입구로 가며 앞서가던 사람들을 앞지르는데,

승효   ... (멈춘다. 방금 앞지른 사람들을 돌아본다. 그중에 아이를 보는)

아이, 노을 따라서 소아과에 갈을 때 우리 엄마 언제 오냐고 하던 바로 그 아이다.
아이, 중년여성에게 손 잡혀 가고 중년여성 옆엔 정복 경찰도 있다.
아이, 낯설고 두렵고 겁먹었고 의기소침한 모든 얼굴로 끌려가듯 간다.

승효   ....
강팀장   ?
승효   (주변 본다. 로비도, 로비에서 보이는 2층도 훑는 눈길)
강팀장   ?? (같이 보지만 뭐 하나 특이한 건 없고) 누구 찾으세요?
승효   (말도 안 된다는 듯) 내가 누굴 찾아요? (바로 가버리는)
강팀장   왜 저래? 좀 찾으면 안 돼?.. (뚱해서 쫓아가는)

승효, 아이를 다시 보지만 어쩌라고, 하는 얼굴이 돼서 밖으로 나간다.

S#49. 동/부원장실 – 낮

태상, 소파가 가시방석이라도 되는 듯 앉지 못하고 주변만 맴도는.

Insert〉– 동/정형외과 스테이션(며칠 전. 태상의 회상)

수술기록(7회 S#47에서 선우가 받은 것과 같은 파일), 가차 없이 수거해가는 구조실장,
정형의와 정형 간호사4, 구조실 직원들이 털어가는 것 지켜볼 뿐.

태상   (재산이라도 몰수당한 듯) 거기 다 있는데!..

노크소리.

태상   들어와!
진우   (들어온다. 짧게 목례) 부르셨습
태상   (성큼 진우 목전까지 다가가) 너지.
진우   (정해진 순서처럼 열중쉬어 하고 고개 약간 숙인 자세가 되는) ...
태상   니가 찔렀지, 니가 찌르고 니 동생이 헤집고, 재밌어죽겠지 아주?
진우   아닙니다.

태상, 구둣발로 진우 정강이 걷어찬다.
너무나 아픈 진우, 소리도 못 내고.. 겨우 참고 열중쉬어 자세로 돌아간다.

태상   니 동생이 코밑까지 기어들어오도록 까맣게 몰랐다고?
진우   네. 몰랐습니다.
태상   (쿡쿡 찌르며) 형제끼리 공사 구분 확실해서 좋네?
           홀어머니가 그런 건 또 제대로 가르쳤나 봐?
진우   (반사적으로 눈 치뜨는데)
태상   (찌르던 손이 주먹으로 변해서 친다. 치는 게 꽤 해본 솜씨다)
진우   (어깨를 맞고 한발 물러서게 되지만 다시 똑바로 선다.
           입 꽉 다문. 지지 않는 표정)
태상   (그 모습 보는데 떠오르는 장면)

Flashcut〉- 1회 S#60. 대학병원 / 장례식장 부근 - 낮

태상   너 내 말 똑똑히 들어. 경찰, 가려면 가,
           근데 그걸 까려면 원장이 뭔 수작을 부렸는지도 밝혀야 돼.

진우　　**(묻지 않고 말없이 쳐다만 보는 모습)**

태상　　... 너지?
진우　　아닙니다.
태상　　너야!
진우　　아닙니다.

태상, 때려도 차도 분이 안 풀려 폭발할 지경인데, 핸드폰 울린다.
발신자 보더니 바로 전화 집는 태상, 받기 전에 진우 노려보는. 나가란 턱짓.

진우　　(목례하고 나가면)
태상　　(급히) 어떻게 됐어? 알아봤어?
심평원실장F　왜 TV는 나가서 이 사단을 만들어, 그러게?
태상　　무슨 TV? 내가 TV가 한두 번이야!
심평원실장F　이번엔 나가서 몇천 명 수술했다고 자랑했다며,
　　　　　　과잉 진료가 아니고선 그럴 수가 없다고 민원이 올라왔대.
　　　　　　TV서 당신 보고 누가 배알이 꼴려서 투고한 거 같아.
태상　　올린 놈 찾을 수 있지? IP든 뭐든,

S#50. 동/원장 비서실 - 낮

부원장실과 원장실 사이 공간. 비서 책상은 깨끗하게 비워져 있다.
부원장실 문을 잡고서 몸은 원장실을 향해 선 진우.

태상E　왜 못해! 나한테 알려주면 되잖아, 내가 직접 찾는다고!
진우　　(원장실 문 바라본다)
태상E　정말 나한테 이러기야? 내가 짚이는 데가 있어서 그런다고!
진우　　(원장실로 간다)

원장실 문 열어보는 진우. 빈 책상 보인다. .. 안으로 들어간다. 닫히는 문.

그 뒤로 태상의 고함이 울린다.

태상E　여기 의사 놈 동생이 왔다니까?

S#51. 동/부원장실 - 낮

태상　(전화 중. 상대 얘기 듣는)

심평원실장F　업무 기피 신청을 했다니까, 근데 말했잖아, 이종혁 선생이 은퇴 했어요,
　　　　　　우리 쪽에 정형 전문의라고 딱 둘인데 한 명만 남았으니 어째? 안 해?

태상　진짜야?

심평원실장F　진짜지 그럼. 그리고 투고한 사람 가르쳐달라는 둥 그만 소리 마.
　　　　　　당신 우리 심사 대상이야, 이 정도도 특혜인지 알아. 끊어 이 사람아!

태상　(끊긴)

신경질적으로 전화 놓는 태상, 이대로 가단 꼼짝없이 뒤집어쓸 판이다.
지끈지끈대는 머리 감싸다가 무슨 생각이 들었는지 벼락같이 나간다.

S#52. 동/원장실 - 낮

진우, 주인 잃은 지 오래된 원장실에 가만히 선. 그러다 천천히 거니는데,
밖에서 소리 들린다. 태상이 부원장실 문을 세게 닫는 소리, 이어 서두르는 발소리,
유리문 열렸다 닫히는 소리. 이내 모든 소리 사라지고 정적만이 남는다.

진우　(책상에 기대는... 핸드폰 꺼낸다. 문자 보내는)

보내고 고개 든다. 창문 너머를 본다.

진우E　왜 너야.

S#53. 동/복도 - 낮

눈에 불을 켜고 가는 태상.

진우E   **왜 네가 왔어. 왜 말 안 했어.**
선우E   **말하면 형이 관둘 테니까.**

빠르게 스치는 태상 때문에 벽에 붙인 공지가 펄럭인다.
'병원장 선거 입후보 현황'인데 입후보자 란에 '정형외과장 김태상' 이름만 있고
나머진 전부 공란이다.

선우E   **내가 심사를 올 거라고 하면 형이 계획을 바꿀지도 모르니까.**

S#54. 동/정형외과 의국 - 낮

들이닥치는 태상. 정형외과의들, 이미 전원 기립 대기 중이다.

태상   미국 일본에서 4, 50대 환자가 인공관절치환술 받은 케이스 전부 뽑아.

정형외과의들, 태상이 언제 폭발할지 모르는 상태인 것을 잘 알기에, 서둘러 움직인다.
곧바로 공용 컴퓨터에 앉고, 각자 노트북 켜서 자료 찾기 시작한다.

태상   최근에 나한테 수술받은 중에 인터뷰할 사람도 뽑아. 경과 좋은 걸로!
일동   네!

진우E   **그때부터 안 거야?**

S#55. 동/구조실 - 낮

책상에 정형 파일 쌓아 놓고 일하던 선우, 멈췄다. 그가 바라보는 전화에 뜬 문자.
'그때부터 안 거야?'가 적혔는데, 그 밑에 다시 뜨는 문자.

진우E   **네가 파견될 거란 거,**
선우   ....

S#56. 진우의 집/거실 – 밤(선우의 회상)

유기견 센터에 갔을 때 썼던 모자를 손에 틀어쥔 진우와 얘기 중인 선우.
(센터 봉사 후 회식에서 일찍 빠져나온 진우가 집에 도착한 이후의 상황이다)

선우   무슨 투고를 했다는 거야?
진우   부원장, 과다 관절치환.
선우   민원을 제기했다고?
진우   니가 곤란할 일은 없을 거야.
          내 동생인 거 다 아니까 넌 안 보내겠지. 모른 척해.
선우   형은? 형이 곤란해질 일은?
진우   할 수 없지.
선우   왜 그래야 하는데?
진우   ... 5천6백 명은 나와선 안 되는 수치야. 지금 부원장은,
선우E   **원장이 돼선 안 되는 인물이라며.**

S#57. 대학병원/구조실 – 낮

선우, 뭐 하나라도 놓칠까, 태상의 파일을 뒤진다.

선우E   **형을 위해서만은 아냐. 형이 그렇게 판단했다면 보훈이 아저씨도,**
              같을 거라 생각했어. 아무나 자기 뒤를 잇는 거, 슬퍼하실 거야.

S#58. 동/원장실 - 낮

진우 .... (전화 넣는다. 길게 나오는 숨. 그러나 한숨은 아니다)

Flashback〉- 6회 S#42. 동/정형외과 복도 - 낮
〈인공관절 수술 환자만도 한 해 5천6백 명에 달하는 김태상 교수〉액자 패널 안
기사를 보고 선 진우.

진우 **한 해 5천6백 명, 말기 관절염에만 시행되는 최종적 수술이 혼자서,**
5천6백 명..

원장실에 그대로 있는 진우, 담담한 동시에 흔들림 없는 표정...
잠시 더 그렇게 있다 책상에 기댔던 몸을 펴고 문으로 간다.
원장실 돌아보지 않고 그대로 나간다.
그가 나가고 텅 빈 원장실에서, 엔딩.

8

라이프

LIFE

S#1. 대학병원 / 1층 출입구 앞 - 낮

승효의 차, 출입구 앞에 시동 켜놓고 대기 중인데, 앞에 와 서는 미니버스.
기사, 어딜 감히 사장님 차 앞에! 비키라고 빵빵대는데.
승효와 강팀장, 병원 안에서 나온다.
승효, 앞 유리 즈음에 나타나 빵빵대지 말라, 손 들어서 제지시킨다.
미니버스에 신경 쓰느라 승효가 나오는지 몰랐던 기사, 얼른 내리는데,
승효, 미니버스 넘겨본다. 'xx 아동 복지원' 스티커가 붙었다.
7회 S#48의 엄마 찾던 아이와 정복 경찰, 중년여성이 미니버스에 오른다.

승효　　... 잘 부탁합니다!

경찰과 중년여성, 밑도 끝도 없는 당부에 아는 사람인가? 쳐다본다.
승효, 아이의 작고 동그란 뒤통수 한 번 쳐다보고 제 차로 간다.
기사, 승효 타면 문 닫아주고 운전석으로 오고, 강팀장도 앞좌석에 타고.
아이, 승효 말을 못 들은 건지 고개 숙인 채 미니버스 안으로 사라진다.

S#2. 승효의 차 안 - 낮

아직 정차 중인 미니버스 제치고 승효의 차 출발.

강팀장   (미니버스 스칠 때 보지만 묻지 않고 서류 넘겨주며)
홍성찬 회장 인천에서 양재동 사옥으로 출발했다고 합니다.
5시 3분 전 도착 예정입니다.

승효   (서류 받아 검토하는)

강팀장   화정생명에서 제안이 왔는데요, 저희 병원 통해서 보험 상품을
세일즈하고 싶답니다. 화정화학이랑 제휴 맺은 걸 들었나 봐요.

승효   (가볍게 콧방귀 뀔 뿐)

강팀장   답변 보류하겠습니다.

S#3. QL전자 사옥 – 낮

외경. 초고층 첨단 빌딩.

S#4. 동/회장 휴게실 문 앞 – 낮

강팀장과 홍회장 측 비서, 푯말도 안 붙은 휴게실 문 앞에 좀 어색하게 섰다.
눈만 마주치면 어색하게 웃기를 몇 번. 버름하게 문 앞을 지킨다.

S#5. 동/회장 휴게실 – 낮

두어 평 남짓한 휴게실. 테이블도 없이 협소하지만 전문점 뺨치는 커피머신과
각종 희귀한 간식거리, 아주 예쁜 미니냉장고가 고급스럽다.
셔츠 걷고 커피 내리는 홍회장, 승효와 비슷한 연배인데 매우 자신만만해 뵌다.

홍회장   (승효에게 커피 내주며) 블랙아이보리.

승효	감사합니다. 여독도 아직 안 풀리셨을 텐데 시간 내주신 점도요.
홍회장	홍콩인데 여독은. (본인도 커피잔 들며) 코끼리 똥으로 만든 거예요.
승효	(마시다 멈! 첫할 뻔했지만 홍회장이 빤히 보고 있는 걸 알기에 부드럽게 한 모금) 루왁하고 좀 다른 거 같기도 하네요.
홍회장	루왁 뭐, 애들이 어디서 주워듣고 루왁 루왁 대는 거지.
승효	(접대용 미소로 응대)
홍회장	(아예 키친테이블로 올라가 걸터앉는. 격의 없는 것 같지만 그 행동 자체가 매우 기득권의 그것이다) 남형이한테 대충, 아 쏘리, 조회장한테 얘긴 대충 들었는데, 우리랑 앱을 개발하고 싶다고요?
승효	헬스 앱입니다. QL전자 휴대폰에 심장박동수나 혈압, 비만도 등을 측정하는 앱을 넣어서 그 정보가 저희 상국대학병원에 다이렉트로 전송되는 앱이요.
홍회장	다이렉트로, 가 아니라 독점으로, 죠. 우리 폰 유저들은 자동적으로 상국대병원에 종속되는 건데.
승효	잠재고객, 이 되시겠죠.
홍회장	왜 내 고객들을 조회장 병원에 갖다 바쳐야 할까?
승효	상국이 아니면 어디하고 하실 겁니까? 국립대는 수익 배분이 복잡하고 다른 대형병원들은 이미 파트너가 있습니다. 죄송합니다만 저희나 QL전자나, 늦었습니다.
홍회장	왜 늦었을까요? 내가 몰라서? 너 요즘 심장박동 이상하더라, 폰 주인한테 메시지 뜨게 해서 괜히 사람 불안하게 만들고 불안감 이용해서 자동으로 검진 예약시키고, 물론 상국대병원에다. 그럼 그때부터 머리채 잡힌 거지. 생활건강 클리닉인가? 구사장 그런 것도 하겠다고 천명했던데, 고객님, 박동이 이상한 게 담배 때문이었네요, 자 그럼 이제 우리 상국 금연클리닉으로.. 이거 하잔 거잖아요? 내가 왜 남 좋은 일을 시켜야 되는데?
승효	물론 이 앱을 통해서 발생할 수익분배에 대해서 말씀드릴 수 있습니다.
홍회장	(콧방귀 뀌는)
승효	하지만 그런 것보다 대 QL전자의 홍성찬 회장님께선 남 좋은 일 안 시키려다 나 좋은 일까지 놓칠 분이 아니시니까요, 헬스 앱뿐이겠습니까. 원격 화상진료 시대도 곧 도래합니다.

먼 낙도에서도 전화 한 통이면 서울에 박사님한테 화면으로 다 진찰을 받을 건데 그때도 파트너 병원 하나가 없어서 QL폰이 먹통이 되게 두실 리 없잖습니까, 회장님께서?

홍회장　그때 되면 굳이 병원하고 제휴를 안 맺어도.

승효　모두 제휴를 맺고 있으니 문제지요. QL전자의 위상에 걸맞는 곳을 따져보신다면 전국 대형병원 빅5 중에 상국대병원이 최적입니다.

홍회장　걸맞죠, 우리 QL하고 화정. 화정이 휴대폰을 안 만들 뿐이지, 나머진 글로벌 마켓에서 둘이 박 터지게 싸우는 중이니까.

승효　저희 화정은 휴대폰을 안 만들고 QL은 계열사 중에 병원이 없죠.

홍회장　식었네. (제 커피, 일부러 천천히 따라 버린다)

승효　…

홍회장　우리가 병원을 사버리면 되지, 화정처럼. (키친테이블에서 내려오는) 그때가 되면 빅5 중에 어디가, 우리한테 밀려나려나?

승효　.. (커피 원샷. 내려놓고) 잘 마셨습니다.

홍회장　(끝까지 여유롭게 으흠, 끄덕)

S#6. 동/회장실 앞 복도 – 낮

홍회장과 승효 나온다. 승효의 인사받으며 가는 홍회장.
승효도 반대로 가고. 각자 자기 상사를 따라가는 홍회장 비서와 강팀장.

승효　(굳은 얼굴로 입 꾹 다물고 가는데)

홍회장E　조회장 요즘 바빠?

승효　(돌아보는)

홍회장　(전화하며 가는 뒷모습) 많이 바쁜가 봐? 왜 애를 보냈어? 되도 그만 안 되도 그만인가 본데?

승효　!

강팀장　(옆에서 같이 듣고 뭐라 욕을 하는 입모양인데, 문자 온다. 보더니) 사장님, 회장 비서실인데요, 들어오시라고..

승효　…. (가는)

S#7. 화정그룹 본사/회장실 - 밤

조회장   딱 봐서 뺄소리 지껄인다 싶으면 박차고 나왔어야지,
         왜 아쉬운 소릴 해서 내가 그 새끼한테 매달린 거처럼 만들어!
승효   죄송합니다, 회장님.
조회장   재수 없는 새끼, 공부도 드럽게 못한 게,
         내가 지 옛날을 다 아는데 어딜 떡 전활 해서 개폼을 잡아.

부아를 삭히느라 허리에 손 얹고 창밖 보는 조회장...

조회장   내가 핸드폰을 밀고 나갔어야 했는데, 아버지를 꺾었어야 했는데..
승효   ...
조회장   .. 지금이라도 뛰어들어?
승효   핸드폰 시장은
조회장   (O.L) 국물도 안 남았지.
승효   (입 다무는)
조회장   병원이야 언제든 짓든 사든 키우든.
         그러니까 그놈이 똥배짱이지, 아는데.. 재수는 없네.
승효   제가 홍회장 마음을 돌리겠습니다.
조회장   어떻게?
승효   가진 게 넘치는 분이니 낚시질보다는 끊임없이 도끼질해야죠.
         성사될 때까지 만나야죠. 회장님 염려 없으시도록 하겠습니다.
조회장   .. 나 염려 없게 해주느라 여러모로 애쓰지, 우리 구사장?
승효   (무슨)
조회장   병원 파견 취소한 거, 그것도 구사장이 순전히 나 욕먹지 말라고
         본인 뜻 꺾은 거잖아? 그렇지?
승효   (일부러 뜸 좀 들였다가) 의료 외 수입 때문이기도 하고요.
조회장   의료 외 수입.
승효   제가 부임 전부터 들은 게 상급 병원은 원래 적자란 소립니다.

다른 대형병원들도 내놓은 자료가 다 그렇길래 사실인 줄 알았죠.

조회장　　그런데.

승효　　이번 경영 진단을 통해서 통합 재무제표가 나왔는데요, 기업에선
본 적 없는 항목을 하나 발견했습니다. 고유목적사업 준비금이요.

조회장　　(뭐?)

승효　　간단히 말씀드리자면 건물이나 의료장비를 매입할 때 드는 비용입니다.
이전 재단에선 이걸 매입도 안 하고선 비용으로 잡았는데 저흰 수익에다
넣어보니까 실은 경상이익이 흑자로 나왔습니다.

조회장　　얼마나 되는데 그게?

승효　　분원까지 전체 합해서, 2037억이요.

조회장　　(짐짓 놀란 듯 휘파람) 하긴.. 우는소릴 해야 떡 하나라도 더 받아먹지.
병원이 주가 하락 걱정할 것도 아니고.

승효　　그런데 응급이나 소아 같은 필수과를 없애버리면 세금이나 경비처럼,
이 항목으로 받는 혜택이 확 줄어듭니다.
3과를 유지하고 대신 저희도 이 항목을 넓게 잡는 게 유리하다고
판단했고, 여기에 대해선 내일 정리해서 보고드릴 예정이었습니다.
구조실장을 통해서 먼저 듣게 해드려서 죄송합니다.

조회장　　구사장 잘하던 거잖아? 비서 시절에. 내가 뭐하나 옆에서 냄새
맡다가 내 아버지한테 쪼르르 이르는 거. 실장 탓할 거 없어.

승효　　탓하지 않습니다. 회장님 용무를 선대 회장께 이른 적도 없습니다.

조회장　　... 처음부터 내가 키운 사람이었으면 참 좋았을 텐데.
QL은 계속 시도해. 전 국민을 뚫고 들어갈 건 핸드폰 이상이 없어.
꼭 연계돼야 돼.

승효　　네 회장님.

S#8. 동/회장실 밖 - 밤

승효, 회장실에서 나오면 강팀장이 기다리다 바로 온다.

강팀장　　괜찮으세요?

승효	... 퇴근하라니까요.

강팀장   뭐어.. 괜찮으세요?

승효   갑시다, 집에들 가자고..

지친 승효 가고, 강팀장도 간다. 강팀장, 승효가 많이 깨졌나 걱정돼서 자꾸 넘겨본다.

S#9. 대학병원 / 지하주차장 - 밤

조용하고 괴괴하다. 지잉, 하는 진동음만 들리는데, 선우 휠체어 소리다.
주차장을 훑으며 선우가 휠체어로 쭉 오는데,

노을E   여기.

선우   (깜짝 놀라 아! 하며 보면)

구석 기둥 근처에 머리를 길게 푼 노을이 흰 가운 차림으로 손 흔든다.

선우   (다가와) 스파이 접선해? 왜 밤중에 흰 걸 뒤집어쓰고 이런 데서 보재?

노을   심평원 동무, 내가 아직도 동무 누나로 보이네?
              (농담하지만 눈도 좀 붓고 평소보다 가라앉은 얼굴)

선우   .. 왜 눈탱이가 밤탱이야?

노을   그래도 예쁘지?

선우   아 혼자선 못 듣겠네. 형 인제 나와.

진우E   이누무 짜식.

진우, 기둥에 가려 안 보였던 차 운전석에서 내린다. 미리 와서 기다린 것.

진우   일은 잘되냐?

선우   공무수행 중. 비밀.

진우   그러시구랴? (가운 차림의 노을 보고) 들어가야 돼?

노을   응.

선우 저녁은?

진우 잇씨, 나한테 좀 물어봐라.

노을 싸우지들 말고 빨랑 가, 이놈들아.

진우와 선우 형제, 둘 다 삐죽, 노을 보는 게 똑 닮았다. 웃는 노을.
진우, 선우를 차로 데려가고 노을은 배웅하려는데,

선우 누나 들어가. 우리 갈게.

노을 가는 거 보고.

선우 가아.

진우 ... (선우 월체어 뒤에서 노을 보는)

노을 (밝게) 응. 내일 보자. (바로 돌아서 가는)

선우 ...

진우, 노을이 어느 정도 멀어지면 뒷문 열어서 월체어를 되도록 바짝 대준다.
선우, 온전히 팔 힘으로만 지탱해 제 몸을 뒷좌석에 싣는다.
먼저 방향을 맞춰 하체를 걸치고 다리는 짐 옮기듯 하나씩 들어서 넣어야 한다.
진우, 도와주지 않는다. 대신 참을성 있게 기다렸다가 월체어를 트렁크에 싣는.
이 모습을 멀리서 본 모습.

cut to. 아주 간 줄 알았던 노을, 선우가 힘들여서 차에 오르는 걸 멀리서 보고 있다.
진우 차가 출발하도록 지켜본다. 마음이 짠한...

S#10. 진우의 차 안 - 밤

진우 (지하 출입구를 빠져나가며) 정말 어떻게 될 것 같아, 부원장?

선우 글쎄 아직은. 근데 대안은 있는 거야?

진우 ..

선우 부원장이 원장이 돼선 안 된다며. 그럼 다른 대안은?

진우 몰라 나도.

선우   구사장한테 대적할 인물이 없을 거 같던데. 나야 오늘 하루 봤지만.

그때, 주차장을 빠져나가는 진우 차와 교차돼서 들어오는 운전석에, 승효가 있다.
양쪽 차 안의 사람들, 모르고 스친다.

진우   너 사장 봤어?
선우   괜찮던데?
진우   괜찮긴, 겪어봐라. 아니다, 니가 왜 겪냐, 그런 사람을.
선우   진짜 원장감이 그렇게 없어?
진우   (대답 않는)

뒷자리 선우, 리어뷰미러로 진우 본다. 묵묵히 운전만 하고 가는 진우.

S#11. 대학병원 / 지하주차장 - 밤

천천히 가는 노을, 승강기 입구로 들어가려는데, 차 들어오는 소리 난다.
피하려고 돌아본 노을, 차 운전석에서 직접 운전해서 오는 승효 본다.
노을을 못 본 차는 그대로 미끄러져 가고.

노을   .... (승강기 입구로 사라진다)

S#12. 동 / 지하주차장 승강기 앞 - 밤

승강기 기다리는 노을, 층수 표시는 1 → B1 → B2로 계속 변하는데,
노을, 입구 쪽을 살펴도 승효는 올 생각을 않고.
B3으로 바뀐 승강기 문 열린다. 노을, 다시 한 번 입구를 보지만.. 그냥 탄다.
승강기 문 닫히는데,

승효   (뛰어 들어온) 잠시만요!

열리는 문.

승효   감사

노을이 보인다.

승효   합니다. (타는)
노을   (닫힘 버튼 누른다. 사장실 층수 8층도 눌러준다)
승효   감사합니다.
노을   (목례만)

두 사람, 서로 말없이 승강기 층수 올라가는 것만 보고 가는.

승효   ...
노을   .. 스위스 어떤 마을에서요,
승효   ?
노을   핵 폐기장을 만들려고 주민투표를 했대요, 결과는?
승효   (무슨 소릴 하나)
노을   60% 이상 찬성. 그런데 이번엔 정부에서 보상금 제안을 해요.
         너네 마을에 폐기장 만들면 우리가 돈 줄게, 해서, 다시 투표.
승효   60% 이상인데 뭐하려요. 바로 지어야지.
노을   (웃는. 층수 표시 본다. 5층) 이번엔 찬성표가 얼마나 나왔을까요?
         (문 열린다) 지었을까요, 못 지었을까요? (목례하고 내리는)
승효   ?

S#13. 동/복도 - 밤

승강기에서 내린 노을, 가는데,

승효	이노을 선생님!
노을	(미소. 하지만 웃음기 없애고 돌아보는. 천연덕스럽게) 네?
승효	(열림 버튼 누른 채 승강기 문에 걸쳐 서서) 그래서요.
노을	.. 동물병원 만드신다면서요? 어디다 만드시려나?
승효	몇 %요.
노을	공간이 있어야 할 텐데? (살살 가며 돌아보기도) 우리 병원 꽉 찼는데.
	보실래요? (승효 보며 뒷걸음으로 가는) 어딜 보는 게 도움이 되시려나,
	로봇 수술실? 해부 실습실?
승효	....

S#14. 동/격리병동 앞 복도 - 밤

화면을 가득 가로막은 양문. 틈새 하나 없이 굳게 닫혔고,
〈음압격리실〉이라는 커다란 글씨와 '관계자 외 출입 금지' 빨간 경고가 긴장감을 준다.
음압격리실 앞에 선 노을과 승효.

노을	음압격리병동이에요. 전염성 질환 발생 시 사용하죠.
승효	연간 유지비가 3천만 원을 상회하지만 거의 안 써먹는 시설이죠.
	(가는)
노을	(함께 가는) 몇 년 전만 해도 음압병실에 대한 개념도 규정도 없었어요.
	그걸 바꿔준 게 메르스에요. 메르스가 퍼졌을 때 우리나라 병원들도
	같이 아팠어요, 대비가 전혀 안 돼 있었거든요.
	그때 심하게 앓고 나서야 체계가 생긴 거예요.
승효	...
노을	(어린아이들 볼 때처럼 고개 기울여 승효 얼굴 들여다보며, 밝게)
	위기관리에 대한 투자라고 생각하시면 어떨까요, 싸장님?
승효	(쳐다보는. 간다...)

S#15. 동/실습실 복도 - 밤

일부는 소등되고 적막한데, 한 실습실에서만 빛이 환하게 나오고 있다.
노을과 승효, 빛이 나오는 창 앞에 동물원 구경하는 아이들처럼 나란히 붙어 섰다.
창 안을 보여주면, 세화를 중심으로 몇몇 의사들 모여서 모니터 본다.
안에서 말하는 소리는 안 들린다.

| 노을 | (속삭이듯) 오교수님 수업하시네요.

| 승효 | 의대생들인가요?

| 노을 | 전공의들 같은데요?

| 승효 | 전공의들도 이렇게 수업합니까?

| 노을 | 따로 시간 짜내서 가르쳐줄 지도교수님을 만나는 행운이 있다면.

| 승효 | .. (다시 안을 보면)

S#16. 동 / 실습실 내부 – 밤

모니터에 환자 진료기록인 Angio 사진, CT, MR이 띄워져 있다.
창가에 노을과 승효 얼굴 두 개가 떠 있다.

| 세화 | 각자 소견들.

| 신경외과의2 | 25mm 이상의 거대 동맥류입니다.

| 세화 | 치료는?

| 신경외과의2 | 뇌동맥류는 코일이나 클립으로 잡을 수 있고요.

이 경우 위치나 크기를 봤을 때 코일로 하겠습니다.

| 세화 | 또. (신경외과의2, 3 보는)

| 신경외과의3 | 발생 위치가 중대뇌동맥 쪽이지만 크기가 너무 크고요,

기술적으로도 수술 위험도가 높아서 저도 코일로 할 것 같은데요?

| 세화 | (신경외과의4 보는)

| 신경외과의4 | (버벅) 저도,

| 세화 | 이유.

| 신경외과의4 | (제대로 대답 못하는)

세화   나가.

신경외과의4   교수님,

세화   난 안 되는 애 억지로 안 끌고 가. 내 시간 낭비시키지 마. 나가.

신경외과의4   죄송합니다, 교수님, 한 번만

세화   (말 잘라먹고 신경외과의4 쪽은 쳐다보지도 않고 아예 등 돌린다)
　　　　너희 둘은 지금 환자의 기저 질환을 간과했어. 결과로 드러난
　　　　병증만 본 거야. 실제로 이 환자는, (모니터에 새 자료 띄우는)
　　　　피검사 결과 콩팥 수치가 안 좋고 브레인 미드라인 시프팅이 있어서
　　　　클립으로 해야 돼, 코일이 아니라.

S#17. 동/실습실 복도 - 밤

창문 안에, 모니터 들여다보는 신경외과의2, 3과 어쩔 줄 모르는 신경외과의4 보이는데,
승효, 집중해서 보느라 오므린 입이 약간 오리처럼 나왔다.

노을   (세화에서 승효에게 고개 돌리다) 버릇인가 봐요?

승효   ?

노을   뭐 집중할 때 (입모양 흉내)

승효   아닌데요?

노을   그런데요? (또 흉내 내는데)

세화, 돌연 창문 밖 시선이 느껴졌는지 이쪽을 홱 본다.

노을   엣! (창문 아래로 쏙! 내려간다)

승효, 타이밍도 놓치고 숨을 생각도 없었고, 혼자 멀뚱히 서게 됐다. 세화 보면,
세화, 가뜩이나 무서운 눈으로 이쪽을 쫙 쳐다보고 있다.

승효   ... (아무렇지 않은 척 스르르 자리 뜨는)

노을, 허리 굽혀 유리창 밑을 통과, 승효에게 빨리 온다.
혼자만 숨은 노을을 곁눈으로 쓱, 보는 승효.

S#18. 동/부원장실 - 밤

불 꺼진 부원장실. 태상 얼굴에 모니터 빛이 반사돼 반은 파랗고 반은 어둡다.
태상이 보고 있는 것, 환자들과 찍은 기념사진이다.
대부분 할머니 할아버지들, 웃거나 태상 손잡았거나... 태상도 다정하다.
스크랩 사진 보다가 웃는 태상. 그러다 쓸쓸해지는..

태상　　　... 누가 날더러 뭐래?..

태상, 휴대폰 쳐다보다 집어 들어 단축번호 누른다.
계속 가는 신호음. 딸깍 받는 소리 나고 태상, 한껏 기대하고 입 열려 하는데,
'Sorry. I can't take your call right now. Please leave a message...' 기계소리.
태상, 종료 누르면 휴대폰 배경화면이 뜨는데,
외국의 공원쯤에서 찍은, 태상은 없는 가족사진이다. 아내, 아들, 딸.

태상　　　(사진 보며) 학교 가 있을 시간이구나. 하필 바쁠 때 했어, 내가.

한참 바라보던 휴대폰 화면, 꺼진다. 태상의 얼굴에서도 사라지는 빛.

S#19. 동/중환자실 앞 복도 - 밤

창, 중환자실 복도 의자에 앉았다. 그냥 가만 앉은.
중환자실 문 열리더니 어린이 뇌사 환자인 민서의 아빠가 나온다.
창, 일어나 목례하지만 민서 아빠, 받지도 않고 가버리는데 뒤에서 들리는 목소리.

창E　　　제가, 저승사자 같으시죠.

민서 아빠, 멈추지만 돌아보진 않는다. 그 어깨 너머로 창이 보인다.

창   죄송합니다. 얼마든지 욕하셔도 돼요. 그런데 아버님, 저는 이 일
            하면서 앞 못 보던 사람이 눈 뜨는 걸 봤고 죽기 직전에 사람이
            제 발로 이 병원을 걸어 나가는 걸 봤어요. 그래서 포기할 수가 없네요.
            그 마음, 그 바람, 아버님이 제일 잘 아시겠지요.

민서아빠   (여러 감정이 복잡한 표정인데)

창   죄송합니다. (보지 않아도 고개 숙인다)

민서 아빠, 말 한 마디 않고 가버린다.
복도에 창만 덩그러니 혼자 남는다.

S#20. 동/복도 – 밤

함께 오는 노을과 승효.

노을   .. 그러니까 소아과에선 100mg 앰플이면 20mg만 주사하고 나머진
          버려요. 아이들이 너무 작으니까 체구에 맞게 줘야죠. 그치만 심평원에선
          실제로 쓴 20mg에 대해서만 보험수가를 인정해준단 말이에요.

승효   버려진 80mg은요? 전부 병원 지불 책임이고요?

노을   그래서 원랜 안 되는 거 알면서도 80mg을 재활용하는 데가 생겨나는
          거예요, 근데 재사용하고 나눠 담다 보면 오염률이 확 올라가죠.

승효, 들으면서 오는데 복도, 갑자기 일제 소등된다. 드문드문 몇 개만 남기고 꺼진 불.

승효   (시계 보는) 늦었네요, 수고하셨습니다.

노을   (잠시 보지만 목례) 수고하셨습니다.

승효도 목례하고 돌아선다.

가는 그의 뒤로 노을이 바로 옆 모퉁이를 돌아 사라지는 게 아웃포커스 돼서 보이는데,

승효   아 핵 폐기장, (돌아서는) 그래서 어떻 (그새 노을이 없다)
        .... (가던 방향으로 돌아서는데)

혼자 남은 승효 앞에 펼쳐진 어둡고 긴 복도. 낮의 시끄러움이 모두 사라진 적막.
승효, 문득 이 적막과 어둠의 한가운데 완전히 홀로라는 게 감지된다.
불 꺼진 밤의 병원은 이상하게 기기묘묘하다.
승효, 발을 떼는데 발소리가 텅 빈 복도에 울린다. 자기 발소린데도 너무 크게 들리는..
다시 한 발 떼는 그때, 겹치는 발소리. 뒤쪽 복도 모퉁이에 누군가, 있다.
눈동자를 그쪽으로 돌리는 승효. 완전히 돌아보진 않지만...
발소리 점점 다가온다. 이젠 바로 귓가에 울린다.
그대로 선 승효.. 인기척이 뒤까지 왔다는 느낌이 드는 순간 곧장 돌아보는데,
인기척의 주인, 노을이다. 바로 뒤에 와 섰다.

승효   왜 도로 왔어요?
노을   나가는 길 아세요? 생각해보니까 이쪽 동은 처음이신데.
승효   ... 모든 길은 정문으로 통하죠.
노을   그러시면.. (목례. 이젠 진짜 돌아서는데)
승효   그 아이,
노을   (보는)
승효   (자연스레 가면서 말 시키는) 가던데요? 복지시설로.
노을   예에.. (자연스레 같이 가게 되며) 갔어요.
승효   그래서 (눈 부위 가리키는) 부었습니까?
노을   (부은 눈 살짝 가리는) 아뇨.. 병원에서 시설로 곧장 가는 아이들,
        종종 있어요.

조곤조곤 얘기 나누며 밤의 복도를 함께 가는 두 사람.
같은 공간인데도 방금 전의 어둠은 은밀함으로, 적막감은 고요함으로 채워진 느낌.
나란히 가는 두 사람 뒷모습.

S#21. 진우의 집/작은방 – 밤

침대 가에 걸터앉은 진우가 창문 유리에 비친다.
창가에 기대선 선우: 창문 바로 앞에 섰지만 그는 비치지 않는다.
진우, 두 손 모으고 미동 없이 앉은..

Flashback〉 – 2회 S#20. 강당. 의사들 묵살하는 승효 옆에, 강 건너 불구경이던 태상.

진우   ...

**Insert〉 – 수술실 청결홀. 수술복 입고 지나가던 진우, '쌔끼야 내가 몇 번을 물어봐!'
고함에 멈춰서 보면, 수술장 안에서 태상이 스탭 중 하나를 때리고 있다.**

선우   *그쪽은 이미 결론 난 거 아냐?*
진우   .. (모았던 손 푸는)
선우   *문제는 그럼 누구냔 거지.*
        부원장이 탈락하면 누가 원장 선거에 뛰어들 것인가.
진우   ...

Insert〉 – 소속의들을 데리고 맨 앞서 가는 암센터장, 당당하다.

선우   *으음 암센터 이상엽 교수.. 부원장을 역임한 경력도 있고,*

**Flashback〉 – 4회 S#38. 암센터 복도에서, 진우가 암센터 의국에서 벌어지는
사태에 귀 기울이고 있을 때,**

암센터장E   은폐 안 했습니다, 보고했어요. 원장님께 보고했습니다.

진우   ...
선우   *미국에 오래 있다 와서 덜 권위적이고,*

사고로 털리기 전까진 구사장한테 그래도 제일 맞섰던 인물.

진우   ...

**Flashback〉- 4회 S#40. 복도의 진우가 의국 안의 암센터장을 쳐다보자,
심기 뒤틀려 뭐 어쩌라고 이 자식아? 하는 얼굴이 되던 암센터장.**

진우   .. 임상실험 남발. 성과급 찬성. 100% 암센터 위주.

<u>선우</u>   _그럼? 다른 사람?_

진우   ... 안과 서교수. 매출 1위, 야망 있고.

<u>선우</u>   _간호사 선생들이 너무 싫어하잖아, 희롱이나 하고 다니는 인간._

진우   간호사 선생들은 원장 투표권이 없지. 투표권 있는 교수들 사이에선..

**Insert〉- 구내식당. 서교수와 남자 센터장 몇몇이 한 테이블에 몰려 앉았는데,
젊은 간호사가 지나가자 아래위로 훑는 서교수, 동료들에게 뭐라 한다.
그 말에 다 같이 와하하! 센터장들. 그 소리에 다른 테이블에 있던 진우,
고개 들어 쳐다보면 서교수, 여전히 젊은 간호사 보며 히죽댄다.**

<u>선우</u>   _형이 병원 주인이야? 진짜 주인은 신경도 안 쓰는데 왜 사서 걱정을
해? 무슨 득이 된다고._

진우   ...

**Flashback〉- 5회 엔딩 씬. 말을 마치고 들어가려는 경문 옆에 와 서는 세화.
2층의 승효를 당당히 쳐다보던 그녀를 무대에 선 진우가 바라본 뒷모습.**

진우   오세화 교수... (그러다 눈을 누른다. 피곤하다. 어깨도 결리고..)

<u>선우</u>   _혼자 이런다고 뭘 바꿀 수 있을까._

진우   ... 선우가 끌어들여졌어, 나 때문에. 애를 끌어들였으면 책임을 져야지.

<u>선우</u>   ...

진우   오교수는

밖에서 달그락 소리 난다. 진우, 그쪽으로 고개가 바로 돌아가고,

뒤에 있던 선우, 사라졌다.

S#22. 동/거실 - 밤

진우E   놔둬.

선우   (쌓아둔 설거지하다 돌아본다)

진우   (오며) 나 내일 오프라서 일부러 쌓아둔 거야.

선우   안 많아.

진우   안 많으니까. (대충 행주로 젖은 손 닦이고) 돌린다?

선우   참.. (끄덕이면)

진우   (선우 휠체어를 돌려 안방으로 민다)

선우   .. 누나랑 전화했어?

진우   응?

선우   방금. 노을이 누나 아녔어?

진우   !! (동작 멈추는) „ 아니.. 왜 그렇게 생각했는데?

선우   나를 뭐 어쩌고 그러는 거 같아서, 내 이름 말해가며 통화할 사람이
        누나밖에 더 있어? 그래서 난

진우   (O.L) 내 목소리가 들렸어?

선우   전화 내용이 들렸단 건 아니고, 안 엿들었어, 걱정 마.

진우   (휠체어를 안방에 넣어주고) 자라. (문 닫는)

선우   형도.

닫힌 문 앞에서 돌아서는데 진우, 혼란스런 얼굴이다...

S#23. 대학병원/보훈의 진료실 - 낮(진우의 회상. 25년 전)

11살 진우가 상상 속 선우와 얘기하는 걸 엄마에게 들키고,
보훈에게 진찰받은 4회 S#48 이후의 상황.

보훈	엄마 말고 지금 나 말고 또 아는 사람 있니?
진우	(고개 젓는)
보훈	네가 (단어 선택 신중히 하는) 잘 걸어 다니는 선우랑 얘기하고
	선우 얼굴도 보고 하는 거, 다른 사람은 몰라?
진우	학교 같은 데선 선우가 보여도 개랑 얘기 안 해요. 애들이 들을까 봐.
보훈	그래.. 진우 니가 동생이 아파서 많이 속상했어, 전처럼 같이 뛰고 놀고
	싶어서, 네 마음속에서 건강한 동생이 그리워서 만든 거니까 괜찮아.
진우	(의외의 위로에 눈을 깜빡이며 보훈 보면)
보훈	다 괜찮아. 그 대신에 진우야, 너도 알지, 건강한 선우는 너한테만
	보인다는 거. 네 마음속에 산다는 거.
진우	(끄덕)
보훈	그러니까 우리 연습을 해보자.
진우	연습이요?

S#24. 공원 - 아침(현재)

트레이닝복 차림의 진우, 이른 아침 산책로를 따라 뛰고 있다.

보훈E	**진우 네가 보는 선우는 네 친구야, 상상 속에 친구.**
	그러니까 겉으로 말고 속으로만 얘기해도 마음속 친구는 다 알아들어.

일정한 보폭, 고른 호흡 유지하며 뛰는 진우.

진우E	**(11살 목소리) 그니까 저 미친 거 아니죠? 아니죠?**
보훈E	**넌 다른 아이들보다 아주 특별한 친구가 하나 더 있는 거야.**
	다만 친구란 건 언젠간 떠나. 떠나보낼 준비를 우리 같이 천천히 하자.
	그때까지 마음속으로만 주고받는 연습을 하면서.
	속으로만 얘기해도 선우는 다 알아. 선우는, 너니까.

진우, 옛 생각 속에서 뛰는데, 등 뒤에서 시작되는 발소리.

순간적으로 미간에 주름 서는 진우, 속력 올린다.
보폭도 커지고 제법 빠르다. 점점 호흡도 빨라진다.
발소리가 못 쫓아오게 하고 싶다. 그러나,

선우E   *간만에 뛰니까 좋네.*

달리는 진우에게서 카메라 각도가 조금만 돌면 뒤에 보이는 선우, 일정하게 따라온다.

진우   (돌아보지 않는다)
선우   *힘들지? 하루하루가 막 달라, 그치?*
진우   (고집스레 안 들리는 척)
선우   *뭘 그래, 어젯밤엔 어쩌다 들렸겠지, 우리가 방심했나?*
진우   (대답 대신 거의 전력 질주한다)
선우   *(멀어지며) 디게 소심하네! 그런다고 내가 안 와?!*

숨이 차도록 달린 진우, 사람 많은 곳까지 달려오는데,
공원 입구에 휠체어를 세운 선우가 보인다.
고개를 이쪽저쪽으로 일정하게 움직이는 선우.
진우, 선우가 보는 것 보면, 중년부부가 사이좋게 배드민턴 치고 있다.
선우, 그 모습을 보고 있는 것이다.
그깟 배드민턴이 뭐라고 입을 약간 벌리고 애처럼 빠져 있는 걸 보자니..
진우, 갑자기 너무 먹먹하고 속이 무너질 것 같다.
동생에게 가질 못하고 돌아서는 진우, 무릎 짚고 허리 굽힌다. 숨 고르는 것 같지만,
눈을 꽉 감았다. 입술도 세게 깨문.

cut to. 선우, 중년부부 아저씨가 콕을 쫓다가 에구구! 하자 웃는데,
휠체어 손잡이에 느껴지는 손길. 진우다.

선우   (고개 틀어 올려다보는데)
진우   (뒤에 해가 빛난다. 역광이라 표정 안 보인다)
선우   (쏟아지는 햇살에 눈 감는)

진우, 전동이라 그럴 필요 없는데도 뒤에서 월체어 민다.

선우   가? (전동 스위치 조작)

진우는 월체어에 가볍게 얹은 한 손을 떼지 않고, 잠시 그렇게 가는 형제.

진우   .. 부원장이 너 갈구면 바로 콜 해.
         니 핑계로 나도 부원장 경골체 좀 까보자.
선우   아무리, 조사 나온 공무원을 (하다) 형도 맞은 적 있어, 부원장한테?
진우   ...
선우   왜 하필 경골체야, 정강이 까였어? 그 인간한테 형?
         (열 확 오르는) 이씨 깡패야?! 털어서 먼지쪼가리 비슷한 것만 나와봐,
         내가 그 인간 담가버린다.
진우   참된 정형의에 자셀세.

진우와 선우, 천천히 나란히 공원길을 간다.

S#25. 진우의 집/안방 + 거실 - 낮

트레이닝팬츠에 늘어진 티 입은 진우, 영락없는 집돌이 차림으로 안방 청소 중.
선우 손이 닿지 않는 옷장 위 등 높은 곳 전문으로 치운다.
청소하는 손길이 야무지진 않다. 먼지 날리고 서툰 모습.
창문 밖으로 선우 이불 크게 털어내고, 베개 먼지도 털고.
이불 주름까지 툭툭 정리한다.

cut to. 거실 이곳저곳, 설렁설렁 청소기 돌린다.
한 손엔 청소기, 한 손엔 물 티슈, 청소기 돌리는 동시에 닦는다.
TV 위, 냉장고 위 등 높은 곳을 닦는 데에는 그래도 제일 열심인데.
휴대폰 울린다. 화면 C.U 하면 '최서현 기자님'이다.

청소기 소리 때문에 못 듣는 진우.

S#26. 새글21 / 사무실 - 낮

서현, 전화 중인데 영 안 받아서 끊으려는 순간,
받는 소리 나며 거의 동시에 진우가 '네 최기자님!' 하는 소리가 작게 들린다.

서현   (전화 다시 귀에 대고) 안녕하세요, 예선생님. 통화 괜찮으세요?

S#27. 진우의 집 / 거실 - 낮

진우, 거의 누운 자세로 전화 쥐었다. 받느라고 날아온 것.

진우   아 예. (일어나 서성이며) 무슨 일로..
서현F   저희가 입수한 자료가 있는데, 의료기록이라서 저흰 봐도 몰라서요.
진우   (얼른) 저는 보면 알죠. (아냐! 이렇게 말하는 게 아닌데!)
서현F   고맙습니다.

S#28. 새글21 / 사무실 - 낮

서현   (전화 중) 지금 자료 보내드리면 검토해보시고,
           제가 한 시간 정도 후에 다시 전화드려도 될까요?
진우F   아.. 아.. 제가 지금, 병원이라
서현   죄송합니다, 바쁘시면 나중에
진우F   아뇨 아뇨 그게 아니라, 지금은, 자료를 받아보기가 좀 그렇고요,

S#29. 진우의 집 / 거실 - 낮

진우	(전화 중) 시간 되시면 .. 뵙고 말씀드리는 게 빠를 것 같은데요.
서현F	그럼 제가 지금 병원으로 갈게요.
진우	(엇!) 지금, 지금은 바쁘구요. 조금 있으면 바쁜 게 안 바빠지는데, 한 시간만 주심 돼요.
서현F	그럼 지금.. 12시 40분이니까 2시까지 제가 갈게요. 병원으로.
진우	2시요? 예 2시에 뵙겠습니다!

진우, 마음 급해 끊으려는데 전화에서 예선생님! 하는 소리 들린다.

진우	(얼른 다시 받고) 네?
서현F	그때 1층 카페로요?

S#30. 새글21 / 사무실 - 낮

진우F	예, 거기로요.
서현	시간 내주셔서 감사합니다. 있다 뵐게요. (끊는) 많이 바쁜데 했나...

S#31. 진우의 집 / 거실 - 낮

진우	... (전화 스르르 내리는) .... ..

갑자기 번개 맞은 듯 움직이는 진우, 널브러진 청소기 후다닥 정리하고,
소파에 쿠션 던지고. 아무렇게나 놓이는 쿠션.
진우, 화장실로 달려간다. 문이 닫히고 곧 안에서 들리는 샤워 물 쏟아지는 소리.

S#32. 대학병원 / 승강기 - 낮

선우, 다른 사람들과 섞여 탔다. B3에서부터 올라가는 승강기, 1층에서 서면,
경문이 탄다. 두 사람, 일순 서로 보지만 아는 척 않는다. 각자 앞만 보고 가는.

S#33. 동/복도 - 낮

승강기에서 선우 내린다. 휠체어가 내리느라 두어 사람이 내렸다 타야 한다.
맨 마지막에 탄 경문도 선우한테 길 터주느라 승강기에서 내린 사람 중 하나인데.
선우, 감사합니다, 하며 간다. 그를 보는 경문, 방향 돌려 선우 쪽으로 온다.

경문　　(좀 떨어져서 따라오는) 심평원 들렀다 와요?
선우　　(뒤를 슬쩍 보지만 완전히 돌아보진 않는) 예.
경문　　통증은?
선우　　괜찮습니다, 진통제도 남았고..
　　　　근데, 저랑 얘기하시는 거 이 병원 사람들이 보면 안 좋아할 텐데요.
경문　　형이 알게 될까 봐 안 오는 거면 내가 다른 병원에 말해놓을게요.
　　　　진료는 건너뛰지 말아야지.
선우　　감사합니다. 근데 진짜 형한테는
경문　　걱정 말아요, 말 안 해. (다른 길로 가는) 수고.
선우　　신경 써주셔서 감사합니다.

경문, 가다가 멈춰서 본다.
휠체어에 실려 미끄러지듯 가는 선우 뒷모습.
경문, 안타까운 얼굴...

S#34. 동/구조실 - 낮

사람들한테 인사하며 들어선 선우, 바로 자리로 가 일 시작.
태상 관련 서류를 획획 펼친다.

Flashback〉 - 8회 S#24. 공원 - 아침

선우가 '형도 맞은 적 있어, 부원장한테?' 하며 올려다봤을 때,

대답 안 하던 진우 얼굴.

선우   (눈에 불을 켜고 서류 읽는다)

S#35. 동/이식센터 - 낮

창   (소지품 챙기고 퇴근하려는데 전화 울린다. 받는) 예, 이선생님.

노을F   민서 부모님, 서명하셨어요.

창   맘 바꾸셨어요? 기증하신대요? 갑니다! (벗어놓은 가운 잡아챈다)

S#36. 동/중환자실 인근 복도 - 낮

창, 급하게 뛰어오다가도 중환자실이 가까워오자 걸음 조심한다.

이미 단정한 옷매무새 한 번 더 정리하고 코너 돌면,

중환자실 앞에 민서 부모가 앉았다. 둘 다 말을 않는다.

창, 다가가 고개 숙여 인사.

창   말씀, 전해 들었습니다.

민서엄마   우리 민서.. 바로 그럼, 바로, 데려가시는 건가요?

창   아뇨 아직 절차가 남아 있습니다. 먼저 뇌파검사를

민서아빠   그거 들어 뭐해? (민서 엄마를 챙겨 일으켜 세우곤) 갑시다.

민서엄마   마지막까지 고생하잖아, 우리 민서가, 어떤 건진 알아야.

민서아빠   듣는다고 뭐가 바뀌어? 뭐 좋은 얘기라고. (아내를 부축하듯 데려간다)

창   힘든 결정 헛되지 않으시도록 최선을 다하겠습니다.

민서아빠   (그대로 간다)

창, 자리 뜨는 민서 부모 잠시 바라보다가 빠르게 움직인다. 전화하며 가는.

창   (상대가 받으면) 선우-창입니다. 뇌사판정위원회 언제 될까요?

S#37. 동/구조실 - 낮

토씨 하나 놓치지 않겠단 각오로 태상 서류 검토하던 선우, 한 서류에서 어? 한다.
이미 다 봐서 쌓아 놨던 서류를 뒤져 하나를 펼치고 둘을 비교하는데.. 뭔가 잡힌 듯!

cut to. 구조실장의 자리. 구조실장 일하는데, 기계음 들려서 쳐다보면,
선우가 바로 뒤까지 왔다.

선우   (파일 주며) CCTV 영상이 좀 필요한데요.
구조실장 (파일 받는) CCTV요?

S#38. 동/사장실 - 낮

승효   무슨 CCTV?

승효 책상에 놓인, 방금 전 선우가 구조실장에게 준 파일.

구조실장 올해 2월 14일 본관 E로젯 3번 수술장 녹화영상을 요청했습니다.
승효   왜?
구조실장 먼저 영상을 확인해야 본인도 말할 수 있다면서 더 이상은 함구해서요.
       어떡할까요?
승효   찾아와요.

cut to. 수술장 CCTV 영상
화질도 별로고 정형의들, 머리 캡에 마스크로 다 가려서 얼굴 분간 안 된다.
태상으로 추정되는 집도의, 수술하다가 뭐라 얘기하더니 수술장을 나간다.

태상이 나가면 한 의료진이 기기를 들여다보며 수술한다.
영상만 봐서는 그냥 그 정도지 뭘 하는지 잘 모르겠다.

cut to. CCTV 영상에서 멀어지면 승효 노트북에 플레이되는 중이다.
하나도 스펙터클할 것 없는 수술장 영상은 계속 돌아가고.
승효, 봐도 뭔지 모르겠다. 양쪽에 같이 보던 강팀장과 구조실장 보지만,
마찬가지, 둘 다 전혀 모르겠는 얼굴.

강팀장   .. 의사들이 많이 나오네요.
구조실장   죄송하지만 뭔지, 저희가 이쪽에 노하우가 없어서..
승효   도대체 이 병원이란 덴, (바로 전화한다) 노하우가 없으면 노웨얼이지.
       (상대가 받자) 어 난데. 수술 기록지랑 영상 하나 첨부해서 보낼 테니까
       어떤 건지 봐봐. (짧게 상대 말 듣는) 응, 급해. (전화 끊는)

S#39. 동/카페테리아 공간/카페 앞 - 낮

시계 보며 오는 진우, 1시 35분이다. 늦지 않게 와 카페를 딱 보는데, 어!
매장은 불 꺼졌고 간판과 출입구는 가림막으로 덮여졌다.
당황해서 전화 꺼내 통화목록에서 '최서현 기자님' 찾아서 누르려는데,

진우   (전화 수신으로 바뀌는 화면. 발신자 '선우'. 받는) 야 내가 지금
선우F   찾았어.
진우   ! (시계 본다. 아직 약속까지 여유 있다. 급히 가며) 어디야?

S#40. 동/구조실 복도 - 낮

뛰어오는 진우, 선우도 구조실에서 나와 맞은편에서 오고 있다.

선우　오늘 오프라며? 집에 있는 줄 알았더니?
진우　(선우 오던 방향대로 계속 가며) 찾은 게 뭐야?
선우　한민교라고 들어봤어?
진우　우리 병원 사람이야?
선우　병원 사람이 아니라 (하다 앞을 본다)

진우도 선우에게서 눈 돌려 앞을 보면 복도에 승효가 나타났다.
등장과 동시에 둘을 본 승효, 일직선으로 온다.
뒤따르는 강팀장, 다소 염려의 기색.
진우와 선우 형제, 승효와 강팀장, 복도 중간에 똑바로 마주 선다.
먼저 서로를 보는 진우와 승효. 진우, 목례 않는다.

선우　(잠시 둘을 보다) 영상이, 제대로 찍혔던가요?
승효　.. (선우에게 시선 돌리는)
진우　(역시 선우에게 시선 내리는데)
선우　(진우 올려다보며) 한민교는 바이오컬 사 직원이야.
　　　　(승효에게) 바이오컬 사는 의료기기 및 장비 납품업체입니다.
　　　　상국대병원에서 최근 그 업체를 통해서 구입한 기기는 관절 수술로봇
　　　　메디햅, 국내에 현재 3대뿐인 가장 최신 버전이 여기 E로젯 3번 수술장에
　　　　있습니다.
승효　(잠깐, 하듯 손을 들어 보이는)

승효, 잠깐 주변 보더니 어깨 너머 뒤쪽을 가리킨다. 바로 몸을 돌려 그리로 간다.
강팀장, 바로 따르고 선우도 휠체어 조종해서 가고 진우, 잠시 선우 보다 역시 간다.

S#41. 동/정형외과 의국 - 낮

태상, 소속의들이 뽑아 놓은 방어용 자료 뒤지고 있다.

태상　　이건 어떤 새끼야, (영문 스크랩해놓은 거 흔들며) 어느 또라이 새끼가
　　　　　　몽땅 세라믹만 뽑아 놨어! (사람들 머리 위로 스크랩 던지는)

의사들　　(살얼음판. 눈 안 마주치려 애쓴다)

태상　　김남준이하고, 손지영, 어디 자빠졌어, 당장 튀어오라고 해.

정형레지던트3　　방금 두 분 다 호출 와서 내려가셨는데요.

태상　　(종이 뭉텅이로 치며) 무식한 새끼, 넌 초등학교 중퇴냐? 누구 앞에서
　　　　　　누굴 높여? 너는 니 할애비 앞에서도 니 애비 오시고 가시고 그럴래!

엄한 데다 쏟아내는 태상의 짜증과 분풀이가 극에 달했는데,
전화벨 울린다. 태상의 전화다. 태상, 씩씩대며 발신자 보면 '손지영'이다.

태상　　(받는) 왜! (듣는) 정신없어 죽겠는데 어딜 오라 가라야?

S#42. 동/구조실 인근 복도 - 낮

태상, 잔뜩 찌푸리고 회의실로 들어가는데,

S#43. 동/회의실 - 낮

태상　　(들어서다) !!

12개의 눈동자, 6명의 사람들이 그를 보고 있다.
죄인처럼 선 젊은 의사 둘(남자 정형의, 손지영), 진우와 선우, 승효, 강팀장.
무대를 이루듯 둘러선 사람들.
처음의 놀라움이 사라지자 불쾌해지는 태상, 고개 쳐들고 당당히 가운데로 들어선다.
누구든 다 받아주겠다는 기세로 주변인들 하나하나 둘러보는데,

선우	퇴행성관절염이나
태상	(바로 선우 쏘아보는)
선우	외상으로 인해 손상된 관절뼈를 제거하고 인공관절을 보다 정확히 삽입하는 수술로봇,
태상	(선우 상대 않고 승효에게) 기본 강의가 필요했으면 나한테 말씀하시죠. 제가 이 뜨내기보다 잘 가르쳐드렸을 텐데.
진우	(선우 모욕하는 소리에 눈이 가늘어지는)
승효	(태상에게 시선 꽂았지만 반응 않는)
선우	메디햅은 3차원 CT 입체영상을 토대로 불필요한 뼈 절삭과 오차를 줄여서 최대한 원형을 유지하고 부작용을 낮춘 수술 기기입니다.
태상	기계 팔아먹으러 왔냐? 영업 뛰기로 했어?
선우	제가 뛸 필요 있을까요, 이미 친한 영업사원이 있으신데. (틈 안 주고 바로) 바이오컬 사 영업대리 한민교.
태상	겨우 그거, 심평원 나리? (코웃음 친다) 난 또.
선우	한민교는 현재 무면허 의료행위로 경찰의 조사를 받고 있습니다.
태상	!
선우	올해 3월 15일 부산의 한 종합병원에서 본인이 납품한 메디햅을 써서, 집도의 대신 환자 관절을 건드린 게 탄로 났기 때문입니다. 검거 발표만 남았는데 한민교가 그 얘긴 안 해주던가요?
태상	(창백해지는)
선우	2월 14일 오후 3시 40분, 김태상 상국대병원 정형센터장께선 이 병원 3번 수술장과 건너편 5번방을 더블로 열어놓고 동시 수술을 했습니다. 그때 3번 수술장의 메디햅은, 누구 차지였습니까.

S#44. 동/구조실 인근 복도 - 낮

경문과 노을, 마취과 최선생 수술복 차림으로 간다.

노을	늑골도 잘라야 할까요?
경문	열어봐서 공간 확보를 해야 되면.

노을 (걱정되는) 아이가 견딜 수 있을까..

태상E **제일 잘 아는 사람이 한 거야, 기계를 제일 잘 아는 사람이!**

놀라는 노을과 경문, 고함소리 울려오는 회의실 쪽을 보면,
유리창 너머 사람들이 보인다. 진우, 선우, 승효는 정면과 측면 정도 각도로 보이고,
유리창 앞에 선 태상은 뒷모습이 보인다.

S#45. 동/회의실 - 낮

유리창 밖으로 노을이 나타난다. 안을 보는 눈길.
그 뒤로 와 서는 경문과 최선생.

태상 (아까의 여유는 어디로 가고 씨뻘게져서 소리치는) 들여온 지 일주일도
안 된 기계였어, 파는 사람이, 수입해온 업체 사람이 제일 잘 아니까
(승효에게, 젊은 의사들에게) 로봇 수술을 왜 하는데, 정확하기 위해서!
내가 하는 거보다, 잘못 조작해서 잘못되는 거보다 젤 잘 아는 사람이
해야지, 환자를 위한 거였다고요!

선우 (고함) 내깔겨뒀잖아요!

낮게만 말하던 선우의 고함에 모두 놀란다. 승효도 반사적으로 선우를 본다.

선우 면허도 없는 사람한테 전부 맡기고 나가버렸잖아요! 무자격자한테!
부산에 의사는 최소한 옆에 붙어서 배웠어요! 영업사원이 하는 걸
옆에서 들여다보고 그쪽은 최소한 노력했단 말입니다!

태상 니가 감히 나한테 노력을 운운해?
내가 30년을 하루같이 어떻게 살았는데? 남에 등쳐서 타이틀이나 따고
들어앉은 너 같은 게 감히 날 평가하고 날 비난해!

진우 (그 순간 앞으로 나서려는데)

선우 (잡는. 태상에게서 떼지 않는 눈 이글댄다) 내가 누구 등을 쳤습니까.

태상	정형을 하겠단 거 자체부터가! 얼마나 뛰어다녀야 하는데 얼마나 힘을 써야 하는데 너 하나 때문에 니 동기들 선후배들이 얼마나 많은 짐을 져야 할지 단 한 번이라도 생각했다면 정형을 하겠다고 들이댈 수가 없는 거야 너 같은 건 양심이 있다면!
승효	김태상 부원장!
태상	(핏대가 오를 대로 올라 눈에 뵈는 거 없다) 피해 보는 건 우리란 말입니다! 하나는 의지의 한국인 노릇 하고 나머진 박애주의자 흉내 낼 때 피해 보는 건 옆에 우리라고! 그때도 그 난리를 피우더니 이제 와서 니가 나를 평가해! 감히 내 노력을 운운해!
선우	(진우를 꽉 잡은 손에 힘이 너무 들어가 떨린다) 제가 여기서, 제 모교에서 수련의가 되는 걸, 끝까지 반대한 교수님이 계셨다 들었습니다.
진우	!!
선우	10년이 지나서 알게 됐네요, 다른 학교에서도 받아준 절, 누가, 거부했는지.
진우	.... (낮고 차분한) 상관없어.

모두, 진우를 본다. 정작 진우는 목소리만큼 가라앉은 눈길로 고요히, 태상 응시한다.

진우	예선우는 누구보다 열심히 했어. 발등이 터질 때까지 일했어. 너무 오래 앉아 있어서 너무 많이 일해서 피가 올라온 발등에서 내가, 그 피를, 뽑아줬어. 여러 번. 내가 알아. 다른 사람은, 상관없어.

아무도 말하지 않는다. 침묵이 흐른다. 영원히 지속될 것 같은 그 침묵... 을 깨고,

승효	(젊은 의사 둘에게) 2월 14일 3시 40분에 두 사람, 부원장 수술에 들어갔죠?
의사둘	(고개 못 드는)
승효	예선우 선생 말, 사실입니까? 무자격자의 대리 수술, 김태상 부원장이 묵과하고 조장했습니까?
의사둘	(대답 못한다)

승효　　(나가며) 대답 감사합니다.

승효 나가고 남은 사람들은 그대로 섰다.
진우, 손을 움직여 아까부터 팔을 꽉 잡은 선우 손을 다잡는다.
선우, 진우를 올려다보고 진우도 선우, 본다.
이걸 죽일 듯 노려보는 태상.

S#46. 동/구조실 인근 복도 – 낮

승효, 회의실에서 나오는데 창밖에 선 노을을 본다.
그런데 노을, 승효 보지 않는다.
커다란 눈에 눈물 맺혔고 입술 깨문 그녀는, 유리창 너머 진우와 선우만 본다.
핏줄이 튀어나오도록 꽉 쥔 노을의 주먹도, 승효에겐 보인다.

승효　　… (자리 뜬다)
경문　　… (노을 어깨에 손 없는다)
노을　　(참으려고 하는데도 눈물이 뚝, 떨어진다)

회의실에서 태상 나온다. 아무도 보지 않고 거칠게 나가버리는 태상.
적의가 담긴 시선들이 그의 뒤에 화살처럼 꽂힌다.

경문　　환자 기다려.

다부지게 눈물 닦는 노을. 경문, 그녀 데리고 원래 가던 방향으로 간다.

S#47. 동/복도 – 낮

태상, 화도 나지만 앞으로 어떻게 해야 할지 혼란스럽고 괴로운데,
갑자기 뒤에서 나타난 남자가 태상을 낚아채 바로 근처 문 안으로 몰아넣는다.

S#48. 동 / 검사실 - 낮

작고 어두운 방. 불 꺼지고 커튼 쳐진 다용도 검사실 정도.
태상 멱살을 잡은 동시에 팔꿈치로 태상 목을 누르는 상대, 진우다.
진우, 얼굴을 태상 바로 앞에 들이댔는데, 눈빛이 번들번들한 게 까딱하면
미친 사람으로 보일 정도다.

진우   (목소리 크게도 안 하는) 다시 말해봐, 내 동생한테 한 거 나한테 해봐.
태상   (이놈이 미쳤나?)
진우   평생 널 따라다닐 거야, 니 집에 가고 니 자식 앞에 나타날 거야.
태상   !
진우   널 살릴 순 없어도 죽일 순 있어, 내 동생한테 깝치지 마,
        (거의 속삭이듯) 죽여버릴 거야.

눈에 공포가 올라오는 태상, 목은 점점 눌리는데,
진우, 나타났을 때처럼 급작스레 손을 풀고 나가버린다.
태상, 다리 힘이 풀린다. 미끄러지듯 주저앉는. 문을 보지만 쫓아나가지 못한다.

S#49. 동 / 검사실 앞 복도 - 낮

벌써 저 멀리 휘적휘적 가는 진우의 뒷모습. 표정은, 알 수 없다.

S#50. 동 / 복도 - 낮

굳은 얼굴로 저벅저벅 가는 승효, 가다가 멈춘다. 창틀 같은 데에 두 손 짚는다.
이 깊은 빡침.

승효　　아 의사 새끼들... 간신히 하나 수습했더니, 미친놈들..

누군가 오는 소리. 승효, 몸 바로 하고 재킷 잡아당기고 다시 가며 전화한다.

승효　　... 강팀장님, 김태상 부원장 제보한 거, 누군지 좀 압시다.

S#51. 동/비상계단 - 낮

혼자 있는 선우, 음료 들고 들어오는 진우.

진우　　(아무렇지 않은 척 건네며) 너 소리 잘 지르더라? 힘들었지?
선우　　(받아서 따고) .... 나 회사 가면 혼나겠다.
진우　　(보는)
선우　　원래 조용히 조사만 하고 현지에서 분란 일으키면 안 되는 건데.
진우　　왜 말 안 했어, 끝까지 반대한 교수 때문에 다른 학교 간 거.
　　　　왜 나한텐 니가 원해서, 우리 학교가 불편해서라고 했어.
선우　　.. 형 그때 광양에서 보건의 할 때였어.
진우　　광양에서 내가 영영 안 오니?
선우　　그러니까. 학교로 돌아올 거였잖아, 계속 이 병원에서 그 교수랑
　　　　얼굴 맞댈 사람이잖아, 형은.
진우　　... ..
선우　　나 괜찮아. 뭐 꼭 상국대에서 수련의를 해야 하나?
　　　　그니까 그렇게 보지 마.
진우　　내가 어떻게 봤는데.
선우　　징그럽게. (웃으며 올려다보지만)
진우　　(웃을 수가 없다)
선우　　나 진짜 괜찮아.
진우　　.. 그래. (겨우 웃어 보이는)

형제, 지금 마음은 같다. 위로나 다른 말보단 잠시 말없이, 함께 음료 마신다.

선우 근데 오픈데 병원 왜 왔어? 진짜 나 땜에?

진우 음? .. !!!!!

S#52. 동/카페테리아 공간/카페 앞 – 낮

진우, 문 닫은 카페 매장까지 뛰어오지만 아무리 봐도 서현이 있을 리 만무.
핸드폰 꺼내면 시간은 이미 3시가 넘었고, 부재중 전화조차 안 떴다.

진우 아! .. ... (선 채로 뱅뱅 돌다 겨우 용기 내 서현 번호 누르는데)

안내음F 고객님의 전원이 꺼져 있어 삐 소리 후..

진우 (머리 쥐어 잡는. 거의 주저앉는다)

그 옆 지나가는 사람, 저 남자 왜 저러나, 쳐다본다.

S#53. 동/외경 – 저녁

상국대학병원 건물에 내려앉는 저녁 하늘.

S#54. 동/세화의 진료실 – 밤

머리 모으고 앉은 산부인과장과 세화.

산부인과장 부원장도 나름 자기 입장은 있으니까 처음엔 공방이 좀 오갔다는데,
그래도 본인이 해놓은 짓 있는 건 사실이잖아요.

세화 (신중히 듣는) 사장도 다 들었고? 그 자리에서요?

산부인과장 (그렇다니까)

세화 도장 깨긴가..

산부인과장 나는, 그것도 좀 이상해.

세화 (보면)

산부인과장 암센터는 사장이 나서서, 의도야 뭐든 먼저 깐 거지만 이번에
　　　　　　부원장 건 지가 어떻게 알고, 수술장에서 생긴 일을 사장이 뭘 안다고.

세화 그런데 결과적으론,

산부인과장 도장 깨기가 됐죠. 것도 4번, 5번 타자만 골라서.
　　　　　　솔직히 이보훈 원장님 돌아가시고 다들 똑같이 생각했을 거예요?
　　　　　　둘 중 하나가 다음 우리 원장이다.

세화 그쵸, 암센터장이나 부원장, 둘이 제일 유력했는데.

산부인과장 근데 말예요, 오교수님.

세화 (보면)

산부인과장 왜 꼭 그 둘 중에 하나여야 되는데?

세화 ...

산부인과장 오교수님 여자 중에 최초잖아요, 신경외과센터장 된 거.
　　　　　　일이 이렇게 되고 보니까.. 왜 꼭 그게 센터장에서 끝나야 되는데요?

세화 ...

산부인과장 응?

세화 ....

S#55. 동/암센터장 진료실 밖 - 밤

문 옆에 붙은 진료과명과 담당교수 명패, 종양외과 이상엽 교수로 돼 있다.
문 열리고 마취과 최선생, 좀 주변 살피며 나와서 얼른 간다.

S#56. 동/암센터장 진료실 - 밤

암센터장 (생각에 잠긴...)

최선생E **한숨 돌리셔도 되죠, 관심이 교수님한테서 완전히 부원장한테로**
　　　　　　넘어갔는데.

암센터장 (일어나 왔다갔다)

최선생E 이럴 때 차라리 치고 나가야 되는데, 방법 좀 생각해보시죠?

암센터장 ... ...

S#57. 동/복도 - 밤

노을 (전화받으며 가는 중) 데려다주는 거야 뭐. 근데 넌 어딘데?

진우F 나 좀 밖인데.

노을 좀 밖은 뭐야, 무슨 일 있어?

진우F 아냐. 저기 근데 선우한테 괜찮냐, 그런 말은 좀,
　　　낮에 일, 다시 물어보고 그런 거는,

노을 나 먼저 얘기하기 전까진 안 캐물어.

진우F 그렇지. 고맙다! (끊는)

노을 ... (걸음 빨리 한다)

S#58. 새글21 사옥 앞/골목 - 밤

건물 2층쯤에 '새글21'이란 간판 있다.
간판 봤다가 여기저기 불 켜진 건물 올려다보는 진우,
호기롭게 입구로 들어가려다 뱅그르르 돌아 나온다.

진우 찾아올 수도 있지 그럼! 약속을 두 번이나 그랬는데 ... ...
　　　(전화에서 서현 번호 찾지만... 핸드폰만 만지작)

S#59. 대학병원/노을의 진료실 - 밤

노을 (외투에 팔 꿰는데 노크소리) 잠깐만! (문부터 빨리 연다)

선우 (들어오는) 다 됐어?

노을	응 1분만. (가방 챙긴다)
선우	(진료실 돌아보는) 이렇게 생겼구나. 이런 데서 일하는구나.
노을	소아과 처음 와봐?
선우	.. 누나가 일하는 데라고.
노을	(별 의미 없이) 다 똑같지. (컴퓨터 끄는) 저녁 먹고 갈까?
선우	사 가서 먹는 건? 집에서.
노을	OK! (가방 들고 책상 돌아 나오다) 아참 너 주경문 교수님 아니?
선우	... 왜?
노을	몰라?
선우	왜, 그분?
노을	아까 낮에 .. 진우를 말하는 건 줄 알았는데, 그땐.

Insert〉- 8회 S#45. 회의실에서 태상이 소리치는 걸 밖에서 본 상황.
회의실 창 앞에 선 경문과 노을에게도 들리는, 태상의 큰 목소리.

태상	의지의 한국인 노릇 하고 나머진 박애주의자 흉내 낼 때 피해 보는
	건 옆에 우리라고!

노을, 순간 피가 거꾸로 솟는다. 회의실로 확 쫓아 들어가려는데,
노을을 제지하는 경문의 손. 노을, 화가 나서 경문까지 쏘아보면,

경문	(눈은 회의실을 향한 채) 이건 예선생 싸움이야. 뭐.
노을	(이 말에 멈추긴 하지만 태상 말이 너무나 분하고 속상하다)

노을, 가까스로 참으며 다시 회의실 보면,
이젠 선우가 '제 모교에서 수련의가 되는 걸 끝까지 반대한..'이라고 말하고 있는데,
고함이 아닌 낮은 소리라 노을에겐 잘 들리지 않고 선우 말하는 입모양 정도만 보인다.

노을	처음엔 주교수님이 말한 예선생이 진운 줄 알았는데... 진우가 아니라 네
	싸움이잖아. 전에도 한 번 교수님이 널 아는 건가 싶기도 했고. 그래?
선우	... ...

노을	알아? 어떻게?
선우	....
노을	선우야 왜 그래?
선우	(고개 들어 노을 본다. 평온하지만 어딘가, 무언가 이제 단념한 눈빛..) 누나.
노을	응?
선우	나는, 누나가, 좋아.
노을	... 나도
선우	(O.L) 말하게 해줘.
노을	....
선우	좋아하는 사람 앞에서 좋아한다고 말하는, 말해도 되는, 평범한 남자로 고백하게 해줘.
노을	....
선우	처음부터였어, 이노을이란 사람을 처음 봤을 때.
노을	...
선우	...
노을	...

선우와 노을에서 엔딩.